KB237213

여성, 문학을 가로지르다

심진경 비평집
여성, 문학을 가로지르다

펴낸날/ 2005년 1월 31일

지은이/ 심진경
펴낸이/ 채호기
펴낸곳/ **문학과지성사**
등록번호/ 제10-918호(1993. 12. 16)

서울 마포구 서교동 395-2(121-840)
편집/ 338)7224~5 FAX 323)4180
영업/ 338)7222~3 FAX 338)7221
홈페이지/ www.moonji.com

ⓒ (주)문학과지성사 2005. Printed in Seoul, Korea

ISBN 89-320-1568-6

---

* 지은이와 협의하여 인지는 생략합니다.
* 잘못된 책은 바꾸어드립니다.
* 이 책은 2003년 대산문화재단의 '대산창작기금'을 받았습니다.

심진경 비평집

문학과지성사 2005

책머리에

　지난 5년간 평론가라는 이름으로 쓴 글들을 모았다. 첫 평론집이다. 채 영글지 못한 생각들이 적나라하게 펼쳐져 있는 글들을 보니 첫 평론집에 대한 뿌듯함보다는 부끄러움이 앞선다. 문학은 늘 나를 부끄럽고 어리둥절하게 한다. 아니 안타깝게 한다. 알 듯하면서도 모르겠고, 에잇 모르겠다 싶으면서도 알 것 같다. 나의 허영심을 충족시켜주다가도 어느 순간 나의 어리석음을 바닥까지 드러내게 하기도 한다. 잡힐 듯하면서도 잡히지 않는다. 이 책은 그런 안타까움과 절망의 기록이기도 하다.

　이 기록의 중심에 있는 것은 '여성'과 '섹슈얼리티'라는 주제다. 돌이켜보면, 여성은 문학 안에서 언제나 타자로서 소외되어왔다. 그리고 섹슈얼리티의 문제는 그러한 여성의 타자화가 어떠한 심리적·사회적 메커니즘을 거쳐 이루어지는가를 가장 극적으로 보여주는 지점이다. 그런 점에서 이 두 가지 주제는 크게 보면 문학의 소외 혹은 소외의 문학이라는 문제와 관련된 것이기도 하다. 이때 소외란 일차적으로는 변방으로 몰려나고 왜곡되며 억압받는 여성의 현실과 관련되는 것이지만, 좀더 본질적인 차원에서 보자면 그것은 역으로 타자의 결핍을 드러냄으로써 지배 질서의 결여나 공백을 드러내는 것이기도 하다. 그런 점에서 여성은 상징적 질서의 모순과 틈을 들여다봄으로써 지배 질서의 승인을 거부하고 그 질서 속에서는 포착될 수 없는 욕망과 언어를 드러내는 존재라고 할 수 있다. 즉, 여성은 부재를 증명하는 부재, 결핍을 드러내는 결핍이다. 여성이 이데올로기라는 환상을 가로지르는 지위를 획득할 수 있게 되는 것은 그 때문이다. 여성이 문학과 맞닿는 지점이 바로 여기다. 좋은 문학이 특정한 이데올로기나 고정된 형식을 거부하면서 존재해왔듯이, 또 그런 부정성이 문학의 한가운데서 그 핵심을 규정하는 자질이듯이, 여성 또한 마찬가지다. 여성이 생물학적이고 존재론적 차원의 개념으로만 한정될 수 없는 이유는 바로 이 때문이다.

따라서 문학이 문학이기 위해서는 여성이라는 상상적 몸을 통과해야만 한다. 한국 근대 문학의 형성기에 이광수는 영채라는 여성의 벌거벗겨진 육체를 마주 대한 뒤에야 비로소 조선의 현실을 문학적으로 통과할 수 있게 되며, 염상섭 또한 신여성의 내면을 들여다봄으로써 식민지 조선의 모순을 문학적으로 형상화할 수 있게 된다. 그러나 영채의 육체는 서둘러 가려지고 신여성의 내면은 조작된다. 관념적 계몽 혹은 직접적 현실이라는 이데올로기에 의해 여성은, 아니 문학은 성급히 봉합된 것이다. 그 결과 문학은 문학 이하 혹은 문학 이상의 것이 되고 만다. 그 봉합의 실줄을 풀어버리고 진정한 의미에서 문학의 핵심을 온전히 전유할 수 있기 위해서는 무엇보다 여성이라는 부재를, 그 고독한 구멍을 들여다보아야 할 것이다.

그러나 고백하건대 이 책에 실린 글들이 여성과 문학에 대한 이러한 생각을 깊이 펼친 통찰에 값하는 것이라고 말하기는 어렵다. 이 글들은 다만 여성을 둘러싼 다양한 문학적·사회문화적 기제들과 그를 통해 구성된 여성의 허상, 그것을 매개로 지탱되는 문학의 환영(幻影)과 이데올로기 등을 짚어보거나, 여성 억압적인 현실과 여성 해방적인 비전이라는, 어찌 보면 조금은 도식적인 페미니즘 이론의 자장 가운데서 한국 문학을 해석하고 그것의 방향을 그려보고자 노력한 작업의 산물이다. 어쩌면 여성이 대문자 문학을 가로질러 수많은 이질적인 소문자 문학들에 가 닿기 위해서는 '페미니즘'이라는 이데올로기조차 벗어던져야 할지도 모른다. 여성은 반anti-페미니즘은 물론 수많은 유사pseudo-페미니즘에 의해서도 오염될 수 있는 것이다. 이 책의 의미를 찾을 수 있다면, 그동안 '페미니즘 문학 비평'이라 생각했던 나의 글들이 한데 펼쳐져 보여주는 약간의 성과와 적지 않은 한계를 들여다봄으로써 그것을 딛고 가는 새로운 여성 문학의 가능성을 생각해볼 수 있게 한다는 것일 게다. 그것은 이를테면 문학의 최대치를 가늠해보는 것과 다르지 않다. 그러기 위해 나는 진짜 '여성' 평론가가 되고 싶다.

　감사드리고 싶은 분들이 너무 많다. 우선 지난 2년간 함께하면서 나의 무딘 문학적 감각을 일깨워준 김혜순 선생님과 최윤 선생님, 박일형에게 감사드린다. 그리고 나에게 학문의 길을 열어주신 이재선 선생님과 애정 어린 조언을 아끼지 않는 신수정 선생께도 감사드린다. 특별히 부족한 글들을 묶어서 책으로 내준 문학과지성사 관계자들께, 특히 우찬제 선생님과 편집부에 감사드린다. 같은 연구실에서 학문과 함께 동고동락해온 서은주 언니와 이혜령에게도 고맙다. 무엇보다 언제나 곁에서 함께하며 부족한 나를 채워주던 김영찬에게는 특별히 고마운 마음을 전하고 싶다. 특히 공부하는 며느리 때문에 힘들어하시면서도 끝없는 사랑과 보살핌을 베풀어주신 시부모님께 큰절을 올리고 싶다. 살아 계셨다면 누구보다도 기뻐하셨을 부모님께 부족한 책이나마 바치고 싶다. 모두에게 감사드린다.

2005년 1월

심진경

차
례

제1부
한국 문학의
섹슈얼리티

문학 속의 소문난 여자들

1. 소문, 풍문, 스캔들

우리는 끊임없이 소문에 둘러싸여 산다. 신문의 추측 기사로 인해 연일 소송은 끊이지 않으며, 인터넷에서 떠도는 괴소문은 연예인과 같은 공인을 공포에 몰아넣기도 한다. 소문은 그 진원지가 불확실하기 때문에 쉽게 남에 대한 비방으로 비화된다. 그래서 소문의 진위와는 상관없이 소문의 대상이 된다는 것은 매우 불리한 위치에 놓이게 된다는 것을 의미한다. 그리고 그 불리한 위치에 놓이게 되는 인물은 대부분 여성인 경우가 많다.

그렇다면 소문은 왜 떠도는 것인가. 한스 노이바우어Hans J. Neubauer에 따르면, 소문은 집단적으로 전달되고 공유된 서사적 지식을 시의 적절한 어떤 사회적 상황에 투영한 것이다. 따라서 소문은 단지 떠도는 이야기에만 머무는 것이 아니다. 그것은 아주 오랫동안 지속되어온 어떤 심층 구조 혹은 집단적인 의식에서 비롯된다. 소문은 특정 대상에 대한 잠재적 선입견을 표출하거나, 은폐되었지만 뿌리 깊은 사회적 관습이나 고정관념을 드러내는 역할을 하기도 한다. 따라서 소문은 단지 한 시대를 풍미하는 이야깃거리에 지나지 않는 것은 아니다. 그것은 끊임없이 시대를 뛰어넘어 반복적으로 확대 재생산되는 고정된 이미지들과 결부되어 있다. 특히 여성에 관한 소문은 여성에 대한 고정관념, 즉 여성의 이미지를 만들어내는 매개물이 되고, 다시 이렇게 만들어진 여성의 이미지, 이미지로서의 여성은 소문에 의해 더욱 확고해진다. 소문과 이미지 사이의 무한한 순환 관계.

소설이라고 해서 예외는 아니다. 우리나라 근대 초기의 소설들을 들여다보면, 여성과 관련한 그러한 소문과 이미지의 순환 관계는 드물지 않게 발견된다. 그 소설들 속에서, 특히 소문을 나름의 방식으로 소설의 육체로 끌어들이고 있는 몇몇 소설들 속에서, 여성들은 소문을 매개로 남성들에 의해 구획된 이미지의 그물망에 끊임없이 포획되어왔다. 그리고 그 포획 방식은 단지 여성의 육체 이미지 — 의상, 헤어, 액세서리 등을 포함한 — 나 실존하는 여성(대개는 신여성)에 관한 소문을 사실적으로 재현하는 것뿐만 아니라, 당시 '신여성'이라고 일컬어지는 여성들의 내면을 '창조'하는 데까지 나아간다는 것을 확인할 수 있다.

이렇듯 소문난 여성들을 재현하는 소문과 소설의 은밀한 공모는 소문이 지니고 있는 서사적 특성에서 기인한다. 흔히 사회의 통상적인 관습에 기대는 교훈적인 메시지를 심층에 깔고 있으면서도 사건과 스토리, 인물을 필수적으로 구비하게 되는 소문은, 그것이 지니는 서사적 성격으로 인해 쉽게 소설적 에피소드 혹은 소설 그 자체가 될 가능성이 크다. 게다가 소설이 현실에서 있을 법한 이야기를 다룬다는 장르의 특성상 이러한 소문의 서사성과 근친 관계에 놓이게 된다는 것은 쉽게 짐작할 수 있다. 굳이 정비석의『자유부인』을 예로 들지 않더라도, 소설은 쉽게 현실에서 떠도는 소문과 접속할 수 있으며 그 때문에 현실과 혼동되기도 하는 것이다. 따라서 근대 문학 초기부터 시중에 떠도는 (특히 여성과 관련된) 소문을 소설적 소재로 삼고 있는 소설이 적지 않았다는 것은 어쩌면 너무나 당연한 일일지도 모른다. 그리고 그러한 작업이 대개 남성 작가에 의해 이루어졌다는 사실은 여성에 관한 소문의 서사화가 성별화된gendered 위계질서를 지지하는 어떤 지식-권력의 작동과 긴밀하게 관련된 것일 수도 있음을 암시한다. 이 글이 들여다보고자 하는 것은, 우리 근대 문학에서 나타나는 그러한 소문, 여성, 소설의 삼각관계.

2. 소문의 서사화, 서사화된 소문들

한국의 근대 초기에는 갖가지 소문이 신문, 잡지는 물론 문학의 영역까지
지배할 정도로 난무했다. 윤심덕과 김우진이 현해탄에 투신한 정사 사건을
비롯하여, 신여성으로 각광받던 초창기 여성 활동가들의 연애·결혼·이혼
을 둘러싼 소문들, 신문 사회면을 장식하던 치정 사건 등등, 이처럼 근대는
스캔들과 더불어 시작되었다고 말할 수 있다. 그러나 스캔들은 표면적으로
개인의 사적 영역을 들추어내는 역할만을 하는 것은 아니다. 스캔들은 개인
의 욕망이 야기하는 사건들을 세인들의 관심의 표면으로 끌어올리면서 그것
을 가능하게 한 사회적 상황을 매개해준다. 즉 스캔들은 어느 한두 개인이
결부된 사적이고 일회적인 사건에 머물기보다는 입에서 입으로 전해지면서
사회의 도덕적 판단 기준과 이데올로기를 생산하고 유통하는 흥미있는 매개
물이 되는 것이다. 그리하여 스캔들은 그것을 만들어내는 상황적·수사학
적·서사적 컨텍스트를 거치면서 하나의 텍스트가 된다. 스캔들 혹은 소문은
사회적 맥락과 이데올로기적 환경이 매개된 복잡한 텍스트적 구성물로 존재
하게 되는 것이다. 특히 인구에 회자되는 텍스트적 구성물로서 그러한 특정
개인의 스캔들이 소설의 소재로 끌어들여져 서사화될 경우, 그 스캔들이 생
산, 유통되는 사회문화적 상황과 사회심리적 정황까지도 소설의 문맥 속에
끼어들게 되는 것은 그렇게 볼 때 당연하다.

　우리 근대 소설의 역사를 들여다볼 때도 확인할 수 있듯이, 스캔들이 소설
속에서 서사화되는 방식은 크게 두 가지다. 첫번째는 스캔들 그 자체를 소설
의 모티프로 차용하는 방식이다. 염상섭의 『사랑과 죄』(1928), 현진건의
『적도』(1939)에서는 사회주의자 검거 기사나 살인 미수와 같은 사회, 정치
문제와 관련된 신문 기사가 그대로 인용되어 있는데, 이때 표면적으로는 사
회·정치적인 사건에 대한 객관적인 보도처럼 보이는 기사의 내용은 그 안에

여성이 개입되어 있음을 암시함으로써 마치 치정 사건처럼 윤색된다. 그 결과 사실을 보도하는 기사 내용은 그 사건의 이면에 감춰진 여성에 관한 스캔들을 들춰내는 기능을 하게 된다. 사실 소설에서 신문 기사를 차용하는 서술 방식은 일차적으로 현실을 좀더 생동감 있고 사실적으로 재현하는 데 유용하지만, 다른 한편으로는 그 스캔들 내용 때문에 독자에게 소설에 대한 흥미를 불러일으키는 수단이 되기도 한다. 그런 점에서 "신문의 3면 기사와 소설은 쌍둥이"라는 가라타니 고진의 지적은 타당하다. 사실에 기초한 보도 기사와 허구를 자신의 존재 방식으로 드러내는 소설이 같은 뿌리에서 기원한다는 고진의 이러한 지적은 근본적으로 실제와 허구 사이의 모호한 경계를 드러내는 것이지만, 다른 한편으로는 신문 기사나 소설이 똑같이 인구에 회자되는 서사적 텍스트라는 것에 대한 확인에 다름 아니다. 특히 소문은 사실과 허구의 경계에 걸쳐 있다는 그 특성으로 인해 신문 기사의 내용으로도, 동시에 소설적 소재의 원천으로도 활용될 수 있다. 아울러 기사화된 스캔들은 소문의 주인공을 실제와 허구의 경계에 위치시킨다. 최근에도 신문 기사에서 이니셜로 처리된 소문의 주인공들이 실존하는 특정 인물이 되지도, 그렇다고 완전히 허구적인 존재가 되지도 못하는 것은 바로 이 때문이다.

또한 신문 기사라는 어떤 수사학적인 장치를 사용하지 않으면서도 스캔들 그 자체를 소설의 모티프로 차용하는 방식도 보이는데, 이효석의 「수난」(1934), 「장미 병들다」(1938)나 유진오의 『수난의 기록』(1938)과 같은 소설에서 스캔들은 하나의 소설적 토픽으로 다루어지고 있다. 이효석의 「수난」은 소문의 피해자인 여성의 입장에 동조하는 일인칭 서술자 '나'에 의해 여성에 관한 소문이 어떻게 만들어지고 어떤 경로를 거쳐서 확산되는가를 다룬 소문에 관한 소설이다. 반면 이효석의 「장미 병들다」와 유진오의 『수난의 기록』은 화자의 서술을 통해 배우나 댄서와 같은 직업여성의 성적 타락에 관해 당시에 떠도는 소문을 그대로 반복하여 독자에게 전달하고 있는 소설이다. 이들 소설에서 다루어지는 소문은 대개 일인칭 서술자의 과거 회고나 사건

당사자의 고백이라는 장치를 통해 마치 사실인 것처럼 꾸며진다. 이러한 창작 과정을 통해 허구적으로 조작된 여성을 둘러싼 스캔들은 실제 사건인 것처럼 구조화되고 그것을 통해 그 스캔들은 다시 다른 방식으로 확산된다. 그런데 이처럼 작가에 의해 창작된 허구적인 스캔들이 사람들에게 사실로 받아들여지는 또 다른 이유는, 실제 있었던 연애 사건을 공공연하게 소설적 소재로 삼아 창작하는 경우가 있었기 때문이다. 이는 스캔들을 서사화하는 두번째 방식으로서, 이른바 모델소설로 분류되는 소설들에서 나타난다. 염상섭의 『너희들은 무엇을 얻었느냐』(1924), 『해바라기』(1924), 김동인의 「김연실전」 연작(「김연실전」「선구녀」「집주름」: 1939~41), 전영택의 「김탄실과 그의 아들」 등의 소설이 그것이다. 이 소설들은 대체로 한국 근대 문학사에서 제1기 여성 작가군에 포함되는 나혜석, 김일엽, 김명순에 관한 일련의 스캔들을 다루고 있다.

염상섭의 『해바라기』는 나혜석과 최승구의 연애, 최승구의 죽음, 나혜석과 김우영의 결혼, 나혜석이 신혼여행 대신 최승구의 무덤에 찾아가 비석을 세워준 사건 등, 나혜석과 관련된 일련의 사건을 거의 그대로 담고 있는 소설이다. 그리고 『너희들은 무엇을 얻었느냐』는 실존 인물인 김일엽과 김명순, 임노월 사이의 삼각관계를 사건 전개의 한 축으로 삼되, 사랑과 연애를 최대의 가치로 주장하면서도 결국에는 물질적 가치에 경도되는 지식인들의 속물성을 근대적 내면 풍경의 한 국면으로 제시하고 있다. 반면 김동인의 「김연실전」 연작은 김명순을 모델로 하여 그녀의 불우한 성장 과정과 불행한 결말을 신여성 일반의 공통적인 운명인 것처럼 왜곡해서 서술하고 있는 소설이다(반면 정신병원에 감금되어 비극적인 죽음을 맞이한 김명순의 말년은 전영택의 「김탄실과 그의 아들」이라는 소설에서 다루어지기도 했다). 이처럼 남성 작가들은 실존했던 인물들, 그것도 가까이에서 같은 문인으로 활동했던 여성 작가들에 관한 소문을 즐겨 소설적 소재로 다루고 있는데, 그러한 허구화 과정을 통해 이들 여성 작가들은 남성 작가와의 관계, 특히 연애 관계를 통해서만 소환되는 존재로 한정된다. 문제는 이러한 소설들이 부분적으로 사실에 기초하고 있다는 점에서, 이들 소설에서 신여성에 관해 허구적으로 창작된, 사실이 아닌 부분까지도 실제 사실로 인식될 수 있었다는 점이다. 즉 허구화가 사실성을 담보하는 장치로 기능하게 된 것이다.

이처럼 당대에 여류 문사로 호명되던 이들 신여성의 사생활에 관해 떠돌아다니던 소문은 남성 작가들의 창작을 통해서 사실 자체로 고착된다. 그뿐만 아니라 이들 여성 작가들에 관한 이야기는 신문이나 잡지의 기사나 남성 작가의 후일담을 통해서도 반복적으로 재생산됨으로써 허구적으로 서사화된 소문은 점점 더 사실이라는 자명성의 늪에 빠지게 된다.

> 이 임노월이라는 친구는 재미있는 친구로서 탄실 김명순과 동서 생활을 하다가 탄실은 모(某)에게 빼앗기는 체하고 밀어치우고 현재는 김원주, 지금은 중이 된 일엽과 동서를 하고 있었다. 김원주는 본시 모 전문학교 교수의 영부인으로 조선 신여성계의 허허한 존재로 있었는데 (원주 자신의 말에 의하자면) 남편인 교수씨의 의족이 밤마다 선뜩선뜩 맨살에 닿는 것이 역하여 임노월의 유혹에 응하였노라 하는 것이다.[1]

위의 예문에서 알 수 있는 것처럼, 염상섭의 『너희들은 무엇을 얻었느냐』의 모델이 된 김원주와 임노월의 연애 사건에 관한 김동인의 회고는 '한국 문단의 역사'라는 제목 하에 실제 사실로 받아들여지고 있다. 물론 이러한 진술 내용이 어느 정도 실제 일어난 사건에 기반하고 있는 것은 사실이다. 그러나 사실을 말한다는 전제 하에 김동인은 "남편인 교수씨의 의족이 밤마다 선뜩선뜩 맨살에 닿는 것이 역하여 임노월의 유혹에 응하였노라 하는 것이다"라고 말하면서 확인되지 않은 내용을 '~라 하는 것이다'와 같은 소문의

---

1) 김동인, 「문단 삼십 년의 발자취」, 『한국 문단의 역사와 측면사』, 국학자료원, 1996, p. 44.

수사학을 사용하여 마치 사실인 것처럼 진술하고 있다. 이러한 소문의 수사학은 당시 신문이나 잡지에서도 신여성에 관한 정보를 전달하는 방식으로 빈번하게 활용되고 있었다. 그런데도 신여성을 스캔들화하는 이러한 진술 내용과 방식은 '문단 회고'라는 형식으로 반복 재생산되고 있는 것이다. 이는 『해바라기』 『너희들은 무엇을 얻었느냐』와 같은 작품에서 신여성들의 심리를 박진감 있게 그리고 있는 염상섭의 경우에도 마찬가지다. 이들 소설은 염상섭 자신의 개인적 체험에 기반을 둔 것이라는 점에서 신여성에 대한 진지하고 사실적인 접근을 시도한 뛰어난 작품으로 평가받고 있다. 다음은 이러한 평가의 예이다.

염상섭만이 제일 깊이 알고 있는 나혜석의 마음속을 모델로 한 소설인 만큼, 『해바라기』는 염상섭이 철저히 통제하고 지배할 수 있는 세계였다. 거기에 관해서만은, 장본인 두 사람보다 일층 깊이 구석구석까지 알 수 있는 위치에 작가는 서 있었던 것이다.[2]

나혜석을 비롯하여 당시 신여성들과 누구보다도 가까이 있으면서 그들의 사적 체험을 지켜보았기에 그들의 심리 상태는 사실주의자 염상섭에 의해 자신 있게 그려진다. 적어도 당대 남자들 중에서 염상섭만큼 신여성들의 심리에 진지하게 관심을 보인 작가는 없었는데 이것은 물론 그의 개인 체험과 무관하지 않다.[3]

최혜실은 염상섭 소설에 나타나는 신여성들의 내밀한 심리가 매우 사실적이고 진지하게 그려지고 있다고 평가하고 있으며, 그 이유를 작가의 개인 체험에서 찾고 있다. 이러한 평가는 김윤식이 염상섭의 고백체 소설에서 "여인

---

2) 김윤식, 『염상섭 연구』, 서울대학교 출판부, 1987, p. 275.
3) 최혜실, 『신여성들은 무엇을 꿈꾸었는가』, 생각의 나무, 2000, p. 271.

의 심리 탐구라는 객관적·근대적 측면의 새로움"[4]을 발견한 시각과 그리 멀지 않은 것이다. 이에 더하여 김윤식은 이러한 신여성의 내면 풍경이 염상섭 개인의 실제 체험에서 기인하는 것이기 때문에 "한없이 주관적이면서도," 당대의 객관적·사회적 과제를 드러내고 있기 때문에 "한없이 객관적"이라고 주장한다. 김동인이 겉으로 드러난 신여성의 행동을 문제삼았다면, 염상섭은 신여성의 마음을 문제삼았기 때문에 더 사실적이고 객관적일 수 있었다는 것이다.

김윤식은 김동인의 '시점으로서의 인형 조종술,' 염상섭의 고백체, 내적 독백체, 그리고 염상섭의 심리적 묘사, 이 세 가지를 한국 근대 소설사에서 내면 심리를 지배하는 방법론적 승리로 보고 있다. 이 세 가지 기법은 인물을 통제하고 지배하는 방법인데, 이 중 중심인물을 초점 화자로 설정하여 인물의 내면을 드러내는 염상섭의 심리적 묘사야말로 독자로 하여금 인물의 내면을 들여다볼 수 있게 하는 가장 발전된 방식이라고 본다. 일단 이런 입론을 받아들인다면, 김동인의 인형 조종술이 극단적으로 드러난 「김연실전」 연작보다는 염상섭의 심리적 묘사가 탁월한 『해바라기』나 『너희들은 무엇을 얻었느냐』와 같은 소설이 신여성의 내면을 '사실적으로' 그려내는 데 더 적절했다고 볼 수 있을 것이다. 다시 말해서 염상섭의 『해바라기』나 『너희들은 무엇을 얻었느냐』와 같은 모델소설이 단순한 가십거리로 떨어지지 않는 것은 신여성의 "마음속을 모델로" 했기 때문이다. 그리하여 염상섭에 이르러서야 비로소 신여성은 외양뿐만 아니라 마음까지도 속속들이 까발려지게 된 것이다.

실존 인물을 대상으로 한 소설에서 그들의 내면을 손에 잡힐 듯 생생하게 그려내는 이러한 방식은 신여성의 외적인 측면뿐만 아니라 내적인 자질들— 예컨대 성격, 취향, 이념 등등—까지도 창조할 수 있는 권위를 남성 작가에

---

4) 김윤식, 앞의 책, p. 187.

게 부여해준다. 이제 신여성의 외양이나 행동은 물론이거니와 내면까지도 남성에게 "철저히 지배되고 통제받게" 된 것이다. 그렇게 신여성의 내면은 남성 작가들에 의해 '창조'된다. 특히 스캔들에 의해 성적 타락과 무질서, 부도덕, 사치스러움의 대명사로 지탄받았던 신여성은 남성 작가들의 소설 속에서 한 번 더 소문이라는 장치를 통해 허구화되고 서사화됨으로써 돈과 예술 혹은 돈과 사랑 사이에서 인간적으로 갈등하지만 결국에는 주체할 수 없는 끼와 허영심으로 인해 돈과 사회적 지위를 선택하는 속물로 정형화되기에 이르는 것이다.

3. 수다스러운 남성, 침묵하는 여성

그동안 한국 문학사에서 여성에 관한 이야기는 다양한 방식으로 서사화되었는데, 앞에서 살펴본 것처럼 이러한 서사화의 한 축은 소문이라는 장치를 통해서 이루어졌다. 이때 이러한 소문의 발화자이자 해석자인 남성 작가는 여성의 외양은 물론 내면까지도 "구석구석 알 수 있는 위치"를 차지하면서 여성에 관한 담론을 생산하는 주체가 된다. 담론이란 사회 제도나 관습, 이데올로기, 그리고 말하는 주체의 위치와 청자의 위치에 의해 결정된다고 할 때, 신여성에 관한 담론 형성 과정에서 남성 작가의 지배적 위치는 매우 결정적인 역할을 한다. 그런 점에서 담화 주체로서의 남성과 그 대상으로서의 여성이라는 구도는 성별에 따른 위계질서가 여전히 유효한 당대 사회의 가부장제적인 이데올로기를 반영하는 것이면서 동시에 남녀 차별적인 이데올로기를 생산하는 한 방식이기도 한 것이다. 따라서 근대 사회의 새로운 주체로 떠올랐던 신여성을 섹스와 돈에 '환장한' 허영심 덩어리로 규정하는 소문의 서사화는 남성 지배적인 권력이 여성에 관한 규범을 만들어나가는 방식의 하나가 될 수 있었다.

　가령 이효석의 「수난」을 보자. 이 소설은 소문의 발화 주체로서의 남성, 성 차별적인 가부장 제도, 여성의 성에 관해 엄격한 사회적 도덕관념, 그리고 여성의 스캔들에 호기심을 갖고 이를 유포하는 독자/청자들이 신여성에 관한 담론을 어떻게 형성하며, 결국 이러한 소문에 의해 여성이 어떻게 제거되는가를 보여주는 소설이다. 소설은 여주인공 '유라'의 갑작스러운 죽음에 충격을 받은 '나'가 그녀가 몇 년간 스캔들 때문에 겪은 수난에 대해 기록한 것이다. "그가 받은 수난의 한 토막을 기록하려는 것이 이 소설의 목적"이라는 서술자의 진술에 의해 이러한 기록은 사실적 보고의 성격을 띠게 된다. 서술자 '나'는 소설 초반에 유라를 둘러싼 소문이 그녀를 죽음으로 몰아갈 만큼 치명적인 것이었으며, 따라서 그러한 부당한 소문의 피해자인 유라를 동정하고 나아가 유라의 수난에 문제를 제기하겠다고 선언한다. 그러나 이러한 '나'의 항의는 유라의 수난이 실은 "그의 잔약한 마음의 탓"이라는 그 자신의 진술에 의해 곧 수정된다. 왜냐하면 유라가 겪는 수난의 직접적인 이유는 사람들이 퍼뜨리는 부적절한 소문 때문이지만, 기실 그 원인을 좀더 따져 올라가보면 애정 공세를 펼치는 남성들을 적극적으로 거부하지 못한 유라의 성격에 문제가 있다는 것이다.

　소설의 결말 부분에서 "어쭙잖은 여론의 총아가 되고 착한 시민이 되기보다는 차라리 생활의 악마가 되었더면 유라의 살림은 한층 빛났을 것이다"로 끝나는 '나'의 이러한 권고는 결국 소문의 대상에 대한 사회적 비난이나 도덕적 충고와 그리 멀지 않은 것이다. '나'는 표면적으로는 유라에 관한 소문이 부당하다고 주장하고 그러한 소문을 퍼뜨리는 사람들의 옹졸함을 비난하지만, 결국 그러한 소문의 근본적인 원인을 여성의 우유부단한 성격과 생활의 주체가 되지 못하는 의존적 성격, 무고한 비방과 비난을 견디지 못하는 나약한 태도 등에서 찾고 있다. 이처럼 유라에 대한 옹호와 비판이라는 '나'의 이중적인 태도는 독자로 하여금 유라에 대해 모순적이고 모호한 시선을 보내게 만든다. 이에 따라 독자 혹은 소문의 청취자 역시 서술자를 따라 유라를 무고한 소문의 희생자로 동정하는 한편, A, B, C, D, E, F, G, H 등 많은 남성들과 소문이 날 정도로 유라 자신의 처신에 문제가 있다고 비판하게 된다.

「수난」보다 조금 앞서 발표된 「마음의 의장」(1934)이라는 짧은 소설은 똑같은 유라라는 인물이 등장하고 있어 「수난」의 이야기와 겹쳐진다. 이 소설을 보면, 「수난」에서 '유라'에 대한 서술자 '나'의 그러한 이중적인 태도의 원인이 어디에 있는가가 암시적으로 드러난다. 이 소설은 아내가 요양차 시골로 내려간 후 전부터 알던 유라에게 짧지만 가슴 설레는 연애 감정을 느끼게 되는 과정을 다루고 있는데, 유라에 대한 '나'의 회고적 시점, 폐병으로 인한 유라의 비극적 죽음, 유라가 '나'에게 넥타이를 골라주는 에피소드 등, 여러모로 「수난」을 연상케 하는 소설이다. 소설에서 '나'는 어떤 계기로 유라의 "하얗게 드러난 허벅살의 한 점"을 훔쳐본 뒤 그녀에게 연정을 품지만, 이러한 연정은 아내의 귀경과 유라의 죽음으로 인해 이루어지지 못한다. 물론 이 소설에서 유라에 관한 스캔들은 언급되지 않는다. 반면 유라는 직업이나 나이조차 불분명한 매우 신비하고 모호한 인물로 소개된다. 다만 그녀는 마치 꿈속의 연인처럼 '나'에게 베를렌 시의 구절을 읊어주고 "마음의 향기"만을 남긴 채 "고독히 사라져간다." 이처럼 신비의 베일에 싸였던 유라는, 그러나 「수난」에서 뭇 남성들과의 스캔들로 파란을 일으키고 비극적으로 '사라진' "소문의 유라"와 겹쳐진다. 이 두 명의 유라는 언뜻 매우 다른 인물이라는 인상을 주지만, 실상 애수와 비애로 가득한 신비스러운 존재로 그려지건 소문에 휩싸여 남성들의 입방아에 오르내리건 결국 이 유라'들'은 실체 없이 이미지로만 존재하는 허구물이라는 점에서는 동일인이라고 할 수 있다. 따라서 여성을 '마음의 귀족'으로 신비화하든 아니면 프리섹스주의자로 까발리든, 남성은 늘 여성에 대해 말하지만 정작 여성 자신은 침묵한다.

실제 사건을 모델로 했건 그렇지 않건 간에 신여성의 스캔들을 다룬 남성 작가의 소설에서 여성은 대개 비극적으로 생애를 마치는 경우가 많다. 염상섭 등의 모델소설에서 스캔들의 주인공이었던 나혜석과 김명순이 말년에 구차하게 삶을 지속하다가 돌봐주는 이 없이 쓸쓸히 생을 마감했다는 사실은 소문 속에서 끊임없이 이야깃거리가 되었으면서도 결국에는 이러한 소문에 의해 배제되고 침묵할 수밖에 없는 이들의 운명을 잘 보여준다. 자식과의 인연조차 끊은 채 중이 되어 속세를 멀리한 김일엽의 경우도 마찬가지다. 추문의 주인공이었던 여성의 비극적 죽음은 허구를 다룬 소설에서도 반복적으로 나타난다. 앞에서 언급한 이효석의 '유라'나 유진오의 「수난의 기록」에 나오는 '애라' 등의 여성 인물은 모두 자신들을 비방하는 소문의 압력을 견디지 못한 채 폐병으로 쓸쓸히 사라져가고 영원히 침묵하게 된다. 남자들의 수다가 승리한 것이다.

남자들은 왜 이렇게 여성에 관해 수다를 떨지 않으면 안 될까? 그리고 그 수다는 왜 도덕적 심판관의 외피를 걸쳐야만 할까? 가령 유진오의 「수난의 기록」에는 이런 대목이 있다. 소설에서 잡지사 여기자이자 소설가인 주애라에게 애정 공세를 퍼붓던 안일수라는 평론가는 그녀에게 거절당하자 문학 잡지에 '주애라론'을 발표하면서, "애라의 소설은 경무국 검열계로 들어가기 전에 반드시 소설가 모씨의 검열부터 받아서 붉은 잉크투성이가 된다는데 그런 풍문도 있음직한 일이라는 둥"이라고 쓰기도 하고, "애라를 싸고도는 더러운 가십이란 가십은 전부 모아 함부로 칼장난"을 한다. 여성에게 애정을 거절당한 남성 평론가가 평론의 객관성과 잡지의 공공성을 무기로 사실무근의 소문을 퍼뜨리는 이러한 장면은 물론 허구지만, 실제로 신여성에 관한 소문이 어떤 경로를 거쳐 확산될 수 있었던가 하는 소문의 확산 메커니즘을 간접적으로나마 짐작할 수 있게 한다. 이는 이효석의 「수난」에서 유라에게 은근한 애정을 보내던 D와 E가 어떻게 유라에 대한 소문을 퍼뜨리고 확산하는 데 일조했는가를 보여주는 다음의 예문에서도 확인할 수 있다.

유라와 C와의 숨은 생활이 폭로되었음은 물론이어니와 C에게 관한 자세한 속사정까지 겉에 드러나게 되었다. D 자신 가끔 유라의 숙소를 살피고는 C와의 생활을 추측하여 말하게 되고 E는 E로서 또한 여러 가지 들리는 말을 재료 삼아 유라의 생활을 유심히도 캐내고 감시하게 되었다. 이사이에 있어 유라에게 약간이라도 걸림이 있는 F G H…… 여러 인물의 호기심과 책동으로 말미암아 C의 가장 아픈 상처까지 드러나게 되었다.

유라와 유부남 C의 불륜 관계가 폭로되기까지 그녀에게 조금이라도 관심이 있는 남성들은 '추측'과 '들리는 말'을 바탕으로 끊임없이 그녀를 감시하고 사생활을 염탐한다. '나'는 특히 '당시 합법 운동의 최고 간부의 한 사람'인 E의 태도를 "사소한 거릿일에까지 계급적 양심"을 발동한 "값싸고 한가한 짓"으로 비판한다. 이를 통해서 추측할 수 있는 것은 남성들이 표면적으로는 계급적 양심이나 도덕을 내세우면서 여성의 부도덕한 성생활을 비판하지만, 기실 소문을 만들어내는 그러한 심리의 이면에는 소문의 여성에게 선택받지 못한 남성의 열패감과 복수심이 작용한다는 점이다. 따라서 「수난」의 서술자 '나'가 유라의 비극에 동정적인 동시에 비판적이라는 점, 그리고 끊임없이 유라가 진심으로 좋아한 사람은 자신일지도 모른다는 자기 최면적인 암시, 「수난」과 연작 관계인 「마음의 의장」에서 '나'가 유라에게 연정을 품은 적이 있다는 사실 등으로 미루어 볼 때, '나' 또한 유라에 관한 소문을 서사화함으로써 그녀에게 선택되지 못한 남성의 심리를 은연중에 드러내고 있다고 볼 수 있다. 이솝 우화의 '여우와 신 포도' 이야기의 교훈은 그리 멀리 있는 것이 아니다. 이러한 분열적 심리는 자신이 갈구하는 여성에게 애정의 대상으로 선택되지 못한 남성의 좌절감에서 비롯되는 것이며, 수다스러운 소문은 이곳에서 싹을 틔우고 번창해가는 것이다. 다시 현실로 돌아와서, 소문의 생산과 유통의 심리적 근원과 관련하여, 가령 한때 나혜석에게 연정을 품었던 염상섭의 다음과 같은 고백을 통해 드러나는 애정과 멸시의 복합 감정은 어떤가.

21, 2세에 경도에 있을 때 소위 초연이란 경험이 있었다. 그 상대자는 약혼하였던 여성이므로 나는 물론 얼른 손을 떼었다. 그러나 그 결과는 부지중 내 마음에 여성에 대한 멸시적 편견을 심어주었다.[5]

4. 남성들은 무엇을 꿈꾸었는가?

지금까지 몇 편의 소설을 통해 살펴본 것처럼, 소문에 갇혀버린 여성들은 대개 일탈적이고 비도덕적인 사건의 여주인공으로 기억된다. 그렇다. 단지 기억 속에서 그녀들의 모습은 재구성될 뿐인 것이다. 소문은 스스로 해석을 할 뿐만 아니라, 해석을 요구하기도 한다. 이러한 해석 행위를 통해 소문은 그 진위 여부를 떠나 어떤 의미를 만들어내는데, 스캔들의 여주인공들이 끊임없는 해석의 대상이 되는 것은 바로 이 때문이다. 따라서 여성에 대해 떠도는 이야기들, 예컨대 성적으로 타락한 신여성에 관한 풍문은 여성에 관한 상징적 · 공공적 해석과 맞물려서 만들어진다. 즉 소문을 통해 인구에 회자되는 탈규범적인 여성들은 일차적으로 그 일탈(특히 성적 일탈)의 스토리에 의해 세인의 호기심을 충족시켜주자마자 곧바로 규범적이고 관습적인 서사에 의해 '몹쓸 것들'로 재단되는 것이다. 이처럼 여성의 스캔들은 그 부도덕하고 일탈적인 내용 때문에 오히려 여성에 관한 기존의 가치관을 더욱 견고하게 만들고, 사회가 인정하는 안전하고 정숙한 여성의 이미지를 강화한다. 그 과정에서 물론 여성 자신의 욕망과 목소리는 제거될 수밖에 없다는 점은 말할 것도 없다.

여전히 우리 사회에서 여성은 그렇게 남성들의 끝없는 수다 속에서 고정된 몇 가지 이미지로 다시 태어난다. 그런 점에서 남성 중심의 가부장제 사회에

---

5) 염상섭, 「소위 모델 문제」, 조선일보, 1932. 2. 24.

서 끈질기게 이어져 내려온 '가정의 천사/사회의 악마'라는 이분화된 여성의
표상 또한 이러한 과정 속에서 반복적으로 만들어진 이미지에 불과하다. 남
성은 소문과 같은 장치를 통해 여성을 허구적 이미지로 만들어야만 비로소
왜곡된 방식으로나마 여성과 관계를 맺을 수 있게 된 것이다. 어떤 실체를
이미지화한다는 것은 곧 통제하기 쉬운 대상으로 만든다는 것이며, 자꾸만
남성의 손에서 미끄러져 빠져나가고 엇나가는 현실의 여성은 결국 이미지를
통해서만 가까스로 통제할 수 있는 대상이 되는 것이다.

한국 사회에서 성별에 따른 공/사 영역의 분리가 무너지기 시작하던 근대
초기부터 사회 활동을 하던 여성에 관한 스캔들이 끊이지 않았다는 것은, 공
적 영역에 등장한 여성에 대한 남성의 태도가 그리 호의적이지 않았다는 것
을 짐작하게 한다. 매번 '국내 최초'라는 타이틀을 얻었던 여성의 사회 활동
은 많은 남성들에게 호기심과 거부감이라는 상반된 감정을 불러일으켰을 것
이다. 스캔들이 이성에 대한 호기심과 기존의 성적 질서를 흩뜨려놓는 것에
대한 두려움이 뒤섞인 복잡한 동요에서 비롯되는 것일 수밖에 없는 것은 바
로 이 때문이다. 즉 여성의 섹슈얼리티에 대한 통제와 감시의 메커니즘이 아
직까지도 소문이라는 형식으로 유지될 수 있는 것은 여성에 관한 소문, 풍문,
스캔들이 다른 어떤 식으로는 표현될 수 없는 남성 집단의 의식적·무의식적
소요(騷擾)를 표출해주기 때문인 것이다. 여성에 관한 일련의 소문이 남성의
그늘진 욕망을 들여다볼 수 있게 하는 거울이 되는 것은 그런 까닭이다.

아름다움과 추함을 가로지르는
섹슈얼리티의 모험과 위반

1. 아름다움과 섹슈얼리티

상식적으로 따져보면, '아름다움'이란 단순히 어떤 대상의 속성이거나 별로 문제삼을 것 없는 보편 개념인 듯하다. 그러나 흔히 이러저러한 외양에다가 아름답다는 규정을 부여해보겠다는 의욕은 동어반복의 막다른 골목으로 내몰리게 되기 십상이다. 반면 아름다움이란 순환적인 정의의 영역을 넘어선 보편적인 속성이라는 통찰 역시 추상적인 형이상학을 면하기 어렵다.[1] 다시 말해서, 어떤 대상이 지닌 아름다움이라는 속성을 설명하기 위해서는 부득불 순환론적 오류에 빠지거나("그녀는 아름답다. 아름다움이란? 바로 그녀다. 그녀는? 아름답다"와 같이), 김동인의 「광화사」에서처럼 '절대미'라는 형체가 잡히지 않는 것에 대한 불가능한 도전을 시도해야 할지도 모른다는 것이다.

그렇다면 아름다움이란 어떤 대상에 내재한 속성을 일컫는 것이라기보다는 그때그때의 상황과 맥락에 따라, 일일이 구분되지 않으며 서로 일치하지도 않는 수많은 경험들에 부여되는 유명론(唯名論)적인 개념이 아닐까? 아름다움을 대상에 본질적이거나 내재적인 것으로 볼 때, 아름다움은 현실을 초월한 가치로 해석될 수 있다. 반면 아름다움을 현실적 맥락 속에서 끊임없

---

1) 프란세트 팍토, 이민아 옮김, 『미인』, 까치, 2000, p. 13.

이 재해석되는 심미적 판단으로 본다면, 아름다움은 그와 대칭되는 추함의 또 다른 이름이 될 수도 있을 것이다. 이 점은 미추(美醜)에 대한 판단을 섹슈얼리티sexuality의 문제와 관련지어 살펴보면 더욱 분명해진다.

프로이트는 『성욕에 관한 세 편의 에세이』에서, "아름다움이라는 개념이 성적 흥분에 뿌리를 두고 있으며, 그 본원적 의미가 '성적으로 자극적인'이었다는 데 의심의 여지가 없다"고 하였다. 그러나 그는 계속해서, 성기는 가장 강한 성적 흥분의 발산지지만 우리가 성기 그 자체만을 가지고는 정말로 아름답다고 여기지는 않는다고 말한다. 다시 말해, 성기를 보면 언제나 흥분이 일어나지만 그렇다고 하더라도 성기 그 자체가 아름답다는 평가를 받는 경우는 거의 없기 때문에, 아름다움의 속성은 오히려 일종의 2차 성징(性徵)에 달려 있는 것으로 보인다는 점에 주의를 기울일 필요가 있다는 것이다.

프로이트는 이러한 주장을 뒷받침하기 위한 하나의 가설로, 성기에 후각적으로 이끌리는 본능이 문명의 발달과 더불어 어떻게 변전하게 되었는가를 설명하는 매우 긴 각주에서 성기를 흥미의 대상에서 거부의 대상으로, 심지어 이전에는 매력적이던 것에서 불쾌하고 추한 것으로 여기게 되는 역사적 '반전'이 이루어졌다고 지적한다. 프로이트가 다른 에세이에서 반복적으로 설명하는 바에 따르면, 성기에 대한 이러한 반응의 변화——매력적인 것에서 추한 것으로 여기는——는 문명화 과정에서 이루어진 성적 억압과 긴밀한 관련이 있다. 동일한 대상인 '성기'가 아름다운 대상에서 추한 대상으로 변전하는 과정에서 알 수 있는 것은, 아름답거나 추하다고 느끼는 경험은 욕망이 투사된 환상이거나 아니면 욕망의 억압의 결과라는 점이다. 그런 측면에서 어떤 대상에 대한 미/추라는 심미적 판단은 동일한 욕망(특히 성적 욕망)의 이본(異本)일 가능성이 크다.

따라서 섹슈얼리티 그 자체는 아름다움이나 추함을 본질로 갖지 않는다. 오히려 섹슈얼리티의 본질이라는 것은 규정하기 어렵다. 심미적 판단과 관련하여, 섹슈얼리티가 아름다움과 연결되는지 아니면 추함과 연결되는지는 대체로 사회적 코드의 존재 여부에 달려 있는 경우가 많다.

예컨대 잘만 킹의 성애 영화에서 하늘거리는 얇은 천 사이로 뿌옇게 펼쳐지는 매끈한 육체들의 향연은, 혹은 이국적인 바닷가에서 아름다운 노을을 배경으로 전개되는 남녀의 성관계는 그 자체로 탐미적이지만, 그처럼 섹슈얼리티가 미적 탐구의 대상이나 미 그 자체로 절대시되는 경우에는 대개 사회역사적 맥락은 배제되는 경우가 많다. 반면에 섹슈얼리티가 추의 문제와 관련될 때, 그것은 흔히 추악한 현실을 노골적으로 드러내거나 비판하는 도구로 사용된다. 『탁류』에서 초봉을 성적으로 유린하는 남성 인물들의 섹슈얼리티는 속악한 일제 자본주의의 미망에 사로잡혀 성욕과 식욕, 물욕이 한데 뒤섞인 혼탁한 현실의 극치를 보여주는 당대 현실의 알레고리 역할을 한다. 이때 그들의 섹슈얼리티는 사회경제적 코드와 관련되면서, 추악한 현실을 폭로하고 비판하는 거점이 된다. 이처럼 미추라는 상반된 (것처럼 보이는) 정서적 반응 내지는 심미적 가치 판단은 섹슈얼리티에 어떠한 외관을 덧씌우느냐에 따라 달라질 수 있는 것이다.

이 글에서는 그런 맥락에서 마르시아스 심의 소설집 『떨림』과 천운영의 첫 소설집인 『바늘』을 검토해보고자 한다.[2] 이 두 소설집에서 성적 욕망 혹은 섹슈얼리티의 문제는 미와 추라는 상반된 심미적 태도를 통해 드러난다. 마르시아스 심의 『떨림』이 성적 욕망의 충족 가능성을 가능한 한 최대로 펼쳐보이며 이를 '미'의 문제와 관련짓고 있는 반면, 천운영의 『바늘』은 성적 욕망의 억압과 불가능성을 그로테스크한 인물의 입상화(立像化)를 통해 확인하고 있다. 이 글에서는 이 두 권의 소설집을 대상으로 섹슈얼리티가 어떠한 경로를 거쳐 아름다움과 추함이라는 상반된 정서와 연계되며, 그것이 어떻게 상반된 현실 인식으로까지 이어지는가를 추적해볼 것이다.

---

2) 마르시아스 심, 『떨림』, 문학동네, 2000; 천운영, 『바늘』, 창작과비평사, 2001. 이후로 이 책들을 인용할 경우는 각각 인용한 책의 면수만을 밝힌다.

2. '혁명적' 성욕, 진부한 미학: 마르시아스 심의『떨림』

마르시아스 심의 소설은 성적 욕망의 문제를 도발적으로 전면에 내세운다. 마치 포르노그래피를 보는 듯한 노골적인 성적 표현들, 혼음과 유아 성폭행, 윤간의 경험까지도 까발리는 뻔뻔스러움 등은 그 자체로 혁명적이다. 특히 그의 소설이 싸구려 에로물과 구분되는 지점은 성을 인간 주체성의 근원으로 간주하는 관점을 견지하고 있다는 데 있다.『떨림』은 표면적으로는 '여자는 무엇인가?' 혹은 '여자의 성이란 무엇인가?'라는 질문을 하는 것처럼 보이지만, 실상 그가 줄곧 묻고 있는 것은 바로 '남자는 무엇인가?'이다. 즉 남자가 자신의 주의를 여자에게로 돌릴 때마다 돌아오는 물음은 바로 그 자신의 본질, 다시 말해서 욕망의 주체로서의 본질에 관한 물음인 것이다.

서술자가 "내가 사랑했던 여자들의 이야기를 소설로" 쓰겠다고 하면서 결국 자신의 성적 편력을 통한 성장담에 더 큰 무게를 싣는 것도 그 때문이다.『떨림』의 글쓰기는 욕망의 주체로서의 '나'를 탐구하고자 하는 욕망에서 출발하고 있는 것이다. 그처럼 마르시아스 심 소설에서 섹슈얼리티, 주체성, 글쓰기의 문제는 서로 긴밀하게 결합되면서 전개되고 있다. 따라서 황현산의 지적처럼, 마르시아스 심에게 섹슈얼리티는 '주제일 뿐만 아니라 글쓰기의 방법'이자, 나아가 주체 구성의 방식이기도 한 것이다.

『떨림』은 39살의 이혼한 소설가 '나'가 자신의 성적 체험을 소재로 삼아 소설을 쓰는 과정을 다루는 연작소설에 가깝다. 소설집의 첫번째 소설인「딸기」는 작가가 이 소설집을 기획한 의도를 잘 보여주고 있다. 소설은 "먼 옛날 내가 아주 젊고 자유로웠을 때, 나는 장차 소설가가 되기를 꿈꾸면서, 그래서 언젠가 소설가가 된다면 무엇보다 우선 내가 사랑했던 여자들의 이야기를 소설로 쓰리라 작심했었다"로 시작된다. 그런 '나'는 숱한 여자들과의 사랑의 증거로 여자들의 '불꽃털(음모)'을 책갈피마다 모아둔다. 주목해야 할 점은 그 '불꽃털'을 모아둔 책이 그에 걸맞은 『선데이 서울』이나 삼류 통속 소설이 아니라, 삼성미술문화재단에서 발행한 『조선상식문답』과 『역대시조선』과 같이 '어려운' 내용의 책들이라는 것이다. 물론 '나'는 이 책들을 택한 이유를 "다른 어떤 책보다 그 책에 대한 타인의 관심이 적으리라는 판단 때문"이라고 변명하고 있기는 하지만, 분명 '불꽃털'과 '삼성미술문화재단'은 서로 어울리지 않는 한 쌍임이 분명하다. 그러나 '불꽃털'과 '삼성미술문화재단'의 어색한 결합은 그 자체로 소설집 『떨림』을 일관하는 주제의식을 함축하는 상징으로 손색이 없다. '성애의 미학화'가 바로 그것이다. 『조선상식문답』과 『역대시조선』이라는 책들은 바로 '불꽃털'이 상징하는 통속과 삼류의 성을 감싸는 미학적 포장인 셈이다.

젊은 날의 성 체험을 고백담의 형식을 빌려 서술하고 있는 「딸기」는 이러한 미학적 장치를 통해 『선데이 서울』에나 실릴 법한 성적 수기의 내용을 소설가가 되기 위한 탐색의 여정으로 탈바꿈시키고 있다. '나'가 사랑했던 어린 소녀에게 '로리타'라는 별칭을 붙여주는 행위 역시 마찬가지 맥락에서 파악할 수 있다.

이러한 성애의 미학화는 소설에 나오는 미에 관한 뜬금없고 장황한 관념적 서술로도 뒷받침된다. 「피크닉」에서 '요동과 우연'이라는 제목의 삽입글로 제시되고 있는 '미론(美論)'은 작가가 생각하는 성과 미의 연결 지점을 짐작할 수 있게 해준다. 그에 따르면, 자연은 기존의 통념과는 달리 안정성과 평형이 아니라 우연과 비평형과 같은 창조적 에너지를 미적 조건으로 갖는데, 이는 인간의 미적 창조에도 적용되어야 한다는 것이다. 조화와 균형, 절제에서 아름다움을 찾기보다는 요동, 불안정, 과잉과 같은 불균형 상태를 아름다움과 연관짓는 이러한 방식에서 성애를 미학화하는 근거가 발견된다. 소설 속에서 성은 반복적으로 '무위' '혼돈' '모호함' 등으로 규정되는데, 이러한 성의 비결정적 성격은 '요동과 우연'으로 요약되는 미의 성격과 흡사한 것이다. 작가에게 미와 성은 모두 절제와 균형의 미덕을 벗어나는 곳에서만 발견될 수 있는 가치인 셈이다. 이처럼 작가는 추상적인 미의식을 원초적인 성적 본능과 연관지으면서 그것을 '모호함의 가치'로 옹호한다.

「피크닉」에서 성에 대한 그런 생각은 '나'와 불륜의 관계에 있는 여자가 미국 유학 시절 포토맥 강가로 피크닉을 갔을 때 목격했던 '우아하고도 고귀하며 비밀스런 제례'를 통해 구체화된다. 순수하고 어린 남녀가 자연을 배경으로 그들만의 혼례를 올리고 자연 속에서 성행위를 한다는 설정을 통해 작가가 강조하고자 하는 것은 바로 성의 순수성, 혹은 순수한 성에 대한 욕망에 다름 아니다. 이러한 순수한 성에 대한 욕망은 '요동과 우연'이라는 삽입글에서 강조하고 있는 아름다움의 본질과 그 아름다움의 초기 조건인 자연에 대한 새로운 시각의 요구와 자연스럽게 이어지고 있다.

그러나 실상 그러한 성애의 미학화는 '나'의 성적 교접을 단순히 삼류 소설에나 나올 법한 '난잡한 행위'가 아니라는 점을 강조하기 위해 덧붙여놓은 장식에 불과하다. 실제로 마르시아스 심의 소설을 추동하는 중요한 원동력은 많은 여성을 유혹하여 그녀들(의 육체)을 알고자 하고 또 끊임없이 다른 여자를 성적으로 지배하고자 하는 남근적 욕망의 전횡이다. "당시 우리는 신이 우리에게 주신 그 모든 가치, 그 모든 아름다움의 정점에 서 있었고, 당연히 그 결과는 무위(無爲)였다"(20)는 구절에서도 드러나는 것처럼, 기실 '나'에게 '모든 가치'와 '모든 아름다움의 정점'은 '사천팔백 번의 피스톤 운동'일 뿐이다. 마르시아스 심의 소설에서 성의 아름다움에 대한 주장이 남근 숭배의 다른 이름이라는 점은 소설의 곳곳에서 노골적으로 드러난다.

　　여자의 아름다움은 어디까지나 말하지 아니하는 육체에 있는 것이라 나는 생각한다. 그것은 여자에게 있어서 남자도 마찬가지라 믿는다. 아름다움이란 말할 수 없는 주관적 본능이나 직관에 있는 것이지 말할 수 있는 객관적 경험이나 합의에 있는 것이 아니니까 말이다. (61)

그러나 이처럼 이성을 벗어던져야만 아름다움에 이를 수 있다는 겉보기에 보편적인 진술은 느닷없이 말 많은 여자들에 대한 노골적인 혐오감으로 결론을 맺는다. 이런 논리에 따라 "저급한 화술"로 남자의 성욕을 떨어뜨리는 여자는 경멸의 대상이 된다. 그로 인해 미에 관한 작가의 추상적인 진술이 지극히 주관적이고 개인적인 남근적 편견으로 떨어지고 만다. 마르시아스 심의 미론이 오히려 그 자신의 말처럼 "저급한 화술"에만 머물게 되는 것은 그 때문이다.

어찌 됐든, 마르시아스 심의 소설에서 그런 과정을 통해 정신의 차원으로 고양된 섹슈얼리티는 사회적 관계의 세력장에서 비켜나 있는 절대적인 미의 영역으로 나타난다. 그리고 성적 욕망은 마치 상징적 질서의 구속에 의해 억압되지 않은, 그리하여 진정한 평등과 자유가 실현될 수 있는 영역인 것처럼 다루어진다. 그러나 자족적인 차원에서 어떠한 사회적 목적도 염두에 두지 않은 성의 영역이라고 할지라도, 어떤 의미에서 권력의 위계 관계나 사회적 관습, 이데올로기에서 벗어날 수는 없다. 이는 마르시아스 심의 소설에서조차 성이 결코 순수하게 그려지지 않는다는 데서도 확인할 수 있다. 젊은 시절 "넝마주이며 양아치들이 잠자리로 이용하는 곳"에서 잠자기보다는 "하마보다 더 하마같이 생긴 뚱뚱보, 심하게 다리를 저는 나이 든 처녀, 젖통이 크고 얼굴이 반반하게 생긴 뱃사람의 마누라, 크로마뇽인 같은 술집 주인 여자"와의 성관계를 대가로 식사와 잠자리를 제공받았다거나, 자신이 진정으로 사랑했던 유 마담과의 결별이 "그놈의 몇 푼 되지도 않는 돈 때문이었"다는 이야기는 미의 영역으로서 마르시아스 심 소설의 성이 그의 주장과는 달리 실제로는 경제적 거래망 속에서 작동되고 있다는 사실을 보여준다. '나'가 여성과의 성관계를 모종의 거래로 간주하고 있었다는 점은 다음 구절에서도 선명하게 드러난다.

사실은 누나나 형수처럼 편안한 연상의 여자가 생겼다. 나는 그녀가 마련해주는 정서적 안온을 이용하여 장편소설을 마무리하려고 여름 내내 지하 방에서 움직이지 않고 있었다. (280)

이처럼 '나'에게 여성들과의 성행위는 자신의 남아도는 정력으로 여성에게 쾌락을 안겨주고 그 대가로 물질적이거나 정서적인 혜택을 받는 일종의 물물 교환의 거래라는 혐의가 짙다. 따라서 "견딤, 떨림, 그리움, 사무침과 같은 글자"는 이러한 냉정하고 분명한 거래를 삶과 예술의 본질이라는 외피로 덧 씌우게 하는 역할을 한다.

『떨림』의 액자 구성은 성애의 미학화를 소설가로서의 자의식이 강조되는 소설적 장치로 감싸는 역할을 하고 있다. 『떨림』의 소설들은 '나'의 성적 체험을 소설가인 '나'가 서술하는 방식을 취하고 있다. 「딸기」를 비롯한 거의 모든 소설들은 서술 주체가 경험 주체를 압도하면서, 쓰고 있는 '나'의 자의식이 소설 전면에 부각되는 소설가소설의 모습을 띠고 있다. '나'의 지지부진한 글쓰기와 선배 부인과의 불륜 관계에 환멸을 느끼는 「우산」의 '나'의 모습은 소설가로서의 자기 모멸과 결합되어 있다는 점에서 그것은 소설쓰기에 대한 반성과 소설가로서의 자기 성찰로 해석될 법하다. 마르시아스 심의 소설을 "젊은 날의 방황과 편력의 체험이나 정신적 위기를 통해 얻었을 상처와 아픔을 맺고 푸는 과정을 그린" 예술가소설로 해석하는 임동확의 논의 역시 그런 맥락을 강조하는 것이다. 그러나 문제는 소설가로서의 자의식을 확인하는 과정에서 강조되는 것은 오히려 거대 남근의 소유자로서의 자부심이자, '사천팔백 번의 피스톤 운동'이 가능한 정력에 대한 자랑이라는 점이다. 그처럼 『떨림』 전반에 걸쳐 반복적으로 제시되는 자기 만족적인 태도로 인해 소설가소설로서의 진정성과 자기 성찰은 한낱 과시적 포즈의 수준으로 떨어져 버린다.

그 점은 다음과 같은 구절에서도 드러난다. "그 모든 여자들을 위하여 오늘 내가 할 수 있는 일은, 아픈 허리를 두드리고 발목을 떨어가면서, 자판을 두드려 지나간 세월을 불러오는 것이다.” ‘펜은 곧 남근’이라는 명제를 이만큼 잘 보여주고 있는 장면이 있을까? 자신의 지나온 삶 속에서 자칫 잊혀질 수도 있는 여성들을 불러내는 이러한 글쓰기 방식은 남근적 글쓰기의 전형이라고 할 수 있다. 『떨림』에 수록된 거의 모든 소설이 절대적 권위의 남성 서술자(경험적 자아이자 서술적 자아인)를 등장시켜 여성을 성적 타자로 다루고 있을 뿐만 아니라, 글쓰기를 권력 행사의 한 방식으로 이용하고 있다는 점에서 이러한 남근적 글쓰기의 성격은 더욱 강조된다. 소설 속에서 자신의 글쓰기 방식을 옹호하는 내용이 자주 등장한다는 사실은 마르시아스 심이 펜이 헤게모니 장악을 위한 유용한 수단이 될 수 있음을 충분히 알고 있다는 점을 잘 말해준다.

마르시아스 심의 소설에서 더욱 큰 문제는 여성 비하적인 표현을 빈번하게 의도적으로 사용함으로써 페미니스트들을 자극하여 저급한 저널리즘의 흥미를 불러일으키려는 얄팍한 상술의 의도까지 엿보인다는 점이다. 예컨대 그는 「딸기」에서 ‘딸기’를 좋아하는 ‘로리타’를 식욕이 왕성한 철부지 욕망 덩어리로 묘사함으로써 로리타와의 성관계가 이러한 욕망에 의해 로리타 스스로 촉발한 것이었음을 강하게 암시한다든가, 그녀의 언니 또한 아직 어림에도 불구하고 치마 속에 팬티를 입지 않는 ‘요부’ 기질이 있는 존재로 그림으로써 어린 여자아이들과의 관계가 전적으로 그들의 요구에 응한 것이었음을 주장한다. 여성 독자들 사이에서 더욱 논란이 되고 있는 부분은 바로 고등학교 시절 친구 네 명과 함께 지나가던 여학생을 차례로 윤간한 것이 발각되어 그 여학생에게 ‘비싼 원피스’를 사줌으로써 문제를 무마한 뒤, 이에 관해 논평하는 서술자의 다음과 같은 진술이다.

봄날 낮술에 취해 보리 이삭의 풋내를 맡으며 벌였던 우정의 향연에 비하면 값싼 대가였지만, 생리 중인 계집애의 불두덩에서 뽑아낸 불꽃털 한 올의 가격으로 치자면 지나치게 비싼 가격이었다. (52)

거기에다가 그 여학생에 대한 윤간을 '사랑해주었다'는 식으로 표현한다든가, 그 여학생이 "유난히 봄을 앓았"기 때문에 은근히 그러한 윤간을 즐겼을 것이라는 암시 등은 '나를 욕할 테면 욕해보라'는 식의 강짜가 아닐 수 없다.

마르시아스 심의 소설이 저급한 이유는 아직 젖멍울도 채 잡히지 않은 어린 여자아이를 유린한다거나, 여고생을 윤간한 뒤에도 전혀 죄책감을 느끼지 못하는 남고생의 이야기를 다루었기 때문이 아니다. 혹은 자신이 만난 모든 여자들을 '따먹은' 얘기를 지루하게 반복하기 때문도 아니다. 진짜 이유는 그가 '성'을 미학적으로 포장하겠다는 선언에도 불구하고 성이 전혀 미학화되지 못한 채 에로티시즘조차 제대로 그려 보이지 못하고 있다는 데 있다. 차라리 그가 에로스의 충동을 극한으로 밀고 가서 죽음 충동에까지 이르는 모습을 보여주었더라면, 오히려 그의 소설은 에로티시즘적이라는 평가라도 받을 수 있었을지도 모른다. 그러나 그의 소설이 화려한 치장에도 불구하고 한갓 싸구려 대중소설에서 더 나아가지 못하는 이유는, 모든 가능성이 차단된 상황에서 성을 극한으로까지 밀고 가서 존재의 본질을 추구하기보다는 자신의 소설을 위한 흥미로운 소재로만 성을 다루었다는 데 있다. 즉 작가 자신은 전혀 파괴되지 않은 채 오히려 반도덕의 몸짓으로 태연하게 비도덕을 자행하고 그것을 그럴듯하게 포장하고 있는 것이다.

3. 그로테스크한 육체와 도착적 욕망: 천운영의 『바늘』

툭 튀어나온 광대뼈와 꼽추를 연상케 할 정도로 둥그렇게 붙은 목과 등의 살덩이, 눈살을 찌푸리게 하는 목소리, 뭉뚝한 발가락…… 남자가 말한 전혀 하고 싶은 생각이 안 들게 하는 이유들이다. 남자의 말을 들으면서 나는 추하다는 추상어가 명백히 눈앞에 펼쳐져 구체성을 획득하는 것을 느꼈다. 거기에

나는 말까지 더듬는다. 그러나 어느 누구도 내 바늘 끝에서 나오는 문신을 보고 추함과 연결시키는 사람은 없다. (13)

천운영의 데뷔작 「바늘」에서 그려지고 있는 여자 문신사 '나'의 기괴한 신체는 문신을 하러 온 남자의 말처럼 '도저히 하고 싶은 생각이 들지 않는' '추함'의 전형으로 간주된다. 천운영의 소설에는 이러한 그로테스크한 여성 신체의 이미지가 자주 등장한다. 「월경」의 가분수 여자아이, 「숨」의 육식동물을 닮은 할머니, 「행복고물상」의 쭈글쭈글한 아내, 「포옹」의 곱사등이 등 대부분의 소설에서 여성 신체는 뒤틀리고 비정상적인 것으로 그려진다. 그리하여 이들 여성의 신체는 성적 매력과는 거리가 먼, 혹은 성적 욕망을 전혀 불러일으킬 수 없는 비성적인sexless 것의 표상인 것처럼 보인다.

「월경」에서 발육되지 않는 '나'의 육체는 이러한 비성적인 특성을 잘 보여준다. 그러나 이러한 그로테스크한 육체들은 오히려 과잉된 성적 욕망을 감추기 위해 뒤틀린 것처럼 보이는 감각적이고 물질적인 신체이다. 다시 말해 '나'의 신체는 그 내부에 혼돈을, 즉 상징계적 질서에 혼란을 안겨다 주고 모든 정상적인 것을 전염시키는 난폭한 위험을 간직하고 있는, 그래서 언제든지 그 폭력성과 위험성이 외부로 표출될 위기에 처해 있는 신체이다. 따라서 '나'의 추한 신체는 비성적이라기보다는 억압된 리비도가 대상을 찾지 못한 채 내투(內投)·파열되어 과잉되고 왜곡된 존재의 이미지를 강렬하게 하는 역할을 한다. 이런 점에서 천운영 소설의 여성 인물들은 대개 성적 표지가 지워진 육체의 소유자이면서도 그 왜곡된 형상으로 인해 도착적인 성적 욕망을 연상시킬 수밖에 없는 비극적 존재이다.

「바늘」에서 부각되고 있는 '문신'은 남성의 몸에 여성 욕망의 흔적을 남긴다는 점에서 이러한 여성 섹슈얼리티가 구현되는 방식을 짐작하게 한다. 링기스에 따르면 몸에 문신을 새기는 행위는 야만적인 몸 표시 양식으로서, 이러한 문신에 의해 몸의 성감대적 감수성은 강화, 증폭, 확장된다. 몸 표면에

지도 그리기를 통해 몸의 특정 부위를 강화하고 특권화하는 이러한 방식은 몸을 에로틱하게 구성하는 기능을 하기도 한다. 이렇게 본다면 「바늘」에서 '나'의 문신 행위는 남성의 몸에 야만적인 상처를 냄으로써 자신의 여성적 섹슈얼리티를 특권화하는 방식이 될 수 있다. 이때 작은 페니스를 연상시키는 '바늘'은 남성의 육체에 고통을 가함으로써 여성적 쾌락의 감각을 일깨우는 역할을 한다는 점에서 도착적인 여성 욕망을 상징한다. 특히 옆집 남자의 몸에 새겨진 "어린 여자아이의 성기 같은" 바늘은 "가장 얇으면서 가장 강하고 부드러운 바늘"이라는 모순 어법적 표현에서 알 수 있는 것처럼, 은밀하고 비밀스러운 구멍 혹은 틈새이면서도 돌연 모든 것을 빨아들이는 두려운 블랙홀이라는 양가적 성격을 나타낸다.

그런 점에서 '바늘'은 여성이 야만적인 방식으로 자신의 정체성이 남성의 살갗에 고정되게 하는 욕망의 축도라고 할 수 있다. 이는 상징계를 떠받치고 있으면서도 결코 그 모습을 드러내지 않는 라캉의 실재계처럼, 감지되기는 하지만 결코 확인할 수 없는 여성 섹슈얼리티의 잠재된 파괴력을 상징적으로 보여주고 있다.

이처럼 바늘은 금지된 쾌락을 가능하게 하는 도구이자 여성 섹슈얼리티의 파괴성과 폭력성을 남성 육체에 은밀하게 각인하는 도구가 된다. 겉으로는 매우 정숙하고 정결해 보이는 어머니가 '바늘'을 이용하여 천천히 은밀하게 현파 스님을 죽인 것에서 알 수 있는 것처럼, 「바늘」에서 '바늘'은 현파 스님으로 대표되는 청결과 적절성의 세계를 가로지르며 위반하는 음험한 여성적 욕망의 상징물이다.

정결과 식물성의 세계를 위협하는 이러한 파괴적인 성욕은 스님으로 상징되는 "욕망의 승화를 요구하는 문화의 권위"(황종연)에 대한 파괴 욕구로 이어진다. 이는 소설에서 '나'가 "스님의 머리통을 부여잡고 정사하는 장면"을 상상하거나, 전쟁 기념관에 들어가서 "전시된 무기들을 하나씩 꺼내 스님을 향해 공격하"거나, 심지어 "스님의 발을 찔러 피가 솟구"치게 하는 상상을 하는 것에서 잘 드러나고 있다. 이러한 파괴와 복수에 대한 '나'의 환상은 현실 속에서는 '바늘'을 통한 사디즘적 쾌락으로 재연됨으로써, 문화적으로 금기시된 여성의 공격성(특히 성적 공격성)이 텍스트에서 표현되는 방식의 하나를 제시한다.

「월경」에서 이러한 도착적 욕망은 '나'의 관음증적 응시를 통해 드러난다. 열세 살 이후로 성장을 멈춘 '나'는 150센티미터도 안 되는 키에 머리통이 꼽추의 등허리처럼 부담스럽게 달린 이제 스무 살의 여성이다. 부모가 모두 떠난 집에서 홀로 지내는 '나'는 여종업원으로 고용한 '계집'의 수입 중 절반으로 생활하는데, '나'의 유일한 즐거움은 계집의 몸을 훔쳐보는 것이다.

> 계집이 치마를 모으고 앉아 땅바닥에 손을 짚어가며 머리카락을 찾는 동안 나는 셔츠 사이로 봉긋 솟아오른 가슴을 훔쳐본다. 서른이 훨씬 넘은 나이에도 계집은 제법 탱글탱글한 가슴을 유지하고 있다. 가슴도 가슴이지만 계집의 엉덩이는 정말 탐스럽다. 표주박 두 개를 나란히 놓은 듯 완만한 곡선을 이루다가 툭 불거지는 모습이 여간 아니다. 〔……〕 나는 문틈에 대고 숨을 죽인 채 계집의 엉덩이를 훔쳐보곤 한다. 엉덩이 사이로 손가락을 쑥 넣거나 체벌을 하듯 엉덩이를 찰싹찰싹 때리는 상상을 하면서. (70)

마치 남성 서술자에 의해 서술된 듯한 위의 구절은, '나'가 훔쳐본 계집의 몸을 묘사하고 있다. 특히 "탱글탱글한 가슴"과 표주박에 빗대어지는 엉덩이, 그 엉덩이에 가해지는 사디즘적 폭력까지, '나'는 남성의 관음증적 시선으로 계집의 몸을 분편화하고 대상화하면서 은밀한 성적 쾌감을 느낀다. 전통적으로 남성의 성적 도착의 하나로 간주되어온 관음증을 전유함으로써 '나'는 관능성과 공격성을 공유한 사디즘적 주체가 된다.

이러한 도착적 욕망은 '나'의 볼품없이 황폐한 비성적 육체에 의해 더욱 두드러지게 나타난다. 소설에서 '나'는 계집이 잠든 사이에 팬티를 벗겨 그녀의 '촉촉하고 따뜻한 무덤'을 엿보는데, 이때 훔쳐본 그녀의 성기는 비옥한 대지에 비유될 만큼 풍성한 생명력을 간직한 곳으로 그려진다. 반면에 '낙석 주의 표지판'에 비유되는 '나'의 그것은 "메마른 황토와 돌덩이가 후둑후둑 떨어지는 잘려진 산허리"처럼 생명력이 고갈된 삭막한 곳으로 표현되고 있다. 이처럼 '나'의 관음증은 자신의 비성적 육체에 대한 혐오감에서 비롯된 것으로, 풍성한 생명력과 생동감에 대한 갈구의 전도된 표현이다.

그러나 다른 한편으로 '나'는 성적 욕망이 불러일으키는 생명력에 대한 강한 거부감 또한 드러내는데, 이는 집 앞 국도에 심어져 있는 '살집 좋은 암나무'에 대한 혐오감을 통해서 알 수 있다. 성적으로 헤픈 여자에 비유되고 있는 '암나무'는 '부끄럼 없는 화분'으로 옆에 있는 '수나무'를 마르고 여위게 할 뿐만 아니라, 그 화분의 결과물인 농익은 은행들을 바닥에 떨어뜨려 '노란 고름'을 흘리고 '구린 냄새'를 풍기는 역겨운 존재이다. 달과 더불어 과잉된 여성 성욕을 상징하는 은행나무를 이처럼 불결한 것으로 서술하는 태도와 더불어, "스무 살이 되고 싶지 않아 정확히 생년월일로 생일을 계산"한다는 서술자의 진술은 '나'가 성적인 육체를 소유하는 것에 대해 얼마만큼 두려워하고 거부하는지를 알 수 있게 한다. 한편으로는 관음증적 시선으로 여성적 생명력을 찬양하면서, 다른 한편으로는 여성의 성적 욕망을 거부하는 이러한 양가적 태도는 기실 금기시된 욕망과 처벌에 대한 두려움에서 기인한 것이다. 이는 욕망, 금기, 위반, 처벌이 뒤얽힌 어머니의 욕망의 드라마를 훔쳐본 딸의 혼란스러운 심리 상태이기도 하다.

「월경」은 '나'가 무슨 이유로 열세 살 이후로 성장을 멈췄으며, 기차에 머리가 짓이겨지는 꿈을 반복적으로 꾸는 이유는 무엇인지에 대한 호기심을 불러일으키면서 시작되는데, 계집이 떠나간 아버지를 연상시키는 푸른 모자의 사내를 '금지된 방'으로 끌어들이면서 잊었던 '나'의 기억은 되살아난다. 그것은 바로 어머니의 간통 장면을 목격한 아버지가 칼로 잔인하게 어머니를 난자한 사건이다. 소설에서 '나'는 '넘지 말아야 할 문지방'을 넘어서 어머니의 불륜 현장과 그에 대한 처벌 장면을 목격하는데, '나'는 어머니에 대한 처벌을 곧 자신의 훔쳐보기에 대한 처벌과 동일시한다.

그는 이미 계획된 일을 치르듯 시린 칼질을 하였다. 남자의 등허리에 푸른 초승달이 수없이 새겨졌다. 그녀의 얼굴과 젖가슴에도 초승달이 뜨고 피가 솟구쳤다. 끝이 보이지 않는 나락으로 떨어지며 그녀의 피가 내 다리 사이로 흘러들어오는 것을 보았다. 그리고 기차가 왔다. 온 땅을 흔들며, 고꾸라진 내 머리를 짓이기며, 문지방을 넘어선 나를 벌주며, 기차가 지나갔다. (81)

이제 모든 것은 분명해진다. '나'는 어머니의 과잉된 성적 욕망을 처벌하는 아버지의 난도질을 목격한 뒤, 아니 상징계적 질서 속에서 금지된 일탈의 영역에 들어선 대가로 스스로를 처벌하게 된 것이다. 기차에 머리가 짓이겨지는 꿈이나 더 이상 월경(月經)하지 않는 육체는 바로 이러한 금기를 위반한 것에 대한 처벌이라고 할 수 있다. 따라서 '부적절한' 성적 욕망을 가진 여성 육체가 남근적 '칼'에 의해 난자당하는 현장을 훔쳐본 '나'가 "문지방을 넘어선" 과잉된 여성 욕망에 대해 거부감을 일으키는 것은 당연하다. 앞에서 지적한 '살집 좋은 암나무'와 '마르고 여윈 수나무'의 대립적인 묘사에서 알 수 있는 것처럼, '나'가 어머니의 일탈적 성욕에 대해서는 다분히 부정적인 태도를 취하는 데 반해 그러한 어머니를 처벌하고 떠난 아버지에 대해서는 연민의 감정을 갖는 것은 그 때문이다.

그러나 이미 문지방을 넘어버린 '나'는 다만 아버지의 남근적 질서에 대한 두려움 때문에 욕망을 억압하고 있을 뿐이다. 사실은 '나' 역시 어머니와 마찬가지로 과도한 욕망을 소유한 존재이다. 이는 '나'의 신체의 기형성과 도착적인 욕망을 통해 확인할 수 있다. 소설의 결말 부분에서 '다시 문지방을 넘어서' 벌거벗은 계집이 사내와 행복해하는 모습을 본 '나'는 어렴풋하게나마 금기와 위반으로만 규정되는 욕망의 패러다임을 넘어 여성 욕망의 향연을 이해하게 된다. 그리하여 이제 다시 금지된 섹슈얼리티의 영역으로 들어선 '나'는 아버지의 질서 속에서 억압되고 통제된, 그래서 더욱 왜곡된 방식으로 표출될 수밖에 없었던 자신의 욕망을 해방시켜, 남근적인 상징 질서가 그어 놓은 '철로'라는 금을 넘어 도주하게 된다.

이처럼 천운영의 소설에서 성은 과잉이나 위반의 의미를 담지하는데, 이 때문에 여성 섹슈얼리티는 불쾌한 감정과 추라는 심미적 판단을 불러일으킨 다. 줄리아 크리스테바에 따르면, 기괴한 신체(특히 여성의 신체)는 과잉과 위반을 의미하는 감각적이고 물질적인 신체이자, 상징계 질서 안에 혼란을 일으키고 난폭하게 외부로 표출될 위기에 처해 있는 신체이다. 우리 존재의 가장자리에서 태어난 이러한 기괴한 신체는 상징적 질서의 청결 지대를 감염 시키고 오염시키겠다고 위협하는 비천한abject 기미를 띤 존재이다. 그러나 정작 이러한 여성 육체의 비천함abjection이 두려움을 불러일으키는 이유는 단순한 청결의 부재 때문이 아니다. 그것은 바로 정체성, 조직, 질서를 교란 하는 어떤 것, 한도와 제자리 혹은 규칙을 지키지 않는 어떤 것에 대한 두려 움에 다름 아니다. 천운영 소설에서 이처럼 위협적인 여성의 욕망은 동물적 폭력과 식욕, 불결함 등으로 그려지기 때문에 일차적으로 매우 역겨운 인상 을 주지만, 작가는 오히려 이러한 그로테스크한 여성 섹슈얼리티를 통해 여 성적 권력의 획득의 한 방식과 삶의 생명력을 보여주고 있다.

4. 섹슈얼리티의 이데올로기

어떠한 순수한 선언이나 표명도, 발화되는 그 순간부터 이데올로기의 형식 을 띠게 된다. 그 점은 아름다움이나 추함에 대한 미적 반응이나 언술의 영 역에서도 마찬가지다. 마르시아스 심의 소설에서 그것은 더욱 노골적으로 드 러난다. 그의 소설에서 절대적인 아름다움으로 받아들여지고 또 그려지는 성애는 극단적인 남근 숭배에 의해 일그러져 있다. 교환의 논리가 작동하는 성적·경제적 권력 관계의 세력장 속에서 굴절되거나 여성의 성에 대한 학대와 비하를 토대로 한 성관계조차 아름답고 순수한 성적 결합으로 미화하는 마르시아스 심의 소설은 그런 점에서 미학에 대한 자해(自害)라 할 수 있을 것이다. 그러나 마르시아스 심에게 더욱 큰 문제는 오히려 다른 데 있는지도 모른다. 지젝Slavoj Žižek이 지적하는 이데올로기적 태도의 공식은 이렇다. "그들은 자신들이 하는 일이 어떤 일인지 너무도 잘 알고 있다. 그럼에도 불구하고 그들은 그 일을 한다."

반면 개인의 정신적 외상과 그로 인한 도착적 성욕의 문제를 다루는 천운영의 소설에서 섹슈얼리티는 아름다움보다는 오히려 추함이라는 미적 판단과 연계되어 있다. 그러나 그 경우에도 역시 마르시아스 심과는 다른 수준에서이긴 하지만 이데올로기의 장력에 붙들려 있기는 마찬가지다. 천운영의 소설은 여전히 어떤 측면에서 주변적 여성의 도착적 성욕은, 혹은 여성의 지나친 성적 욕망은 처벌받아야 한다는 관습화된 사회의 시각에서 자유롭지 않다. 다시 말해 그의 소설에서도 젠더화된 욕망의 패러다임은 은밀하게 작동하고 있는 것이다. 기존 사회의 성적 관습에서 벗어나 쾌락과 욕망의 여성 중심적 체제를 새롭게 구축하려는 시도가 아직까지는 그리 매끄러워 보이지 않는 것은 그 때문이다.

따라서 섹슈얼리티와 결합된 미/추의 문제는 작가의 현실 인식을 비추는 거울이 될 수도 있다. 굳이 푸코를 거론하지 않더라도, 섹슈얼리티가 개인의 정체성을 형성하는 중요한 구성 요소일 뿐만 아니라, 지배적인 사회 규범이 새겨지는 장소이기도 하다는 점은 익히 알려진 사실이다. 섹슈얼리티가 자기 정체성과 사회 규범이 일차적으로 연결되는 결절점이라는 것은 그런 점에서 타당하다. 따라서 지극히 사적으로 보이는 성 체험담이나 정신적 외상으로 인한 욕망의 일그러짐의 문제 역시, 그러한 성적 담론을 가동하는 권력 체계와 젠더화된 이데올로기에 대한 고려가 있어야 그 해석의 지평 역시 사회문화적 차원으로 열리게 될 것이다. 특히 성 담론에 스며 있는 이데올로기가 젠더화된 위계질서를 승인하는 성 차별의 이데올로기일 경우, 아무리 중립적이고 객관적인 것처럼 보이는 성 담론이라고 할지라도 그것은 결국 권력에 관한 담론이 될 수밖에 없다. 여성에 대한 비하와 학대가 덧씌워진 악타이온 콤플렉스와 성적 교접을 미학화하면서 가학적인 남근적 펜을 휘두르는 마르시아스 심의 소설이나, 젠더화된 욕망의 패러다임을 벗어나지 못한 채 성적 욕망에 대한 자기 처벌로서의 왜곡과 분열을 감수하는 천운영의 소설이 말해주는 것은 바로 그것이다.

불륜의 서사, 여성 문학과 섹슈얼리티

1. 여성 섹슈얼리티와 불륜

토머스 하디의『테스』가 출간 당시 사회적인 물의를 빚었던 가장 큰 이유
는 바로 '테스'라는 여주인공의 성적 욕망에 대한 표현 때문이었다. 잡지에
발표했을 당시에는 알렉의 최음제로 인해 어쩔 수 없이 강간당하는 것으로
되었던 두 사람의 성교 장면이, 책으로 출판될 때는 테스가 약에 취하지도
않은 멀쩡한 상태에서 알렉의 유혹에 넘어갔을 뿐만 아니라 오히려 그러한
알렉과의 관계에서 성적인 욕망을 희미하게나마 느끼는 것으로 수정된 것이
다. 교회에서는 당장 이 책을 불살랐으며, 출판 금지 명령을 내렸다. 이를 계
기로 성적 표현의 자유를 둘러싼 논쟁이 일어나게 되었으며, 오늘날『테스』
는 당대의 성적 규범의 한계를 지적하고 이를 뛰어넘는 작품으로 평가받게
되었다. 이렇게 본다면『테스』를 둘러싼 논쟁은 지나친 성행위에 대한 묘사
로 법정에서 실형을 선고받았던 마광수의『즐거운 사라』나 장정일의『내게
거짓말을 해봐』와 같은 맥락에서 이해할 수도 있을 것이다. 그러나『테스』에
서 문제가 되었던 점은 마광수나 장정일의 작품에 대한 비난과는 다른 것이
었다. 즉 마광수나 장정일의 작품이 성에 관한 지나치게 '야한' 혹은 너무
'상세한' 표현 때문에 문제가 되었다면,『테스』의 경우에 문제는 창녀도 아
닌 평범한 여성이 (그것도 과거에는 꽤 알아주던 귀족 가문의 후예가) 성적 욕

구를 드러냈을 뿐만 아니라, 자발적으로 성관계를 맺었다는 것이었다.

이처럼 제도권 내에서 널리 퍼진 여성의 성에 대한 편견 중 하나가 바로 좋은 여성Good Woman은 성적 욕구가 없는 무성적sexless 존재라는 주장이다.[1] 그러나 정신분석학과 성과학(性科學)의 발달로 여성에게도 성적인 욕망이 있다는 사실은 오늘날 폭넓게 받아들여지고 있다. 그런 점에서 여성을 무성적 존재로 보는 견해는 일견 부정되는 듯하다. 그러나 우리 사회에서 한편 여성의 성적 욕망은 여전히 완강한 부정의 대상이다. 즉 여성에게도 성적인 욕구가 있지만 정숙한 여성(아내나 어머니)은 기본적으로 이러한 욕구를 자제할 수 있는 능력이 있다는 식으로 여성 섹슈얼리티의 의미를 수동적인 것으로 축소하고 있는 것이다. 그런 점에서 '테스'에 대한 비난을 통해 드러난 여성 섹슈얼리티에 대한 편견은 시대와 국경을 넘어 오늘날 우리의 상황에서도 여전히 지속되고 있다고 볼 수 있다.

여성에 대한 극단적인 이분법인 '성모 마리아Virgin Mary/이브Eve' 혹은 '순결한 백합형/관능적인 장미형'은 이러한 여성의 성에 대한 편견이 양극화되어 드러난 대표적인 예라고 할 수 있다. 이처럼 여성이 가부장제적인 남성적 시각에 의해 '창녀'와 '성녀'로 양분되는 현상은 일일이 열거하기도 어려울 정도로 우리 사회의 문화 속에서 매우 빈번하게 드러난다. 문학의 경우도 마찬가지이다. 최인호 소설에서는 이러한 극단적인 두 가지 양태의 여성상이 잘 드러나고 있다. 『별들의 고향』의 '경아'가 처녀성을 상실한 창녀로서 산업 사회의 어두운 일면을 상징적으로 드러냈다면, 『겨울 나그네』의 가냘프고 순결한 '다혜'는 더러운 피의 유전과 자본주의에 의해 타락한 남성을 구원하는 성녀로 암시된다. 이처럼 대개의 남성 작가들의 작품에서 여성 인물은 과도하게 성적이거나 무성적인 존재로만 그려질 뿐, 그 중간적인 형태로는 그려지지 않는다. 그 결과 여성의 성은 더러운 것으로 폄하되거나 성스러운 것

---

1) Judith Long Laws, Pepper Schwartz(ed), *Sexual Scripts: The Social Construction of Female Sexuality*(University Press of America, 1974), p. 13.

으로 신비화될 뿐, 여성의 실제 삶과 관련하여 실감 있게 다루어지지는 못하였다.

그러나 1990년대부터 여성의 섹슈얼리티에 대한 표현은 조금씩 달라지는데, 특히 신세대 여성 작가들은 이전과는 달리 여성 섹슈얼리티를 주체성 형성에 있어서 중요한 요소로 다루고 있다. 즉 여성의 섹슈얼리티가 어떻게 억압적으로 구성되었으며, 그러한 억압에서 벗어나기 위해서 여성의 성적 욕망과 에로티시즘은 어떻게 재구성되어야 하는가를 고민하기 시작한 것이다. 미혼 여성의 성적 편력을 다룬 김별아의 『내 마음의 포르노그라피』와 송경아의 『성교가 두 인간의 관계에 미치는 영향에 대한 문학적 고찰 중 사례연구 부분인용』은 섹슈얼리티의 전개 방식이 매우 파격적이고 일탈적이다. 이들에게 성은 여성 주체를 억압하는 지배 권력에 대한 저항의 도구로, 혹은 억압적인 가족에게서 벗어나기 위한 계기로 그려지며, 그렇기 때문에 자아를 발견할 수 있는 매개물로 이해된다. 그러나 이들의 작품에서 여성의 섹슈얼리티는 여전히 지나치게 과장되어 있고, 개인적 관계의 문제로만 국한되어 있다.

『테스』를 둘러싼 논쟁에서 보이는 교회의 히스테릭한 반응은 성, 특히 여성의 성이 단순히 개인적인 차원에 국한되는 것이 아니라 오히려 여러 사회 제도, 예컨대 가족 · 법 · 교회 등에 의해 통제되고 관리되는 것임을 암시한다.[2] 따라서 여성의 섹슈얼리티는 개인적 성 해방이나 자기 정체성 확립의 문제와 맞물리기도 하지만, 나아가 우리 사회의 모순들을 은밀하게 드러낼 수 있는 기제가 되기도 한다. 그런 점에서 '결혼'이라는 가족 제도 속에서 자신의 섹슈얼리티를 드러내는 여성 인물을 다룬 소설들은 그 소재에서부터 성이 사회적인 차원에서 다루어지는 방식을 잘 드러낼 수 있다. 특히 근래 눈에 띄는 것은 '가족'이라는 사회 제도를 일탈하는 여성 섹슈얼리티의 재현이다. '불륜'이라는 이름으로 일컬어지는 이러한 위반적인 여성 섹슈얼리티는,

---

2) Judith Long Laws, 앞의 책, p. 1.

가장 극적이면서도 과격하게 여성의 섹슈얼리티를 억압하고 통제하는 기존의 사회 체제를 비판하는 하나의 방식으로 나타나고 있다.

따라서 여성 작가들의 불륜의 서사는 가부장제적인 사회 제도에 의해 '나쁜' 성으로 매도되는 기혼 여성의 일탈적인 성을 통해 여성의 섹슈얼리티가 사회 도덕이나 윤리와 교차되는 지점을 암시적으로 드러낸다. 그렇다고 불륜을 소재로 한 모든 소설들이 일방적으로 체제 전복적이거나 해방적이라고 보기는 어렵다. 대부분의 남성 작가와 마찬가지로 불륜을 대중의 호기심을 자극하는 통속적인 기제로만 보는 경우도 있으며, 얼핏 성 해방을 주장하는 듯하다가 결국에는 '남성＝지배, 여성＝종속'이라는 기존의 성별 위계 구도를 그대로 반복하기도 한다. 이 글에서는 여성 작가의 작품 속에서 여성 섹슈얼리티가 재현되는 다양한 방식들을 살펴봄으로써, 새로운 세기에 여성 섹슈얼리티의 재현이 갖는 의미와 가능성을 점검해보고자 한다.

2. 낭만적 사랑이라는 이름의 불륜

1990년대 여성소설에서 불륜은 가족 제도 안에서 사랑과 성이 더 이상 조화롭게 화해되지 못한 채 균열되는 현대 사회의 문제를 단적으로 보여주는 소재로 나타난다. 즉 가족이 더 이상 삶의 든든한 버팀목이 아니라 오히려 서로를 기만하는 집단의 최소 단위를 지칭하는 개념으로 변해버린 현실 속에서, 불륜은 일시적이나마 이러한 현실로부터 초월할 수 있는 매혹적인 가능성으로 비치고 있는 것이다. 이렇게 볼 때, 불륜은 사회적 질서와 의무라는 관점에서 보자면 대단히 위험한 위반의 형식이 될 수 있다.

흔히 여성의 진정한 성장은 '결혼 이후'에 이루어진다고 한다. 즉 여성에게 결혼은 삶의 완성이 아니라, 오히려 일상의 순환 고리 속으로 말려들어가 새로운 문제와 맞닥뜨리는 계기가 될 수 있다. 차현숙 소설의 여성 인물들은 화려한 '나비'로 변신함으로써 비루하고 황폐한 일상의 순환 고리를 끊고자 한다. 차현숙의 『블루 버터플라이』(고려원, 1996)나 「나비, 봄을 만나다」 「나비학 개론」 「나비의 꿈」 등은 이미 그 제목에서부터 여성 인물의 '변신' 욕구를 드러내고 있다. 즉 차현숙 소설에서 '나비'는 초라하고 권태로운 일상 과 어린 시절 상처의 기억을 뛰어넘어 새로운 삶으로 날아가는 자유로운 존 재를 상징한다. 특히 『블루 버터플라이』는 어린 시절의 외상trauma으로 병 든 인물들이 결말 부분에서 글쓰기나 새로운 사랑을 통해 '푸른 나비'로 다시 태어나는 이야기를 다루고 있다.

이 소설의 중심인물인 지원, 채희, 수익은 모두 어린 시절의 상처로 괴로 워하는 인물들이다. 지원은 다른 남자와 바람이 나서 결국에는 아버지와 이 혼하게 된 엄마로 인해, 채희는 아직 초등학생이었을 때 자신의 우상이던 오 빠의 상습적인 강간으로 인해, 수익은 아버지의 죽음 이후 그의 친구와 결혼 한 어머니에 대한 배신감으로 인해 상처받은 존재들이다. 이들은 이러한 상 처 때문에 가정을 꾸리고 살아가면서도 가정생활에 적응하지 못한다. 채희는 어린 시절의 고통스러운 기억에서 벗어나지 못한 채 여러 남자들을 전전하다 가 결국에는 첫사랑의 대상이었던 수익에게 근친상간과 그로 인한 죄의식을 털어놓은 뒤, 글쓰기를 통해 새로운 삶을 시작하게 된다. 지원은 비록 남편 의 외도가 계기가 되어 이혼하지만, 정신과 의사인 수익의 도움으로 자신이 아버지의 그늘에서 완전히 벗어나지 못한 정신적 유아임을 인정하면서 진정 한 자신의 모습을 찾게 된다. 수익 또한 어머니와 닮은 지원이 자신을 구원 해줄 '블루 버터플라이'임을 발견하면서 아내와 이혼하고 지원과의 새로운 미래를 꿈꾸게 된다.

"푸른 날개를 달고 이제 자유롭게 날아다니며 살 수 있을까요?"
"난 하고 있어요. 당신의 치료는 나에게 날개를 달아주었고 그리고 조금씩 날고 있어요. 당신도 그럴 수 있어요. 당신이 그랬잖아요. 우리 모두는 각자의

날개를 달고 고독과 싸워가며 날아오르는 거라고요. 비록 찢기기 쉬운 아름답
고 여린 날개라도 말이에요. 당신이 저를 도와주었듯이 이번엔 당신을, 제가
도와드릴게요…… 당신은 누구보다 잘할 거예요. 괴로워하지 마세요."
"……" 수익은 지원의 손을 잡는다. 부드럽고 작은 손…… 사람들마다 내면
깊숙이 웅크리고 울고 있는 어린 소녀와 소년들은 이제 눈물을 닦고 조금씩 날
갯짓을 할 것이다. 그래서 저 넓은 곳으로 날개를 활짝 펼치고 날아가도록 해
야 한다. 베란다에서 보이는 푸른 바다는 거대한 나비의 날개처럼 보인다. 어
떤 마음의 투망도 두려워하지 않고 자유롭게 날아다니는…… (『블루 버터플라
이』, pp. 264~65)

　수익을 위로하는 지원의 이러한 말을 통해 수익은 어린 시절 다른 남자에
대한 열정으로 자신과 아버지를 외롭게 했던 어머니를 이해하고, 누구에게나
'어떤 마음의 투망'도 가로막지 못하는 나비의 자유로운 날갯짓이 필요함을
인식하게 된다. 이처럼 이 소설에서 불륜은 소외되고 상처 입은 자아가 독립
적이고 자유로운 자아로 거듭나기 위해 거쳐야 할 통과 의례처럼 제시되고
있다. 그러나 이 소설에서 여성 인물의 자기 상실과 방황은 지나치게 과장되
어 있으며, 그 상처의 치유 또한 너무나도 손쉽게 이루어지고 있다. 게다가
이 소설은 로맨스 소설의 결말과 너무나 유사하다. 비록 서로 이혼하는 아픔
을 겪기는 했지만, 아름다운 바닷가 별장에서 서로의 상처를 보듬어주면서
사랑을 확인하는 이러한 결말 구조는 독자로 하여금 낭만적인 로맨스에 대한
기대에서 조금도 벗어나지 못하게 한다. 특히 질병을 앓고 있는 여성 환자와
이를 치유하는 남성 의사의 구도는 '여성-수동적' '남성-능동적'이라는 기존
의 위계적인 성별 구도를 그대로 재생산한 것이다. 이처럼 불륜의 서사가 합
법성을 얻게 되는 해피 엔딩으로 끝날 경우, 자칫 '불륜'이 지닌 파괴적이고
전복적인 힘은 오히려 낭만적이고 아름다운 사랑에 대한 환상을 강조하는 기
제로 변질될 수 있는 위험을 안고 있다.

3. 실존적 자아 탐색으로서의 불륜

전경린 소설의 여성 인물은 기만적이고 허위적인 현실의 삶과 단절함으로써 "나 이외의 아무것도 되고 싶지 않은," "그저 나인 채로 끝까지 가고 싶은" 욕망으로만 채워진 삶을 꿈꾼다. 이 때문에 전경린 소설의 여성 인물들은 현실에 안주하는 평화로운 삶보다는 '소멸될 것을 알면서도 불 속에 뛰어드는 나방'과도 같은 자기 파괴적인 충동을 드러낸다. 이는 다름 아닌 자기 발견의 욕망으로써, 전경린 소설에서 불륜은 이러한 '실존적' 자아 탐색의 도정과 서로 맞물리고 있다. 이는 자칭 새로운 여성적 '자아주의자'의 탄생을 예고한다. 첫번째 창작집인『염소를 모는 여자』(1996)에서부터『내 생애 꼭 하루뿐일 특별한 날』(1999)에 이르기까지 전경린은 지속적으로 사회의 제도적 맥락 속에서 타성화된 인간관계를 거부하면서 온전히 '나'로서만 살고자 하는 강한 욕구를 보여주었는데, 불륜은 바로 이러한 자아의 변화를 가능하게 하는 계기로 나타난다.

『내 생애 꼭 하루뿐일 특별한 날』은 불륜이라는 비합법적인 사랑에의 매혹이 어떻게 자기 확인의 욕구로 이어지는가를 잘 보여주는 작품이다. 즉 작가 스스로 '후기'에서 밝혔듯이, 이 소설은 "합법적으로 제도에 편입되어 기념비가 되는 사랑보다는 삶을 무너뜨리고 얼굴을 다치며 내쫓기는 비합리적인 사랑"을 통해 "거듭되고 표절되는 진부한 삶의 궤도를 이탈"하고자 하는 욕망을 그려내고 있다. 소설의 여주인공인 '미흔'은 남편 '효경'의 외도를 안 뒤 깊은 절망감에 빠져 삶에 대한 의욕을 상실한다. 효경은 이러한 아내를 치유할 목적으로 '나비'라는 몽환적인 이름의 마을로 거처를 옮기지만, 미흔은 그곳에서 '규'라는 남자를 만나 통제 불가능한 욕망의 소용돌이에 휩싸이게 되고 결국 남편과 이혼을 한다. 오래전 이 마을을 떠돌던 '추문'의 주인공인 부희가 첫사랑의 남자를 만나 '부정한' 관계를 맺다가 시아버지에게 들켜

낫으로 시아버지를 죽인 것처럼, 미흔 또한 규와의 부적절한 관계로 인해 파멸하게 된다. 그러나 이러한 파멸의 결과는 어찌 보면 당연하다. 왜냐하면 이들이 아버지로 상징되는 규범에 길들여진 관습화된 여성성을 해체하고 자기 안에 있는 진정한 여성을 이끌어내기 위해서는 먼저 죽음의 과정을 거치지 않을 수 없기 때문이다.[3]

아이란, 가정이란 그 아름다운 동화로 얼마나 많은 여자들을 유폐시키는가. 얼마나 많은 여자들이 이 생에서 실종되는가. 그럼에도 불구하고 나 여기 있다고 존재를 드러내지 않았어야 했을까. 머릿속 어딘가에 고인 피가 넘어진 장롱처럼 생을 짓누를 때, 어떻게 빠져나갈 수가 있을까. 언제까지나 두 눈을 감고 잠자야 할까…… 생물학자들은 나비가 불을 향해 달려드는 이유를 규명하기 위해 연구해왔지만 아직은 밝히지 못했다고 한다. 때로 여자가 스스로 불 속으로 몸을 던지는 것처럼 보이는 현상에 대해서는 누군가가 규명을 했던가. 혹은 규명하려고 노력이라도 했던가. 나비에 대해서는 노력을 하면서도 말이다. 규가 말한 나비의 날개와 복사열 이야기가 떠올랐다. 나비의 비밀은 체온이 뜨거운 동안만 날 수 있다는 데 있지 않을까. 그리고 여자의 비밀도…… (『내 생에 꼭 하루뿐일 특별한 날』, pp. 114~15)

아무런 이유 없이 "불 속으로 몸을 던지는" 나비는 바로 "실존적으로" 자아를 "성숙시키기 위해"서는 어쩔 수 없이 파멸로 치달을 수밖에 없는 미흔이나 부희에 다름 아니다. 전경린 소설에서 이러한 '나비'의 모습은 차현숙 소설에서처럼 비루한 일상을 초월하는 화려한 변신에의 욕구를 상징하는 것이 아니라, 새로운 자아를 생성하기 위해서는 파멸할 수밖에 없는 여자의 슬픈 운명을 상징한다. 아내나 어머니라는 이름으로 여성을 구속하는 가정은

---

3) 김은하, 「죽음의 탈주, 생성의 탈주 ─ 전경린론」, 미발표 원고.

단지 '구역질 아니면 공포'이고, 다른 사람들에 의해 예술 혹은 외설이 되는
성행위도 그녀들에게는 '그냥 가사일'에 불과하다는 사실은 여성의 탈주가
단지 사랑에 대한 낭만적 환상에 의해 촉발된 것은 아니라는 주장을 가능하
게 한다. 이는 미흔이 남편과의 이혼 후 규와의 사랑에 매달리지 않고 오히
려 그와의 사랑을 "지극히 짧은 한순간 하늘을 가른 번갯불이거나 사막을 떠
도는 신기루, 여름 한낮의 무지개 같은 근거 없는 낭설"로 치부하는 것에서
도 잘 나타난다. 즉 미흔에게 중요한 것은 불륜 그 자체라기보다는 이를 통
해 이루어지는 허위적 삶과의 단절 그리고 '나'의 욕망으로만 이루어지는 완
전한 삶의 회복인 것이다.

분명 이러한 새로운 여성 '자아주의자'의 탄생은 여성 섹슈얼리티에 대한
고정된 관념을 전복할 수 있는 가능성을 지니고 있다. 그러나 허위적 삶과
완전히 단절해야만 비로소 이루어지는 전경린의 자아의식은 너무 고립적이고
유폐적이다. "낯선 도시"에서 "사설 우체국의 여직원"이 되어 "아무도 마주
치지 않고, 아무것도 그리워하지 않"으면서 지내는 미흔의 삶은 비록 자신을
감금하는 질서에서 벗어난 것이기는 하지만, 자신의 내면성에 또다시 갇히는
결과를 초래하고 만다. 이러한 고립된 자기 세계는 다소 몽환적이고 초현실
적인데, 이 때문에 오히려 미흔의 현실 탈주는 관념적이고 불가능한 것으로
보인다. 게다가 전경린 소설의 고유함으로 지적되어온 '섬세하고 감성적인
문체'나 '센티멘털한 플롯'[4]으로 인해, 이 소설에 나타나는 실존적 자아 탐색
은 비관적이고 허무적인 색채마저 띤다. 이런 점에서 전경린의 실존적 자아
탐색이 모호한 일탈로만 그치지 않으려면 현실과의 긴장 관계를 유지해야 할
것이다.

---

4) 황종연, 「이졸데의 손녀들, 그들의 불륜의 소설」, 『문학동네』, 1996년 가을호, p. 291.

4. 기만적 사랑으로서의 불륜

앞에서 살펴본 것처럼 차현숙이나 전경린에게 불륜은 비루하고 황폐한 현실에서 벗어나서 새로운 사랑을 꿈꾸거나 새로운 자아를 정립하는 계기를 마련해준다. 그러나 서하진 소설에서 불륜은 이러한 아름다운 외피를 완전히 벗어버린 채, 흉물스러운 모습으로 드러나고 있다. 물론 그녀의 소설에도 마음 깊은 곳에 강렬한 초월의 열망과 낭만적 환상을 간직한 채, 위험하고 치명적인 금기 위반을 꿈꾸며 사회적 관습에서 벗어나기를 바라는 여성 인물들이 자주 등장한다. 그러나 첫번째 소설집인『책 읽어주는 남자』와 최근에 출간된『라벤더 향기』에서는 상투적이고 지루한 일상을 일시적이나마 벗어나려는 시도의 일환이었던 불륜이 오히려 삶의 위악적이고 기만적인 이면을 들춰내는 행위로 역전되거나, 여성의 삶을 옭아매는 또 다른 사슬로 변질된다. 그 결과 불륜은 그러한 불륜적 인간관계의 환멸스런 모습을 충격적으로 고발하는 하나의 방식이 된다.「그림자 당신」과「불륜의 방식」등은 바로 이러한 불륜의 역설적인 존재 방식을 잘 드러내고 있다.

「그림자 당신」에서 전업 작가인 ‘나’는 우연한 기회에 딸아이 친구의 엄마와 성관계를 한 뒤, 수영을 핑계로 아내와 아이가 정기적으로 외출하는 수요일마다 그녀와 불륜의 관계를 맺는다. 그러다가 ‘나’는 아내 없이 혼자서 딸아이와 외출 준비를 하다가 딸아이의 방에서 발견한 많은 인형이 사실은 아내가 다른 남자와 만날 때마다 그 남자(들)가 아이의 입단속을 위해 사준 것이라는 사실을 알고 충격에 휩싸이게 된다.

나는 막막한 심정으로 인형들을 내려다보았다. 하나, 둘…… 다섯, 여섯, 일곱……, 아홉, 열…… 마흔까지 세어도 인형은 남아 있었다. 〔……〕 한번 시작된 웃음은 내 뱃속을 훑어내는 통증이 올 때까지 그칠 줄 모르고 계속되었

다. 웃음 속에 남자를 끌어안은 아내의 모습이, 여자를 쓰러뜨리는 내가 차례
로 지나갔다. 아내가 안고 있는 남자, 내가 끌어안은 여자들이 서로서로를 보
며 웃고 있었다. 그 웃음은 소리가 없었고 아내도 나도, 여자들도 남자들도 얼
굴이 없었다. (「그림자 당신」, p. 132)

'나'가 자신의 아파트에서 아내가 없는 시간에 낯선 여자와 제어할 수 없
는 욕정을 나누는 동안, 아내 또한 그러했다는 사실을 확인하는 바로 그 순
간은 그동안 안온한 일상 뒤에 감추어졌던 허위적인 부부관계의 실체가 드러
나는 순간이다. 즉 '나'가 평소에 여러 여자들과 바람을 피우면서도 '여자와
자기 위한 목적으로 여자에게 접근하지는 않았다'는 비논리적인 '자긍심'으로
무장한 것처럼, 아내 또한 행실이 부정하다고 소문난 이웃집 여자(딸아이 친
구의 엄마)에 대한 맹렬한 적의와 남편의 바람기에 대한 너그러운 묵인으로
자신의 부정한 행위를 감추고 합리화한 것이다. "아내가 안고 있는 남자, 내
가 끌어안은 여자들이 서로서로를 보며 웃"지만, 그 웃음에는 소리가 없고
서로의 얼굴을 알아볼 수 없다는 절망적인 상황 인식은 바로 사회적으로 용
인된 부부관계가 불륜과 그렇게 다르지 않으며, 아내와 '나'는 '그림자'와 같
이 형태는 있지만 실체는 없는 껍데기 같은 존재였음을 확인하는 것이다.

이처럼 서하진의 소설에서 불륜을 '저지르는' 인물들은 심오한 정열의 소
유자나 비현실적인 성격의 소유자라기보다는 관습적이고 소극적인 인물인 경
우가 많다.[5] 「불륜의 방식」의 '나' 또한 "교재 연구에 밤을 새고, 〔……〕 빳
빳한 팸플릿이 책꽂이 한 칸을 메울 만큼 연극"도 보는 평범하고 오히려 성
실한 교사이다. '나'의 불륜 대상인 오빠 친구 또한 작은 키와 얽은 얼굴의
소유자로서 평범 이하의 외모에 '내과의'라는 간판을 이용해 돈 많은 미모의
여성과 결혼한 다소 계산적이고 이기적인 인물이다. '나'의 주변 인물로서 각

---

5) 백지연, 해설 「삶의 모욕을 견디는 불온한 사랑」, 『라벤더 향기』, p. 284.

각 '조강지첩형'과 '푼수형'으로 분류되는 불륜에 빠진 정선생이나 현미 엄마 또한 우리 주변에서 흔히 볼 수 있는 인물들이다. 이러한 인물 설정을 통해 드러나는 사실은 바로 불륜이란 아무리 아름다운 미사여구로 치장해도 세속적인 치정극에 불과하며 오히려 또 다른 역겨운 현실이라는 점이다.

　　모든 것을 토해내고, 모든 것을 물로 흘려내도 내 안의 냄새는 가시지 않았다. 도둑고양이처럼, 정선생처럼, 현미 엄마처럼, 충격 요법을 충격적으로 받아들인 그의 아내처럼 그것은 절로 움직이는, 살아 있는 물체였다. 내 숨 끝에 달라붙어 나를 숨쉬게 하는, 혐오스럽고 두려운, 그러나 친근해진 물체. (「불륜의 방식」, pp. 107~08)

소설의 마지막 부분에서 '나'는 자신이 단지 그의 충격 요법 대상이었던 여러 여자들 중의 하나였음을 안 뒤에, 내 속의 것들을 끊임없이 게워낸다. 이는 불륜이 더 이상 슬픔의 색채를 띤 신비한 사랑이 아님을 인식하는 육체의 격렬한 반응이다. 그리고 나를 존재하게 하는 친근하지만 '혐오스럽고 두려운 물체'는 바로 불륜이 구역질 나는 환멸의 일상임을 알고 있음에도 불구하고 그것을 열정적이고 환상적인 초월로 의도적으로 왜곡하는 '나'의 허위의식인 것이다. 따라서 이때의 불륜은 사회 제도에서 일탈한 순수하고 정열적인 사랑도, 주체성 확립을 위한 격렬한 자기 확인의 과정도 아니다. 그것은 단지 비참하고 부적절한 애정 행각에 불과한 것이다.

이처럼 서하진 소설에서 불륜은 역설적이게도 불륜으로 맺어진 관계의 부적절성과 기만성을 폭로한다. 이러한 새로운 불륜의 정치학은 현대 사회에서 진정성을 상실한 부부관계와 나아가 훼손된 인간관계의 모습을 사실적으로 드러내주는 역할을 하지만, 다른 한편으로는 불륜을 배신과 기만의 관계로만 몰아감으로써 오히려 '정상적인' 남녀관계를 역설적으로 승인하는 듯한 인상을 준다. 이 때문에 서하진 소설에서 불륜을 바라보는 냉소적인 시선은 자칫 불륜에 대한 관습적인 비난의 태도로 변질될 우려가 있는 것이다.

5. 결론을 대신하여

앞서 지적한 것처럼 불륜은 '정상/비정상'의 관습적 틀을 벗어나려는 시도이기 때문에 어쩔 수 없이 여성 섹슈얼리티를 사회적인 관점에서 바라보게 한다. 불륜은 일차적으로 결혼이라는 계약 관계의 파기이지만, 결혼과 그로 인해 이루어지는 가족 관계가 여성을 지리멸렬한 일상 속으로 밀어넣거나 여성의 섹슈얼리티를 억압할 때, 그것은 결혼과 가족이라는 제도적 성에 대한 도전이자 일탈이 될 수 있다. 그러나 사회 제도에 의해 이루어진 성 억압에 저항함으로써만 인간(특히 여성) 해방에 이를 수 있다는 주장은 너무 일면적이다. 푸코가 '억압 가설'의 한계를 지적하면서 설파했듯이, 성 해방 그 자체가 사회·정치적인 변화와 함께 가는 것은 아니기 때문이다. 최근에 폭발적으로 증가된 능동적인 여성 섹슈얼리티에 대한 사고가 상업적으로 악용되면서 오히려 진정한 여성성의 모습을 왜곡할 수 있는 것도 바로 이러한 문제와 관련된다.

따라서 현 단계에서 여성 작가들은 여성 섹슈얼리티의 해방적 힘에 대한 편향에서 벗어나 여성 섹슈얼리티가 개별 여성의 체험과 맞물리면서 다양하게 드러나는 방식에 초점을 맞추는 것이 더 바람직할 수 있다. 그런 점에서 불륜을 여성에게 억압적인 현실을 초월하게 하는 열정적이고 신성한 힘으로 보는 차현숙이나 전경린의 시각은 오히려 여성 섹슈얼리티의 다양한 모습을 놓칠 수 있다. 오히려 불륜이 또 다른 기만적인 일상이 될 수 있다는 서하진 식의 인식이야말로 앞서 지적한 한계에도 불구하고 여성 섹슈얼리티를 여성 해방의 원동력으로 보는 일면적인 관점에서 벗어날 수 있게 할 것이다. 불륜의 서사가 순진한(?) 문학평론가들에게나 일탈이나 초월로 해석될 뿐, 요즘

아줌마(?)들에게는 충격적일 것이 하나도 없는 뻔한 현실이라는 어느 아줌
마의 지적은 이런 점에서 타당할지도 모르겠다.

제2부
여성성, 육체, 글쓰기

여성성, 육체, 여성적 시쓰기
—— 김정란과 김혜순의 시를 중심으로

1

1990년대 들어와 여성 작가들은 자신의 목소리를 문학적으로 활발하게 내고 있다. 그에 따라 90년대 여성 작가들의 약진은 더 이상 이야깃거리도 되지 못하는 당연한 문학적 현상으로 받아들여지게 되었으며, 여성 문학이 여성 작가와 여성 독자만을 대상으로 하는 부차적인 장르라는 생각도 많이 수그러졌다. 이제 여성 문학은 우리 문학에서 중요한 한 경향으로 부각되기에 이른 것이다.

이런 상황에서 여성 문학 혹은 여성적 미학의 특성을 해명하기 위한 이론들이 활발하게 제시되고 있으며, '여성성'은 그중에서도 중요하게 부각되고 있는 개념이다. 여성 작가의 작품을 논할 때 여성성이 중요하게 거론되는 이유는 무엇보다도 여성 문학의 미적 특성이 여성의 성적 정체성을 매개로 발현되고 있기 때문이다. 그런 측면에서 여성성은 여성 작가의 문학적 특성을 해명할 수 있는 중요한 열쇠가 된다. 그러나 여성성이 구체적으로 무엇을 의미하는지를 한마디로 규정하기는 힘들다. 90년대 여성 문학의 비평 기준으로 다양하게 사용된 여성성 개념이 그 용어의 의미가 분명하게 해명되지 않은 채, 논자마다 다양하게 해석되고 있는 것도 그 때문이다. 그만큼 이 용어는 폭넓은 함의를 갖는다고 볼 수 있을 것이다.

　여성성은 대체로 가정 내에서 여성이 차지하는 어머니나 아내로서의 역할에 필요한 보살핌의 능력, 허여성(許與性), 수동성, 감상성 등의 관계 지향적 자질들로 이해된다.[1] 그러나 여성성을 어떻게 정의하든지 간에, 여성이 갖는 자질들이 단순히 여성의 성에 고유한 초역사적인 본질로 해석되어서는 안 된다. 어떤 면에서 여성성은 여성이 갖는 생물학적 본성에 기초하는 것이지만 동시에 사회적 · 역사적으로 구성된 것이기 때문이다. 중요한 것은 여성성이 성차를 생산하는 남성 중심적 상징 질서의 산물이라는 점을 직시하는 것이며, 그럼에도 불구하고 그것이 여성의 현실적인 성적 정체성의 기반이라는 점을 인정하는 것이다. 즉 남성 중심적 논리를 적용할 경우 여성성은 남성적 질서의 산물로 폄하될 수도 있지만, 다른 한편으로 이는 현실적으로 구성되는 여성적 삶의 모습을 재현하는 기제가 될 수도 있다. 여성 문학이 여성들이 발 딛고 있는 현실적 체험에 근거해야 한다면, 여성성은 그러한 현실적 체험을 가장 직접적으로 보여줄 수 있는 요소이다. 이런 점에서 여성성에 대한 탐구는 여성 문학의 현재를 살펴볼 수 있는 중요한 작업이라 할 수 있을 것이다.

　그런데 최근에 여성성의 원리를 언술 방식이나 주제의 차원에서 추구하고 있는 경향이 눈에 띈다. 특히 김정란과 김혜순의 시적 작업에서 이러한 여성성의 원리는 글쓰기의 궁극적인 지향점이나 적극적인 방법론으로 나타나고 있다. 김정란은 시의 형식과 내용에서 여성성의 원리를 꾸준히 천착해온 시인이며, 김혜순 역시 출발을 달리하기는 하지만, 『나의 우파니샤드, 서울』(문학과지성사, 1994)을 거쳐 최근의 『불쌍한 사랑 기계』(문학과지성사, 1997)에 이르러서는 초기 시집에서 단편적으로 보이던 여성 육체에 대한 언술에서 나아가 여성성을 시적 사유의 중심으로 부각하고 있다. 또한 두 시인의 이러한 여성성에 대한 천착은 모성성에 대한 사유로 이어지는데, 여러 가

---

1) 이선옥 · 김은하, 「'여성성'의 드러내기와 새로운 정체성 탐색의 의미」, 『민족 문학사 연구』 제11호, 창작과비평사, 1997, p. 53 참조.

지 측면에서 모성성의 내용과 의미가 각기 다르게 해석되고 있는 점도 주목
된다. 이처럼 여성성(그리고 모성성)의 가치나 원리를 서로 다른 방향에서,
그리고 서로 다른 방법으로 추구하고 있는 이 두 시인의 작업은 여성적 시쓰
기[2]의 실천이라는 측면에서도 의미있는 것이다. 따라서 이들의 시적 작업에
서 나타나는 여성성의 서로 다른 모습에 눈을 돌려 그것이 갖는 의미를 되새
겨보는 것은 그대로 우리 여성시가 도달한 지점을 엿보는 것과 다른 것일 수
없다.

2

　김정란은 스스로 '여성주의'를 천명하는 시인이다. 그녀는 여러 편의 글에
서 자신의 시를 한국 여성시의 계보 속에 위치짓고 있으며, 자신의 시가 여
성적 육체의 거부를 넘어서 여성성의 수용 과정을 형상화한 것이라고 해석한
다. 김정란은 이러한 과정을 거쳐 생산된 새로운 형태의 시를 스스로 '말의
아기들'로 명명하면서, 이러한 말의 아기들이 인간의 현실에 대해 더 많은 것
들을 알게 해줄 것이라고 자신 있게 주장한다.[3] 이러한 주장에서 알 수 있는
것처럼, 김정란은 자신의 여성적 시쓰기의 과정을 출산과 관련된 모성성의
체험과 비유적으로 연결하는 것으로 나아간다. 굳이 자신의 시에 대한 시인
의 이러한 명시적인 해석에 귀 기울이지 않더라도, 그녀의 시에는 분명 여성
성의 주제와 이미지가 일관되게 나타나고 있다. 그리고 이러한 여성성의 주
제의식은 일정한 변화를 겪으면서 진전되다가 최근에는 비유 형상으로서의

---

2) 이 글에서 '여성적 시쓰기'는 프랑스 페미니즘에서 말하는 '여성적 글쓰기écriture feminine'
　　라는 개념과는 달리, 여성적 정체성을 기반으로 한 미적 특성을 갖는 시쓰기라는 좀더 포괄적
　　인 의미로 사용한다.
3) 김정란, 「비참의 경험을 넘어서는 단성 생식—존재의 불화에서 말의 아기들의 탄생에 이르
　　기까지」, 『21세기 문학이란 무엇인가』, 민음사, 1999.

모성성에 주목하는 양상을 보이고 있다. 따라서 김정란의 시에 나타나는 여성성과 모성성의 모습을 해명해야만 김정란 시의 온전한 실체가 드러날 수 있을 것이다.

김정란의 시를 들여다보면 대체로 일상적인 언어 규범의 테두리를 벗어나거나 도발적인 시어들이 불규칙하고 산발적으로 나열되고 있는 것을 볼 수 있다. 그 때문에 그녀의 시는 언뜻 보아 작가의 의도나 시적 의미를 찾기가 매우 어렵게 되어 있다. 이렇듯 김정란의 시에서 가장 먼저 눈에 띄는 것은 의도적으로 소통 불가능하게 만든 언어들의 유희이다. 그래서 김정란의 시는 언뜻 보기에 매우 현란하고 자유분방해 보인다. 그러나 사실 꼼꼼히 살펴보면 작가의 일정한 의도를 담고 있는 정형화된 시어들이 도식적일 만큼 규칙적이고 반복적으로 나열되고 있다는 것을 알 수 있다. 다음 시를 보자.

나는, 그래, 도시의 거리에서
배척당하지, 나는 느릿느릿
도태 중이라네, 그 멈칫거리는 에너지
불규칙하게, 내 영혼을
뒤집어놓지, 나는 도시의 거리에서
나지막이 날아오르지, 막막함

내 혀는 더듬거리지, 이곳에서
내 말들은 숨을 쉬지 못해

그래, 막막히 떠밀려, 교외의 어느 언덕에선가
윙윙거리는 귀신들, 금빛 마지막 햇살에
넋이 나간, 딱한, 흔들리는, 저,
제 정해진 자리에서, 한없이 성실하게

바람의 매혹에 대답하는, 들뜬, 막막한 말들,

—「도시, 교외 — 들떠 있는 말들」 부분

이 시에서 반복되는 '막막함'이라는 시어는 "더듬거리지" "불규칙하게" "뒤집어놓지" "나지막이" "윙윙거리는" "흔들리는" 등의 시어의 의미와 같은 연장선상에서 해석될 수 있는 것이다. 여기서 김정란은 비결정성과 부정형성의 의미소를 갖는 시어를 반복적으로 동원하여 규칙적이고 질서 정연하고 고정되고 확실한 현실에 대한 부정으로서의 방법적인 시적 대응을 의도한다. 대체로 김정란의 시에는 이처럼 시인이 의도한 인식적인 의미를 담는 비슷한 의미 계열의 정형화된 시어들이 반복적으로 나열되어 있다. 김정란은 한편으로 이렇게 자신의 시에서 질서 정연함이나 확실함과는 대비되는 시어들을 의도적으로 선택하여 배치하는 것을 통해 확고하게 질서 잡힌 현실 논리에 대한 시적 비판을 의도하고 있는 것이다. 그러한 시적 방법을 어떻게 평가하든지 간에, 중요한 것은 이러한 도식적인 언어유희의 밑바탕에는 현실 세계의 언어가 더 이상 진실한 삶을 얘기할 수 없다는 인식과 그러한 세계에 대한 환멸이 자리 잡고 있다는 점이다.

가짜의 삶, 가짜의 언어들, 그것들이

기대고 있는, 그것들이 아직도 끄떡없다고 생각하는

몇천 년 묵은 기둥이 썩는 냄새

나는 숨이 막혀 —「사건 X」 부분

가슴이 덜덜 떨렸다 오 아냐 내가 너를

얼마나 사랑하는데 나는 엉엉 울며 다가가

타락한 말의 毒汁 밑에서 썩어가는

한 여자 어떤 여자 혹은 여자 다른 여자를

꼭 껴안았다 부패의 냄새가 확 풍겨왔다
(오 아냐! 어떻게든 널 살려볼 방법을 찾아볼게)
—「내가 아무렇게나 죽인 여자」 부분

현실 세계의 언어는 "뿌리 부분에서 오래전부터 썩기/시작한 낡은 기둥에서 솟아오른" 혀에서 나오는 '썩는 말'이다. 그것은 또한 "당장 썩어 문드러질 제 살도 내몰라라/찬란한 금도금을 하고 있"는 기만과 은폐의 도구이기도 하다. 기존의 말은 결국 썩어가는 기둥에 기대고 있는 "가짜의 삶, 가짜의 언어들"이며, 그것은 곧 "본질, 알맹이, 바탕, 등등"(「돌 앞에서의 경험」)과 연결되어 있는 남성 중심적인 언어에 다름 아니다. 시인은 그러한 남성 중심적인 언어의 부패를 비판적으로 직시하면서도, 그것에 길들여지고 타협하지 않을 수밖에 없는 시쓰기의 상황을 반성적으로 인식하고 그러한 상황을 타개하려는 몸짓을 내보인다. 이렇듯 기존 질서에 뿌리박은 남성 중심적 언어에 대한 비판과 그러한 언어적 질서 속에 놓여 있는 자신의 시쓰기의 언어적 토대에 대한 반성적 인식은 김정란 시의 여러 곳에서 나타난다. 여기서 주목할 것은 이러한 '썩는 말'들이 특히 생물학적 · 존재론적으로 여성인 나를 부패하게 만드는 것으로 나타난다는 점이다. 여자는 결국 "타락한 말의 독즙(毒汁) 밑에서 썩어가는" 존재이다. 남성 중심적인 언어에 오염된 채 썩어가는 "한 여자 어떤 여자 혹은 여자 다른 여자"란 시인 자신이 괄호 안의 언술로 암시하듯이 감추어진 '나'의 또 다른 존재이다. 남성 중심적 언어에 대한 시인의 반성적 인식은 남성들의 언어에 의해 축출되고 배제된 타자성으로서 여성 존재의 발견으로 나아가게 되는 것이다.

시인은 이러한 시적 인식을 여러 가지 방식으로 표현한다. 특히 "남자들의

펜이 〔……〕 신화와 유령들을 골방에 처박거나, 여전히 어릿어릿 도시에 적
응하지 못하는 늙은 여자들을—아직 사지는 멀쩡한데— 세계 밖으로 쫓아
내어버렸다"(「〈장미〉, 보내지지 않는 늙은 여자」)와 같은 구절에서 볼 수 있
는 것처럼, 남성들에 의해 이루어진 여성의 타자화에 대한 비판은 다분히 직
설적인 언술을 통해 나타나고 있다. 견고하고 형식적이며 폭력적인 '남자들
의 펜'의 세계에 대한 이 같은 비판적 인식과 그러한 세계에 의해 소외된 여
성 존재의 타자성에 대한 민감한 자각은 표면적인 존재에 가려진, 그 이면에
도사리고 있는 또 다른 세계를 인식하고 자신의 내면에 받아들이는 것으로
이어진다. 『매혹, 혹은 겹침』(세계사, 1992)의 '오르페' 시편들은 바로 이러
한 세계가 시적 화자에게 어떻게 환기되어 또 다른 자아, 즉 타자로서 존재
하던 다른 존재에 대한 자각으로 이어지게 되는가를 보여준다.

　오르페 시편에서 오르페는 현실의 자아에게 현실 너머에 존재하는 잊혀진
여성적 세계를 아프게 환기해주는 존재이다. 시적 화자는 현실의 죽어 있는
말들 속에서 "목까지 잠긴 채" "나날의 욕망의 침에 쩔어 있는 뻔한 형식들
곁"에서 "휘파람"이나 "미풍"처럼 오르페의 목소리를 기다린다(「죽은 말들
속에서」). 오르페의 목소리는 "내 영혼 속으로 쳐들어와/모든 사물들의 뿌
리를 뒤흔"(「부재의 습격」)들어놓는다. 그것은 시적 화자가 인식하지 못하는
'부재하는 존재'에 대한 존재감을 확인시켜주는 "부재의 부름" 혹은 "미지의
언어"(「반쯤 없는 육체」)로서, 시적 화자는 그것을 통해 에우리디체로서의
자의식, 즉 '반쯤 없는 육체'나 '와해된 구문'으로만 존재할 수밖에 없는 현
실적 자아의 이면을 발견한다. 이러한 과정을 통해 시적 화자는 어둠 속에
버려져 육체가 지워지고 부재하는, 배제되었던 여성적 타자성을 자기 존재의
한 국면으로 받아들이게 된다. 그 때문에 견고했던 시적 화자의 자아의식은
균열을 경험하지만, 시적 화자는 그러한 균열을 거부할 수 없는 자신의 또
다른 모습으로 인정함으로써 자신의 삶 속에 통합한다. 그러한 양상은 반복
적으로 사용되는 '겹침'이라는 시어 속에 집약되어 표현된다. "오 내 삶이 다

름으로 겹쳐져요//아라베스크 무늬 몇 개, 뼈가 비추어 보이는/내 지워지는 살 위에 드러나요"(「부재의 습격」). 여기서 눈여겨볼 것은 자신의 삶이 '다름'으로 겹쳐진다는 식으로 표현되는 발상의 특이함이다. 이는 어떤 측면에서 여성적 타자성을 현실적 삶을 영위하는 경험적인 자아의 속성에서 찾기보다는 현실적 삶 이면에 숨어 있는 비결정적인 어떤 것으로 보는 시각이 전제되어 있음을 의미한다. 어찌 됐든, 시인은 이처럼 남성 중심적인 언어의 질서 속에서 소외된 자신의 또 다른 자아로서의 타자를 인식하고 그 타자의 현실인 부재의 세계에 발을 들여놓게 된다. 그리고 그러한 시적 인식은 "문밖으로 쫓"겨난 여자들, 억압되고 배제된 타자들에 대한 공감과 연민으로 확장된다.

> 슬플 때는 바람처럼 꽃처럼 가만히
> 삶의 옆얼굴에 손을 대어본다
> 그리고 들여다보면 손금 속에는 작은 강물이 흘러
>
> 랄랄라 랄랄라 숨죽여 노래하듯 울고 있는
> 눈물 젖은 날개 상한 깃털들 그 강물 속에 보이네
> 청이도 홍련이도 민비도 죄 모여 앉아서
> 가만가만 그 깃털들 말리고 있어 가슴이 저려서
>
> ———「슬플 때는 바람처럼 꽃처럼」 부분

여성들의 삶은 중심에서 배제된 "삶의 옆얼굴"로서, '나'의 가슴을 저리게 할 만큼 아름답고 슬픈 모습이다. 이런 여성들의 삶은 나의 육체 위에 새겨지며, '나'는 자신의 육체 위에 새겨진 여성들의 삶을 "손금 속"의 "작은 강물"로 표현한다. 김정란은 이렇듯 공적으로 자리매김되지 못하고 역사에서 배제된 여성적 타자에 대한 공감과 연민에서 나아가 자신의 몸에 새겨져 있는 소외된 여성사의 흔적 속에서 여성 타자와의 연대 가능성을 본다. 이러한 공감과 연민을 밑자리에 깔고 '나'는 "우아하고 깔끔한 구분의 세계," 즉 합리와 이성의 세계에서 버림받은 존재들을 감싸고 보살피는 대모신(大母神)의 역할을 자처하게 된다. "오냐 내 새끼 내가 너를 살려내마//〔……〕//냄새나는 내 육체를 꼭 껴안고 내가 죽으리라 죽으리라고/죽어서 너를 살리리라고 천 번씩 만 번씩 되뇌이며"(「여자의 말 — 존재의 내장 속으로」)라는 구절에서 나타나는 것처럼, "역사 속에서 언제나 구박당한" 주변의 존재들, 다시 말해 타자로서의 여성들을 자기 희생적으로 감싸 안는 행위는 자식을 돌보는 모성의 이미지에 다름 아니다.

김정란은 시집 『그 여자, 입구에서 가만히 뒤돌아보네』(세계사, 1997)에서 이처럼 희생하는 모성의 이미지를 부각하며, 그러한 희생과 고통을 치르면서 생산하는 모성의 이미지를 시집 전체의 지배적인 이미지로 확장한다. 남성적인 것의 상징적 공간 밖에 존재하는 "금 밖"의 것들에 대한 연민은 소외된 여성적 존재를 위해 자기를 희생하고 그 희생을 통해 새로운 존재를 탄생시키는 자기 희생적 모성으로 발전하는 것이다. 「여자의 말 — 존재의 내장 속으로」에서는 이러한 모성성의 이미지가 두드러지게 나타나 있다. 남성들이 '빌라도'가 되어 어둠 속에 버려진 존재들에 대해 무책임을 선언하는 동안 '나'는 "직관이라는 내 갈고리 손"으로 버려진 존재들을 내 존재의 일부로 받아들이기 시작한다. 그리고 '나'는 스스로 "버림받은 말들의 어미"(「여자의 말 — 버림받은 말들의 어미」)로 자처하며, 스스로 피 흘리고 상처 입으면서도 금 밖으로 밀려난 유령들, 주변적인 존재들을 감싸고 보살피는 역할을 떠맡는다. 그리고 "끈적이는 분비물로 엉망이 되어/고약한 냄새를 풍풍 풍기"는 "가여운 콩쥐의 유령"들로 "별"을 만들겠다고 선언한다. 즉 현실 밖에서 버려진 여성적 존재, 여성적 언어를 통해 새로운 유토피아를 구현하고자 하는 것이다. 이처럼 규격화된 현실을 벗어난 무질서와 혼돈의 세계 속에서 새로운 시쓰기를 소망하는 '나'의 열망은 출산의 이미지를 빌려 제시된다.

말들은 나에게 언제나 막 태어나는, 한 번도 살아본 적이 없는, 의미의 입구를 못 찾아서 사방에 머리를 찧는, 배밀이하는 아기들이야. 그 애들은 보송보송해. 내 내면에선 밤낮 쿠당쿠당 미끄러지는 아기들의 웃음소리가 들려.
　　　　　　　　—「여자의 말—완결된, 그러나 다시 더 깊이 열려 있는 내면」 부분

　#4 다시 정면의 앵글. 도시가 무너진 자리. 끔찍한 폐허. 먼지가 뭉게뭉게 피어오른다. 폐허의 흐릿한 분위기와 정반대의 찬란하고 명료한 태양. 태양 천천히 한가운데로 이동한다. 태양이 절정에 왔을 때, 여자가 쓰러진 자리에서 황금빛 어린아이가 하나 나타난다. 먼지가 서서히 걷히고 폐허의 잔재들 사라진다. 작은, 뾰족한, 연두색 새싹들이 조금씩 대지에서 솟아나기 시작한다. 아이의 가슴에서 천천히 작고 가난한 성당이 하나 빠져나온다.
　　　　　　　　—「이미지들—밖으로 나간 여자, 세기말의 사랑」 부분

　'나'의 내면에서 "배밀이하는" "보송보송"한 아이들이나 "여자가 쓰러진 자리에서" 나타나는 "황금빛 어린아이"는 모두 모성적 자기 희생을 거쳐 탄생되는 새로운 언어를 상징하고 있다. 여기에서도 알 수 있듯이, 김정란에게 모성성은 여성의 현실적인 체험의 차원을 지시하고 있는 것이 아니다. 그것은 하나의 비유적 전략으로 채택되고 있을 뿐이다. 여기서 모성성은 '말의 아기'를 낳는다는 표현에서 알 수 있듯 새로운 시쓰기 행위의 비유로 나타나고 있다. 그러나 이렇듯 모성성과 새로운 시쓰기를 비유적으로 결합하는 시적 상상력은 예컨대 작품 창작을 '산고의 고통'에 빗대는 상투적인 표현과 그리 다른 것이 없다. 게다가 문제는 이러한 비유가 남성 중심적인 모성 담론에서 나타나는 모성성에 대한 관습적인 인식의 틀에 기대고 있다는 점이다. 모성성을 출산이나 자기 희생의 이미지에 고정하는 것은 남성 중심의 가부장제적인 이데올로기에서 결코 자유로운 것이라 할 수 없으며, 이데올로기적·

심리적 · 사회적인 차원에서 규정되는 모성성의 복합적인 성격을 간과하는 것이다. 따라서 출산이라는 생물학적 측면을 중요한 것으로 부각하는 이러한 관습적인 비유는 모성성이 갖는 여러 측면을 단순화할 우려가 있다.

첫 시집 『다시 시작하는 나비』(문학과지성사, 1989)에서 나타난 여성 육체나 모성의 부정에서부터 타자로서 여성성의 발견과 수용(『매혹, 혹은 겹침』)을 거쳐 자기 희생적인 모성성의 인식과 혼돈 속에서 길어올리는 새로운 말의 탄생에 대한 열망(『그 여자, 입구에서 가만히 뒤돌아보네』)에까지 이르게 되는 김정란의 시세계는 여성성/모성성을 시의 주제이자 언술 방법으로 채택하여 여성시의 한 차원을 열어 보인다. 특히 김정란이 보여준 여성적 시쓰기의 내적 형식에 대한 끊임없는 탐구와 실천은 여성 문학의 발전을 위해 그 자체로도 매우 소중한 것이다. 그러나 이 지점에서 김정란이 새로운 여성적 시쓰기의 토대가 되는 가치나 원리로서 주목하는 여성성이나 모성성의 성격에 대해서는 진지한 반문을 던져볼 필요가 있을 것이다. 김정란이 그녀의 시에서 표현하는 여성성의 자질은 대체로 사회적 · 상징적 질서 바깥에 존재하며 미분화, 비결정성 등의 특성과 연결되어 있다. 이는 분화와 소외의 원리를 남성적인 것과 동일시하고 미분화, 비결정성의 원리를 여성적인 것과 동일시함으로써 여성성을 남성 중심적인 문명의 폐해를 치유할 수 있는 원리로 신비화하고 특권화한다는 점에서 남성성과 여성성에 대한 기존의 남성 중심적인 시각을 더 높은 차원에서 재생산하고 있다는 것[4]을 의미한다.

---

4) 이는 프랑스 페미니즘의 한계와 무관하지 않으며, 여성적 원리나 가치를 합리화와 사물화에 대립하는 것으로 신비화하는 많은 남성 이론가들의 시각과도 유사한 측면이 있음을 부정하기 힘들 것이다. 이에 대해서는 리타 펠스키, 김영찬 · 심진경 역, 『근대성과 페미니즘』, 거름, 1998, 2장을 볼 것.

3

　김혜순은 김정란과 마찬가지로 자신의 시세계에 대한 확고한 자의식과 방법론적 전략을 가지고 지속적으로 시쓰기를 감행해온 시인이다. 김혜순의 시는 남성 중심의 가부장제적 질서에 대한 저항과 전복이라는 주제를 전면에 드러내거나 여성적인 원리를 가치의 중심에 두지는 않는다. 오히려 그녀의 시세계는 여성성이라는 단일한 가치나 주제의식에 기반을 두기보다는 "방법적 드러냄"(오규원), "강렬한 유희 정신"(남진우), "죽음이라는 운명에 대한 저항"(진형준), "몸의 시학"(성민엽) 등으로 여러 각도에서 무수히 많은 갈래의 해석을 가능하게 할 만큼 다양하고 복합적인 면모를 보여주고 있다. 그러나 비록 김혜순 시의 중심 주제가 여성적인 것과 직접적으로 맞닿아 있지 않더라도, 그녀의 시는 충분히 여성적 시쓰기의 한 예라 할 만하다. 그것은 바로 그녀만의 독특한 시적 방법 때문이다.

　김혜순의 시에서 눈여겨보아야 할 것은 육체를 매개로 이루어지는 독특한 상상력이다. 김혜순의 시는 육체를 통한 육체의 시라 할 수 있을 만큼 육체가 시적 방법의 중심에 자리 잡고 있다. 지적이고 냉철한 언어적 실험을 보여주는 초기 시에서부터 '서울'이라는 미궁의 현실, 혹은 연속적인 시공간의 찰나적 풍경에 대한 사유를 전개하는 최근의 시까지, 김혜순은 (여성) 육체를 불합리하고 모순적인 현실의 시적 부정을 위한 방법적 도구로 사용하였다. '프레베르'라는 가상의 인물에 의해 마치 난도질 영화slash movie의 한 장면처럼 '나'의 육체가 하나하나 해체되어 요리되는 과정을 그린, 초기 시 중 하나인 「프레베르의 아침 식사에 대한 나의 저녁 식사」는 누군가의 저녁 식탁에 올려진 음식이 또 다른 누군가를 억압한 결과일 수 있다는 사실에 대한 놀라운 시적 통찰력을 보여준다. 이러한 통찰력은 「무작위」라는 시에서는 "자동 오프너로 깡통을 열어/꽁치 통조림을 먹는" 시적 화자 자신이 통조림이 되어 "환청처럼 쩝쩝거리는 소리"를 내는 누군가에 의해 먹힐지도 모른다는 공포심을 야기하기도 한다. 이처럼 김혜순의 시에서 육체는 절단되고 찢기며 파편화된다. 그것을 통해 시인은 개인에게 가해지는 억압에 대한 인식을 폭력적으로 노출하는 한편, 스스로 자신의 육체를 가해하고 해체함으로써 이러한 억압적이고 폭력적인 상황에 대응하기도 한다. 즉 김혜순의 시에서 육체는 단순히 소재적 차원에서만 다루어지지는 않는다. 육체는 억압적인 현실이 체험되는 공간이자 그러한 억압에 응전할 수 있는 도구이기도 한 것이다.

> 두다리위로바퀴를굴리고지나간사내와두개골과한쪽눈알을부수고도망간헤드라이트사내와척추를부러뜨린몽둥이타이탄사내들이지나간뒤아픔은짧고치욕은길다고견디는데십년은넘을거라고후유증이라는게있다고양잿물에삶은빨래처럼빛바랜할머니와두눈썹과한쪽눈알이새까만머리털없는처녀와입술이두꺼운육쟁이아줌마가침대시트를붙잡고무거운것들을달고다니다사라진사내들의뒤통수를붙잡고가랑이사이로자동차를낳으려고하고있네   ―「정형외과 병동」 전문

이 시는 표면적으로는 교통사고를 일으킨 사내들과 교통사고로 인한 후유증에 시달리는 할머니, 처녀, 아줌마에 관한 내용을 다룬 것 같지만, '아픔'과 '치욕'이라는 시어가 환기하는 것은 바로 강간의 상황과 그로 인한 정신적 후유증에 관한 것이다. 따라서 시의 제목인 '정형외과 병동'은 기실 강간에 의해 훼손된 여성 육체의 치료소를 환기하는 비유적 의미를 갖게 된다. 그런데 남성의 억압적이고 폭력적인 힘에 의해 망가진 여성 육체는 단순히 희생적인 이미지로 고정되는 대신, 오히려 "사라진사내들의뒤통수를붙잡고가랑이사이로자동차를낳"는 자기 파괴적이고 도착적인 이미지로 변한다. 그 결과 파괴된 여성 육체는 억압적인 남성 중심적 현실 상황을 폭로하는 도구이자 동시에 황폐한 기계 문명에 대한 비판의 도구가 된다. 여성의 육체가 보통

창조성과 생산성의 이미지를 통해 그려지는 정황을 고려해 볼 때, 김혜순의 시에서 나타나는 여성의 육체가 지닌 모습은 그런 측면에서 도발적이다. 김혜순은 자본주의적인 일상의 질서에 의해 생산성을 해체당하고 파괴되는 여성의 육체를 그로테스크하게 그린다. "무덤은 여기/가슴에 매달린 두 개의 봉분"이라는 구절로 시작하는「어느 별의 지옥」이라는 시에서는 풍요와 충만의 상징인 여성의 가슴은 아예 무덤에 비유되기도 한다. 김혜순은 이를 통해 생산성과 풍요로움의 전형적인 상징인 여성의 육체도 폭력적인 현실적 질서 속에서는 훼손될 수밖에 없다는 점을 충격적인 이미지로 환기한다. 이처럼 김혜순의 시는 여성의 육체를 폭력적으로 뒤틀고 파괴하거나 여성의 육체에 대한 기존의 이미지를 전복하는데, 이로써 역으로 해체되고 뒤틀린 여성의 육체는 일상의 질서가 지닌 폭력성을 향해 던지는 비판의 무기가 된다.

그런데 육체의 해체를 통해 억압적인 현실에 응전하는 이러한 시적 방법은 『나의 우파니샤드, 서울』에 와서는 변모의 양상을 보인다. 김혜순은 이제 단순히 자신의 몸을 파괴하고 해체하는 대신 몸을 외부의 공간, 즉 서울이라는 공간으로 확장함으로써 외부와의 소통 가능성을 타진하기 시작한다. 물론 육체를 현실의 부정을 위한 방법적 도구로 사용하는 경향이 여전히 남아 있기는 하지만, 이 시집에서 육체는 타자와의 소통을 모색하는 또 하나의 도구가 된다. 이제 여성의 육체는 단지 자본주의적 일상에 의해 훼손된, 세계의 폭력이 새겨진 공간으로 존재하는 것만은 아니다. '나'의 몸, 여성의 육체에는 소통과 화해의 매개가 내장되어 있다. 예컨대 "내 마음엔 웬 실핏줄이 이리도 많은지요 이 실핏줄을 다 지나야 그곳에 당도하게 되겠지요 〔……〕 날마다 당신에게로 가는 길이 늘어나요 길 속에 길이 있어요"(「서울 길」)라는 구절을 보자. 여기서 몸속의 실핏줄이 몸 밖의 공간인 길과 겹쳐지고 동일시되듯이, 육체는 외적 공간으로 확장된다. 비록 매일 새로 생기는 수많은 길들 때문에 '당신'과의 만남이 이루어지지는 않지만, 몸은 당신에게로 가는 '길'을 열어 보인다. 이처럼 몸속에 숨겨져 있는 수많은 길들을 펼쳐놓음으로써,

육체는 타자와의 소통을 가능하게 하는 공간이 된다.

'몸 속의 길'을 통해 타인과 소통하고자 하는 시인의 열망은 시집 『불쌍한 사랑 기계』의 「길을 주제로 한 식사」 시편을 가능하게 한다. 음식을 만드는 과정을 통해 죽은 할머니를 추억하는 「길을 주제로 한 식사 5— 딜리셔스 포에트리」에서 "길은 어떻게든 먹어주어야만 또 자란다./〔……〕//나, 오늘 우리 외할머니와 함께 만들었던 길/찬찬히 풀어내어/짠 눈물 양념 방울 떨어 뜨리며/ — **할머니, 이승의 봄밤을 마음껏 드셔보세요**"(강조는 원 저자에 의함) 라는 진술은 '길'의 끝없는 생산이 타인과의 행복한 만남을 보장해주는 것임을 확인시켜준다. 앞서 인용한 시에서 나타나고 있는 '길'의 의미 맥락을 고려한다면, 이 시에서 길은 단순한 외부 공간이 아니라 확장된 '몸속의 실핏줄'로 해석될 수 있을 것이다. 이렇듯 외부의 길로 확장된 몸속의 길은 타자와의 만남을 모색하는 중요한 수단이 된다. 주목할 것은 이러한 육체를 통한 소통의 모색이 그대로 시쓰기에 대한 성찰과 맞물려 있다는 점이다. 이 시에서 할머니에게로 가는 '길'을 가능하게 하는 "진달래 화전" "숭늉" "수제빗국" "참기름에 볶은 잡채" "시래깃국" 등의 음식과 이를 만드는 과정은 그대로 시 자체와 시쓰기에 대한 비유로 읽힐 수 있다. 결국 이 시에서 '몸속의 길'을 "찬찬히 풀어내어" 만든 "딜리셔스 포에트리"는 타자와의 교섭을 가능하게 만드는 매개 수단이며, 시쓰기는 이로써 타자와의 소통을 모색하는 수단의 의미를 갖게 되는 셈이다.

이처럼 자아(여성)의 육체를 외적 공간으로 확장하고 그것을 다시 타자와의 소통의 도구로 삼는 특이한 시적 사유는 여성 육체를 매개로 이루어지는 여성적 시쓰기에 대한 성찰과 무관한 것일 수 없다. 여성의 육체가 시쓰기의 공간으로 묘사되는 「희디흰 편지지」라는 시를 보자.

그러나 아버지, 그 황토흙일랑 그만
파내시고 내 말 좀 들어보실래요?

내 가슴속 온갖 구멍 속의 아이들이

젖은 머리칼을 내어 말리고 그 구멍 속으로

내 편지를 가득 실은 파발마가 달려가요

내 희디흰 편지를 가득 싣고

적토마는 달려요

저기 보세요 누가 오고 있어요

큰 가방을 들었어요! 아버지

시집의 문을 닫고 마당으로 나가봐요! 우리

젖은 글씨를 햇살나무에 매달아요　　　　　—「희디흰 편지지」 부분

　"가슴속 온갖 구멍 속"으로 편지를 싣고 달려가는 파발마가 나에게 전해주는 젖은 글씨로 씌어진 희디흰 편지를 햇살나무에 매다는 시적 상황은 분명 시쓰기의 알레고리이다. 특징적인 것은 그것이 여성 육체와 관련된 이미지를 통해 전달되고 있다는 점이다("아버지! 내 몸에서 비가 나오나 봐요!/내 가슴 속 흰 나무들이/한켠으로 몰려서서/바람 속에 잔가지를 털어요, 그러면서/비의 몸이 되나 봐요/몸속의 아이들이 다 물이에요"). "가슴속 온갖 구멍"이 또한 여성의 육체를 환기한다는 점은 어렵지 않게 간파할 수 있는 것이지만, 이때 여성의 몸속에 자리하고 있는 '구멍'은 마치 소리를 공명시켜 선율을 만들어 내는 피리의 구멍처럼 그 자체가 시쓰기의 공간이자 도구가 된다. "젖은 글씨"로 씌어진 "희디흰 편지지"를 "햇살나무"에 매달고자 하는 시적 화자의 소망은, 기계 문명 시대에 시를 쓰는 "강철 커튼 아버지 검정 잉크 아버지 기계 심장 아버지" "칼날같이 갈아진 양손"으로 자기 가슴을 찌르는 "망측한 아버지"(「어쩌면 좋아, 이 무거운 아버지를」)의 남성적인 시쓰기와는 구별되는 여성적 시쓰기에 대한 지향을 드러내는 것이다. '아버지'의 글이 "검정 잉크"로 씌어지는 데 반해 여기서 여성의 글은 마치 모유와 같은 흰 잉크로 씌어지는 것이며, 그것은 '편지'라는 시어가 암시하듯이 타자와의 감정적 유대

와 소통의 도구이기도 하다. 물론 그러한 지향은 "천년 묵은 여우는 백 사람을 잡아먹고/여자가 되고, 여자 시인인 나는/백 명의 아버지를 잡아먹고/그만 아버지가 되었구나"(앞의 시)와 같은 진술에서 드러나는 것처럼 남성적인 언어적·시적 질서에 길들여진 자신에 대한 아픈 반성을 거친 것이기도 하다.

이렇듯 여성의 육체를 소통의 도구로 표현하는 독특한 시적 상상력은 다른 자리에서는 여성의 육체적 체험에 기반한 이미지, 예컨대 성적 관계나 출산의 이미지를 통해 강조되기도 한다. 특히 김혜순은 출산의 상황을 시로 형상화하면서 여성적 삶의 연속성을 드러내거나 거기에서 세계와의 소통 가능성을 본다. 김혜순에게 여성의 육체는 순환적인 생명력의 형식으로 존재하는 까닭에 여성의 출산 체험은 타자와 하나가 될 수 있는 순간의 체험이다. 그렇기 때문에 여성의 육체는 타자와의 소통이 가능해지는 유일한 공간이 된다.

거울을 열고 들어가니
거울 안에 어머니가 앉아 계시고
거울을 열고 다시 들어가니
그 거울 안에 외할머니 앉으셨고
외할머니 앉은 거울을 밀고 문턱을 넘으니
거울 안에 외증조할머니 웃고 계시고
외증조할머니 웃으시던 입술 안으로 고개를 들이미니
그 거울 안에 나보다 젊으신 외고조할머니
돌아앉으셨고
그 거울을 열고 들어가니
또 들어가니
또다시 들어가니

점점점 어두워지는 거울 속에

모든 웃대조 어머니들 앉으셨는데

그 모든 어머니들이 나를 향해

엄마엄마 부르며 혹은 중얼거리며

입을 오물거려 젖을 달라고 외치며 달겨드는데

〔……〕

순간 모든 거울들 내 앞으로 한꺼번에 쏟아지며

깨어지며 한 어머니를 토해내니

흰옷 입은 사람 여럿이 장갑 낀 손으로

거울 조각들을 치우며 피 묻고 눈 감은

모든 내 어머니들의 어머니

조그만 어머니를 들어올리며

말하길 손가락이 열 개 달린 공주요!   ―「딸을 낳던 날의 기억」 부분

  이 시에서 한 생명의 탄생은 개별적인 한 개체에 국한된 일회적인 사건에 그치는 것이 아니라 여성적 삶의 연속선상에서 일어나는 전체 여성의 삶의 역사로 확장되고 있다. 끝없이 계속되는 거울 달린 문을 열고 들어가는 미로는 바로 산모인 시적 화자의 몸을 비유적으로 표현한 것으로, 산모는 바로 이 몸속 미로를 따라가면서 자신의 "모든 웃대조 어머니들"을 차례로 만난다. 친가가 아닌 외가 쪽 여성의 계보 속에서 자신의 존재 근거를 발견하고 그 계보의 끄트머리에 이제 막 태어나려는 자신의 딸을 위치짓고자 하는 시적 화자의 바람은 자신의 출산 체험을 통해 여성 육체의 순환적 생명력을 인식한 데서 나오는 것이다. 이처럼 여성의 육체는 모성적 체험을 통해 다른 여성들과의 소통을 가능하게 한다. 출산 순간을 형상화한 또 다른 시「월출(月出)」에서 모성적인 육체적 체험은 또한 자연과의 소통을 가능하게 하기도 한다. 여성의 출산의 순간은 "밤하늘이 시꺼먼 우물처럼 몸을 숙"이고 "파도의

검푸른 옷자락도 숨막혀 숨막혀/뛰어"오르는 순간이며, "기슭 아래 밤의 나
무들"이 "푸르르 참았던 한숨을 내쉬"는 순간이다. 여성의 몸이 열리는 출산
의 순간은 자연 혹은 다른 생명과의 교감이 이루어지는 순간으로 그려지고
있는 것이다. 이렇듯 김혜순은 세계의 폭력의 흔적이 아로새겨져 있는 여성
의 육체를 외부와의 소통 가능성을 열어젖히는 개방적 공간으로 반전시킴으
로써 자본주의적 삶 속에서의 여성의 육체가 갖는 모순적 의미와 그 가능성
을 펼쳐 보이는 것이다. 여성의 육체에 대한 이러한 시적 사유는 여성의 생
명력이 매개가 되는 여성적 삶의 순환성에 대한 인식으로 확장된다.

    밤마다 잠들려 하면
    나는 아이 하나 껴안는다
    아직도 태어나지 않은 아이
    얼굴도 이름도 지어지기 전의 나
    [……]
    우리 엄마 뱃속에서 아직도 눈 못 뜬 아이
    나 죽어도 살아 있을 그 아이

    밤마다 잠들려 하면
    한 노인이 웅크린 나를 껴안는다
    낮에는 자고
    밤에는 깨어 있는 그 노인이 나를 껴안는다
    [……]
    그의 얼굴 속에서 이미 지구는
    지구의 시간을 다 살아내었다
    한없이 늘어진 젖무덤 속에서
    봄 여름 가을 겨울은 수억만 번 흘렀고

산맥들은 자신들의 리듬을 다 연주했다

이름도 얼굴도 삭아버린 그 노인

너무도 늙어 여전히 어린아기인 그 노인

나 죽어야 비로소 죽을 그 노인

그것이 나를 끌어안는다

우리는 세 개의 숟가락처럼 포개져

베개 위에서 얼굴을

함께 돌리기도 하고

무서워 무서워

가운데 끼인

마흔 넘은 내가 이를 갈기도 한다
　　　—「내가 모든 등장인물인 그런 소설 3」 부분(강조는 원 저자에 의함)

　시적 화자의 개인적 삶의 과정이라는 측면에서 보면, 1연의 내가 껴안는 아이와 2연의 나를 껴안는 노인은 나의 과거와 미래의 모습으로서 "세 개의 숟가락처럼 포개져" 현재의 내 삶과 육체 속에 새겨져 있는 존재들이다. 그러나 '나'의 과거로서의 아이는 "아직도 '내'가 아닌 아이/황인종도 아니고 맏딸도 아니고 더구나 김혜순도 아닌" 가능성의 존재로서, 내가 죽어도 계속해서 살아 있을 존재이며, '나'의 미래로서의 노인은 "지구의 시간을 다 살아 내었"으며, "봄 여름 가을 겨울"을 "수억만 번" 보낸 내가 죽어야 비로소 죽을 존재이다. 즉 각각 '나'의 과거이며 미래인 아이와 노인은 동시에 순환성과 영속성을 지닌 거대한 생명의 흐름이라는 측면에서 보면 각각 아이는 미래가, 그리고 노인은 과거가 될 수도 있는 것이다. 시인은 그처럼 한 여성으로서의 자신의 과거, 현재, 미래가 한 공간 속에서 만나는 순간을 '소설'로 명명하는데, 이는 시간의 흐름이 강조되는 서사를 통해 한 여성의 일대기를 그려내고 궁극에는 이러한 여성의 일대기를 통해 생명사를 보여주고자 하는 의도로 보인다. 이처럼 남성의 일직선적인 역사와는 달리 과거, 현재, 미래의 여성적 삶의 모습이 한데 겹쳐지는 여성의 순환적 역사를 그려내고 있는 또 다른 시는 「내가 모든 등장인물인 그런 소설 1」이다. 이 시에서는 내가 "어머니에게 안겨 젖 빠는/가장 어린 나에게서 오오래 불을 쬐"고 "일흔 살 먹은 나의 껍질뿐인 젖무덤을 더듬"는 상황이 그려진다. 이 시는 자신의 여성적 육체 속에 내재하는 수많은 타자들을 '나'로 환원하고 그 수많은 '나'가 서로를 위로하면서 보듬어주는 정경을 그림으로써 행복한 여성성과의 만남을 보여주고 있다. 그러한 행복한 만남의 세계는 "내 몸에서 나온 나의 할머니들과/나의 딸들이 달로 뜨고 별로 뜨고/나뭇잎 잎잎마다 바람으로 불어제"치는 곳으로서, 여성적 생명력이 곧 자연적 순환의 생명력으로 전환되는 곳이기도 하다.

앞에서도 언급한 것처럼, 김혜순은 여성성의 주제의식을 겉으로 내세우지 않는다. 그럼에도 불구하고 여성적 삶의 체험에 기반한 듯 보이는 김혜순의 일련의 시편들은 자본주의적 일상 속에 놓인 여성성의 운명과 가능성을 되새기게 해준다. 특히 김혜순의 시에서 (여성) 육체를 매개로 이루어지는 시적 방법론의 변화를 돌아볼 때, 그녀의 시가 여성성의 시적 인식에 관한 한 진전된 모습을 보여주고 있다고 말해도 될 것이다. 그것은 김혜순의 시에서 여성의 육체가 단순히 세계에 대한 자기 파괴적인 응전의 도구에서 소통의 도구로, 나아가 생명력에 기반한 여성적 삶의 순환성에 대한 인식으로 나아가는 매개가 된다는 점에서 그렇다. 또한 그것이 여성적 삶의 역사성에 대한 인식과 자신 안의 타자, 나아가 다른 여성들과의 따뜻한 유대에 대한 지향으로 확장되고 있다는 점도 주목할 만하다.

그러나 타자와의 소통 가능성이나 생명력 등에서 여성 육체가 지닌 긍정적인 자질을 보고 그것을 형상화한다는 것이 새삼스러울 것은 없다. 오히려 김혜순의 시가 여성성의 인식에서 진전된 모습을 보여준다는 말이 좀더 의미가

있는 것은, 그녀가 여성성의 그러한 긍정적 자질을 발견하면서도 그것을 신
비화하기보다는 다른 한편으로 세계의 폭력성에 의한 여성성/여성 육체의 훼
손에서 눈을 돌리지 않고 그것과의 끊임없는 긴장을 놓치지 않고 있기 때문
이다. 그것은 곧 그녀가 자본주의적 삶 속에서 파괴되면서도 동시에 초월의
가능성을 비춰줄 수 있는 여성성의 모순적 운명을 인식하고 있다는 것을 의
미한다. 다만 김혜순의 시에서 모성 체험을 바탕으로 이루어지는 여성적 타
자와의 만남과 유대, 그리고 그 속에서 형성되는 행복한 여성성의 세계가 대
부분 가족적인 틀의 경계를 벗어나지 못하고 있다는 점은 한계로 지적될 수
있을 것이다. 그렇기 때문에 김혜순의 시 속에서 그녀 자신의 가계보(家系
譜)에 속하지 않는, 자본주의적 일상의 폭력에 의해 훼손된 다른 여성적 타
자들에게, 따뜻한 여성적 유대나 생명의 순환적 역사는 먼 거리에 있는 것이
되지 않을 수 없다. 이는 그녀의 시에서 세계의 폭력이 아로새겨져 있는 "태
중(胎中) 감옥"(「新派로 가는 길 2」)과 여성적 생명력의 순환이 이루어지는
육체 사이에 놓여 있는 거리와도 무관하지 않을 것이다.

4

김정란과 김혜순은 그들의 시세계가 차이를 보이는 만큼 여성성의 주제에
접근하는 방식이나 방향 역시 같지 않다. 김정란의 시에서 여성성은 단순히
주제의식의 차원에 그치는 것이 아니라 언어와 언술 방식을 포함한 전방위적
인 차원을 아우르고 있으며, 그것은 시인의 시론에 의해 이론적으로 뒷받침
되고 있기도 하다. 김혜순 역시 '여성적 언술 방식'에 대한 최근의 언급에서
도 엿볼 수 있듯이[5] 기본적으로 여성적 시쓰기에 대한 자의식을 밑바탕에 깔

---

5) 김혜순 · 이광호(대담), 「소용돌이치는 만다라」, 『문학과사회』, 1997년 여름호.

고 있다. 그러나 김혜순이 여성적 시쓰기의 문제에 접근하는 방식은 김정란과는 사뭇 다르다. 김정란이 일정한 목적론적 궤도를 따라 움직여가는 관념적 기획 속에서 여성적 시쓰기를 목적의식적으로 실천하고 있는 반면, 김혜순의 경우 여성적 시쓰기에 대한 성찰과 실천은 그녀의 시가 갖는 여타 복합적인 특성을 매개하거나 그것을 주도적으로 이끌어가고 있다고 보기 힘들다.

그런 측면에서, 김정란이 여성시에 대한 뚜렷한 이론적 토대의 바탕 위에서 여성시를 근대의 부정성을 비판하고 넘어서려는 문명사적 작업의 한가운데 자리매김하고 그 속에서 여성적 시쓰기의 의미를 찾고 있다는 점은 주목할 만하다. 시의 언어적인 측면에 있어서도 그녀는 완결적이고 체계적인 남성적 언술 방식을 거부하고 기존의 문법적 체계의 파괴를 통해 여성의 존재론적 불안이나 균열, 비결정성 등을 보여주는 언술 방식을 선택함으로써 남성적 언어의 틀을 파괴하는 여성적 시쓰기의 한 예를 보여준다. 그처럼 남성적인 언어 규범에 대한 반성에서 출발하여 언어나 내적 형식의 차원에서 여성적인 것을 끈질기게 추구해온 김정란의 시적 작업은 독자적인 여성적 미학을 구축하려는 노력의 일환으로 평가할 수 있을 것이다.

그러나 현실의 상징적 질서를 초월하는 '여성의 언어'로 시를 쓰려는 그러한 김정란의 작업이 현실적 토대와는 유리된 유토피아주의의 위험을 성공적으로 비켜나갈 수 있을지는 의문이다. 물론 남성 중심적인 언어에 대한 위반과 전복이 갖는 의미는 부당하게 폄하되어서는 안 된다. 그렇지만 그러한 언어적 전략이 실제적인 현실의 부정성과의 긴장을 확보하지 못할 때, 그것이 남성 중심적인 부정적 질서에 대한 진정한 전복과 새로운 질서의 가능성을 끝까지 펼쳐 보이는 데는 한계를 보일 수밖에 없다. 오히려 여성적 시쓰기가 갖는 초월의 가능성은 여성이 발 딛고 있는 경험적 현실에 기반을 두고 기존의 질서를 비판하고 전복하려는 노력 속에서 찾을 수 있는 것이 아닐까. 그렇게 볼 때 여성이 발 딛고 선 생생한 현실을 넘어서는 신비주의적인 초현실의 세계에서 새로운 여성 언어를 모색하는 김정란의 시적 기획은, 정작 일상 속에 스며 있는 여성적 현실의 부정성에 대해서는 눈감게 되는 딜레마를 안고 갈 수밖에 없을 것이다.

반면 김혜순의 일련의 시에서 읽을 수 있는 '여성적 시쓰기'에 대한 지향은, 그녀의 시가 김정란의 시와는 다른 각도에서 여성시의 한 차원을 열어나갈 수 있으리라는 기대를 갖게 한다. 그것은 무엇보다도 여성 육체에 대한 체험적 인식이 밑바탕에 깔려 있기 때문이다. 다른 한편, 김혜순의 시에서 나타나는 여성적 시쓰기에 대한 사유가 언뜻 보기에 프랑스 페미니즘에서 표방하는 '몸으로 글쓰기'(여성적 글쓰기)와 유사한 것처럼 보일 수 있다는 점도 빼놓을 수 없다. 그러나 그녀의 시가 그동안 '몸으로 글쓰기' 개념에 대해 제기되어왔던 비판, 즉 생물학적 본질주의나 환원주의로 귀착될 우려가 있다는 비판에서 자유로울 수 있는 것은, 그녀가 여성의 글쓰기를 단일하고 배타적인 지향점이나 손쉬운 해결책으로 삼고 있지는 않기 때문이다. 김혜순의 시는 정치 · 사회적인 담론의 장으로서의 여성의 육체에 대한 사유를 확장하는 과정에서 자연스럽게 여성성/모성성의 주제나 여성적 언술 방식에 대한 성찰과 맞닿게 된 것이지, 여성성이나 모성성을 자본주의적 삶의 모순을 극복할 수 있는 유일한 궁극의 대안으로 제시하고 있지는 않다.

여성성의 문제를 다루는 데 있어 김정란과 김혜순의 시가 여러 측면에서 길을 달리하고 있기는 하지만, 그중에서도 두드러진 것은 모성성의 문제를 다루는 방식의 차이이다. 예컨대 모성성의 문제에 관한 한, 「서울 쥐의 보수주의」라는 시에서 볼 수 있는 것처럼 김혜순에게 있어 '어미'의 모성은 절대적인 것이라기보다는 폭력이 일상화된 세계에서는 얼마든지 또 다른 폭력으로 변질될 수도 있는 것이다. 이렇듯 김혜순의 시는 모성의 생산성과 포용력에 주목하면서도, 다른 한편 그것을 절대적인 것으로 찬미하는 생물학적 본질주의를 비켜가면서 폭력적인 자본주의적 일상 속에서 파괴되어가는 모성의 생산성을 되돌아보게 해주는 미덕이 있다. 모성성이 단지 임신이나 출산, 수유와 관련되어 생물학적으로만 규정되는 것이 아니라 사회 · 역사적 조건이나 제도, 이데올로기 등과의 관계 속에서 사회적으로 규정되는 것이라는 데 동의한다면, 김혜순의 시에 나타나는 모성에 대한 인식은 분명 우리 여성 문학에서 그러한 모성에 대한 통합적인 시각을 갖춘 흔치 않은 예가 될 수 있을 것이다. 그에 반해 김정란이 새로운 여성 언어의 탄생을 꿈꾸면서 그것에 대한 비유 형상으로 사용한 모성성의 자질은 크게 보아 출산이라는 여성의 생물학적 특징에서 더 나아가지 않고 있다. 비록 비유적 차원에서이기는 하지만, 이는 모성성의 이미지를 분화에 기초한 사회적 질서 이전의 미분화의 원리로 격상하여 신비화하고 그것이 갖는 생명력을 출산이라는 생물학적 이미지와 연결하는 기존의 남성적 담화를 되풀이할 위험에서 비켜나 있지 않다는 점에서 경계할 필요가 있을 것이다.

그러나 이러한 차이에도 불구하고 김정란과 김혜순의 시는 여러 측면에서 여성주의 미학 정립의 가능성을 보여주고 있다. 김정란은 여성성에 대한 시적 사유를 전면에 내세워 여성주의 미학의 가능성을 급진적으로 실험하고 있다는 점에서, 또한 김혜순은 여성 육체를 시적 방법의 도구로 삼아 여성적 시쓰기의 가능성을 모색하고 있다는 점에서 이 두 시인의 작업은 우리 여성 문학의 진전을 되새겨보는 거울이 될 수 있을 것이다. 그런 측면에서 많은 부분 다른 지점에서 출발한 이 두 시인의 시세계에서 우리 여성 문학의 새로운 가능성을 보는 것도 섣부른 판단만은 아닐 것이다.

여성의 성장과 근대성의 상징적 형식
— 오정희의 유년기 소설

1. 여성은 어떻게 성장하는가

한때 여성 작가가 쓴 소설이면 무엇이든 자연스럽게 '여류 문학'이라는 독립된 범주로 묶인 적이 있다. 그리고 이처럼 작가의 성별에 따라 텍스트를 범주화하는 방식은 텍스트의 수용과 유통에서 결정적인 역할을 하는 경우가 많다. 여성이 쓴 텍스트는 그것이 여성적 미학이나 페미니즘적 논리에 부합하는지 여부와는 상관없이, 무조건 비슷하게 해석되기도 했다. 그 결과 '여성 문학'이라는 개념은 '여성'이라는 생물학적 성차sexual difference를 가장 중요한 특징으로 내세우는 문학의 하위 장르인 것처럼 받아들여졌으며, 관습적으로 여성에 부가되는 여러 가지 자질들, 예컨대 '사적인' '내면적인' '수동적인' 등의 자질들은 이러한 여성 문학의 중심적인 성격으로 이해되어왔다. 특히 이러한 '여성 문학'에 대한 평가는 '개인의 내면 세계에 대한 성찰'로 요약될 수 있을 정도로 일면적으로 내성적 성격에 초점이 맞춰지는 경향이 있다.

오정희는 이러한 평가의 중심에 있는 작가이다. 많은 평론가들은 사회와의 단절과 그로 인한 자아 분열, 그리고 현실과 화해하지 못함으로써 야기되는 왜곡된 감수성과 불모의 육체성, 심리적 불안정 등을 오정희 소설의 주된 모티프로 지적한다. "존재의 진실의 추구" "살의의 섬뜩한 아름다움" "태어남과 죽음이라는 삶의 양면성에서 느껴지는 긴장감" "잔잔함의 이면에 섬뜩한 두려움을 가진 작가" 등의 표현에서 알 수 있듯이, 오정희 소설에 대한 평가는 하나같이 소설의 내성적 성격에 초점이 맞춰지고 있다.

이처럼 현실 세계와의 불화 때문에 오정희의 소설세계는 친숙함과 안정의 장소가 아닌 일탈, 혼돈, 낯섦의 장소로 인식되며, 사회화 과정을 수반하는 성장소설과는 거리가 먼 것으로 간주되었다. 김윤식과 정호웅은 전쟁을 배경으로 유년기 여자아이의 성적인 성장 과정을 다루고 있는 오정희의 「중국인 거리」는 언뜻 보아 성장소설인 것 같지만 사실은 성장소설이 아니라고 평가한다. 그것은 이 소설이 주인공이 세계에 눈떠가는 과정에 초점을 맞추기보다 자아와 세계의 단절에 대한 확인을 주제로 삼고 있으며, 주인공들이 무시간성의 세계 속에서 아무도 성장하지 않기 때문이라는 것이다.[1] 김경수는 위의 논의와는 다른 측면에서 유년기 화자의 성장 거부에 관해 지적한다.[2] 즉 유년기 여자아이들은 자신들의 성적인 정체성을 획득하는 과정에서 가부장제적인 젠더 이데올로기의 현존을 깨닫고, 이처럼 여성 억압의 현실을 인식한 화자는 광기에 휩싸임으로써 현실 사회에 적응하지 못하고 내면 세계에만 안주하게 된다는 것이다.

오정희의 유년기 소설을 성장소설로 보기를 주저하는 이 같은 논의들의 이면에는 공통적으로 오정희 소설의 토대가 되는 특성을 여성성으로 보고, 이러한 여성성을 사회적인 것이 부재하는 것으로, 즉 현실의 사회 · 역사적인 측면이 배제된 채 사적인 것만이 존재하는 영역으로 해석하는 태도가 깔려 있다. 그러나 여성성과 사회성, 사적인 것과 공적인 것을 이분법적으로 파악하는 이러한 해석은 여성을 역사가 소거된 사적인 영역에 위치지음으로써 여성이 역사적 과정과 맺는 관계의 다양성과 복합성을 제대로 파악하지 못하게 된다. 그런 측면에서 오정희 소설에 등장하는 여자아이(들)가 가족적 유대와

---

1) 김윤식 · 정호웅, 『한국 소설사』, 1993, 예하, p. 412.
2) 김경수, 「여성적 광기와 그 심리적 원천」, 『작가세계』, 1995년 여름호.

여성의 정체성이 위협받는 시기에 어머니, 딸, 아내로서의 성적 정체성을 체득하는 과정을 단순히 한 개인의 사사화(私事化)된 내밀한 영역의 구축 과정으로 축소해 해석해서는 안 된다. 오히려 한 개인의 사적인 감정은 역사적 본질을 갖고 있으며, 그런 측면에서 여성성의 영역은 사적인 것과 공적인 것이 중층적으로 결정되어 있는 영역으로 보아야 한다. 이런 점에서 오정희의 초기 유년기 소설을 성장소설로 볼 수 없다는 시각은 재고되어야 할 것이다.

이 글에서는 그러한 관점에서 오정희의 소설 중 유년기 화자가 등장하는 「완구점 여인」「유년의 뜰」「중국인 거리」를 성장소설로 보고, 그 특징을 살펴볼 것이다. 특히 한국 사회에서 여성의 성장이 모성성의 수용 혹은 어머니되기를 통해 완성된다고 보는 기존의 시각과는 다른 시각에서, 오정희 소설의 인물들이 어떻게 모성에 대한 거부에서 출발하여 여성의 존재 조건을 내면화하는 가운데 성 정체성을 획득하면서 성장하게 되는가에 초점을 맞춰 이들 소설에 접근하려고 한다. 그리고 이는 사회적 격변기에 진행되는 여자아이의 성적인 성장담이 어떻게 근대성을 드러내는 하나의 형식이 될 수 있는가에 대한 논의로 이어질 것이다. 오정희 소설에 나타나는 이러한 여성의 성장 과정에 관한 고찰은 그동안 오정희 소설의 여성 인물을 사회·역사적 변화와는 무관하게 내면적 세계에만 갇혀 있는 인물로만 한정해 평가한 것에 대한 비판을 함축하게 될 것이다.

2. 여성의 성장과 성 정체성 자각에 이르는 길

오정희의 유년기 소설이 전형적인 성장소설로 범주화될 수 있는가 아닌가 하는 점은 사실 중요하지 않다. 다만 그 소설들이 남자아이의 교육이나 성장과는 아주 다른 체험을 수반하는 여자아이의 성장을 다루고 있다는 사실을 확인하는 데서 출발하는 것이 논의를 훨씬 더 생산적인 방향으로 이끌 수 있을 것이다. 특히 전쟁에서 막 벗어나 근대화 과정에 놓여 있던 사회적 격변기에 유년기의 여성 화자가 어떻게 그들 주변에서 빠르게 변화하는 세계와 타협하면서 여전히 가부장제적 질서에 의해 통제되는 가족이라는 경계 내에서 성장하는가를 살펴봄으로써, 그들이 낯설고 불안전한 세계를 헤쳐나가면서 만나는 상실감과 공포, 혼란스러움의 의미를 이해할 수 있을 것이다.

「완구점 여인」 「유년의 뜰」 「중국인 거리」에는 공통적으로 성장기의 여자아이가 서술자로 등장한다.[3] 이 소설들에서 특징적인 것은 어머니가 부정적으로 형상화되고 있다는 점이다. 「완구점 여인」의 어머니는 어릴 적 '나'의 가정부에서 어머니로 위치를 바꾼 뒤 끊임없이 아이를 낳아 항상 배가 부풀어 있으며, "눈 가장자리에 안경을 낀 듯 시커멓게 기미가 덮여 있는" 그로테스크한 모습으로 형상화되어 있다. 「유년의 뜰」에 나타나는 어머니는 전쟁 중에 헤어진 남편을 대신하여 집안 경제를 책임지게 되는데, "다산의 흉한 주름이" 가득한 육체를 읍내 저잣거리에서 매매하면서 '늙은 갈보'라는 별명으로까지 불리게 된다. 「중국인 거리」에서 여덟 명의 아이를 낳는 어머니는 "비통하고 처절한" 동물적 삶의 소유자로 그려진다. 이러한 어머니의 모습에 대한 부정적 형상화는 초기 오정희 소설에서 매우 빈번하게 나타나며, 「완구점 여인」이나 「번제」와 같은 작품에서는 이러한 모성에 대한 거부 의식이 뚜렷한 의미 구조로 자리 잡고 있다.

오정희의 유년기 소설을 대체로 여자아이의 성장 거부의 이야기로 해석하는 논의는 이처럼 어머니가 부정적으로 형상화되고 모성에 대한 거부 의식이 뚜렷하게 나타난다는 점을 그 근거로 내세우고 있다. 그러나 그것은 여성의 성장이 어머니가 됨으로써 완결된다는 성장 모델에 근거한 논의로서, 그 자체로 성별화된gendered 시각을 전제로 하는 것이다. 기실 여자아이들의 모성 거부는 단순히 어머니라는 특정 대상에 대한 거부라기보다는 그들과 같은

---

3) 이하 「완구점 여인」(『불의 강』, 문학과지성사, 1995, 재판)과 「유년의 뜰」 「중국인 거리」(『유년의 뜰』, 문학과지성사, 1981)의 인용은 인용한 책의 면수만을 밝힌다.

삶, 즉 피난지에서의 고된 삶에도 불구하고 끊임없이 아이를 낳아 길러야만 하는 그들의 삶의 방식에 대한 거부이며, 나아가 여성의 육체를 모성적인 것에 한정하여 이를 관리하고 통제하는 가부장제적 규범에 대한 거부로 해석되어야 한다. 따라서 여자아이의 모성 거부는 여성에게 가해지는 억압의 현실에 대한 인식의 과정으로서, 그들의 성장 과정에 필수적인 것이라고 할 수 있다. 왜냐하면 여성의 글쓰기에서 억압에 대한 자각은 자기 발견과 성장에 도달하기 전에 반드시 요구되며, 그러한 여성의 성장 과정은 가부장제적 규범과 친숙함에서의 탈피를 수반하기 때문이다.[4]

그런데 여기서 주목할 것은, 주로 이상 행동을 통해 외적으로 표출되는 이러한 여자아이들의 모성 거부가 성적인 것sexuality에 대한 자각과 매우 긴밀한 상관관계를 갖는다는 점이다. 다시 말해 여자아이들의 모성 거부의 이면에는 사회적으로 금기시된 성적 호기심의 발현이나 욕망의 자각이 자리 잡고 있다. 「완구점 여인」에서 이는 어머니의 육체에 대한 혐오감과 완구점 여인에 대한 성적인 이끌림을 동시에 경험하는 여자아이의 모습을 통해 나타난다. 「완구점 여인」의 서술자인 '나'는 소아마비를 앓던 동생이 죽은 후 가정부에서 어머니로 위치를 바꾼 계모에 대한 강렬한 증오를 "생활의 유일한 원동력인 것처럼"(244) 생각하면서, 이러한 정서적인 공백을 완구점 여인에게서 빨간색 오뚝이를 사 모으는 것을 통해 메우려고 하는 여자아이이다. 빨간색 오뚝이를 사 모으는 '나'는 그것을 통해 정서적으로 "위안을 받"(241)기도 하지만, 그러한 행위는 다른 한편으로는 "한 개의 커다란 인형"(234)으로 형상화되는 완구점 여인에 대한 성적인 이끌림을 상징적으로 보여주는 것이기도 하다. 완구점 여인과의 성적인 접촉 이후 '나'는 "춘화와도 같은 여인과의 정사"(245)를 몹시 부끄러워하면서도 어쩔 수 없이 그녀에게 이끌리는 자신의 감정을 주체하지 못한다. 이렇듯 완구점 여인과의 동성애적 관계에

---

4) Rita Felski, Beyond Feminist Aesthetics, Harvard University Press, 1989, pp. 133~38 참조.

빠지는 '나'는 여성의 성에 대한 모순적이고 양가적(兩價的)인 인식을 갖게 되는데, 오정희의 여성 인물이 성장하는 과정에는 그러한 성적인 자각이 밑바탕에 깔려 있다. 중요한 것은 그러한 성적인 자각이 여성의 성, 나아가 모성에 대한 기존의 관습적인 가부장제적 인식 틀을 해체하면서 이루어지고 있다는 점이다. 작품 속에서 '나'는 아이를 끊임없이 만들어내는 생물학적 모성의 육체를 가진 어머니에게는 죽음의 충동만을 느끼지만,[5] "다리가 뭉텅 잘린" 불구의 비모성적 육체를 지닌 완구점 여인에게서는 성적인 충동을 느낀다. 여기서 서술자는 관습적으로 비정상적인 육체로 간주되는 불구의 여성 육체를 관능적이고 생명력 있는 것으로, 반면에 정상적인 것으로 간주되는 모성적 육체를 죽음과 관련짓고 있는 것이다. 이러한 서술자의 태도로 인해, 여성의 성에 대한 정상/비정상의 이분법적 구분 자체는 모호해진다. 나아가 서술자에 의해 관능적인 육체를 가진 존재로 간주되는 완구점 여인 역시 출산의 경험이 있다는 사실과, 만삭으로 "배가 한껏 부푼" 어머니가 성적 쾌락에 이끌린다는 사실은 여성의 육체를 모성적 육체와 관능적 육체로 나누기 어렵다는 결론으로 이끈다. 이처럼 여성의 성에 대한 관습적인 이분법의 해체는 모성적 재생산의 도구로서의 여성 육체를 거부하고 솔직하고 관능적인 욕망의 표현 기제로서의 여성 육체를 발견하게 되는 과정과 맞물려 있다.

그러나 오정희의 유년기 소설에서 여자아이들이 모성을 거부하고 가부장제적 규범에서 일탈된 성적 욕망을 자각한다고 해서, 그것을 끝까지 추구하는 것은 아니다. 「완구점 여인」에서 완구점 여인과의 동성애적인 관계를 맺는 여자아이가 "관능과 혐오"의 모순된 감정에 빠지는 것처럼, 모성적 육체를 거부하고 관능적 육체를 통해 성적인 자각에 이르게 되는 여자아이의 내면에는 그에 대한 죄의식이 자리 잡고 있다. 이는 오정희 소설의 여자아이들이 자신의 솔직한 성적 욕망의 표출이 기존의 가부장제적인 사회 속에서는

---

5) 이는 어머니가 낳은 아이들이 돌도 채 되지 않아 죽어나간다는 서술자의 진술에서도 확인할 수 있다.

비도덕적이고 일탈적인 것으로 처벌받을 수밖에 없다는 사실을 의식적으로든 무의식적으로든 자각하고 있다는 것을 의미한다. 이처럼 여성의 성에 대해 양가적이고 모순적인 태도를 갖게 되는 여자아이의 모습은 「유년의 뜰」에서도 나타난다.

「유년의 뜰」은 전쟁 막바지에 아버지 없이 낯선 피난지에서 생활하게 되는 한 가족의 이야기이다. 서술자인 '노랑눈이'는 주변 여성 인물들과의 현실적·상상적 교류를 통해 성적인 자각에 이르게 된다. 특히 노랑눈이에게 성적인 환상과 자극을 불러일으키는 존재는 읍내 남자와 눈이 맞아 도망을 갔다가 목수인 주인집 남자에게 붙들려와 방에 감금된 후 자살하는 부네라는 인물이다. 성적 방종으로 인해 대가를 치르는 젊은 여자 부네의 이야기는 노랑눈이에게 두려움과 슬픔, 이유 모를 감동을 불러일으킨다. 노랑눈이는 부네를 통해 자신의 상상 속에서 성적인 환상을 키워나가면서 자기 속에서 꿈틀거리는 여성적 욕망을 어렴풋이 자각하게 된다.

> 어느 순간 감청색의 창호지가 부풀어오르고 그 안쪽에서 어른대는 그림자를 얼핏 본 것도 같았다.
> 아아아아아아
> 그 소리는 다시 들리지 않았다. 분가루처럼 엷게 떨어져내리는 햇빛뿐이었다. 내가 들은 것은 환청인지도 몰랐다. 그러나 입 안쪽의 살처럼 따뜻하고 축축한 느낌이 내 몸을 둘러싸고 있음을, 내 몸 가득 서러움과 같은 욕정이 차올라 해면처럼 부드러워지고 있음을 느낄 수 있었다. 그것은 떠돌던 고추잠자리가 잠깐 물에 스치듯 꽁지를 담갔다 뺀 순간이었을까. (「유년의 뜰」, 42~43)

부네의 방에서 환청처럼 들려오는 소리에 의해 촉발된 "서러움과 같은 욕정"은 "고추잠자리가 잠깐 물에 스치듯 꽁지를 담갔다 뺀" 것과 같은 짧은 순간이기는 하지만, 서술자가 무의식적으로 자신의 내면에 존재하는 여성적 욕망을 감지했음을 알려준다. 그러나 부네에 대한 정서적 공감에도 불구하고 그러한 여성적 욕망이 '서러움'에 비유되는 것은, 여성의 관능적 욕망이 가부장제적 규범에 의해 억압받는 현실에 대한 무의식적인 자각이 서술자의 내면에 자리 잡고 있기 때문이다. 아울러 여성 억압의 현실에 대한 자각은 자신의 성적 욕망이 처벌받을지도 모른다는 두려움으로 이어진다. 그리고 이는 아버지가 돌아오면 어머니의 성적인 방탕함이 처벌받을 것이라는 두려움과 연관된다. 그런 측면에서 노랑눈이가 아버지의 귀환을 알리는 소식을 듣고 교장실에서 훔쳐 먹은 케이크를 토하는 것은 아버지의 귀환에 대한 거부감의 표현으로 해석할 수 있다. 다시 말해 그러한 노랑눈이의 반응은 여성의 육체를 모성적/관능적인 것으로 구분한 뒤 관능적인 육체에 대해서는 처벌을 가하는 가부장제적 규범에 대한 무의식적인 거부의 표현이다.

이처럼 오정희의 유년기 소설에서 여자아이들은 여성의 육체에 대한 기존의 가부장제적인 성적 규범의 틀을 거부하고 그것을 위반하면서 관능적 육체 속에서 성적 욕망을 자각하지만, 다른 한편 그러한 성적 욕망이 여성의 성 정체성을 규범적으로 규정하는 가부장제적 질서 속에서는 억압될 수밖에 없다는 사실을 인지한다. 여자아이들이 내부에서 솟아오르는 일탈적인 성적 욕망에 대해 혐오감이나 까닭 모를 서러움을 갖게 되는 것은 그 때문이라고 할 수 있다. 그리고 자신의 성적 욕망에 대한 혐오감이나 서러움은 여성 육체에 대한 혐오감 및 연민으로 이어진다. 「완구점 여인」의 '나'가 여인과의 정사후에 오히려 자신에 대한 혐오감을 견딜 수 없어한 것처럼, 「유년의 뜰」의 '나' 또한 자신이 공감하는 관능적 육체에 대한 확신을 갖지 못한 채, 자신의 여성성을 존재론적 본질로 인식하고 이에 대해 깊은 연민의 감정을 느낀다.

나는 방으로 들어와 옷을 벗고 거울 앞에 섰다. 몸의 근육을 조금도 긴장시키지 않고 축 늘어뜨리고 불룩 튀어나온 배와 작고 주름진 가랑이를 물끄러미 보며 나는 까닭 없이 흐느꼈다. (「유년의 뜰」, 43)

자신의 "작고 주름진 가랑이"에 대한 까닭 모를 슬픔의 감정은 여성으로서의 자신의 존재에 대한 연민에 다름 아니다. 즉 서술자는 모성적 육체와 쾌락적 육체의 구분 자체가 모호해지는 상황 속에서 오히려 쾌락적 육체에 민감하게 반응하고 정서적으로 공감하면서도 이에 적극적으로 동조하거나 이러한 쾌락적 육체를 통제하는 아버지(들)에 대해 적극적으로 반항하지 못한다. 「중국인 거리」의 서술자인 '나' 또한 어머니와 같은 동물적인 삶을 혐오하는 대신 매기언니와 같은 '양갈보'의 삶을 동경하지만, 매기언니의 죽음[6]을 목격하고 아울러 모성적 육체의 표지인 초조(初潮)를 경험하면서, 모성적 삶을 자신에게 주어진 절망적이면서 막막한 숙명으로 감지한다.

나는 차라리 죽여줘라고 부르짖는 어머니의 비명과 언제부터인가 울리기 시작한 종소리를 들으며 죽음과도 같은 낮잠에 빠져들어갔다.
내가 낮잠에서 깨어났을 때 어머니는 지독한 난산이었지만 여덟번째 아이를 밀어내었다. 어두운 벽장 속에서 나는 이해할 수 없는 절망감과 막막함으로 어머니를 불렀다. 그리고 옷 속에 손을 넣어 거미줄처럼 온몸을 끈끈하게 죄고 있는 후덥덥한 열기를, 그 열기의 정체를 찾아내었다.
초조였다. (「중국인 거리」, 81)

어린아이에서 가임기 여성으로의 변신을 거미줄이 온몸을 끈끈하게 죄는 것으로 묘사하는 화자의 태도는 분명 모성적 삶에 대한 강한 거부감을 함축한다. 그러나 어머니의 힘겨운 출산과 '나'의 초조 경험을 병치하는 데에서 '나'의 운명 또한 어머니의 삶에서 그리 크게 벗어나지 않을 것이라는 사실을 순응적으로 받아들이고 있는 것 또한 사실이다. 자신의 성 정체성을 반모성

---

6) 이는 「유년의 뜰」에서 부네의 성적 방종에 대한 처벌과 같은 의미로 해석될 수 있다.

적인 쾌락적 육체에서 발견하면서도 임신과 출산이 가능한 여성으로서의 자신의 삶을 숙명적으로 받아들이는 이러한 태도는 대단히 모순적으로 느껴진다. 그러나 실상 작품 속에서 이러한 모순적인 태도가 설득력을 얻는 것은, 성 정체성에 대한 여자아이의 태도를 그처럼 양가적인 것으로 만들 수밖에 없는 여성의 현실이 작품 속에서 그려지고 있기 때문이다. 미리 말한다면, 자신의 성적 정체성에 대한 여자아이의 모순적인 태도는 한국 사회 속에서 여성이 겪는 모순된 현실을 내면화하고 있는 것이라고 할 수 있다.

그렇다면 여성의 모순적 현실이 작품 속에서 어떻게 나타나고 있으며, 그것이 여성의 성장의 내용을 어떤 방식으로 규정하는가? 그에 대한 대답을 찾아가는 것은 곧 심리적 현실에서 벗어나지 못하는 여자아이의 성장을 다루는 오정희의 유년기 소설이 단순한 내성소설의 경계를 넘어 사회적 현실과 여성의 존재 조건 간의 내밀한 관계에 대한 성찰로서 갖는 의미를 살펴보는 것과 다른 것일 수 없다.

3. 여성의 존재 조건과 모순된 현실의 내면화

오정희의 유년기 소설이 씌어진 1960년대 말과 1970년대 초는 "국가 주도적인 권위적 발전주의"로 인해 경제 성장과 사회 변형이 가속화된 시기였으며, 이러한 급격한 변화가 수반한 개인 소외의 문제는 당시 한국 문학에서 지배적인 주제가 되었다.[7] 오정희는 다른 작가들처럼 급격한 산업화·도시화가 야기한 현실 문제를 직접적으로 다루지는 않았는데, 바로 이 점 때문에 그녀의 소설은 항상 당대 사회가 제기하는 현실적인 문제에서 비켜난 지극히 개인적인 것으로 평가되었다. 그러나 19세기 유럽에서 어린 화자가 자아와

---

7) 김윤식 · 정호웅, 앞의 책, p. 405.

역사에 관한 생각을 표현해주는 중심 매개물이 되었으며, 그것이 작가 자신이 처해 있는 현재의 근대성의 경험을 상징화하는 형식이 되었다는 캐럴린 스티드먼의 말을 떠올린다면,[8] 전쟁이라는 사회적 격변기를 배경으로 펼쳐지는 여자아이의 삶의 거부 혹은 적응을 회고적으로 살펴보는 작가의 방식은 한 시대의 거시적인 사회·역사적 변화를 성찰하는 하나의 방식이 될 수 있다.

특히 사후적으로 구성되는 유년기 체험의 내용이 대부분 서술자의 기억에 의해 재구된 것이라는 점을 감안할 때,[9] 70년대적 상황에서 50년대를 회고하는 태도는 일면적으로 해석되어서는 안 될 것이다. 회상에 의해 재현되는 과거는 있는 그대로 훼손되지 않은 채 그대로 존재하는 것이 아니라, 분석적 재구성을 통해 사후적으로 만들어지는 것이라고 본다면,[10] 유년기에 대한 회상은 단순히 자신의 개인적인 기억에 의존하기보다는 오히려 현재의 지배적 담론이나 이데올로기에 의해 역으로 촉발된 것으로 해석해야 할 것이다. 이렇게 본다면 오정희 소설에서 두드러지게 나타나는 유년기의 정신적 외상 trauma이 현재 성인이 된 여성 인물의 삶에 인과론적인 영향을 미친다고 보는 태도는 특정한 시각에서 과거에 대한 회상을 촉발한 현재적 관점을 무시하는 것이다. 오히려 현재적인 관심사가 유년기의 심리적·성적인 혼돈에 대한 기억을 역추적하게 하는 동인이 된다는 점을 염두에 둔다면, 과거의 유년기 체험에 대한 진술이 현재에 대한 재진술이 될 수 있다는 사실을 알 수 있다. 그런 측면에서 유년기를 다루고 있는 오정희의 소설은 소설적 배경이 되고 있는 50년대는 물론 근대화의 물결 속에 있었던 60~70년대 한국 사회를 살아가는 여성의 존재 조건을 성찰하는 소설적 양식으로 파악할 수 있다.

「유년의 뜰」에서 한국 사회의 근대성의 주요한 메타포로 작용하고 있는 것

---

8) Carolyn Steedman, *Past Tenses: Essays on Writing, Autobiography, and History*, Rivers Oram Press, 1992, pp. 1~18 참조.
9) 오정희의 소설에서 이는 "내가 기억하는 한의 그 시간은 늘 그랬다"(「유년의 뜰」, 11)와 같은 표현에서도 드러난다.
10) 지그문트 프로이트, 『늑대인간』, 열린책들(전집 11), 1996 참조.

은 시골과 도시의 양극화이다. 「유년의 뜰」에는 고도로 산업화되고 근대화된 도시 공간은 아니지만, '읍내'로 지칭되는 이전과는 다른 새로운 공간이 제시된다. 여성들은 전쟁으로 성인 남성이 부재하는 동안 가족의 생계를 책임져야만 하는 상황에 직면하게 되면서, 남성과 마찬가지로 직업을 찾기 위해 읍내로 들어간다.

> 마을의 어귀에 폭 넓은 개울이 흐르고 다리를 건너면 읍이었다. 교회와 대장간, 술집, 여인숙, 미장원, 그리고 하루 두 번 지나가는 완행 버스의 차부가 있는 읍의 큰길에는 닷새에 한 번씩 장이 섰기 때문에 저잣거리라고 불렸다.
> 〔……〕
> 장이 서는 날은 구경거리가 많았다. 술집과 여인숙에서는 밤내 노랫소리, 고함 소리가 끊이지 않았다. 때문에 아이들은 저물면 무언가에 이끌리듯 개울을 건너 저잣거리로 모여드는 것이었다. 아이들뿐이 아니었다. 나이 찬 처녀들도 잔뜩 쥔 허리와 엉덩이를 흔들며 거리의 끝인 미장원에서 차부까지 오락가락하고 으아이스케키, 으아이스케키, 아이스케키 통을 멘 사내아이들이 히죽거리며 목청을 돋웠다.
> 〔……〕
> 밤의 저잣거리는 늘 재미있었다. 나는 밤이 되어도 식지 않는 더위에 치마를 걷고 언니 또래 틈에 쥐새끼처럼 끼어 앉아 밤거리에 음험하게 끓어오르는 알 수 없는 열기, 끈끈한 정념으로 가득 찬 달착지근한 공기를 들이마셨다. (「유년의 뜰」, 23~24)

서술자의 어머니와 같이 대리 가장의 역할을 맡은 여성들은 노동자이자 소비자로, "아이들"과 "나이 찬 처녀들," "사내아이들"은 "음험하게 끓어오르는 알 수 없는 열기, 끈끈한 정념으로 가득 찬 달착지근한 공기"에 매료된 쾌락 추구자로 읍의 거리를 방황한다. 여기서 "음험하게 끓어오르는 알 수 없는 열기, 끈끈한 정념"은 여성 화자의 내부에서 꿈틀대는 여성의 성적 욕망을 상징하는 것이다. 여성의 성적 욕망이 공동체적 규범과 관습에 의해 억압되는 시골과는 달리, 도시는 이러한 성적 욕망이 공공연하게 과시되고 분출되는 장소로 약호화된다. 이제 도시의 거리는 노골적으로 성적인 상호 작용의 형식과 접촉하고 자신들의 성욕을 자각하게 되는 곳이 된다. 아이들은 가족의 구속에서 벗어나, 저녁 불빛이 번쩍거리는 거리에서 자유롭게 뒤섞이는 수많은 육체의 에너지와 흥분에 매혹되고, 어른들은 낯선 이들과 바람이 난다. 그 결과 여성들의 새로운 삶의 공간인 '읍' 혹은 도회지는 기존의 가부장제적인 성적 규범의 완강함이 균열되는 공간으로 나타난다.

이처럼 「유년의 뜰」에서 새로운 삶의 공간인 '읍' 혹은 도회지가 성적인 매혹을 불러일으키는 공간으로 나타난 것과는 달리, 「중국인 거리」에서 도시 공간은 중국으로 상징되는 낡은 것과 미군 지아이(GI) 문화로 상징되는 새로운 것이 혼재하면서 부딪히는 공간으로 나타난다. '나'에게 낭만적인 과거 역사와 미지의 성적인 존재로 간주되는 중국과 중국인의 이미지는 환상 속에 존재하는 사라져가는 낡은 것으로 의미화되는 반면, 미국은 낡은 것을 침식해가는 근대화의 새로운 물결로 의미화된다. 특히 미국 문화는 '나'에게 끊임없는 매혹의 원천을 제공한다. '나'는 양공주인 매기언니를 통해 미국을 경험하는데, 매기언니가 집에 없을 때, 서술자는 친구 치옥이와 함께 번쩍거리는 미제 물건들을 만져보면서 황홀해한다. 동네 사람들의 초라하고 불결한 살림살이와는 반대로, 매기언니의 방은 '미제'로 불리는 번쩍거리는 새 물건들로 가득하다. 예쁘고 맛있는 미제 물건 때문에, 미국은 풍요와 새로움의 대명사처럼 간주되며, 여자아이들이 동경하는 삶의 공간으로 상징화된다. 그 때문에 '나'는 매기언니와 같은 삶을 동경하며 급기야 '양갈보'가 되기를 소망한다. 즉 미국 문화의 화려함과 풍요로움은 여성의 욕망을 일깨우며 그것을 얻기 위해 여성들이 기존의 성적 규범을 일탈하여 성적으로 타락하는 것을 동경의 대상으로까지 만들고 있는 것이다. 「유년의 뜰」에서 새로운 삶의 공간인

‘읍’ 혹은 도회지가 기존의 완강한 가부장제적인 질서에 균열을 초래하는 것처럼, 이러한 미군 문화로 상징되는 자본주의적 근대성의 물결은 전근대적인 가부장제적 성적 규범의 완강함을 무너뜨리고 있다. 그것은 비록 시적인 비유로 표현되기는 했지만, 다음과 같은 구절에서 암시적으로 나타나고 있다.

> 시의 정상에서 조망하는 중국인 거리는, 검게 그을린 목조 적산 가옥 베란다에 널린 얼룩덜룩한 담요와 레이스의 속옷들은, 이 시의 풍물(風物)이었고 그림자였고 불가사의한 미소였으며 천칭의 한쪽 손에 얹혀 한없이 기우는 수은이었다. 또한 기우뚱 침몰하기 시작한 배의, 이미 물에 잠긴 고물[船尾]이었다. (「중국인 거리」, 74)

양갈보들의 "얼룩덜룩한 담요와 레이스의 속옷들"은, 낡은 적산 가옥과 "제분 공장의 굴뚝에서 울컥울컥 토해내는 검은 연기"(73)가 어우러져 만들어내는 우울한 도시의 이미지에 활기를 불어넣는 새로운 '풍물'인 동시에, "그림자" "불가사의한 미소" "기우뚱 침몰하기 시작한 배"의 고물로 형상화된다. 양갈보들의 생활 모습과 오래된 도시의 모습이 만들어내는 모순적이고 비균형적인 이미지는 바로 성적인 규범과 질서 속에 감춰진 모순과 균열의 표현에 다름 아니다.

이는 다른 측면에서 볼 때 여성의 삶을 옥죄었던 전근대적인 성적 규범을 동요시키면서 억압된 여성의 성적인 욕망을 분출하는 계기가 되는 자본주의적 근대화가 여성의 삶을 지배하게 되었다는 것을 의미한다. 그러나 이러한 과정에서 그동안 억압되었던 여성 욕망의 분출이 가능하게 되었다고 해서 그것 자체가 곧 여성 욕망의 솔직하고도 주체적인 발현을 의미한다고 할 수는 없다. 왜냐하면 그것은 여성의 성을 또 다른 측면에서 왜곡하는 계기일 뿐이기 때문이다. 「유년의 뜰」에서 아버지의 귀환이 암시하는 것처럼 가부장제적인 질서는 조금 동요했을 뿐 여전히 공고히 유지된 채, 거기에 더하여 여성의 성적인 욕망은 자본주의 경제 논리에 종속되는 길을 밟는다. 「중국인 거리」에서 나타나는 일견 자유분방해 보이는 매기언니의 삶이 결국은 추악한 죽음으로 종결되는 것은 자본주의적 근대의 문화에 의해 촉발된 여성의 욕망이 여성의 삶을 왜곡하는 가짜 욕망이며, 자본주의적 문화는 여성의 삶을 전근대적인 성적 규범과는 다른 방식으로 억압하는 죽음의 문화라는 사실을 극적으로 드러낸다. 「중국인 거리」에서 매기언니가 동거하던 흑인 병사에 의해 살해되는 사건과 미군이 고양이를 장난으로 살해하는 사건을 목격한 '나'에게 미국이라는 존재는 단지 풍요와 새로움의 상징만이 아니라 죽음의 이미지로 다가온다. 즉 미군 부대 주변에서 양공주를 통해 미국을 간접적으로 경험하며 성장하는 어린 여자아이에게, 미국은 죽음을 수반하는 위험한 성욕, 그리고 폭력과 결합되는 것이다. 이처럼 미군 지아이 문화로 상징되는 자본주의적 근대의 문화는 한편으로 성적인 욕망을 자극하는 매혹적인 것으로 비쳐지기도 하지만, 다른 한편 죽음의 이미지로 형상화된다. 다시 말해 서술자의 경험과 시각 속에서, 한국 사회에 밀려오는 근대화의 물결은 매우 양가적으로 나타나는 것이다. 그리고 그 속에서 촉발되는 성적 욕망은 곧 모든 것을 파괴하고 스스로도 파괴되는 죽음 충동에 다름 아닌 것이다. 오정희의 소설에서 여자아이가 성적 욕망의 분출에 대해 끊임없이 매혹되면서도 항시 그 앞에서 망설임과 서글픔, 서러움을 느낄 수밖에 없는 이면에는 이러한 인식이 자리 잡고 있다.

이런 상황에서 여성의 존재 조건은 지극히 모순적인 것으로 나타날 수밖에 없다. 그러한 모순을 전형적으로 체현하고 있는 인물은 바로 「중국인 거리」에 등장하는 매기언니이다. 미군을 상대로 매춘 행위를 하는 '양갈보' 매기언니는 동네 사람들에게 '천하의 망종'으로 비난받기도 하지만, 기실 그녀와 같은 양갈보들은 마을의 경제 활성에 없어서는 안 될 존재들이기도 하다. 매기언니라는 존재가 갖는 이러한 이중성은 그녀에 대한 '나'의 시선 속에서 다른 양상으로 반복된다. 즉 '나'에게 매기언니는 화려한 미제 물건들을 소유하고 있고 성적으로 자유로운 삶을 살아간다는 점에서 동경의 대상이지만, 결국 그러한 자유로운 성적 욕망의 발현이 미군 문화로 상징되는 미국 자본주의의 추악한 힘에 종속된 허위적인 것이며 그것은 결국 죽음에 다름 아니라는 것을 깨닫게 해주는 존재이기도 하다. 그런 측면에서 매기언니가 갖는 이중적인 성격은 가부장제적인 성적 규범과 자본주의적인 성 경제학에 의해 이중으로 왜곡되는 여성의 모순된 지위를 그대로 보여주고 있는 것이다.

오정희의 유년기 소설은 여성의 성이 이처럼 전근대적인 성적 규범과 자본주의적 근대에 의해 이중으로 왜곡되는 모순적인 현실을 그리고 있다. 여성의 자유로운 성적 욕망의 발현은 가부장제적인 성적 규범에 의해 처벌되거나 자본주의적인 경제 논리 속에서 죽음의 냄새를 풍기는 비뚤어진 가짜 욕망으로 변질된다. 그 속에서 어떠한 형태로든 여성이 성적 욕망의 주체로서 설 수 있는 길은 봉쇄되어 있으며, 여성들은 그러한 현실을 순응적으로 따라갈 수밖에 없는 것이다. 중요한 것은 여자아이가 그러한 모순을 겪는 주변 인물들의 모습을 통해 자신의 성 정체성을 형성한다는 점이다. 오정희의 유년기 소설에서 애초에 가부장제적 규범에 기반한 재생산적 모성을 거부하고 일탈적인 성적 욕망을 자각하는 데서 자신의 성 정체성을 형성하기 시작한 여자아이들은, 결국 '까닭 모를 서러움' 속에서 내부에서 솟아오르는 일탈의 욕망을 포기하고 그러한 자기 주변의 여성 인물들의 삶과 별다를 수 없는 여성으로서의 자신의 삶을 운명으로 받아들이게 된다. 달리 말해 오정희의 유년기 소설에서 여자아이는 자신의 주변 인물들에게서 바람직한 역할 모델을 발견하지 못한 채 그러한 삶의 모습을 거부와 순응이 뒤섞인 이중적인 시선으로 바라보면서 여성으로서의 자신의 삶을 비극적인 것으로 인식하게 되는 것이다. 여성이 처한 모순적인 존재 조건을 인식하고 그것을 자기의 숙명적인 존재 조건으로 받아들이는 것, 즉 그러한 모순된 여성 현실의 내면화야말로 성장기 여자아이의 성장 내용이라고 할 수 있다. 그러나 이러한 여자아이의 성장이 단순히 현실에 대한 순응을 의미한다고 할 수만은 없다. 왜냐하면 현실의 질서를 여성의 숙명적 조건으로 받아들이는 이면에는 여전히 그것에 대한 의식적·무의식적 거부가 숨죽인 채 숨어 있기 때문이다. 작가는 그처럼 여성적 삶의 모순적인 조건을 내면화하면서 성 정체성을 형성하고 성장해가는 여성 서술자의 모습을 보여줌으로써 전근대적인 성적 규범과 자본주의적 근대에 의해 이중으로 억압되는 여성의 존재 조건에 대한 성찰을 전개하고 있는 것이다.

4. 근대성의 상징적 형식으로서 오정희 유년기 소설의 의미

프랑코 모레티는 성장소설을 젊음의 유동성과 내면성을 담아내는 상징적 형식으로 보고 있다. 그리고 이 상징적 형식은 역설적으로 그 자체의 모순적 본질 때문에 존재할 수 있다고 주장한다. 그런 측면에서 근대성과 젊음 사이의 대립하는 가치와 상징적 관계 사이의 모순은 결점이 아니라 오히려 근대 문화의 상당 부분을 형성하는 '역설적인 기능의 원리'라는 것이다. 예컨대 자유/행복, 정체성/변화, 안정/변형 등은 서로 양립할 수 없지만 서구의 근대적 정신을 형성하는 데 있어서 똑같이 중요하기 때문에, 이러한 모순된 요소들의 공존을 재현하고 설명하며 시험할 수 있는 문화적 메커니즘의 요구에 부응하여 나타난 것이 바로 성장소설이라는 것이다. 그런 관점에서 모레티는 성장소설에서 문제되는 사회화의 주제가 무엇보다 '모순의 내면화'에 의해 구성된다고 보고, 그 점에서 근대적 개인의 사회화 과정을 다루는 성장소설이 근대 이데올로기 내지 시민적 문화를 재검토하는 양식임을 강조한다.[11] 이처럼 성장소설을 '모순의 내면화'에 의해 구성되는 근대성의 '상징적 형식'으로 보는 모레티의 견해는 오정희의 유년기 소설이 갖는 성격을 파악하

---

11) Franco Moretti, The Way of the World: The Bildungsroman in European Culture, Verso, 1987, pp. 3~13 참조.

는 데 하나의 준거점을 제공한다.

그런데 여기서 주목할 것은, 오정희의 유년기 소설에서 여자아이들이 기존의 관습적인 가부장제적 규범을 거부하면서도 결국 그것을 벗어날 수 없는 여성으로서의 자신의 삶을 존재론적인 운명으로 받아들인다는 점이다. 이 점을 확장하여 해석한다면 오정희의 여성 인물들이 주변으로의 퇴각을 자신의 숙명으로 받아들이고 이를 내면화하여, 현실 문제에는 무관심한 채 자신의 내면 세계에만 관심을 돌리게 되는 것으로 볼 수도 있을 것이다. 그러나 비록 오정희가 작품 속에서 여성을 주변부적인 존재로 처리한 채 이처럼 현실 세계에서 소외된 여성 주체의 문제에 대한 적극적인 해결책을 제시하지 않고 있지만, 그렇다고 해서 인물들의 세계에 대한 단절 의식을 사회적 현실과 화합하는 데 실패한 결과로 보아서는 안 된다. 즉 여자아이의 성 정체성 자각이 남성성에 반하는 대항적인 여성적 유토피아의 건설이나 여성 억압의 현실에 대한 적극적인 타개책의 제시로 이어지지 않는다고 해서 이를 곧바로 작가의 사회 현실에 대한 무관심으로 해석해서는 안 된다는 것이다. 왜냐하면 오정희 소설에서 유년기 여자아이의 새로운 성 정체성에 대한 자각은 작품 속에 구현된 주변 여성 인물들의 구체적인 현실의 삶과 뒤섞이면서 왜곡되고 굴절된 모습으로 드러나는데, 바로 이러한 모순된 여성의 사회적·성적인 지위에 대한 재현이야말로 여성이 처한 현실에 대한 작가의 정확한 통찰이기 때문이다.

한국 사회에서 자본주의적 근대의 발전이 전근대적인 유제를 지속하면서 이루어졌다는 점을 고려한다면, 근대 여성의 성에 가해지는 질곡 역시 전근대적인 규제 및 억압과 자본주의적 질곡이 결합된 중층적인 것이었다는 점은 쉽게 이해할 수 있다. 오정희의 유년기 소설에서 어린 여자아이의 주변에 등장하는 여성들은 여성에 가해지는 그러한 이중적인 질곡을 온몸으로 겪어야 했던 인물들이라고 할 수 있다. 그들의 욕망은 가부장제적인 성적 규범이나 자본주의적인 경제 논리와 폭력성에 의해 어떤 식으로든 굴절되는 운명을 겪는다. 오정희는 그러한 인물들을 통해 한국에서 전개된 자본주의적 근대가 여성의 욕망을 한편으로 부추기면서도 그것을 다시 가부장제적인 성적 규범과 사물화된 상품 경제의 틀 속에 가두어버림으로써 여성이 진정한 욕망의 주체로서의 자기 정체성을 획득하는 것을 불가능하게 만들었다는 인식을 은연중 드러내고 있는 것이다. 오정희의 유년기 소설에서 나타나는 어린 여자아이들의 성장은 그러한 모순된 여성적 현실의 내면화를 거쳐 완성되며, 작가는 그러한 여자아이의 성장담을 통해 한국의 자본주의적 근대를 살아가는 여성의 존재 조건을 성찰하고 있다. 물론 작품 속에서 이러한 현실에 대한 비판은 사회·역사적 층위에서 전개되는 대신에, 육체적이고 정신적인 성장기에 접어든 여자아이의 개인적인 성장 체험을 통해서 다층적으로 제시되고 있다.

자기 정체성의 형성 과정은 대개 두 가지 방향에서 이루어진다. 그 하나는 자의식적인 주체성의 형성이고, 다른 하나는 사회적 통합을 통한 사회적 자아의 형성이다. 그러나 여성 작가의 소설 연구에서는 흔히 두번째 항목은 고려하지 않은 채 자기 정체성 형성을 내성적 경향으로만 해석하려고 하는 경우가 많다. 그 결과 여자아이의 성장을 다루는 여성 성장소설은 흔히 자아 정체감의 형성과 사회적 통합의 요구를 변증법적으로 이루어나가기보다 오히려 사회적 통합을 거부함으로써 자아를 형성해가는 방식을 택하고 있는 것으로 해석된다. 그러나 유교적인 가부장제가 의식적·무의식적으로 여전히 공고히 자리 잡고 있는 한국 사회에서 여성들은 사회적 통합을 전적으로 거부할 수 없다. 오정희 소설의 미묘한 지점이 바로 여기이다. 오정희 소설에 나타나는 여자아이들은 사회 현실을 부정하면서 전혀 새로운 자아를 형성하는 유토피아적 이상을 거부하고, 사회적 현실에 대한 순응을 배면에 깔고 그 위에서 여성 자아의 형성을 새롭게 모색하려고 시도한다. 즉 이들 소설의 서술자는 기존의 논의에서 해석했던 것처럼 사회와의 통합 요구를 전적으로 배제한 채 단절적으로 자아를 형성해가는 인물들이 아니라, 오히려 여성들이 처한 모순된 현실을 내면화함으로써 비판적으로 사회 현실을 수용하게 되는 것이다. 따라서 오정희의 유년기 소설은 자아의 세계와의 단절을 주제로 삼는 성장 거부의 이야기가 아니다. 그것은 오히려 이러한 모순된 현실의 내면화 과정을 드러냄으로써 역으로 그러한 사회에 대한 비판적 거리두기를 취하는 여자아이의 성장담으로 보아야 한다. 이것이 오정희의 유년기 소설이 근대성의 상징적 형식인 성장소설로서 갖는 의미이다.

억압적인, 아니 해방적인
—1990년대 여성 문학에 나타난 '몸'의 문제

1. 왜곡되고 뒤틀린 욕망의 구조

우리 사회의 위계적인 성별 구조 속에서, 여성의 몸은 대부분 지배의 대상으로 묘사되어왔다. 심지어 우리 사회의 모순과 엄숙주의를 고발하고 까발리는 일견 전복적인 영화에서조차(예컨대 장선우의 영화들), 여성의 몸은 남성의 시선에 의해 지배되는 욕망의 대상으로만 존재한다. 거기에서 여성의 몸은 남성의 욕망을 불러일으키는 동인이거나 왜곡되고 뒤틀린 욕망의 기호일 뿐이다.

이처럼 여성의 몸이 여성 자신의 능동적 · 적극적인 주체 형성과 욕망 발현의 장(場)으로 나타나기보다 남성적 시선 아래 대상화되는 현상은 우리 문화에서 보편적으로 발견된다. 문학에서도 사정은 마찬가지이다. 그것은 특히 남성 작가들의 경우 두드러지는데, 송기원이나 박일문, 장정일 등의 작품은 남성적인 문화 구조 속에서 여성의 몸이 재현되는 관습적인 방식을 잘 드러내주는 대표적인 예라 할 수 있다. 이들 작가의 작품 속에서 여성의 몸이나 욕망은 시각적 쾌락의 대상으로 사물화되거나 남성이 처한 모순된 현실에 대한 환멸감을 좀더 극대화해서 드러내기 위해 이용되는 수단으로 나타나고 있다. 예컨대 장정일의 『너에게 나를 보낸다』의 경우, 작가는 역사나 사회 문제에 대한 환멸감을 드러내기 위해서, 즉 기성 문학이나 이념에 대한 안티테제로서 욕망과 몸을 부각하는데, 이때 여성의 몸은 단순히 그러한 작가의 생각을 효과적으로 드러내기 위한 도구로 사용되고 있다. 반면 송기원이나 박일문의 소설에서, 여성의 몸은 타락한 현실에서 패배한 남성 인물이 스스로를 정화하기 위해 거쳐가는 장소로 나타난다. 이처럼 남성 작가들에게 여성의 몸은 그 자체로 받아들여지기보다는 도구적인 것으로 폄하되거나 남성 인물이 자기 발견으로 나아가게 하는 지렛대 역할 정도로만 인식되고 있는 것이다.

그렇다면 여성 작가들의 경우는 어떨까? 1990년대의 많은 여성 작가들의 작품에서 몸에 대한 상상력은 폭발적으로 증가하였다. 물론 이전에도 여성 작가들의 작품에서 몸은 늘 다루어져왔다. 특히 여성은 임신과 출산의 경험을 통해 개별적으로 육체의 급격한 변화를 체험하기 때문에, 여성 작가들에게 몸은 늘 관심의 대상이 되어왔다. 그리고 이때 몸은 단순히 여성적 체험의 공간에서 한 걸음 더 나아가 여성에게 억압적이고 모순적인 현실이 은유적으로 혹은 상징적으로 드러나는 공간이 된다. 1930년대 소설인 강경애의 「소금」과 백신애의 「호도」에서는 이미 출산하는 여성의 몸을 통해 궁핍한 조선의 현실과 가부장제적 억압이 비유적으로 드러나고 있다. 이처럼 여성 작가들에게 여성의 몸은 우리 사회의 모순과 억압이 교차하는 곳으로 인식되어왔다. 그 때문에 많은 여성 작가들은 이러한 모순과 억압을 드러내고 이에 저항하는 한 방식으로 여성의 몸을 둘러싼 체험을 재현하는 경향이 많다. 이 글에서는 여성 작가의 작품 속에서 여성의 몸이 재현되는 몇 가지 방식들을 살펴봄으로써, 현 단계 여성 문학에서 몸의 재현이 갖는 의미와 가능성을 점검해보고자 한다.

2. 여성 억압적인 현실이 체험되는 공간이자 억압에 응전하는 도구

여성 작가들의 작품 속에서 가장 빈번하게 재현되는 여성의 몸은 바로 '훼손된 몸'이다. 어찌 보면 많은 여성 작가들의 작품에서 훼손된 몸은 남성적 질서에 의한 희생자로서의 이미지를 부각하는 관습화된 표상이라고도 할 수 있다. 예컨대 공지영(『착한 여자』)이나 신경숙(『깊은 슬픔』, 1994)의 작품에서, 볼품없이 망가져버린 몸은 보이지 않는 남성적 폭력이나 무관심에 의해 희생된 여성의 이미지로 나타난다. 물론 그러한 표상은 남성 중심적인 가부장제적 질서의 폭력성에 대한 비판을 머금고 있다고 할 수도 있지만, 지나친 자기 연민의 아우라와 결합함으로써 가부장제에 대한 비판의 의미를 스스로 퇴색시키고 있다는 점도 간과할 수 없다.

오히려 최근 여성 문학에서 주목해야 할 것은, 훼손된 몸을 단순히 희생자적인 이미지로 재현하는 데서 한 걸음 더 나아가, 아예 자신의 몸을 적극적으로 해체하는 과격한 시적 상상력이다. 그것은 소극적인 피해의식에서 벗어나 여성의 몸을 스스로 능동적으로 훼손하고 해체함으로써 여성에게 가해지는 남성적 폭력의 현실을 극적이면서도 직접적으로 고발하는 경우이다. 일반적으로 가부장제와 자본주의 하에서 여성의 몸은 여성의 주체적인 욕망이 발현되는 공간으로서의 의미가 거세된 채, 타자화되고 도구화되거나 조각조각 파편화되어 포르노그래피적인 페티시즘fetishism의 대상으로 존재한다. 그러한 사정을 고려한다면, 그처럼 시적 자아가 텍스트 속에서 적극적으로 자기 몸을 해체하는 행위는 일종의 동종 요법(同種 療法)이라 할 수 있겠다. 예컨대 박서원의 「악몽」이라는 시를 보자.

암매장 소리. 잠 속으로 삽이 파고들었어 창틀이 뼈다귀로 변하고 잠옷이 찢겨져나가고 내 유방에 원반칼이 제트기처럼 스쳐갔어 검붉은 선혈 찢어진

잠옷을 밟고 방을 나왔어 같은 방이었어 전화선이 발목을 휘감고 하나, 둘,
셋, 하나, 둘, 셋, 각기 다른 허스키의 목소리들이 계속 같은 방으로 유인했어
너무나 추워왔어 섬광, 주먹만 한 우박이 마구 나를 내리치고 검은 손의 그림
자가 내 어깨를 밀어제꼈어 드디어 방을 벗어났지 거긴 거대한 정육점 창고였
어 거꾸로 매달린 채 얼어붙은 인육들 12개의 문이 갑자기 나타났어 쇠를 뚫는
전기 드라이버가 내 왼쪽 눈을 후벼팠어 대창이 내 척추를 꿰뚫고 아마 협궤
열차였나 봐 〔……〕 벌거벗긴 채 학살당하는 유태인들처럼 또 어디론가 끌려
가는 나 또 찜통이었나 봐 빨래를 삶는 신형 세탁기 속 말야 빠른 속도로 회전
하는 나는 오븐 속에서 알고 보니 오븐 속에서 뺑글뺑글 난 뻥튀기. 뻥,

— 박서원, 「악몽」 부분

이 시에서 시적 화자는 자신의 몸이 누군가에 의해 끊임없이 찢겨져나가고
파편화되는 '악몽'에 시달린다. 익명의 '검은 손'에 의해 자신의 몸이 난폭하
게 다루어지면서 찢기는 상황은 마치 성폭력이 벌어지는 상황을 연상시킨다.
그러나 시의 후반부에 이르면 화자는 유희적인 어조를 통해 타자에 의해 훼
손되는 자신의 몸을 찜통 속의 빨래, 오븐 속의 뻥튀기로 희화화하고 이윽고
'뻥' 하고 터뜨림으로써 그러한 상황의 폭력성을 유희적으로 해체한다. 자신
의 몸에 가해지는 폭력적인 난도질을 일탈적이고 섬뜩한 방식의 유희로 전화
해내는 이 방식을 통해, 시인은 자신의 몸에 가해지는 폭력을 비웃고 또 그
에 저항하는 것이다. 조금 다른 방식이기는 하지만, 김혜순의 시 「정형외과
병동」 역시 그러한 시적 상상력과 비슷한 맥락에 있다.

두다리위로바퀴를굴리고지나간사내와두개골과한쪽눈알을부수고도망간헤드
라이트사내와척추를부러뜨린몽둥이타이탄사내들이지나간뒤아픔은짧고치욕은
길다고견디는데십년은넘을거라고후유증이라는게있다고양잿물에삶은빨래처럼
빛바랜할머니와두눈썹과한쪽눈알이새까만머리털없는처녀와입술이두꺼운욕쟁

이아줌마가침대시트를붙잡고무거운것들을달고다니다사라진사내들의뒤통수를
붙잡고가랑이사이로자동차를낳으려고하고있네   ──「정형외과 병동」 전문

이 시는 표면적으로는 교통사고를 가장한 강간과 그로 인한 정신적 후유증
을 묘사하고 있는 듯 보인다. 그러나 여기서 시인은 남성의 억압적이고 폭력
적인 힘에 의해 망가진 여성 육체를 희생양의 이미지로 표현하는 대신에,
"사라진사내들의뒤통수를붙잡고가랑이사이로자동차를낳"는 자기 파괴적이
고 도착적인 여성의 모습을 그려내고 있다. 이 때문에 이 시에서 파괴된 여
성의 몸은 억압적인 남성 중심적 현실 상황을 폭로하는 매개가 되고 있다.

이 두 편의 시에서 볼 수 있는 것처럼, 여성의 몸은 여성 억압적인 현실이
체험되는 공간이자 그러한 억압에 응전할 수 있는 도구로 나타나기도 한다.
이 밖에도 최승자, 김승희 등의 몇몇 시들 또한 남성적 시각에 의해 도구화
되고 대상화된 여성의 몸을 적극적으로 훼손함으로써 새로운 여성적 자아를
구축하고자 시도하는 여성 주체의 모습을 보여준다. 그러나 이처럼 몸을 난
도질하고 해체하는 충격적인 시적 효과를 통해 남성 중심적인 질서에 대한
저항 의식을 표출하거나 그것을 여성적 주체 형성의 계기로 삼는 시도들은,
브레히트의 표현을 빌리면 '표정을 일그러뜨리는' 부정적인negative 방식이
갖는 한계를 어쩔 수 없이 안고 있다. 여성의 몸이 그 자체로 억압이 새겨지
는 공간이기는 하지만, 다른 한편으로는 그러한 억압을 넘어설 수 있는 고유
한 가능성이 존재하는 공간이기도 하다는 점을 고려한다면 더욱이나 그렇다.

3. 개방적이고 초월적인, 새로운 가능성을 확인하는 상징 체계

모성적 몸은 훼손된 몸과 함께 여성 작가의 작품에 빈번하게 등장한다. 그
리고 많은 여성 작가들이 그것을 다루는 방식 또한 앞서 말한 '부정적인' 방

식과 멀리 떨어져 있지 않다. 현실적으로 우리 사회에서 아이를 낳아 기르는 일은 여성에게 많은 것을 포기하게 하므로, 모성적 몸에 대한 거부는 가부장제적 질서에 대한 저항의 한 방식이 될 수 있다. 이런 점에서 멀리는 어머니 몸에 대한 거부 의식이 히스테릭하고 도착적인 방식으로 나타나는 오정희의 초기 소설이나, 아이를 방기한 채 불륜을 일삼는 여성 인물들을 다룬 전경린, 서하진 등의 90년대 여성소설들은 모성을 찬미하고 신비화하는 가부장제의 규범적 질서를 거부하는 것으로 이해될 수 있다. 그렇지만 모성적 몸은 비록 생물학적 차원이기는 하지만 남성과 여성을 구별하는 뚜렷한 육체적 징표이다. 그렇기 때문에 그것을 단순히 거부하는 것은 가부장제에 대한 비판과 도전의 한 방식은 될 수 있을지언정, 여성으로서의 존재론적 기반을 몰각하거나 여성의 몸이 갖는 긍정적 자질을 놓치는 우를 범할 수밖에 없다.

　그에 비해 오정희의 「옛우물」과 김혜순의 시집 『나의 우파니샤드, 서울』 『불쌍한 사랑 기계』 등은 모성적 몸의 긍정적 측면에 주목하고 이를 극대화하여 상징적으로 표현하고 있다는 점에서 주목할 만하다. 오정희의 「옛우물」은 삶과 죽음이 다르지 않다는 인생의 진리를 역설적으로 제시하는데, 그러한 주제의식은 여성의 모성적 몸에 의해 더욱 강조되고 있다. 이 소설에서 서술자는 다산으로 주름진 여성의 뱃가죽 속에서 "무엇인가가 눈 틔워주기를 기다리는 씨앗으로, 열매의 비밀로 조그맣게 존재하는 어린 여자아이"를 발견하는가 하면, 증조할머니 때부터, 아니 그 이전부터 현재의 그녀에 이르기까지 여성의 기억 속에 전설처럼 내려오는 '금빛 잉어'의 부활을 상기함으로써 자궁의 은유적 표현인 우물을 부활의 공간으로 변모시키기도 한다. 즉 주름진 여자의 배는 또 다른 삶을 잉태하는 공간이자 부활의 공간으로 상징화되는 것이다. 오정희의 소설에서와 마찬가지로, 김혜순의 시에서도 모성적 몸은 삶과 죽음이 병치됨으로써 내면적이고 순환적인 시간이 만들어지는 공간이다. 그리고 그 몸은 타자와의 소통을 가능케 하는 개방적 공간이자 여성적 생명력이 펼쳐지는 순환적 공간으로 나타난다.

결론적으로, 두 작가에게서 공히 모성적 몸은 여성적 삶의 체험이 새겨지는 공간인 동시에, 타자와의 소통의 길을 열어주거나 과거·현재·미래의 시간이 순환적으로 소용돌이치는 공간이 되기도 한다. 따라서 이들 작가에게 모성적 몸은 공간적으로는 개방적이고 시간적으로는 초월적인 장소로서, 남성 중심적인 상징적 질서를 벗어나 여성적 삶의 새로운 가능성을 환기하는 여성 고유의 새로운 상징 체계로서 자리매김된다. 이는 뤼스 이리가라이의 표현을 빌려 '여성적 상징계'라 이름할 수 있을 것이다. 즉 가부장제로 표상되는 남성적 상징 질서가 '할아버지-아버지-아들'로 이어지는 남성 중심적 계보학을 형성한다면, 그에 대해 이들 작가에게서 모성적 몸은 '할머니-어머니-딸'로 이어지는 새로운 상징 질서로서의 여성적 계보학을 형성하는 물적 토대가 되는 것이다.

이렇듯 90년대 여성 문학에서 모성적 몸에 대한 시각은 양가적(兩價的)이다. 모성적 몸은 여성의 성적 욕망을 억압하는 규범적 질서가 새겨지는 공간으로 나타나기도 하지만, 다른 한편으로는 억압적인 남성 중심적 질서를 넘어서는 여성적 삶과 글쓰기를 가능하게 하는 새로운 해방적 공간으로 나타나기도 한다. 이런 현상은 어찌 보면 모성적 몸을 포함한 여성의 몸 그 자체가 양가성을 지닌다는 사실을 반영하는 필연적인 현상이다. 중요한 것은, 여성의 몸이 억압이 새겨지는 공간이자 해방과 새로운 질서 창출의 가능성을 머금고 있는 양가적인 공간임을 정확히 인식하는 일, 그 둘 사이의 모순과 긴장을 놓치지 않는 일일 것이다.

4. 이론의 한계, 몸의 소외

한편 90년대 여성 문학에서 확산된 몸에 대한 인식이나 성찰의 뒤에는 90년대 들어 유행하기 시작한 푸코나 보드리야르 등의 포스트모던 문화 담론의 영향이 알게 모르게 배경으로 작용하고 있음을 간과할 수 없다. 푸코는 몸에 작용하는 근대 규율 권력의 작동 방식에 대한 탐구를 통해, 몸이란 어떤 하나의 물질적 조건으로 구성된 단일한 실체가 아니라 이데올로기적으로 구성되는 복잡하고 변화무쌍한 존재라는 것을 널리 알렸다. 또 한쪽에서 보드리야르는 자본주의 사회 속에서 몸이 물신화되고 상품화됨으로써 하나의 기호로 전락했다고 주장한다. 이러한 푸코의 기율화된 육체, 보드리야르의 물신화된 육체가 다른 무엇보다도 더 잘, 극적으로 드러나는 곳은 바로 여성의 몸이다. 이처럼 여성의 몸을 주어진 그대로의 어떤 것이라기보다 특정한 조건 하에서 사회문화적으로 구성되는 것으로 보는 관점은, '남성=정신(이성), 여성=육체'와 '정신〉육체'라는 서구 철학의 이분법적이고 가치 우열적인 사고방식과, 여성의 몸은 여성의 자유로운 사회 활동을 위해 극복되어야 할 장애물이라고 보는 초기 페미니즘 관점의 한계를 넘어서게 해주는 미덕이 있다.

그러나 몸을 사회문화적으로 구성되는 것으로 설명하는 방식은, 몸을 생물학적이고 해부학적인 것으로만 설명하는 방식과 마찬가지로 한계를 안고 있다. 그 경우, 어느 정도는 여성의 육체 위에 새겨진 다양한 억압의 지형도를 그려 보일 수는 있지만, 여성의 몸은 탈물질화되고 기호화되기 때문에 실존적으로는 부재하게 된다. 따라서 여성의 몸을 중심으로 일상적이고 구체적으로 이루어지는 억압의 다양한 지점과 해방의 가능성은 놓치게 되는 것이다.

이처럼 최근의 몸 담론에서 몸은 지나치게 이데올로기적 생산물로서만 강조되기 때문에 몸을 물질적이고 일상적인 차원에서 다루는 것은 세련되지 못한 것으로 간주된다. 그런데 그러한 경향이 문학의 차원으로 옮아갈 경우, 앞서 말한 이론의 한계를 비슷한 방식으로 재생산하게 될 위험이 있다. 다시 말해 문학에서 몸을 지나치게 탈물질적인 것으로 다룰 경우 오히려 몸을 소외시킬 위험성이 있는 것이다. 몸이나 욕망에 대한 이론적 담론에 상상력의 근원이 닿아 있는 듯한 전경린의 소설 「평범한 물방울무늬 원피스에 관한 이야기」와 「거울이 거울을 볼 때」는 이를 잘 보여준다. 이 소설들은 여성의 몸이 타자의 시선이나 욕망에 의해 통제된다는 인식을 문학적 언어로 재구성해 냄으로써 그것을 자기 탐색에 이르는 인식적 과정으로 제시하고 있는데, 여기서 여성의 몸은 각각 '원피스'와 '거울'에 의해 환유적으로 대체되면서 남성에게는 성적 욕망의 대상이 되고, 서술자 자신에게는 자기 정체성 탐구의 대상이 된다. 즉 여기서 여성의 몸은 성적 · 인식론적 투사의 대상이 되는 것이다. 그 결과 여성의 몸은 여성적 체험 속에서 구체적으로 나타나기보다는 단지 여성 인물의 자기 정체성 탐구를 위한 관념적인 도구로서만 전유될 뿐이다. 그것은 한편으로 몸의 물질성을 소거하는 과정과 결합되어 있는데, 그럴 경우 실천적 장으로서의 몸의 의미는 필연적으로 탈색될 수밖에 없다.

최근 여성 문학에서 나타나는 의식적인 몸 담론은 여성의 몸에 대한 의식화 과정으로서 긍정적으로 볼 만한 점이 있지만, 여성의 현실과는 유리된 관념적 기획에 그칠 위험성 역시 무시할 수 없다. 따라서 여성의 몸을 중심으로 이루어지고 있는 최근의 몸 담론이 공허한 관념의 함정에 빠지지 않기 위해서는, 그동안 여성 작가들에 의해 실천적으로 다루어진 몸에 관한, 몸의 언어에 주목해야 할 것이다. 이는 현실 사회 구조 속에서 여성의 몸은 억압적이지만 동시에 해방의 도구로 전화될 수 있다는 사실을 이해하는 일과 다르지 않을 것이다.

제3부
모성의 상상력

모성적 육체의 상상력
— 노혜경과 김혜순의 시를 중심으로

1. 새로운 모성적 세계에 이르는 길

많은 여성 시인들의 시에서 모성성의 표현이나 모성적인 상상력이 발견되는 것은 자연스러운 현상이다. 그것은 그들이 무엇보다도 여성이자 어머니이기 때문이고, 그 존재 조건의 중심에는 일차적으로 임신, 출산, 수유와 같은 육체적 체험이 가로놓여 있기 때문이다. 따라서 모성적 원리를 의식적으로 전면에 내세우지 않아도 그것이 모든 여성 시인들의 시에서 저절로 실현되는 것으로 보기가 십상이다. 그렇지만 여성의 직접적이고 육체적인 모성 체험 그 자체만으로 '모성성'의 원리를 설명할 수는 없다. 그것은 성sex을 근거로 모성성의 유무를 따지는 것처럼 일차원적이고 단면적인 이해에 지나지 않는다. 푸코의 섹슈얼리티에 대한 논의가 시사하듯이, 모성 또한 본질적으로 타고난 것이 아니라 어떤 측면에서는 사회문화적으로 구성된 것이다. 모성성을 여성 고유의 생물학적 체험으로만 규정하는 것이 모성성에 대한 적절한 접근 방식이 될 수 없는 것은 그 때문이다. 게다가 통상 모성적 자질이라고 하는 허여성(許與性), 포용성, 풍성함, 넉넉함, 자기 희생 등—이는 아이를 낳고 먹여 기르는, 모성의 생물학적 조건에서 자연스럽게 연상되는 이미지들이다—은 남성 시인들의 시에서도 자주 나타나는 정서적 특성이다. 따라서 생물학적 성에 근거한 모성성 논의는 더 이상 효력을 발휘할 수 없는 것일 수도 있다.

그러나 비록 모성이 어떤 측면에서 사회문화적으로 구성되는 것이라고는
해도, 그것이 여성의 생물학적인 특성을 기반으로 이루어진다는 사실 자체를
부정할 수는 없다. 오히려 중요한 것은 그 여성의 생물학적인 특성 또한 사
회문화적인 구성 작용에서 벗어날 수 없다는 점을 인식하는 일이다. 그런 측
면에서 생물학적인 섹스sex도 문화적인 젠더gender만큼 구성적이라는 주디
스 버틀러Judith Butler의 지적은 시사적이다. 즉 젠더가 사회적 인공물인 것
과 마찬가지로 섹스 자체도 사회적·문화적으로 구성되는 측면이 있다는 것
이다. 이처럼 성의 생물학적 측면과 사회문화적 측면이 서로 구분될 수 없을
만큼 긴밀한 상관관계를 갖는다는 관점에서 본다면, 사회문화적으로 구성되
는 모성과 생물학적 모성을 이분법적으로 가르는 것은 무의미하다. 오히려
사회문화적으로 구성되는 모성의 기반에 존재하고 있는 생물학적 모성 체험
의 구체성을, 그리고 동시에 생물학적 모성 체험에 각인되어 있는 사회문화
적 구성 작용을 함께 고려하는 시각이 필요할 것이다.

사실 모성에 개입되는 사회문화적 구성 작용을 간과한 채, 한 생명을 낳고
기르는 존재라는 생물학적 측면에만 근거하여 그것을 다시 따뜻함, 자기 희
생 등의 관념적인 가치와 연결하는 것은 어머니에 대한 기존의 관습적인 통
념을 재생산하는 것일 뿐이다. 이때 어머니는 시대의 아픔을 치유하는 근원
적 힘이자 황폐한 자본주의적 일상 속에서 상처받은 영혼이 돌아가 쉴 수 있
는 고향으로 상징화된다. 자본주의적 일상에 대한 정서적 대안으로 어머니의
세계를 노래하는 유하나 함민복과 같은 남성 작가들의 시에 나타나고 있는
모성은 많은 부분 어머니에 대한 이러한 관습적인 통념에 기대고 있다. 그럴
경우 어머니는 성적 욕망이 없는 무성적sexless 존재로 신성시되고, 그 결과
역설적으로 여성의 실제적 모성 체험은 거세된다. 즉 어머니의 구체적인 체
험은 소거된 채 어머니에 대한 관념만 남게 되는 것이다. 모성을 사회문화적
으로 구성된 것으로만 보는 관점 역시 현실적이고 구체적인 모성 체험을 괄
호로 묶는다는 점에서 마찬가지 문제점을 안고 있다. 그러한 관점은 애초부

터 여성의 육체적 체험의 측면을 배제하기 때문에, 모성이 단지 추상적이고 관념적인 기호로만 존재하게 될 우려가 더 크다.

우리 시에서 나타나는 모성은 대부분 이러한 한계에서 자유롭지 않다. 노혜경과 김혜순의 시가 돋보이는 것은 이러한 대목에서다. 이들의 시는 분명 어머니를 부정함으로써 자아의 실존적 정체감을 확보하려는 시나, 어머니를 고향과 동일시함으로써 어머니에 대한 연민과 애정 사이에서 서성거리는 시, 아니면 인내와 베풂을 미덕으로 하는 모성적 따뜻함에 사로잡혀 있는 시들과는 다르다. 노혜경과 김혜순 시의 시적 상상력의 중심에는 육체를 매개로 한 구체적인 모성 체험을 바탕으로 하여 이를 메타포로 확대 재생산함으로써 구축되는 새로운 모성적 세계가 있다.

2. '뜯어먹기 좋은' 어머니의 몸

노혜경의 시는 '나'와 타자의 경계를 해체하고 '나'를 소멸시킴으로써 새로운 '우리'에 이르는 길을 모색한다. 어머니 혹은 모성적 육체는 그 과정을 매개하는 핵심적 존재다. 노혜경의 시에서 자기 해체를 통한 또 다른 '나'들인 타자들과의 적극적인 관계 맺기는 일차적으로 원초적·신화적 어머니에 대한 강한 이끌림을 바탕으로 이루어진다. 그리고 '나'는 동시에 스스로의 육체를 수많은 아이를 낳는 원초적 모성의 육체로 변형한다.

그 높은 언덕 위의 커다란 버섯 같은 호텔로 나는 들어선다.
세 쪽으로 갈라진 거대한 엉덩이 모양의 3층짜리 로비 한복판에 커다란 버섯같이 객실층이 솟아나 있는 오래된 호텔의 복도는 왼쪽으로 휘어지며 킬킬대고 있다.
방문들이 연달아 열리고, 방방마다에서 자식들을 만드느라 바쁜 쌍쌍이 내가 지나가길 기다리느라 잠시 멈춘다.

〔……〕

진흙의 고름이 쏟아지고
끔찍하고도 고운 진흙 아이들이
저와 꼭 닮은 진흙인형 하나씩을 안고 끌려 나온다.
태어나지 않으려 몸부림치며 그래도 쏟아져 나와야만 하는 진흙의 양수.

그래, 나 여기까지 왔어.
치마를 벌리고 다리 사이에 이 많은 아기들을 안으려고. 수천 년의 호텔.

—「언덕 위의 아이들」 부분

마치 아이 낳는 사이보그 같은 인상을 주는 "커다란 버섯 같은" 호텔은 제의적(祭儀的)인 출산의 공간이다. 즉 이 호텔은 오랫동안 생명을 잉태하고 그 생명들을 세상에 내보내는 역할을 하는 원초적 자궁 그 자체이다. 그러나 이제 '호텔'은 더 이상 원초적 생명력의 발원지가 아니다. 호텔은 "방방마다에서 자식들을 만드느라 바쁜 쌍쌍"들로 그득하지만, 그들은 서로 "돌아앉"거나 "하혈을" 할 뿐이다. "돌의 궁전"인 그 호텔의 바닥에는 "수천 년 동안 아래로 가라앉은 아기들의 씨앗이 수천 년 묵은 먼지 속에서 싹트고" 있다. '나'이면서 동시에 '타자'인 새로운 '나'는("자매인 나는 아우인 나는 언니인 나는") 썩은 문을 떼어내고 수천 년 동안 지하에 갇힌 "아기들의 씨앗"을 되살려, "치마를 벌리고 다리 사이에 이 많은 아기들"을 받음으로써 자신의 육체를 다산(多産)의 제의적 공간으로 변형하려는 의지를 보여준다. 그럼으로써 '나'의 육체는 수많은 아이들을 한꺼번에 낳는 원초적 모성의 육체로 새로이 탄생하는 것이다. 중요한 것은 '나' 아닌 '나'만이, 그리고 그 '나'가 '바닥'에 이르러서야 비로소 '돌의 궁전인 호텔'을 '서걱이는 나무집'으로 변화시키고, 원초적 다산의 힘을 재생할 수 있다는 점이다. 노혜경에게서 원초적 생명력을 되살려내는 모성적 육체는 '나'의 소멸과 해체를 통해서만 얻어질 수 있는 것으로 나타나는 것이다.

노혜경의 시에서 원초적 생명력을 상징하는 모성적 세계는 대부분 결합과 증식과 순환의 이미지로 그려진다. 그리고 그러한 원초적 생명력의 무한한 증식과 순환의 세계는 엄숙하기보다는 관능적이고 유희적이다.

할머니의 목 위에 어여쁜 해골이 얹힙니다. 아주 오래되고 싱싱한 해골
할머니가 배를 열고 커다란 자루를 꺼냅니다. 피로 가득 찬 곱디고운 비단 주머니를 꺼냅니다.
할머니가 나를 자루에 집어넣습니다. 이것은 아주 오래된 동굴이라고 말씀하십니다. 동굴 안은 뜻밖에도 환합니다. 저쪽 편 어딘가에 희부윰한 빛이 보입니다. 걸어가야 할까.

할머니의 귀에서 자라난 벌레가 내게로 옵니다. 뜨거운 키스를 퍼붓습니다. 에비!
벌레는 내 입 속으로 들어갑니다. 나도 아주 오래된 내장을 가졌습니다.
〔……〕
꽃잎은 다 뜯겨나고 꽃판만 남습니다. 이빨 빠진 얼굴들이 활짝 웃고 있습니다. ──「가위바위보」 부분

여기에는 할머니에게서 나로 이어지는 연속적이고 순환적인 세계가 있다. '나'는 할머니의 배에서 꺼낸 "피로 가득 찬" 비단 주머니 속에 들어가 "희부윰한 빛"을 보고, 할머니의 썩은 몸에서 생겨난 것이 분명한 벌레는 내게로 와 "뜨거운 키스"를 퍼붓는다. 나는 죽음을 매개로 할머니와 이어지며, 그럼으로써 할머니의 죽음과 나의 삶은 서로 무관한 것이 아니라 순환적으로 이어지는 연속적인 것이 된다. 할머니와의 꽃잎 뜯기 놀이가 끝난 후, "꽃잎

은 다 뜯겨나고 꽃판만 남"은 "이빨 빠진 얼굴들"은 오히려 "활짝 웃"는다. 그렇게 죽음과 삶은 거대한 생명력의 순환 속에 재배치된다. 그리고 그것은 죽은 할머니와 살아 있는 나의 순환적이고 반복적인 소통을 통해 가능해진다. 이처럼 노혜경의 시에서는 '죽음/삶'이라는 극단적 대립조차도 나와 타자를 새롭게 통합하려는 재구성의 상상력을 통해 해체되고 무화되어 순환하는 모성적인 생명력의 세계 속에 편입된다.

이렇게 탄생한, 즉 자기 해체와 타자와의 재통합으로 새롭게 탄생한 '나'의 육체, 원초적 어머니의 육체는 더 이상 견고한 자기 동일성으로 채워진 공간이 아니다. 그것은 다시 끊임없이 자기를 무화하고 소멸시킨다. 자기 소멸과 재탄생의 반복적인 순환, 어머니의 육체는 그 한가운데에 있다. 자기 무화와 소멸의 상상력이 극단적으로 펼쳐지는 꿈의 공간 속에서, 급기야 어머니의 육체는 부풀어올라 굶주리는 자들을 구원하기 위한 양식(糧食)이 된다.

> 난 마을 위로 사뿐히 내려앉았죠
> 내 몸은 한없이 퍼져서
> 마을 하나를 덮고도 덤이 좀 남았죠
> 짭짤맵싹하고 따끈한 빈대떡 내 몸이
> 마을 위로 내려앉았죠
> 그리고 폭 가라앉았죠 더 이상 꿈에서 깨지도 않고
> ──「굶어 죽을 뻔했던 마을을 나는 어떻게 살려내었나」 부분

이 시에서 '나'는 '마흔여덟 개의 젖꼭지'와 '뚱뚱한 몸'을 지닌 어머니의 이미지로 나타난다. 굶주리는 꿈속 세계의 사람들을 구원하기 위해 '나'는 자신의 몸을 끝없이 확장하여 그들의 양식으로 만들고, 더 이상 현실 세계로 돌아오지 않게 된다. 이처럼 흔히 모성적 자질로 얘기되는 자기 희생, 허여성 등의 자질들이 이 시에서는 '배고픈 새끼들을 먹이는 어미의 모습'으로 형

상화되고 있다. 그러나 그러한 모성의 이미지는 자신의 육체를 "짭짤맵싹하고 따끈한 빈대떡"으로 형질 변화시키는 마지막 연에 가서 그로테스크하고 낯선 모습으로 변형된다. 이때 기존의 모성의 이미지를 그대로 차용하면서도 이를 전복적으로 재구성함으로써, 굶주리고 불쌍한 사람들을 구원하는 모성적 육체는 다층적인 의미를 지니게 되는 것이다.

노혜경의 시에서 이러한 희생적인 어머니의 육체는 특히 예수의 자기 희생적 구원의 이미지와 겹쳐짐으로써 더욱더 낯설게 다가온다. 예수의 마지막 성찬식(聖餐式)을 재현하고 있는 「높이 쳐들린」에서는 자신의 살과 피를 인류 구원을 위한 희생물로 바치는 예수의 모습을 다소 그로테스크하게 그려내고 있다. 자신의 살점을 뜯고 목을 베는 자학적 희생 제의를 통해서 "나만의 새 집을" 짓게 되는 예수의 육체가 갖는 이미지는 「굶어 죽을 뻔한 마을을 나는 어떻게 살려내었나」에서의 '나'/어머니의 육체의 연장선상에 있다. 노혜경의 시에서 흔히 발견되는 종교적 모티프들은 단지 시인의 종교적 성향의 소산만이 아니다. 그것은 자기 희생이라는 비장한 의식(儀式)을 의식적(意識的)으로 표출하기 위한 방법적 선택이다. 그리고 이러한 제의적 자기 희생의 이미지는 특유의 그로테스크하고 일탈적으로 흘러넘치는 과잉된 모성적 육체를 통해 더욱 강화되고 있다. 그렇다고 해서 노혜경의 시에서 자기 희생적 모성의 이미지가 단순히 피 흘리는 예수의 이미지와 등가의 것이라고 보기는 어렵다. 그러한 자기 희생적 제의는 남성적인 시·공간이 아니라 크리스테바가 '기호계'라 부른, 한때는 친숙했지만 현실 질서에 의해 억압되고 감추어져 이제는 금기시된 유토피아적 환상 공간에서 이루어지는 까닭에, 관능적인 카니발에 더 가깝기 때문이다.

이렇게 자신의 육체를 내주는 모성적 성찬식을 통해 타자와 영적 합일을 꾀하는 유쾌하면서도 관능적인 카니발의 세계가 본격적으로 펼쳐지는 시가 바로 「레이스마을 이야기」 연작이다. 「레이스마을 이야기」의 시적 서사는 모성적 상상력이 어떻게 새로운 역사를 가능하게 하는가를 기묘하고 환상적인 상상력을 통해 보여준다.

　잠이 들어 있는 사이에 레이스는 완성되었다. 세상 전부를 덮는 레이스를
이고 달은 높이 떠올랐다. 어둠이 눈꺼풀을 덮듯 서서히 퍼져가는 레이스의 잔
물결 가장자리로, 바로 우리 얼굴들이 매달려 있었다. 엄마들은 우리 아기들
을 풀어서 엄마들의 몸에 섞어 레이스를 짠 것이었고, 우리는 대희년을 위해
특별히 태어난 달의 아기들이었다는 것을, 우리는 한 번도 몰랐던 것이다.
　　　—「레이스마을 이야기 — 레이스마을의 경연대회장에서 있은 일」 부분

　배고픈 사람들의 머리 위로 밀떡 같은 달이 떠오르다
　달은 한 번도 지지 않고, 해가 다 가도록 걸려 있다
　달의 가시가 사람들을 찔러 모두가 눈이 멀다

　달이 레이스를 벗다 초대형 레이스가 세상을 빈틈없이 껴안다
　눈먼 입들이 레이스의 방울들에 입 맞추다 꿀처럼 달콤한 방울들의 눈물

　배고픈 입들이 방울을 삼키다 길고 긴 다음 여행이 시작되다
　사람들을 하나로 기우며 레이스의 실들이 자라나다
　　　　　　　　—「레이스 마을 이야기 — 대희년의 달」 부분

　노혜경은 「레이스마을 이야기」 연작에서 '레이스 짜기'라는 일견 수동적인
가사일의 의미를 배고픈 사람들을 위한 밥상보 짜기라는 적극적인 의미로 전
환한다. 그럼으로써 여성에게 수동적 삶을 강요하는 것으로 해석되었던 가사
노동의 의미를 전복적으로 해체·재구성하고 있다. 이 시에 나타나는 전복적
이고 해체적인 이미지들은 '레이스 짜기'로 상징되는 기존의 여성적 삶에 대
한 이중의 뒤집기에 힘입어 익숙하면서도 낯선 새로운 모성적 서사를 짜나가

고 있다. 그 낯설고 이질적인 세계에서 어머니의 밥상보 짜기는 예수의 영적 (靈的) 구원 사업과 맞먹는 거대한 인류 구원 프로젝트로 제시된다. 직선적이고 중심적인 남성적 세계가 순환적이고 해체적인 모성적 세계로 대체됨으로써 새로운 영적 역사가 시작되는 셈이다.

이러한 새로운 역사의 '판짜기'의 열망은 노혜경에 있어 거의 종교적 소명의식에 가깝다. 따라서 시극(詩劇) 「성모의 기사」에서 볼 수 있는 것처럼, 자기 소멸과 새로운 탄생을 통한 인류의 구원이라는 시적 기획에 종교적 모티프가 중요한 자리를 차지하고 있는 것은 우연이 아니다. 그 과정에 물질적 구체성을 부여하는 것이 바로 모성적 육체이다. 노혜경의 시에서 모성적 육체는 기존의 관습적인 이미지에 기대면서도 종교적 제의와 카니발적인 과잉 excess의 상상력을 통해 낯설게 변형되고 재구성된다. 즉 모성의 일차적인 생물학적 조건에서 파생하는 모성적 자질들에서 연상될 법한 관습적인 이미지의 굴레는 그 자체로 새로운 영적 삶의 비전으로 역전되는 것이다.

이런 과정을 거쳐 짜여지는 노혜경의 「레이스마을 이야기」 연작은 기존의 (남성 중심적) 역사와는 전혀 다른 새로운 여성적 역사의 서사이다. 그 여성사의 중심에는 "나무의 슬픈 가슴에 배고픈 아이처럼" 매달린 "하늘에 가득 차는 큰 달"을 먹이는 성스런 작업이 가로놓여 있다. 그러나 "배고픈 입들 먹이기"가 새로운 역사 그 자체는 아니다. 그것은 오히려 새로운 역사의 시작일 뿐이다. 마치 예수가 자신의 살과 피로 '영성체' 의식을 치른 뒤에야 비로소 부활이라는 새로운 영적 역사가 시작된 것처럼.

3. 모성적 육체, 현실과 유토피아의 이중적 메타포

김혜순의 초기 시에서 전형적으로 드러나는 것은 시어의 의도적 왜곡과 충격적인 이미지를 통해 왜곡되고 전도된 현실 상황을 비판하는 부정적 상상력

이다. 그것은 예컨대 파편적이고 폭력적인 언술 방식을 통해 폭력이 난무하
는 현실을 강도 높게 비판하거나, 언어의 전도(顚倒)를 통해 도착적인 자본
주의의 일상을 희화화하는 등의 모습으로 나타난다. 주체의 몸체를 뒤틀고
일그러뜨리는 방법적 부정을 통해 자본주의적인 일상의 부정성에 칼날을 들
이미는 이중의 부정인 셈이다. 이러한 언술 방식과 주제의식은 『나의 우파니
샤드, 서울』(1994)에 이르러서는 인간적 삶을 훼손하는 '서울'이라는 특정
공간에 대한 다양한 비판적 · 풍자적 진술로 구체화된다. 이때 중요한 방법적
도구가 되는 것이 바로 여성의 육체이다.

  유리문을 밀고 들어가면 또 유리문이 나온다. 유리문 안쪽엔 출구라고 씌어
  있고, 바깥쪽엔 입구라고 씌어 있지만 그러나 나가든 들어가든 언제나 너는 어
  떤 몸의 내부에 속해 있다. 마치, 난자를 만난 정자가 그녀의 집에 영원히 체
  포되듯 너는 거기에 속해 있다. 〔……〕 어떤 유리문을 열면 거기 매 맞은 얼
  굴들이 한 방 가득 들어 있고, 어떤 유리문을 열면 죽은 네 어머니가 웬일이냐
  돌아앉으신다. 어떤 유리문을 열면 길 잃은 파리가 윙윙거리는 방 안에 허벅지
  를 드러낸 여자들이 뒤엉켜 누워 있고, 어떤 방문을 열면 네 시신 위로 구더기
  들이 한없이 쏟아져나온다. 〔……〕 미로는 날마다 골목 끝에 유리문을 세운
  다. 이 몸을 깨뜨리고 어떻게 밖으로 나가지? 내 몸 밖에서 누가 나를 아직도
  부르고 있는데……
—「서울」 부분

'서울'은 유리문에 의해 단절된 폐쇄된 공간이면서, 죽음의 기표들이 떠도
는 공간이기도 하다. 이러한 서울은 단지 물리적인 공간에만 그치지 않는다.
거기에는 내가 겪은, 혹은 겪음직한 닫힌 일상의 폭력이 구체적으로 새겨진
다. 서울은 곧 '나의 몸'이다. '서울'/'나의 몸'은, '나'를 가두는 출구 없는
미로이다. 이처럼 서울이라는 몸과 나의 몸은 마치 "마주 보고 서서 〔……〕
손을 …… 잡.으.려./…… 제.각.기…… 욕망을 놓지 않"(「동방거울상회」)

는 '거울'처럼 서로를 비춘다. 그리하여 '나'의 체험은 서울이라는 몸에 새겨 짐과 동시에 '나'의 몸에 새겨진다. 서울이라는 미로의 한가운데에, '매 맞는 여성' '죽은 어머니' '허벅지를 드러낸 여자들' 등이 갇혀 있다. 그들은 단지 '나'와는 다른, '나' 밖의 타자들이 아니다. 그들은 서울에서 '나'가 겪는 체 험의 실상을 되비추는 거울 이미지들이다. 서울은, 그리고 여성의 몸은 여성 을 가두고 유형무형의 폭력에 속절없이 노출한다. '나'의 육체, 여성의 육체 는 자본주의적 일상의 폭력이 새겨지는 공간이 되며, 그것은 다시 소외되어 여성 스스로를 가두는 감옥이 된다. 그러나 자본주의적 일상 속에서 훼손된 여성의 육체는 단순히 일면적 재현의 대상으로만 나타나는 것은 아니다. 김 혜순은 식민화된 여성 육체의 재현에서 한 걸음 더 나아가 그것을 다시 방법 적 부정과 새로운 생성의 매개로 변화시킨다. 여성 육체에 접근하는 이러한 방식은 초기 시부터 줄곧 이어져온 이 시인의 지향이다. 그리고 그러한 여성 육체의 중심에 모성적 육체가 있다.

> (말은 第七人者의 향응을 받으며 놀다가
> 잠시 그녀의 자궁 속에 들른다)
> 전달! 第七人者가 第八人者에게
> 第八人者가 第九人者에게
> (쑥떡쑥떡이 쑥떡을 낳고
> 쑥떡쑥떡이 똥떡을 낳는다)
>
> 〔……〕
>
> 바다에선 바닷말이 썩고
> 하늘 아래 비밀 말들이 썩는다
> (빛 들어갈라

입 안 벌리는

내 몸통 속에서

온갖 말들이 와장창 썩는다)　　　　　　　　　　　—「썩는 말」 부분

그러나 너 태어나 탯줄이 끊기고

눈꺼풀이 떨어지고

인큐베이터 속으로 너 떨어질 때

강물은 다시 흘러내리고, 무덤들 검게 닫히고

우리는 산 아래로 굴러 떨어졌지.

내 두 젖은 말라비틀어지고

텔레비전은 왕왕거리고, 창밖에선 클랙슨 소리

요란했지. 너 배고파 우는 울음소리와 함께

산맥은 캄캄하게 돌아누웠지.　　　　　　　　　—「解産」 부분

「썩는 말」에서 분명하게 드러나듯이, '자궁'은 이제 더 이상 아이를 먹이고 길러내는 생산성의 공간이 아니다. '자궁'으로 대표되는 모성적 육체는 현실 질서가 낳은 타락한 말들의 거주지가 된다. 그것은 이제 말들이 "냄새도 요란하게" 썩어가는 황폐한 공간일 뿐이다. 이처럼 모성적 육체에 대한 김혜순의 시적 접근은 단순히 모성의 생산성을 현실 질서의 불모성을 치유할 수 있는 대안으로 제시하는 안이한 해결 방식과는 거리가 멀다. 모성적 육체는 이미 불모의 현실에 의해 식민화되어 있다. 그래서 시인은 또 다른 시에서는 모성적 생산력을 상징하는 젖가슴을 '무덤'에 비유하기도 한다(「어느 별의 지옥」). 모성적 육체는 더 이상 생산성의 공간이 아니라 부패의 내음이 진동하는 불모의 공간이 되는 것이다. 이는 모성적 생명력이 가장 고양된 형태로 표출되는 '출산' 체험을 오히려 생명이 고갈되고 불모화되는 순간으로 그리고 있는 「해산(解産)」에서 더욱 분명하게 드러난다. 이 시에서 출산의 경험

은 시적 화자에게 경이와 기쁨으로 환기되지 않는다. 시인은 여기서 아이가 태어나는 순간을 "인큐베이터"와 "텔레비전"이라는 기계 문명의 상징과 병치하면서 하강의 이미지를 통해 그려넘으로써 '탯줄'의 생명력이 상실된 현대 기계 문명의 황폐한 세계 속의 모성 경험을 부정적으로 환기하고 있다. "말라비틀어"진 "두 젖"이 암시하는 여성적 생명력의 상실은 나아가 "산맥은 캄캄하게 돌아누웠지"라는 구절에서 보듯 인간과 자연의 유대의 상실과도 무관하지 않다.

김혜순의 시에서 그 같은 불모의 모성 육체의 이미지들은 언뜻언뜻 출몰하면서 현실 질서의 불모성을 환기하는 강력한 메타포로 작용한다. 모성적 육체는 자본주의적 일상 질서의 유형무형의 폭력이 스며 있는, 또 그것을 스스로 증거하는 "태중(胎中) 감옥"(「新派로 가는 길 2」)이다. 그러나 김혜순의 시에서 여성적/모성적 육체가 언제나 부정적 현실의 메타포가 되는 것만은 아니다. 여성적/모성적 육체는 부정적 현실을 환기하는, 여성의 삶을 가두는 감옥이기도 하지만, 동시에 타자와의 소통과 생명력의 순환을 이루어내는 생산의 그릇이기도 하다. 그것은 '서울'이 나를 가두는 폐쇄된 공간임과 동시에 타자에의 길을 열어주는 공간이 되는 것과 마찬가지다. 다음 시를 보자.

내 마음엔 웬 실핏줄이 이리도 많은지요 이 실핏줄을 다 지나야 그곳에 당도하게 되겠지요 〔……〕 날마다 당신에게로 가는 길이 늘어나요 길 속에 길이 있어요 지금 막 도착한 저 빌딩의 몸속을 좀 들여다보세요 층계와 층계 사이로 불 켠 실핏줄들이 보이잖아요? 저 길을 언제 다 지나 당신에게 당도하지요? 서울이 서울을 낳아요 마음이 제 몸을 한껏 부풀려 또 마음을 낳아요 거기로 이삿짐을 가득 실은 차들이 쏟아져 들어오고 또 실핏줄이 엉겨붙어요 샛길이 나요 발을 디뎌보지도 않았는데 또 길이 나요 언제 저 길을 다 뒤져 당신을 찾아내지요 당신이 보고 싶어요   ──「서울 길」부분 서울은 무한하게 자신을 증식하고 확장한다. 즉 끝없이 확장되고 세분화되는 길의 이미지는 무한 증식하는 욕망의 이미지다. 그러나 스스로의 몸을 한없이 부풀려가는 확장의 욕망은 이미 '나'를 가두는 서울의 이미지가 담고 있던 부정적인 함의의 경계를 넘어서고 있다. '나'의 몸과 서울의 몸의 경계를 해체한 그 자리에서 환히 "불 켠 실핏줄"이 돋아오른다. 이처럼 무한히 확장되는 길의 이미지는 몸속의 실핏줄과 겹쳐지면서 '당신'을 향한 '나'의 욕망이 된다("내 마음엔 웬 실핏줄이 이리도 많은지요 이 실핏줄을 다 지나야 그곳에 당도하게 되겠지요"). 즉 나의 욕망과 서울의 욕망이 겹쳐지면서 만들어내는 수많은 길들은 비록 너무 많아서 당신에게 가는 것을 어렵게 하기도 하지만, 당신과 만날 가능성을 증폭하기도 하는 것이다. 이렇게 '서울'이라는 외부 공간으로 확장된 여성의 육체는 유리로 둘러싸인 미로처럼 결코 빠져나갈 수 없는 폐쇄적 공간인 동시에 '당신'을 향한 길들이 끝없이 열리는 외부 지향적 공간이라는 점에서 양가적(兩價的)이다. 그처럼 억압과 해방의 가능성을 함께 품고 있는 여성 육체의 특성은 모성적 육체에서 더욱 분명해진다. 기실 '나'의 몸이 폐쇄된 공간 속에 '길'을 터주고 외부와의 소통을 가능하게 하는 것은 그것이 본질적으로 밖으로의 열림, 확장, 끝없는 순환 등으로 표현되는 모성적 육체의 원리를 머금고 있기 때문이다.

물론 이때도 역시 김혜순은 모성적 육체와 그것을 매개로 한 모성의 경험 그 자체를 절대적인 가능성의 장(場)으로 찬미하는 생물학적 본질주의에 빠지지는 않는다. 그것은 「나의 시(詩)의 발전사」「장롱」이라는 시에서 보이는 것처럼 개방성, 허여성, 자기 희생 등 흔히 모성성의 특성으로 언급되는 자질들이 낯설게 변형되고 있는 데서도 나타난다. 「나의 시의 발전사」에서 어머니인 '나'는 아이에게 "지쳐서 옷을 벗어준다. 머리채를 잘라준다. 신발도 벗어준다. 손톱쯤 잘라준다. 눈썹도 조금 뽑아준다." 그러나 아이는 이에 만족하지 않고 노래하는 시인의 가장 중요한 도구인 "가소로운 혓바닥"까지도 요구한다. 여기서 어머니의 허여(許與)와 자기 희생은 거기에서 연상될

법한 행복과 충만함의 이미지로 다가오지 않는다. 그것은 「장롱」에서도 마찬
가지다. "꽃밭같이 넓은 태반"에 들러붙어 "분홍핏물 초록핏물 쪽쪽 빠는 자
식"의 이미지는 그로테스크하다. 오히려 자식들을 먹여 살린 모성적 육체는
그 허여와 자기 희생으로 인해 깊고 검은 '블랙홀'처럼 황폐해지는 것이다.
모성의 가능성은 그 모성의 이면을 딛고 솟아오른다.

> 여자의 몸이 활처럼 휘고
> 뜨겁게 젖은 뿌우연 살덩어리가
> 여자의 숲 아래로 고개를 내밀었다
> 파도의 검푸른 옷자락이 여자를 덮어주었다
> 여자는 지금 마악 낳은 아기를 배 위로 끌어올렸다
> 땀 젖은 저고리를 열고 물컹한 달을
> 넣은 다음 고름을 묶고 젖을 물렸다
> 기슭 아래 밤의 나무들이 그제야
> 푸르르 참았던 한숨을 내쉬었다
> ──「月出」 부분

  출산의 순간을 그리고 있는 이 시에서, 아이를 낳는 순간은 다른 생명과
자연의 교감이 이루어지는 순간으로 그려지고 있다. 아이가 태어나는 순간,
"파도의 검푸른 옷자락"은 여자를 덮어주며, "밤의 나무들"은 "푸르르 참았
던 한숨을 내쉬"는 것이다. 그리고 그것은 다시 모성적 풍요로움과 생명력이
가득 찬 세계를 환기하는 '달'의 상징과 겹쳐짐으로써, 모성 육체는 자연이
품고 있는 순환적 생명력을 담아내는 그릇이 된다. 즉 모성 육체는 출산의 경
험을 통해 타자화된 자연과 소통함으로써 끊어진 생명력을 다시 회복할 수 있
는 매개체가 되는 것이다. 모성적 육체가 타자와의 소통과 합일을 가능하게
하는 것은 그 때문이다. 모성적 육체가 품고 있는 타자와의 소통의 가능성은
"이 속에 있으면서/저곳으로 가고 싶은," 그리하여 "너에게로 한없이 흐르

고 싶은," 몸속에서 출렁거리는 "천 개의 강"을 노래하는 「월인천강지곡(月印千江之曲)」(『달력 공장 공장장님 보세요』)에서 한층 분명하게 나타난다.

이처럼 김혜순의 시에서, 모성적 육체는 억압과 해방의 가능성을 동시에 품고 있는 모순의 장소이다. 그런 만큼 모성적 육체는 양가적이지만, 그것은 그 한쪽 끝에 자리 잡고 있는 온갖 부정적인 것까지도 함께 뒤섞고 걸러 그 자리에서 새로운 유토피아에 이르는 '실핏줄'을 뽑아낼 수 있는 힘을 지니고 있다. 김혜순의 모성적 육체는 그 반전을 딛고 선 것이기에 더욱 아름답다.

4. 모성적 상상력이 가 닿은 자리

노혜경에게 모성은 여성의 구체적 체험에서 출발하면서도 이상적 삶의 원리로 고양된다. 특히 『뜯어먹기 좋은 빵』(1999)에서 모성적 육체는 자기 몸을 내놓아 먹이는 영성체적 자기 희생을 통해 인류의 구원과 새로운 여성사를 일구어나갈 수 있는 힘의 원천으로 제시되고 있으며, 그런 측면에서 모성은 영성(靈性)과 맞닿아 있다. 또 그것은 환상적 상상력으로 빚어져 있긴 하지만, (남성적) 근대를 넘어서는 새로운 (여성적) 역사 쓰기라는 관념적 기획 속에 의식적으로 배치되어 있다는 점에서 관념적인 조작의 산물이라고 할 수 있다. 노혜경의 시에서 모성적 가치가 현실을 초월한 어떤 곳에 있다는 점도 그와 관련되어 있다. 그래서 노혜경은 현실적으로 상징 질서 속에 놓여 있을 수밖에 없는 모성적 육체의 현실적 기반에 대해서는 상대적으로 소홀하다.

노혜경의 모성이 의식적 기획의 차원에서 작동하는 것과는 달리, 김혜순의 모성은 어떤 측면에서는 상당 부분 무의식적인 차원에서 작동한다. 또한 김혜순의 모성은 현실을 초월한 곳에 있지 않다. 김혜순은 모성적 육체 속에 스며 있을 수밖에 없는 상징 질서의 폭력에 대해서도 눈길을 거두지 않는다. 오히려 그는 모성적 육체가 함축하고 있는 생산성과 개방성, 포용성 등을 그리면서도, 또 다른 자리에서는 그 이면에 도사리고 있는 상징 질서와의 긴장 관계를 끊임없이 의식하고 있다. 김혜순의 시에서 모성적 육체는 자본주의적 인 일상 질서의 폭력성과 반생명성이 새겨지는 공간이면서, 동시에 타자와의 소통과 생명력의 순환을 가능하게 하는 통로이기도 하다. 그런 만큼, 그곳은 모순이 소용돌이치는 공간이다. 아니, 그곳은 오히려 그러한 현실의 부정성 과 유토피아적 가능성이 함께 들어앉아 팽팽하게 긴장을 유지하는 사이 공간 space between이라고 보는 것이 좀더 정확할지도 모른다.

그런 차이에도 불구하고, 노혜경과 김혜순의 시는 각기 우리 시에서 모성 적 상상력이 가 닿은 자리를 나름의 독특한 방식으로 현란하게 그려 보여준 다. 그들은 기존의 모성성의 시가 안고 있던 관습적인 시적 사고의 함정을 혹은 그로테스크하고 충격적인 이미지를 통해, 혹은 비약과 환상을 통해 훌 쩍 넘어서고 있다. 그들의 시 속에서 모성은 더 이상 상징 질서의 폭력을 따 뜻하게 위무해주는 상징 질서 이전의 미분화된 가치로서 신비화되지도 않으 며, 탈물질화된 기호로서 관념화되지도 않는다. 그러한 미덕은 그들의 시에 서 나타나는 모성적 가치가 모성 육체가 겪는 구체적인 실존적 체험의 기반 을 딛고 형성되고 있기 때문이다. 이때 그것이 '육체'를 매개로 이루어지면 서도, 모성 경험을 생물학적 본질주의에 기초해 미화하는 데서 멀찌감치 비 켜서 있다는 점은 특기할 만하다. 타자에의 길을 여는 순환적 생명력이 출렁 거리는 김혜순 시의 모성적 육체나, 굶주린 자들을 먹여 살리기 위해 자기 몸을 부풀려 뜯어 먹이는 노혜경 시의 모성적 육체가 빛나는 것은 바로 그 대 목에서이다.

오정희 초기 소설에 나타난 모성성

1. 오정희 소설과 모성의 문제

오정희 소설의 중요한 모티프 중 하나는 모성성이다. 첫번째 소설인 「완구점 여인」에서부터 최근작 「옛우물」에 이르기까지, 모성성 혹은 일반 명사로서의 어머니는 오정희의 소설에서 빈번하게 그리고 다양하게 그려지고 있다. 하지만 오정희의 소설에 나타나는 모성성의 의미를 해석하기는 쉽지 않다. 현재 시점에서 과거의 사건들을 현재화하여 서술하는 기법이나 인물의 내면 독백과 대화의 구별이 모호한 점 등 그녀 특유의 글쓰기 방식이 해석의 어려움을 가중한다는 것은 새삼 지적할 문제는 아니다. 보다 근본적인 문제는 그녀의 여성성에 대한 인식이 인간 존재의 시원과 끝에 대한 존재론적 통찰과 기묘하게 맞물려서 보편적인 인간 존재의 문제로 환원되어 해석되고 있다는 점이다. 그래서 많은 평자들은 오정희의 소설이 "존재의 진실에의 추구"이거나 "현대 세계의 병리 현상을 암시와 우회적인 방법을 통해 형상화"하고 있다고 평가한다. 물론 이러한 평가가 오정희 소설의 일면을 드러내주는 것은 사실이지만, 여성 작가로서의 오정희를 전적으로 드러내주지는 못한다.

그런 측면에서 오정희의 작품에서 빈번하게 다뤄지는 모성성에 관한 분석은, 그동안 인간 존재의 문제라는 차원에서 모호하게 다루어졌던 오정희 소설의 주제를 좀더 구체적으로 밝혀볼 수 있는 기회가 될 것이다. 사실 여성의 광기, 중년 여성의 동요 등 여성성의 문제를 주로 다루어온 오정희 소설의 밑바탕에는 모성성에 대한 진지한 성찰이 깔려 있다. 또한 최근에 발표된「옛우물」과 같은 소설에서 중년 여성의 문제가 모성성에 관한 인식을 통해 더욱 고양된 방식으로 제기되고 있는 것은, 오정희 소설에 나타나는 여성성과 모성성의 문제가 별개의 것이 아니라 긴밀한 상관관계가 있는 것임을 암시한다. 따라서 모성성의 문제를 분석의 대상으로 삼는 것은 곧 그동안 그녀가 천착해온 여성성의 문제에 보다 심층적으로 접근하는 한 방법이 될 수 있을 것이다.

그동안 우리 사회에서 모성은 단순히 임신이나 출산, 수유 등에 한정되는 생물학적 속성으로 간주되거나, 가부장적인 이데올로기를 수호하는 보수 담론의 수단으로 활용되기도 하였다. 따라서 가부장제적 질서를 전복하고자 하는 여성 작가들에게 모성 거부는 보수적인 가부장제 이데올로기를 거부하고 비판적으로 바라보게 하는 유효한 방식이 되어왔다. 하지만 이러한 모성 거부는 우리 사회에서 관습적으로 받아들여지고 있는 모성에 대한 오해를 토대로 하기에 그 한계를 드러낼 수밖에 없었다.[1] 모성 혹은 어머니의 의미는 가정 내적 차원으로 한정되는 것이 아니라 다양한 사회·역사적인 조건이나 제도, 이데올로기 등과의 관계에 의해 규정된다. 따라서 그동안 모성에 덧씌워져왔던 오해들을 불식하기 위해서는 모성이 가질 수 있는 부정적인 또는 긍정적인 함의들을 동시에 포착하고 이를 페미니즘적으로 독해하는 작업이 필요하다. 이 글에서는 오정희 소설에 나타나는 모성의 다양한 스펙트럼과 그러한 모성 혹은 어머니에 대처하는 여성 인물의 태도를 통해 오정희 소설에서 그러한 관습적인 모성 신화가 어떻게 깨어지고 재구성되는지에 관해 살펴볼 것이다.

사실 모성성 혹은 어머니는 최근까지도 페미니즘에서 거의 다루어지지 않

---

1) 심진경, 「모성의 서사와 90년대 여성소설의 새로운 길찾기」, 『여성과 사회』 제9호, 창작과비평사, 1998, pp. 94~96 참조.

았던 주제이다. 왜냐하면 성공하는 딸의 서사 속에서 어머니의 삶이란, 즉 가부장제적 틀에 매여 있는 어머니의 삶이란 반드시 거부되어야 할 것이기 때문이다. 따라서 어떤 의미에서 모든 페미니스트들은 어머니가 아니라 딸이다. 마리안 허시가 19세기 여성 작가들의 소설에 등장하는 어머니들이 딸의 성공을 위해 이런저런 방식으로 제거되었다고 지적함으로써 여성 작가들의 작품에서 모성성이 부정적으로 재현되고 있다고 주장한 것처럼,[2] 오정희를 비롯한 많은 여성 작가들의 작품에서 어머니는 딸의 눈을 통해 사악하면서도 동시에 불쌍한 존재로 그려진다. 그러나 최근에 발표된 전혜성의 『마요네즈』나 공지영의 『착한 여자』, 김연의 『나도 한때는 자작나무를 탔다』 등의 소설은 딸과 어머니의 시선이 교차되거나 혹은 어머니의 시선이 우세하게 드러나는 등, 그동안 침묵했던 어머니의 목소리들이 서사의 전면에 등장하기 시작하였다.[3] 이러한 움직임은 최근 여성 작가들의 소설이 모성성에 대한 일면적인 부정적 재현 관행을 극복하고 모성의 문제를 여성소설의 중요한 핵심 주제로 부각시켰다는 사실을 보여준다.

그러나 이들 소설이 모성의 긍정성 혹은 가능성을 다분히 도식적으로 그려보였다면, 오정희는 초기 소설에서부터 모성에 대한 일방적인 옹호나 비난에 머물기보다는 복합적인 방식으로 모성을 다루어왔다. 오정희 소설은 기존의 모성 이데올로기로부터 벗어나 있으면서도 모성에 대한 일방적인 부정에만 그치지는 않는 균형 감각을 보여준다. 그러한 모습을 통해 작가는 현실에 대한 일관된 부정 의식을 드러내는바, 이 글은 오정희 소설에 나타나는 모성성의 모습을 다층적으로 분석함으로써 오정희의 작가 의식의 실체에 접근하는 것을 목적으로 한다. 그간 오정희 소설에 나타난 모성의 모습에 대한 논의는 적지 않았지만, 그것을 작품 전체를 관통하는 작가의 주제의식과 밀접하게

---

2) Marianne Hirsch, *The Mother/Daughter—Narrative, Psychoanalysis, Feminism*, Indiana University Press, 1989, ch. 1 참조.
3) 심진경, 앞의 글 참조.

연관된 것으로서 세밀한 분석의 대상으로 삼은 경우는 드물었다. 이에 이 글에서는 유년기를 다루고 있는 소설인 「완구점 여인」 「유년의 뜰」 「중국인 거리」, 그리고 그와 함께 「번제(燔祭)」를 대상으로 오정희 소설에서 다루어지고 있는 모성성의 모습과 그에 대한 작가의 대응 양상을 살펴보고, 모성성의 재현이 모순적인 현실의 부정과 맞닿아 있는 작가 의식의 근원을 효과적으로 드러내는 한 수단임을 밝히고자 한다.

2. 모성성 거부의 두 가지 형태

초기작으로 분류할 수 있는 『불의 강』과 『유년의 뜰』 작품집에 실린 단편 소설들은 모성성에 대한 강한 거부를 그 특징으로 한다. 특히 「완구점 여인」 「유년의 뜰」 「중국인 거리」 등의 소설에서 어머니들은 피난지에서의 고달픈 삶 속에서도 끊임없이 아이를 낳아야만 하는 동물적인 존재로 그려지거나, 아버지가 부재하는 동안 생활을 핑계로 남자와 바람을 피우는 나쁜 어머니로 그려진다. 이래저래 소설 속의 어머니들은 자신의 육체를 통제할 능력을 상실한 것처럼 보인다. 특히 잦은 임신과 출산은 매일매일의 육체 노동에 의해 이미 황폐해진 어머니들의 육체를 더욱더 황폐하게 고갈시킨다. 게다가 황폐한 어머니의 육체를 빌려 태어난 아이들조차 병약하고 그로테스크하며, 심지어 어머니의 젖조차 충분히 빨지 못한다. 이처럼 「완구점 여인」 「유년의 뜰」 「중국인 거리」 등에서 어머니는 전쟁 기간 혹은 전쟁 직후의 궁핍한 생활을 힘겹게 꾸려나가면서도 끊임없이 아이를 생산해야 하는 이중고에 시달린다. 딸인 어린 화자는 이러한 어머니에 대해 심한 혐오감과 거부감을 드러낸다. 특히 딸은 거듭되는 임신과 출산, 끊임없는 가사 노동에 의해 황폐해진 어머니의 육체를 부정적으로 바라본다. 「완구점 여인」의 계모는 "눈 가장자리에 안경을 낀 듯 시커멓게 기미가 덮여 있"[4]는 그로테스크한 모습이며, 「유년의

뜰」과 「중국인 거리」의 어머니 역시 끊임없이 아이를 낳아 "다산으로 주름
진 배"가 항상 부풀어 있는 형상으로 그려진다. 마치 아이 낳는 일이 삶의 전
부인 듯한 어머니는 육체적으로만 황폐해지는 것이 아니라 정신적으로도 황
폐해져간다.

> 그녀는 적어도 내가 생각하기에는 쉴 새 없이 아이를 낳았다. 아이들이 우
> 는 소리가 그치지 않고 단조로운 집 안 공기를 흔들어놓았다. 집 안 어디서나
> 걱실걱실한 그녀의 음성이 들려왔고 아이들은 돌이 지나 아우를 볼 때쯤이면
> 설사를 하다 죽기도 했다. 무턱대고 나에게 잘해주기만 하던, 그래서 촌스런
> 모양으로 자모회에도 참석하던 그녀는 점차 냉혹해져갔다. 연필과 공책이 필
> 요하다고 해도 그녀는 내가 군것질이나 하고 다니는 것 같은 얼굴로 질책을 했
> 다. 나는 때때로 동무들의 연필이나 크레용을 몰래 집어 왔다. 아이들은 나와
> 함께 앉기를 싫어했고 선생님은 아무 말 없이 내 가방을 거꾸로 들고 샅샅이
> 털어보곤 했다. 나는 분필 토막을 주머니에 넣고 변소에 들어가, 선생님 나쁜
> 년, 엄마 나쁜 년, 이라고 오래오래 낙서를 했다. (「완구점 여인」, 243~44)

아이 낳는 일은 이제 더 이상 탄생의 기쁨을 가져다주지 못한다. 출산은
고통이고 그 고통의 결과는 아이의 죽음으로 나타나기 때문이다. 그래서 "무
턱대고 나에게 잘해주"던 계모는 점차 냉혹한 성격으로 바뀌어가고, 급기야
'나'에게 "나쁜 년"이 된다. 이처럼 어머니는 이상화된 양육자로서의 모성이
아닌, 냉혹하고 신경질적인 '남근적 모성'[5]으로 재현되고 있다. 그래서 이들

---

4) 오정희, 「완구점 여인」, 『불의 강』, p. 236. 이후 각각의 작품을 인용할 때는 작품 제목과 출판
된 창작집의 면수만을 본문에 기재한다. 참고로 「완구점 여인」과 「번제」는 『불의 강』(문학과
지성사, 1995, 재판)에서, 「유년의 뜰」과 「중국인 거리」는 『유년의 뜰』(문학과지성사, 1981)
에서 인용하였다.

5) '남근적 모성'이라는 개념은 앤 카플란이 영화나 드라마 속에서 재현되고 있는 어머니의 모습
을 분석하면서 희생적이고 상냥한 관습적 모성에 대비되는, 사악하고 히스테릭한 모성을 지

소설에서 어머니들은 계모이거나 아니면 계모처럼 인식된다.[6] 주로 임신과 출산 등 여성의 생물학적 속성에 대한 경멸과 환멸로 인해 딸은 어머니의 삶을 '동물적'인 것으로 규정하기에 이른다.

> 집으로 돌아왔을 때 어머니는 수채에 쭈그리고 앉아 으윽으윽 구역질을 하고 있었다. 임신의 징후였다. 이제 제발 동생을 그만 낳아주었으면 좋겠다고 생각하며 나는 처음으로 여자의 동물적인 삶에 대해 동정했다. 어머니의 구역질에는 그렇게 비통하고 처절한 데가 있었다. 또 아이를 낳게 된다면 어머니는 죽게 될 것이다. (「중국인 거리」, 74)

> 안방에서는 어머니가 산고의 비명을 지르고 있었으나 나는 이층으로 올라갔다. 그리고 숨바꼭질을 할 때처럼 몰래 벽장 속으로 숨어 들어갔다. 한낮이어도 벽장 속은 한 점의 빛도 들이지 않아 어두웠다. 나는 차라리 죽여줘라고 부르짖는 어머니의 비명과 언제부터인가 울리기 시작한 종소리를 들으며 죽음과도 같은 낮잠에 빠져들어갔다.
> 내가 낮잠에서 깨어났을 때 어머니는 지독한 난산이었지만 여덟번째 아이를 밀어내었다. 어두운 벽장 속에서 나는 이해할 수 없는 절망감과 막막함으로 어머니를 불렀다. 그리고 옷 속에 손을 넣어 거미줄처럼 온몸을 끈끈하게 죄고

칭할 때 사용한 것이다. 이 개념은 원래 카렌 호니가 모성적 나르시시즘을 연구하는 과정에서 만들어진 것인데, 본래는 과잉 집착과 과잉 보호를 통해 아들을 지배하려는 어머니의 강박적인 노이로제를 말한다. 카플란은 이 개념을 딸에게 과잉 집착하여 남성과 평범한 관계를 맺지 못하게 하는 어머니의 정신분열적인 태도를 지칭하기 위해 사용하고 있는데, 좀더 단순하게는 전통적인 상냥한 어머니와 대비되는 히스테릭하고 악마적인 어머니의 속성을 가리키기도 한다. 이 글에서는 이를 딸에게 억압적인 태도를 취하는 어머니의 태도를 일컫는 개념으로 축소해 사용하고 있다. E. Ann Kaplan, *Mother and Representation*, London & New York: Routledge, 1992 참조.

6) "나는 얼마나 자주 정말 내가 의붓자식이었기를, 그래서 맘대로 나가버릴 수 있기를 바랐는지 몰랐다"(「중국인 거리」, 71). 가족적인 질서 밖으로 나가고 싶어하는 이러한 충동은 친구 치옥의 경우 "난 나가서 양갈보가 되겠어"(같은 면)라는 식으로 좀더 극단적으로 드러난다.

있는 후덥덥한 열기를, 그 열기의 정체를 찾아내었다.

　초조(初潮)였다. (「중국인 거리」, 81)

　위의 예문에서 보는 것처럼 딸은 어머니의 삶을 둘러싸고 있는 동물적인 측면을 "비통하고 처절"한 것으로 인식하면서도, 그러한 어머니를 불쌍하게 여긴다. 그리고 어머니의 출산과 동시에 일어나는 초조 경험과 이로 인해 이제 아이를 낳을 수 있는 가임 연령에 이른 자기 자신과 어머니를 동일시함으로써 자신의 생물학적 모성성의 가능성을 감지하게 된 딸은 앞으로 어머니로 살아가야 하는 자신의 삶을 "절망감과 막막함"으로 받아들인다. 즉 죽음보다 더 고통스러운 출산을 비애의 시선으로 바라보면서, 딸은 아이를 낳아야만 하는 여성적 삶을 가능한 한 거부하고 싶은 것이다. 따라서 딸의 모성 거부는 어머니에 대한 부정이라기보다는 어머니와 같은 삶, 모성적 육체에 갇힌 삶에 대한, 즉 생물학적 모성에 대한 거부로 볼 수 있다.

　그동안 우리 사회에서 여성의 임신과 출산을 생명의 신비라는 메타포를 통해 해석해왔다는 사실을 고려한다면, 어머니의 임신·출산을 인간 존재의 근원적 비애로까지("어머니의 구역질에는 그렇게 비통하고 처절한 데가 있었다") 간주하는 서술자의 이러한 태도는 납득하기 어려울 수도 있다. 그러나 소설의 배경이 되고 있는 전쟁 기간 혹은 직후의 궁핍한 상황 속에서 7, 8명의 혹은 그 이상의 아이들을 끊임없이 생산하고 죽이는 일의 반복을 경험한다면, 어머니가 된다는 것은 더 이상 성스럽지도 고귀하지도 않을 것이다. 그리하여 딸은 어머니의 힘겨운 육체 노동과 그 위에 부가된 출산이라는 고역을 대물림하고 싶지 않은 것이다.

　「완구점 여인」「유년의 뜰」「중국인 거리」에서 모성성에 대한 거부가 생물학적 모성에 대한 거부로 나타난다면, 「번제」에서는 여성 자신이 어머니되기를 거부하는 모습으로 나타난다. 작품 속에서 그러한 거부는 태아 살해의 형식으로 재현되고 있다. 「번제」는 정신병원으로 추측되는 곳에 감금된 한 여성의 임신 중절에 대한 죄의식과 이에 대한 속죄 의식(儀式)을 그리고 있는 소설이다. 소설의 첫머리에서 주인공의 꿈으로 제시되는 내용처럼, 이 소설에서 아이를 지우는 행위는 일종의 의식처럼 치러진다. 주인공인 '나'는 어린 여자아이가 되어 어머니에게로 돌아가기 위해 태아를 살해하는데, 이는 마치 어머니의 자궁으로 회귀하기 위해 아이를 죽이는 것처럼 보인다. 즉 주인공은 어머니와 유아기적 일체감을 회복하기 위해 아이를 죽일 정도로 반모성적이고 미성숙한 여성으로 그려진다.

어머니, 내가 보여요? 그럼, 보이고말고, 어서 돌아오너라. 나는 열심히 자맥질을 했으나 그것은 점차 어려워졌다. 뱃속의 아이가 목에 건 돌멩이처럼 걷잡을 수 없는 중량감으로 끌어내리고 있었다.
어서 돌아오너라. 어머니는 소리쳤다. 멀리서 손짓하는 어머니는 꽃처럼 보였다.
해변에는 파도가 가화(假花)처럼 펄럭이고 아이는 내 목을 감은 팔에 힘을 주며 외쳤다. 날 살려줘. 날 살려줘. 나는 의연히 내 목에 지렁이처럼 얽힌 아이의 두 팔을 잡아떼었다. 그리고 곧 되돌아 이젠 새털처럼 가벼워진 몸으로 어머니를 향해 헤엄쳤다. (「번제」, 159~60)

자신의 아이를 "목에 건 돌멩이"나 "지렁이"로 간주하며 떨쳐버리려는 주인공의 행위는 모성에 대한 통념으로는 도저히 받아들일 수 없는 것이다. 이러한 태아 살해 행위는 흔히 오정희 소설에서 자기 정체성 확인 과정에서 만나게 되는 한두 차례의 시행착오로 해석되기도 한다. 즉 태아 살해의 행위를 여성 인물의 자아 탐색에 있어서 일종의 과도기적 행위로 보고 있는 것이다.[7] 혹은 어떤 논자는 그것을 "어머니로부터의 원초적 분리를 익사의 공포로 재

---

7) 김경수, 「여성성의 탐구와 그 소설화」, 『문학의 편견』, 세계사, 1994, pp. 376~78 참조.

체험한 후"에 보여주는 탄생에 대한 공포감으로 막연하게 해석하기도 한다.[8] 이러한 해석들은 모두 주인공의 태아 살해가, 아직 어머니와 분리되지 않은 유아기적 상태에 있는 주인공이 그 원초적 공간에서 분리되지 않기 위해 행하는 것이라는 해석을 전제하고 있다. 다시 말해 어머니와의 미분리 상태와 태아 살해를 원인과 결과의 관계로 파악하고 있는 것이다.

그러나 「번제」에서 나타나는 태아 살해 행위는 어머니와의 미분리 상태에서 어머니에게로 회귀하기 위한 수단으로 해석되어서는 안 된다. 즉 이를 단순히 어머니와의 공생적 관계에 대한 그리움이나 어머니와 분리되지 않은 유아적 감수성으로 해석해서는 안 된다는 것이다. 그것은 어머니에게로 회귀하기 위한 수단이 아니라, 오히려 어머니와 결별하기 위한 시도이다. 이는 소설에서 남자 친구와의 성적인 결합과 임신 그리고 이어지는 낙태에 대한 회상의 과정에서 드러난다. 낙태를 한 날 밤에 남자 친구에게 써 보낸 다음의 편지 내용은 이러한 해석을 뒷받침해주고 있다.

> 그날 밤 나는 그에게 꽤나 감상적인 글귀를 써 보냄으로 어머니와의 완전한 결별을 시도했다. 내게 있어 가장 소중한 것은 항상 네 몫이었고 나는 옛 여인들처럼 믿음 깊고 정절 깊은 네 아내가 되는 것을 소원하였다…… 내 무릎에 네 흰머리를 누이고, 그렇게 참다랗게 늙어가는 것 외에 내가 어떤 것을 원하겠느냐. (「번제」, 175~76)

그런데 문제는 주인공이 남자 친구와의 성적인 결합으로 임신을 했는데, 왜 그 남자 친구와의 결합을 위해 낙태를 해야만 했는가 하는 것이다. 여기서 주목해야 하는 것은 비록 임신이 남자 친구와의 성적 결합의 소산이기는 하지만, 제도권 내에서 환영받지 못하는 혼전 임신이라는 사실이다. 따라서

---

8) 김예림, 「세계의 겹과 존재의 틈, 그 음각의 사이를 향하는 응시」, 『문학과사회』, 1996년 겨울호, p. 1506.

스스로 어머니되기를 거부하는 이유는 어머니와의 결합이나 아이에 대한 적대감 때문이 아니라, 미혼 여성의 모성을 인정하지 않는 가부장 제도의 규범 때문이다. 그렇기 때문에 어머니되기를 거부하기 위해 내세우는 '남자 친구와의 결합'이라는 표면적인 이유는 결국 가부장제적 질서에의 합류라는 좀더 근원적인 것의 다른 말이다. 결국 「번제」에서 태아 살해라는 비정상적인 형태로 나타나는 어머니되기의 거부는 가부장제적 질서 속으로 편입되고 싶은 욕망을 드러내는 한 수단이라는 것이다.

초기 삼부작에서 드러나는 가부장제의 거부 의식과 「번제」에서 드러나는 이러한 가부장제로의 편입에 대한 무의식적인 욕망은 언뜻 보기에 모순적인 것처럼 보일 수 있다. 그러나 무엇보다도, 「번제」에서 기존 질서 속으로 편입하고자 하는 욕망이 역설적으로 기존 질서에 의해 범죄로 낙인찍힌 태아 살해라는 비정상적이고 병리적인 형식으로 나타나고 있다는 것은 매우 문제적이다. 이는 역으로 오정희의 소설에서 나타나는 모성성 및 가부장제적 질서를 바라보는 태도가 그리 단선적인 것이 아니며, 그 내부에는 심각한 갈등과 모순, 그리고 균열이 자리 잡고 있다는 것을 암시한다. 그렇게 볼 때, 비록 「번제」에서 가부장제적 질서로의 편입에 대한 욕망이 나타난다고 하더라도, 이는 가부장제적 질서에 대한 일방적인 수용이라기보다는 거기에서 배척당한 데 대한 강한 반동 심리의 일환으로 해석하는 것이 좀더 진실에 육박하는 해석일 것이다. 오정희의 소설에서 이러한 모성성의 재현 양상을 보다 구체적으로 살펴보기 위해서는 조금은 다른 각도로 작품들에서 드러나는 여성의 '광기'의 내용을 좀더 세밀하게 분석하는 것이 필요하다.

3. 여성의 이상 행동과 광기

앞에서 지적한 것처럼 오정희의 초기 소설에 등장하는 여성 인물들은 어머니와 같은 삶을 사는 것이나 스스로 어머니 되는 것에 대한 거부감 때문에 다양한 이상(異狀) 행동을 드러낸다. 이러한 거부감은 정상성을 벗어난 극단적인 파탄의 형식으로 반복해서 나타나고 있는데, 아이의 죽음, 행복한 성관계의 실패, 동성애에의 지향, 비정상적인 성관계 등이 그것이다. 「완구점 여인」과 「번제」에서 이러한 파괴적 행위와 의식은 중점적으로 묘사된다.

「완구점 여인」은 광기, 비행(非行), 유아 성욕 등의 모티프로 인해 출판 당시 화제를 불러일으킨 바 있는데, 소설은 가정부가 아버지를 유혹하여 계모가 되고 나서 아이들을 괴롭히는 계모담의 이야기 틀을 사용하고 있다. 가정부에서 아버지의 아내로, 자신들의 어머니로 자리를 바꾼 계모는 돌도 안돼서 끊임없이 아이들이 죽어나가자 점차 딸에게 냉혹하고 무관심해진다. 게다가 소아마비를 앓던 동생이 계단 아래로 굴러 떨어져 죽고 난 뒤, 소설의 주인공 '나'는 계모의 냉정함과 아버지의 무관심 속에서 점차 문제아로 자라게 된다. 이 때문에 '나'는 병적인 도벽, 발작적인 울음, 현기증, 구토와 소변에 대한 참을 수 없는 충동 등 여러 가지 방식으로 자신의 억압된 욕망을 히스테릭하게 드러낸다.

뻣뻣한 스커트를 허리께까지 훌쩍 걷어올리고 그대로 선 채 오줌을 누고 싶다는 충동을 느꼈다. 침을 뱉었다. 입 안에서는 끈적한 타액이 자꾸 괴고 있었다. 나는 그것을 자꾸 뱉어냈다. 타액이 인조 대리석에 달라붙는 소리가 묘하게도 일정하다. 가득한 침이 마르자 입에서는 냄새가 나는 듯했다. 며칠이고 양치질을 안 한 채 낮잠을 자고 난 여름날 문득 느끼는 냄새였다. 이어서 귀에서도 소리가 나고 있었다. 그 소리는 목줄을 타고 올라가서 지잉지잉 울리고

나는 자꾸 오른쪽 귀가 비대해져감을 느끼지 않을 수 없었다. 확대된 귀에 유
리창에 덜컹거리는 소리는, 콘크리트 교사 전체가 술렁술렁 흔들리고 마침내
는 우릉우릉 울부짖고 있는 듯 들렸다. 나는 한 손으로 오른쪽 귀를 감싸쥐고
입을 벌려 숨을 내쉬며 가만히 서 있었다. 숨이 가빠왔다. 하나 입을 다물 수
가 없었다. 구역질이 날 듯해서 입 안의 냄새는 도저히 들이마실 수가 없었기
때문이다. (「완구점 여인」, 233~34)

이처럼 논리적으로 설명되지 않는 행동과 비정상적인 감각 기능의 근원에
는 명백히 자기 자신에 대한 짙은 혐오감이 자리 잡고 있다. 그러나 이러한
자신에 대한 혐오감은 서술자가 명백히 자각하고 있는 의식적인 것은 아니
다. '나'는 오줌을 누거나 침을 뱉는 행동을 의도적으로 하지는 않는다. '충
동' '묘하게도' '~듯하다'와 같은 단어가 빈번하게 사용되고 있는 점으로 미
루어 짐작해보면, 이 모든 행동이나 감각이 무의식적으로 이루어지고 있음을
알 수 있다. 이러한 무의식적인 행위의 양상은 주인공이 끊임없이 자신의 비
밀이나 속마음 등을 혼잣말로 지껄이는 것으로 나타나기도 한다.

이제 시작할까. 나는 소리를 내서 말해본다. 아무런 대꾸도 있을 리 없다.
다만 내가 뱉어놓은 여섯 개의 음절이 어둠 속에 먹혀감을 느꼈을 뿐이다.
〔……〕 밥도 더럽게 먹었군, 중얼거려본다. 그리고 귀를 기울였다. 〔……〕
나는 갑자기 이야기가 하고 싶어졌다. 사람들이 모두 돌아가버린 어두운 교실
에서 눈뜨는 나의 세계와 저녁마다의 이러한 작업으로 나는 오뚝이를 사 모은
다는 이야기를, 그리고 그 장난감 가게의 두 다리를 못 쓰는 여인의 이야기를
하고 싶었다. (「완구점 여인」, 231~32)

서술자는 은밀하게 밤마다 학교 교실을 뒤지면서 자신의 속생각을 중얼거
리고, 자신의 비밀 —— 밤마다 이루어지는 도둑질과 장난감 가게의 여인에 대

한 연정—을 누군가가 들어주기를 은근히 기대한다. 서술자는 갑자기 야기되는 육체적 충동으로 인해 자신의 육체를 통제하지 못하면서도 한편으로는 자신의 생각과 감정을 큰 소리로 말하기도 한다. 사실상 이 소설은 여자아이의 불안정한 정서 상태와 육체적 감각에 대한 끊임없는 독백으로 이루어져 있다.

그러다가 그녀는 우연히 길거리에서 "배가 한껏 부풀어 있"(236)는 계모를 만나 그녀를 뒤쫓다가 아르바이트 홀에서 검은 안경을 쓰고 "헐떡거리면서" 남자와 춤을 추는 장면을 목격하게 된다. 다른 남자의 품에서 헐떡거리는 계모와 마주치게 된 나는 "생활의 유일한 원동력인 것처럼 생각되"(244)던 어머니에 대한 증오가 "끈적끈적하게 풀림"을 느낀다. 가부장제적 질서 속에 자신의 모성적 육체가 예속되어 있음에도 불구하고, 억제할 수 없는 관능적인 욕구 때문에 낯선 남자의 품에 안기고 싶어하는 계모의 불합리한 욕망을 보면서, '나'는 계모에 대한 지독한 원한에도 불구하고 연민을 느끼게 된다. 그래서 "나는 뛰어 들어가 정신없이 돌아가는 어머니와 거북스럽게 껴안고 있는 남자와의 사이를 떼어놓고 어머니를 끌고 나와 소리를 지르며 울고 싶"(238)은 모순된 감정에 빠지게 된 것이다. 이러한 '나'의 심리는 일상의 정상적인 삶 속에서 자신의 솔직한 욕망을 드러내지 못하는 여성의 모성적 삶에 대한 혐오와 연민의 표현이다. 이는 곧 '나'가 한껏 부풀어 있는 '어머니'의 뱃속에 갇힌 계모의 억압된 여성으로서의 욕망을 발견함으로써 성적으로 억압된 계모의 삶을 어느 정도 이해하게 되었다는 것을 의미하는 것이다. 이러한 계모에 대한 끈적거리는 연민과 경멸을 참지 못하고 완구점 여인을 찾아가 어머니에게서는 느끼지 못했던 정서적이고 성적인 만족을 갈구하는 '나'의 행위는 여성의 육체를 생물학적 모성에 한정하고 억압하는 데 대한 일종의 반발이다.

「번제」는 이러한 여성의 이상 행동이 광기의 차원으로 나타나는 것을 정신병동에 갇힌 여성을 통해 극단적으로 보여주고 있다. 「번제」에서 나타나는 태아 살해가 단순히 어머니에게로 회귀하기 위한 행위가 아니라는 것은 이미 앞에서 지적한 바 있다. 앞에서 설명한 것처럼, 여주인공의 태아 살해 행위는 일차적으로 어머니와의 분리를 통해 남성과 결합하기 위한 의도적인 노력이라고 볼 수 있다. 그러나 이러한 노력은 실패로 끝나게 된다. 이는 서술자의 환상 속에서 자주 남자 친구와 동일시되는 의사인 '그'와 로맨스를 꿈꾸다가 좌절하는 것으로도 알 수 있다. 이러한 환상이 가능할 수 있는 이유는 작품 속에서 서술자의 남자 친구가 의대생 혹은 의사라는 사실이 암시되고 있기 때문이다.

그가 근무하는 의과대학 건물을 서너 차례나 지나치고 불이 드문드문 켜진 창으로 비치는 그의 동료임에 틀림없을 젊은 남자들의 어릿거리는 모습을 보면 예외 없이 걸음을 멈춰 오래 그곳을 올려다보았다. (「번제」, 173)

이를 통해 서술자는 현재 그녀가 감금되어 있는 정신병원의 의사와 그녀의 남자 친구를 동일시한다. 그 둘은 물론 동일 인물이라고 볼 수는 없지만 서술자의 환상 속에서 이루어지는 그 둘의 동일시는 서술자의 입장에서 볼 때는 강한 현실성reality을 띠게 된다. 서술자의 의식 속에서 이루어지는 이러한 동일시 과정은 '전이transference의 메커니즘'으로 설명할 수 있다. 프로이트에 따르면, 정신분석학에서 '전이'란 의사가 환자의 무의식을 분석하는 과정에서 일깨워져서 자각하게 된 자극과 공상의 복제이다. 이때 과거의 어떤 인물은 주로 의사 개인으로 대체되는 현상이 나타나는데, 이는 과거에 겪은 일련의 정신적 체험들이 사라지지 않고 의사 개인과 현실적 관계를 맺으면서 다시 살아나는 것이다.[9] 아울러 이 소설에서 '그'라는 3인칭 대명사가 여주인공인 '나'의 남자 친구와 그녀가 입원한 정신병원 의사 모두를 지칭한

9) 지그문트 프로이트, 「도라의 히스테리 분석」, 『꼬마 한스와 도라』, 열린책들, 1997, pp. 316~17 참조.

다는 사실 역시 그러한 측면에서 기인한 것이라고 볼 수 있다. 그런 관점에서 볼 때, 정신병동에서 이루어지는 환자와 의사의 관계는 '나'와 남자 친구의 관계를 재연하고 있는 것이라고 할 수 있다. 그러나 의사에게 사랑받고자 하는 서술자의 욕망은 좌절되며, 심지어 의사는 서술자의 행위를 비난하기까지 한다.

> 의사는 나를 사랑하고 있지 않았다. 오히려 링거병을 갈아끼우는 그의 푸른 손길은 질책과 증오를 숨기지 않았다. 그에게 창살을 뽑아주기를 제의한 이후 나는 그에 대한 로맨틱한 공상을 버렸다. 밤의 잠자리를 어지럽히는, 의사에 대한 꿈보다는 더욱 뚜렷이 귓전에서 밤새가 울었다. 할 수만 있다면 의사는 서너 개의 굵은 쇠창살을 더 박아놓는 데 주저하지 않았을 것이다. (「번제」, 166)

이러한 의사의 비난과, 그것을 겪으면서 "그에 대한 로맨틱한 공상을 버렸다"고 진술하는 서술자의 태도는 가부장제적 질서가 서술자에게 가하는 비난과, 그것에 대해 강한 거부 의식을 드러내는 서술자의 반응을 동시에 상징적으로 집약하고 있다. 인용문에서 의사의 "질책과 증오"는 혼전 임신에 대한 비난의 뜻을 함축하고 있다. 혼전 임신은 가부장제적 질서를 대변하는 의사가 속해 있는 규범적인 사회에서 용납되지 않는 것이기에, 혼전 임신에 의해 촉발되는 모성성 또한 받아들여지지 않는 것이다. 게다가 가부장제적 질서가 부과한 규제와 금기에 의해 암암리에 강요된 주인공의 임신 중절은 주인공에게 아이를 죽였다는 개인적인 죄의식을 남긴다. 이러한 죄의식은 여자의 환상과 꿈을 통해, 그리고 과거에 대한 회상을 통해 끊임없이 반복된다. 소설에서 이 죄의식이 어디에서 기인하는가에 대해서는 분명하게 드러나고 있지 않다. 그러나 실상 주인공이 죄의식의 환상에 시달리는 것은 자신의 아이를 살해한 데서 오는 것이다. 그리고 그것은 근본적으로 혼전 임신을 터부시하는 기존의 가부장제적인 규범에 얽매여 자신의 모성성을 제거한 데 대한 죄의식으로 해석되어야 한다. 그리고 이러한 죄의식이 광기로 나타나게 되는 것이다. 그러나 이 소설에서 광기는 어떤 면에서는 죄의식을 넘어서기 위한 일종의 자기 치유의 시도라고 볼 수 있다.[10] 대개의 경우 그러한 시도는 자아의 황폐나 파탄으로 끝나기 십상이지만, 이 작품 속에서 그것은 여성의 진정한 모성적 정체성으로 나아가기 위한 과도기적인 심리적 상황으로 볼 수 있다. 왜냐하면 이러한 심리의 근원에 있는 것은 바로 가부장제적 규범과 그것에 대한 무비판적인 추종에 의해 훼손된 자신의 진정한 모성성을 발견하기 위한 끈질긴 노력이기 때문이다. 이러한 여성의 노력이 비정상적인 광기의 모습으로 나타나는 것이야말로 가부장제적인 규범과 억압 속에서 여성의 진정한 모성적 정체성이 얼마나 획득되기 어려운 것인가를 역설적으로 보여주는 것이다.

4. 가부장제적 가족 구조의 파탄과 새로운 모성성의 모색

지금까지 살펴본 것처럼, 오정희의 초기 소설에 등장하는 여성 인물의 모성성 거부와 이로 인한 이상 행동과 광기는 단순히 어머니되기의 거부에만 그치는 것은 아니다. 이는 유년기를 다룬 소설에서 서술자인 딸이 부정하는 모성적 삶의 모습이 임신, 출산 등의 생물학적 속성과 깊은 관련을 갖는다는 것만 보아도 알 수 있다. 즉 딸은 어머니의 존재 자체보다도 자신의 육체를 스스로 통제하지 못한 채 끊임없이 아이를 낳아야만 하는 어머니의 특정한

---

10) 프로이트는 신경증 환자의 발병을, 심적 외상의 영향으로 갈가리 찢긴 자아 부분을 나머지 부분과 다시 한 번 융화시키고, 외부에 대하여 강력한 전체성을 과시하려는 자기 치유를 위한 시도의 일환으로 해석한다. 지그문트 프로이트, 「인간 모세와 유일신교」, 『종교의 기원』, 열린책들, p. 109 참조.

삶의 방식을 부정하는 것이다. 그런데 이러한 모성의 생물학적 성격이 한 가족 공동체를 구성하는 가장 기본적인 토대라는 것을 염두에 둔다면, 딸의 모성 거부 의식의 근원이 어디에 맞닿아 있는 것인지가 쉽게 드러난다. 즉 임신이나 출산, 수유와 관련된 여성의 생물학적 모성성을 거부할 경우 가족이라는 집단 자체의 성립이 불가능하기 때문에, 서술자가 의도했건 의도하지 않았건 간에 딸의 모성 거부는 '가족'이라는 제도 자체에 대한 거부이자 가족 중심의 '가부장제' 속에서 어머니로 살아가야 하는 삶 자체에 대한 거부로 확장되는 것이다.

이렇게 남성 중심의 가족 질서를 지속하기 위해 여성의 삶을 모성적인 것에만 한정하는 가부장제에 대한 거부 의식은 「유년의 뜰」에서 좀더 분명하게 드러난다. 「유년의 뜰」은 전쟁 기간 중 피난지에서의 한 가족에 대한 이야기이다. 할머니, 어머니, 큰오빠, 작은오빠, 언니, 남동생으로 구성된 가족의 피난지 생활은 이 소설의 서술자인 노랑눈이라고 불리는 여자아이에 의해 서술되는데, 그녀는 탐식, 도벽 등의 비정상적인 행동을 보인다. 할머니가 어머니 몫으로 남겨둔 밥을 야금야금 주워먹거나, "밤마다 우는 동생을 달래기 위해"(27) 할머니가 삶아둔, 찬장 냄비 속에 들어 있는 고구마를 훔쳐 먹는 등 먹는 데 집요하게 매달린다. 게다가 어머니의 지갑에서 매일 밤 돈을 훔쳐내기도 한다. 이러한 행동은 아버지가 부재하는 피난지에서의 비정상적인 삶의 질서에 의해 파생된 것이다. 할머니는 남의 닭을 훔쳐서 아이들과 고픈 배를 채우고, 어머니는 아버지가 없는 피난지에서의 생활을 견디기 위해 읍내 밥집에 나가 일하다가 외간 남자와 바람이 난다. 언니는 큰오빠의 매질을 두려워하면서도 매일 밤 "음험하게 끓어오르는 알 수 없는 열기, 끈끈한 정념으로 가득 찬"(24) 읍내를 배회한다. 그리고 큰오빠는 이러한 가족들의 부도덕성의 원인을 아버지가 없기 때문이라고 보고 "암암리에 대행 가장의 위치"에서 "공공연히 자행되는 매질"(25)로, 어그러진 가족의 질서를 회복하기 위해 안간힘을 쓴다.

소설의 서술자는 이러한 상황 속에서 이 모든 파행적인 삶의 형태를 종식시킬 수 있는 존재로서의 아버지를 그리워한다. 그러나 다른 한편으로, 이미 균열과 일탈을 경험한 '나'와 가족들에게 아버지의 복귀는 두려움을 불러일으키기도 한다.

> 아버지는 내게 연약한 넓적다리, 혹은 발목을 잡던 악력(握力), 막연히 따스하고 부드러운 것, 보다 커다란 것, 땀으로 젖어 있던 등허리로 남아 있었다. 그러나 이 모든 기억 역시 내 상상이 꾸며낸 더 먼 꿈속의 일은 아니었을까.
> 전쟁이 끝나면 아버지가 돌아온다. 두 해가 지나도록 소식이 없었지만 할머니는 끈기 있게 기다렸다. 그러나 아버지에 대한 정다운 기억, 희망 없는 기다림에도 불구하고 아버지가 돌아온다는 사실에 우리는 모두 얼마쯤의 불안과 두려움을 갖고 있었다. 매일 술 취해 돌아오는 어머니를 향해, 다만, 아버지가 돌아오시면 뭐라고 하실까요, 차갑게 협박하는 오빠까지도.
> 〔……〕 아버지가 우리를 떠나 있던 그 긴 시간의 갈피짬마다 연기처럼 모호히 서린 낯섦은 새로운 전쟁으로 우리 사이에 재연(再燃)될 것이기에 차라리 그립고 정답게 아버지를 추억하며 희망 없는 기다림으로 우리 모두 아버지가 영영 돌아오지 않기를 바라거나 돌아오지 않을 사람으로 치부하고 있음을 변명하고 용서를 구하는 것이나 아니었는지. (「유년의 뜰」, 41)

'나'는 아버지를 "막연히 따스하고 부드러운 것, 보다 커다란" 존재로 기억한다. 그러나 서술자인 '나'는 곧이어 이러한 자기의 기억이 상상 속에서 꾸며낸 거짓일지도 모른다고 말한다. 이는 서술자가 아버지를 막연하게 그리워하기는 하지만, 아버지라는 존재가 불러올 파란을 두려워한다는 것을 짐작하게 한다. "아버지가 오시면 뭐라고 하실까요"라는 오빠의 말에서 암시되는 것처럼, 아버지의 복귀는 그동안 이루어진 여성들의 일탈적인 삶에 대한 처벌을 함축하고 있기 때문에, 아버지의 복귀는 오히려 더 큰 파란을 일으킬 것이다. 그리고 바로 이러한 이유 때문에 '우리'는 "얼마쯤의 불안과 두려움"을 느끼는 것이다. 한국전쟁의 혼란 속에서 어쩔 수 없이 일탈을 경험했던 여성들의 삶을 이제 다시 전쟁 전으로 돌이킬 수 없으며, 작품 속에서 서술자에 의해 은연중 이러한 여성의 일탈적 삶의 방식이 억압에서 해방된 자연스러운 여성 욕망의 발현이라는 긍정성으로 받아들여지고 있다고 본다면, 가부장제적 질서의 회복을 상징하는 아버지의 귀환이 서술자에게 두려움을 일으키는 것은 당연하다. 따라서 '나'와 가족은 "아버지가 영영 돌아오지 않기를 바라거나 돌아오지 않을 사람으로 치부"하게 된다.

그런데 이러한 아버지의 복귀는 막연한 두려움으로 그치지 않고 거부 의식으로까지 나아가게 된다. 그것이 명백히 드러나는 것은 바로 아버지가 돌아온 후 '나'가 보이는 반응이다.

교문 밖에서는 아버지가 기다리고 있는 것이다. 탱자나무 울타리 위로 솜사탕이 구름송이처럼 둥실 떠올랐다.
나는 이러한 광경을 보며 주머니 속의 케이크를 꺼내 베어 물었다. 그것을 다 먹고 났을 때 갑자기 욕지기가 치밀었다. 참을 수가 없었다. 나는 꾸역꾸역 토해냈다. 단 케이크는 한없이 한없이 목을 타고 넘어왔다. 까닭 모를 서러움으로 눈물이 자꾸자꾸 흘러내렸다. (「유년의 뜰」, 54)

소설 초반부에서 서술자인 노랑눈이는 이발사의 '역겨운 머릿기름 냄새'에서 아버지를 떠올린다. 그리고 아버지에 대한 서술자의 태도를 무의식적으로 드러내는 이러한 역겨움의 감각은 위의 예문에서처럼 아버지의 귀향을 알리는 교장 선생님의 애기를 듣고 난 뒤, 먹던 케이크를 토하는 행위를 통해 다시 반복된다. 아버지의 귀향에 대한 노랑눈이의 이 같은 반응은 비록 "까닭 모를 서러움"으로 모호하게 표현되기는 했지만, 명백히 아버지의 복귀에 대한 거부 반응이다. 이러한 노랑눈이의 구토 행위는 대행 가장인 큰오빠의 폭력을 그럭저럭 견디면서 유지되고 있었던 여성의 일탈적인 삶이 아버지의 복귀로 인해 결정적으로 흐트러지게 될 것이라는 데 대한 불안과 두려움, 나아가 강한 거부 의식의 표현이다. 그 이면에는 여성의 일탈적인 삶에 대해 노랑눈이가 느끼는 공감과 그러한 위반과 일탈이 처벌되는 가부장제적 질서에 대한 은밀한 거부감이 뒤섞인 심리가 자리 잡고 있다. 이는 '부네'라는 인물에 대한 서술자의 까닭 모를 연민을 통해 분명하게 확인된다. 부네는 노랑눈이의 가족이 세 들어 사는 주인집 딸로서, 결혼도 하기 전에 바람이 나서 집을 나갔다가 아버지에게 붙들려 와 구석방에 감금되어 있다가 결국 자살하는 비극적인 운명의 여성이다. 이러한 부네의 감금과 죽음은 명백히 성적인 방종에 대한 대가이다.

> 부네, 나는 그녀를 한 번쯤 본 듯도 하고 전혀 본 적이 없는 것 같기도 했다. 그런데도 창호지 한 겹 너머 문의 안쪽에서 숨쉬고 있는 그녀를 생각할 때면 이상한 두려움과 가슴 한 귀퉁이가 무너져내리는 듯한 슬픔에 잠기곤 했다. 나는 이러한 감정을 달래듯 풋감을 또 하나 주워 씹었다. 떫고 단 맛이 위로처럼 따뜻하고 축축이 목 안으로 차올라 나는 이유 모를 감동으로 눈물을 글썽였다. (「유년의 뜰」, 22)

노랑눈이의 상상 속에서 부네는 "이상한 두려움"과 "슬픔"의 대상이 된다. 즉 그녀는 마치 주인집 여자에 의해 금단의 열매가 된 감처럼 주인공에게는 두려운 금기의 대상으로 강요되지만, 훔쳐 먹는 감 맛에 취하듯 주인공은 이런 부네에게 은밀히 공감한다. 부네의 이야기는 모성적인 육체가 아니라 성적인 육체를 가진 여성에 대해 이루어지는 처벌을 보여주는 하나의 예라고 할 수 있다. 노랑눈이는 부네를 통해 여성이 자신의 육체를 반(反)모성적이고 쾌락적인 것으로 다루었을 때 어떤 운명에 처하는가를 깨닫게 된다. 즉 그녀는 부네의 비극적 운명을 통해 모성성으로서의 여성성과 결합되어 있

는 피할 수 없는 슬픔과 공포를 일찌감치 자각하는 것이다. 부네에 대한 서
술자의 공감은 부네의 것으로 추측되는 하이힐을 신어보는 서술자의 행동을
통해서도 확인할 수 있다.

> 마루 밑에는 방금 쥐가 장난을 치던 것인 듯 구두가 한 짝은 모로, 한 짝은
> 엎어진 채 있었다. 나는 그것을 꺼냈다. 흙먼지가 가득 속을 메운 구두는 굽과
> 코가 칼날처럼 날렵하게 빠진 하이힐이었다. 나는 흙을 털어내고 손바닥으로
> 문질러 반짝 윤을 내고는 가만히 젖은 발을 집어넣었다. 발목이 꺾일 듯 휘청
> 앞으로 고꾸라졌다. 나는 신을 벗어 댓돌 위에 나란히 놓은 뒤 방문에 눈을 갖
> 다 대었다. 안은 어두워 촘촘한 문의 칸살 사이로 아무것도 눈에 잡히지 않았
> 다. 이상하게도 여느 때의 두려움은 느껴지지 않았다. (「유년의 뜰」, 40)

신지 않은 지 오래된 부네의 '하이힐'을 깨끗하게 닦아 그 속에 자신의 발
을 집어넣고, 부네가 다시는 신지 못할 구두를 벗은 뒤 댓돌 위에 놓는 서술
자의 행동은 부네의 삶에 대한 동경과 딸의 성적인 방종을 참지 못하고 끝내
딸을 죽음으로 몰아넣은 부네의 아버지에 대한 거부로 볼 수 있다. 다시 말
해서 서술자가 여성의 이상적인 삶의 모습으로 받아들이는 것은, 가부장제적
질서 속에서 아이를 낳고 남편에게 순종하는 어머니의 삶이 아니라, 가부장
제적 질서 밖에서 자유롭게 자신의 육체를 관리하는 부네의 삶인 것이다. 이
는 다른 소설에서 백인 혼혈아를 낳고도 흑인 지아이(GI)와 동거하는 매기
언니 같은 양갈보의 삶(「중국인 거리」)이나 반신불수이기 때문에 아이를 낳
을 수 없는 완구점 여인과 같은 삶(「완구점 여인」)인 것이다. 이처럼 전쟁과
같은 급격한 사회적 변동과 혼란은 가족 구조의 파탄을 야기하고 그것의 회
복은 더 이상 가능하지 않게 된다. 따라서 이미 여성과 모성을 엄격하게 구
별하는 가부장제 질서의 균열과 동요를 경험한 가족 구성원들—특히 여성
들—은 이전의 가부장제적 질서로 회귀하는 것에 대해 강한 반발을 보일 수

밖에 없다. 그 결과 여성 인물들은 이러한 가부장제 이데올로기가 부과한 여성적 삶과는 다른 새로운 성 정체성을 스스로에게 요구한다.

여성 주인공에게서 드러나는 이 새로운 성 정체성의 모색이 분명하게 드러나는 작품은 「완구점 여인」이다. 명백히 죽은 동생과 동일시되는 완구점 여인의 불구성은 나에게 성적인 면에서나 정서적인 면에서 긍정적으로 받아들여진다. 왜냐하면 그녀의 육체는 어머니의 육체와는 달리, 지속적인 출산에 의해 황폐해지지 않아 여성의 자연스러운 욕망을 드러낼 수 있는 육체로 간주되기 때문이다.[11] 이처럼 이 소설에서 다산성으로서의 모성성은 불모성으로, 하반신 불수인 완구점 여인의 불구성은 관능성으로 드러난다. 그리고 이러한 관능성에 자극받아 주인공인 여자아이와 완구점 여인은 동성애적인 관계를 맺게 된다. 이렇듯 가부장제적인 구속에 종속된 모성성에 대한 거부는 새로운 삶의 선택으로서의 자가 성애적 쾌락의 발견으로까지 연결된다.

소설 초반에 나타난 여자아이의 병적인 도벽이나 소변에 대한 발작적인 충동, 구토 등이 가부장제적인 질서 속에서 가족에 대한 참을 수 없는 거부감으로 인한 무의식적이고 충동적인 거부 행위라면, 완구점 여인을 찾아가 성적인 만족을 얻고자 했던 주인공의 동성애적 충동은 명백히 의식적인 반동 행위이다. 이런 관점에서 볼 때 앞에서 주인공의 중얼거림과 충동적 행동이 정신분석학적인 관점에서 히스테리 현상이라고 할 수 있다면, 여기서 '나'가 보여주는 행위는 '도착 행위perversity'에 가까운 것이다.[12] 소설 초반 '나'

---

11) 오정희는 『문학과사회』에서 주재한 대담에서 「완구점 여인」 등의 초기작에서 일탈된 성이나 동성애적인 소재를 일관되게 사용한 이유를 다음과 같이 말한 바 있다. "인간관계에서 오는 좌절감, 건강하고 자연스러운 통로를 잃은 욕망과 갈구가 성이라는 제재를 가져와서 그걸 통해서 비쳐 보여진 식이지요. 그러니까 건강하고 자연스러운 인간관계가 불가능한 상태를 그리려고 하다 보니까 자연히 동성애적인 소재에 관심을 갖게 된 것은 아닌가라고 생각할 수도 있겠지요." 오정희·박혜경(대담), 「안과 밖이 함께 어우러져 드러내 보이는 무늬」, 『문학과사회』, 1996년 겨울호, p. 1523.

12) 리타 펠스키Rita Felski는 여성의 반항적인 욕망은 오직 무의식적이고 비자발적인 육체적 증상의 형태로만 표출될 수 있다는 지배적인 통념에 문제를 제기하면서, 여성 역시 남성과 마

의 이상 행동은 정신적 갈등이 무의식적으로 표현된, 비자발적인 육체적 징후이다. 이는 히스테리 환자와 마찬가지로 '나'의 반항적인 소망과 욕망이 무의식적으로 표출된 경우이다. 여기서 나타나는 것은 여성의 육체를 모성적인 것에 한정하고 억압하는 기존의 가부장제적 규범에 대한 무의식적인 거부감이지만, 그것은 다른 한편으로는 그에 대한 '나'의 무력감의 표현이기도 하다. 그러나 '나'가 완구점 여인에게서 찾는 성적 쾌락은 경우가 다르다. 그것은 분명 사회적·도덕적 규범에 대한 자발적 거부를 의식적으로 수행한다는 점에서 자의식적인 도착의 실천인 것이다. 즉 '나'는 완구점 여인을 통해 자발적이고 자의식적인 일탈적 성욕을 실천함으로써 여성의 성sexuality을 가부장제적 구속에 가두어두는 가부장제에 대한 명백한 거부의 표현을 드러낸다. 그리고 이것을 통해 '나'는 여성의 새로운 성 정체성을 모색하는 과정으로 나아가게 되는 것이다.

그러나 「완구점 여인」에서 '나'의 이러한 성도착의 실천은 다분히 거부라는 부정의 차원에서 더 이상 발전하지 않는다. 새로운 성 정체성의 모색이 새로운 모성성의 발견이라는 차원으로 나아가게 되는 모습이 나타나는 작품이 바로 「번제」이다.

앞에서 지적한 것처럼 「번제」의 '나'는 낙태 경험 때문에 죄의식을 경험하고, 이러한 죄의식은 태아 살해를 신을 경배하기 위한 희생 제의인 '번제'로 인식하게 한다. 따라서 앞에서 인용한 「번제」에 대한 기존의 해석처럼, 여성의 어머니와의 결합, 혹은 어머니 자궁으로의 회귀 욕구 때문에 태아 살해가

찬가지로 지배적인 성적 규범을 자의식적으로 위반하는 성도착의 실천이 가능하고 또 그것이 실재했다는 점을 프랑스의 아방가르드 작가 라쉴드의 작품을 통해 논증하고 있다. 그에 따르면 여성의 이상적(異狀的) 행위는 히스테리와 도착으로 나눌 수 있는데, 이 두 개념은 각각 심리적인 갈등의 무의식적인 육체적 표현과 사회적·도덕적 규범에 대한 의식적 거부로 해석할 수 있다(리타 펠스키, 김영찬·심진경 역, 『근대성과 페미니즘』, 거름, 1998, 7장 참조). 이 글에서는 히스테리 역시 비록 무의식적이기는 하지만 지배적인 규범에 대한 거부 의식과 반항의 소산이라는 점을 강조한다.

이루어졌다기보다는, 태아 살해로 인한 죄의식이 어머니 자궁으로의 회귀를 촉발했을 가능성이 더 크다.[13] 그런데 그렇게 본다면 태아 살해에 대한 죄의식과 이로 인한 비정상적인 행위는 정신병적 징후, 즉 억압된 것의 신경증적 표출이 된다. 다시 푸코 식으로 해석한다면, 광기 만연한 비정상, 뒤틀림, 왜곡, 비이성 등의 그로테스크한 이미지들은 남성 중심의 가부장제적인 사유 체계를 형성하는 힘과 권력에 대한 인식의 소산이자 이에 대한 거부의 표현이라고 볼 수 있다. 이는 정신병동의 여성 환자와 남성 의사라는 「번제」의 이야기 구조에 의해서도 충분히 설득력 있게 이해될 수 있을 것이다. 소설의 표층에 드러나는 여성의 비정상적인 말과 행위는 의사의 냉정한 진단적 시선 diagnostic gaze에 의해 정신병 내지는 히스테리로 분류된다. 그러나 이처럼 여성의 낙태와 그로 인한 정신적 혼란의 양상을 신경증적으로 진단하는 것은 감시자이자 의사인 남성의 시각이므로, 이러한 남성적 시각의 왜곡을 걷어내고 광적인 여성 행동의 의미를 새롭게 해석해야 할 것이다. 즉 여주인공의 정신분열적인 말과 행위는 보다 적극적으로 기존의 가부장제적 체제에 대한 저항적인 퍼포먼스로 해석할 수 있다는 것이다. 소설에서 이러한 의식(儀式)이 극단적으로 드러나는 곳은 소설의 주인공이 '인형'에게 젖을 물리는 행동이 서술되는 다음과 같은 장면에서이다.

　　너는 이제 나와 함께 있다. 볕이 방 안 깊숙이까지 들어오는 오후, 너의 밝은 금발은 네게 후광을 만들고 벽면 높이 검은 틀에 끼워진 동정녀 주변에는 흡사 그림자처럼 서너 명의 아이들이 몽롱히 떠돌고 나는 어디로 가던 것이었을까, 도무지 기억할 수 없는 길을 헤매곤 하지만 햇살이 엷어질수록 이런 광

---

13) 프로이트는 어머니 자궁으로의 회귀를 죽음 충동을 야기하는, 즉 원형질로 회귀하고자 하는 욕망이라고 말한다. 이러한 프로이트의 말을 따른다면, 이 소설의 '나'가 어머니의 자궁으로 회귀하려는 욕구는 에로스 혹은 삶에 대한 거부 의식이라고 볼 수 있다. 즉 태아를 살해한 죄의식에 의해 촉발되는 죽고자 하는 욕망이 환상 속에서 어머니 자궁으로의 회귀로 나타난 것이라는 해석도 가능하다.

경은 사라지고 방 한구석에서 나를 바라보고 있는 너를 발견하여 비로소 마음
이 편안해지는 것이다. 나는 너를 팔에 안고 젖을 먹이고 싶지만 의사는 언제
나 그건 부활절날 유년부 아이들이 가져온 인형이에요, 라고 퉁명스럽게 말하
며 내게 수유의 기쁨을 허락하지 않는다. (「번제」, 176~77)

비록 '나'의 수유 행위는 내가 젖 먹이는 아이가 '인형'이라는 사실을 일깨
우는 의사의 말에 의해 저지되지만, 다시 말해 '나'의 말과 행동이 정신병동
으로 상징되는 가부장제의 억압적 이데올로기에 의해 정신분열적인 것으로
해석되지만, 이러한 분열적인 행위는 억압받는 여성의 입장에서는 기존 체제
에 대한 저항적인 퍼포먼스로 해석할 수 있다. 게다가 수유의 기쁨을 허락하
지 않는 의사에게 "나일론제의, 탯줄보다도 질기고 강인한 줄을 열두어 발
정도 사다"(177) 달라고 부탁함으로써, '나'는 스스로 끊었던 탯줄, 즉 아이
와의 관계를 다시 잇고자 하는 강한 욕망을 보인다. 이처럼 가부장제적 권위
를 상징하는 신에게 혼전 임신의 산물인 태아를 제물로 바치는 번제 행위를
통해 자신의 모성성을 거부했던 서술자는, 이제 그러한 태아 살해의 죄의식
과 이에 대한 속죄의 퍼포먼스를 통해 가부장제에 의해 부정된 자신의 모성
성을 회복하려고 노력한다. 그리고 그 결과 남성의 시선에 의해 정상과 비정
상이 가름되는 현실 속에서 자신의 진정성을 찾고자 하는 여성의 노력은 이
제 어머니되기를 거부하는 것을 넘어 스스로 모성적 체험을 극화하는 데로
나아가고 있는 것이다.

5. 결론을 대신하여

모성성과 여성의 성장은 서로 매우 긴밀하게 뒤얽혀 있기 때문에 이 두 개
념을 구별하는 것은 어렵다. 특히 한국 사회에서 어른이 된다는 것은 곧 결

혼과 관계되기 때문에 결혼한 여자의 임신과 출산은 어른됨의 한 표징이라고 할 수 있다. 따라서 여성에게 있어 어른이 된다는 것은 모성성의 상태로 돌아가는 것으로 이해되는 까닭에 모성성의 거부는 성장에 대한 거부와 매우 밀접하게 관련된다. 유년기 삼부작과 「번제」에서 중심적인 모티프로 나타나는 모성성 거부를 '모성은 곧 여성 성장의 완료'라는 관습적인 관점에서 볼 때, 이들 소설의 여성 인물은 여전히 미성숙한 유아기나 사춘기의 상태에 머물러 있을 수밖에 없다. 그러나 문제는 이들의 모성성 거부가 단순히 어머니 되기의 거부에만 머무르지 않고 생물학적 모성을 강요하는 가부장제 이데올로기에 대한 거부로 확장된다는 점이다.

이들 소설에서 가부장제 이데올로기에 대한 거부 의식이 이상 행동이나 광기로 나타난다는 점은 주목할 만하다. 「완구점 여인」에서 가부장제에 대한 거부 의식은 계모에 대한 반발과 가족 내에서의 소외감, 그리고 의사소통 단절로 인해 발작적으로 일어나는 구역질이나 환청, 방뇨 충동과 여성들 간의 동성애 형태로 드러난다. 또한 「유년의 뜰」의 주인공 역시 탐식과 도벽 등의 강박적인 행동과 구토라는 히스테릭한 행동을 통해 아버지 복귀에 대한 거부 감을 드러냄으로써 이러한 가부장제의 거부라는 주제의식을 구현하고 있다. 「중국인 거리」에서는 이러한 이상 행동이 구체적인 형태로 제시되지는 않지만, 가부장제 속에서의 어머니의 모성적 삶을 죽음으로 인식한다는 점에서 그러한 주제의식을 암암리에 드러내고 있다. 「번제」에서는 정신병동을 배경으로 여성의 광기가 퍼포먼스의 차원에서 극화되고 있는데, 여기서는 특히 '남성 의사/여성 환자' 간에 발생하는 억압과 광기의 메커니즘이 서술자의 분열증적 시선으로 포착되고 있다. 이처럼 「번제」에서는 여성적 광기를 통해 여성의 육체를 통제하는 가부장제적 질서에 대한 무의식적·의식적 거부 의식이 나타날 뿐만 아니라, 한 걸음 더 나아가 이러한 가부장제적 규범에 대한 거부 의식은 자신의 진정한 모성성에 대한 탐색으로까지 확장되고 있다.

그런데 최근작인 「옛우물」에 오면 모성성에 대한 작가 의식이 조금 다른 방식으로 드러난다.「옛우물」에서 모성성에 대한 시각은 다산으로 주름진 여자의 뱃가죽에서 생명의 신비에 대한 통찰로 나아간다. 초기작에서 생물학적 모성이 삶의 이면에 도사리고 있는 고통과 죽음으로 인식되었던 것과는 달리,「옛우물」에서 작가는 모성이 한편으로 죽음이자 다른 한편으로 부활의 원동력이라는 모순적인 진실을 인식하는 데 이르고 있다. 이 모순성이야말로 오정희가 인식하는 삶의 진실이며, 좀더 구체적으로는 여성들의 삶의 진실이다. 이 대목에서 작가는 모성적 삶에 내재되어 있는 존재의 진실의 양면성에 대한 인식에 이르고 있는 것이다.

초기작부터「옛우물」에 이르기까지 모성에 대한 관점의 변화는 언뜻 보기에 모성을 중심으로 한 여성 성장의 단계적 제시인 것처럼 보인다. 그러나 모성에 대한 부정과 긍정이라는 태도의 변화가 여성의 질적인 성숙을 담보하는 것은 아니다. 그렇기 때문에 어머니되기를 격렬하게 거부한 초기 소설과 모성을 긍정적 기호로 받아들이는「옛우물」과 같은 후기 소설 중 어떤 작품이 더 치열하고 진정한가는 판단할 수 없는 문제이다. 어쩌면 어머니의 역할과 위상을 무리 없이 받아들이는 것보다는 기존의 어머니라는 기호에 달라붙어 있는 부정적 의미들을 인식하고 문제를 제기하는 것이 더 성숙한 태도일 수도 있다. 이는 최근 여성 작가의 작품들이 모성성을 새로운 여성 정체성으로 받아들이면서도 여성의 현실에 대한 문제의식이 안이하다는 한계를 드러내고 있는 것에서도 알 수 있다.

이처럼 오정희 소설에 나타나는 모성성은 매우 복합적이고 다층적인 양상을 보이고 있다. 왜냐하면 모성은, 특히 오정희처럼 여전히 유교적인 전통이 막강한 영향력을 발휘하고 있는 가부장제 문화 속에서 전쟁과 왜곡된 근대화라는 파행적인 삶의 방식을 체험한 여성에게 모성이란, 그렇게 단순한 문제가 아니기 때문이다.「옛우물」에 드러나는 모성성에 대한 이해 역시 그리 간단하지는 않다.「옛우물」과 같은 최근작에 대한 올바른 평가를 위해서나 작가의 복합적인 모성성 이해를 근본적으로 천착하기 위해서라도 작가의 초기작에 나타난 모성성에 대한 깊이 있는 탐구는 중요하다. 이 글은 오정희가 탐구하고 있는 모성성의 복합적인 성격을 온전히 규명하기 위한 시도의 하나 이며, 작가의 전 작품을 대상으로 한 보다 총체적인 접근은 앞으로의 과제로 남겨두고자 한다.

모성의 서사와 1990년대 여성소설의 새로운 길찾기

1

1990년대 우리 소설 지형의 굵은 등고선을 그리고 있는 것은 이른바 여성 소설이다. 일상적인 삶의 남루함을 견디는 여성, 서서히 붕괴되어가는 가족의 해체 과정을 담담히 바라보는 여성, 자서전적 성장담을 통해 자신의 성적·사회적 정체성을 확립하려고 애쓰는 여성 등 이야기의 중심에 서 있는 것은 바로 여성들이다. 90년대 여성 작가들에게 이제 여성이라는 성적 특성은 변화된 사회를 세심하게 읽어내기 위한 논리로 활용되기 시작한 것이다. 그리하여 90년대와 여성성은 긴밀한 함수 관계를 갖게 된다. 더욱이 여성성의 담론에 대한 최근의 사회적 관심과 맞물려, 여성성은 이제 90년대에 작품 활동을 하는 작가들에게 하나의 소설적 '전략'으로 떠오르고 있다.

여기서 주목할 것은, 90년대에 부상한 여성 작가들(은희경, 배수아, 전경린, 조경란, 서하진, 차현숙 등)의 작품이 주된 화두로 삼는 '여성성'에서는 대부분 '어머니의 목소리'를 들을 수 없다는 점이다. 여성 주인공들은 주로 어머니를 포함한 주변 여성들과는 다른 독자적인 삶의 방식을 열망하거나, 불륜이나 동성애 등 일탈적인 성적 관계를 통해 관습적인 이성애적 결혼 플롯을 거부하거나, 아니면 스스로의 욕망에 충실하고 그로 인한 파멸의 길을 기꺼이 선택함으로써 모성적 삶에 대한 거부를 드러낸다. 이를 통해 우리는

90년대 여성 작가들이 어머니를 이상적인 모델이 아닌 거부하고 싶은 부정적 현실의 기호로 받아들이고 있다는 사실을 볼 수 있다. 그들 소설의 주인공들은 일방적으로 어머니를 비난하거나 여성으로서의 어머니의 삶의 방식을 부정하는데, 그것은 한편으로는 '어머니되기'의 거부로 나타난다. 따라서 90년대 여성소설의 '여성성'에는 '모성성'이 배제되어 있다고 할 수 있으며, 그런 의미에서 그들의 소설은 대부분 '딸의 서사'이다.

어찌 보면 이는 당연한 현상인지도 모른다. 우리 사회에서 어머니라는 존재는 헌신과 인내의 이름으로 성적·사회적 주체성의 말소를 강요당하는 존재인바, 딸들이 볼 때 어머니 혹은 어머니의 세계는 여성의 운명을 옥죄는 가부장제의 그늘이 그 이면에 자리 잡고 있는 것으로 비칠 수 있기 때문이다. 그러므로 사회적으로 자신의 주체성을 확립하고자 하는 지적인 여성에게 어머니의 존재, 그리고 '어머니되기'의 과정은 떨쳐버려야만 할 운명의 굴레가 될 수밖에 없다. 더욱이 최근 우리 사회에서 모성이 사회적 주체성이 소거된 여성들의 허위적인 자기 위안(신현모양처 담론)이나, 가부장제의 보수 이데올로기를 옹호하는 수단으로 악용되는(이문열의 모성 담론) 운명을 겪고 있는 것이 사실이라면, 그들의 모성 거부가 갖는 함의는 자못 자명해진다. 요컨대 여성 작가들의 모성성 거부의 몸짓에는 가부장제 거부의 목소리가 숨어 있는 것이다. 따라서 90년대 여성 작가들에게 모성 거부는 (의식적이든 아니든) 보수적인 가부장적 제도와 이데올로기를 거부하는 하나의 전략으로서, 여전히 완고하게 자리 잡고 있는 가부장적 질서를 비판적으로 바라보는 유효한 방식이 될 수 있을 터이다. 90년대 여성 작가들의 이와 같은 모성 거부를 통한 생존 전략은, 가부장제 질서가 여성 주체에게 가하는 억압적인 측면에 대한 음각화(陰刻畵)를 제시하는 데는 어느 정도 성공했다고 볼 수 있다. 그렇지만 다른 한편, 그러한 전략은 모성이 가질 법한 긍정적 자질을 부정함으로써 모성이 여성의 새로운 주체성 확립에 하나의 긍정적 계기가 될 수 있는 가능성을 처음부터 배제하는 결과를 낳게 되었다.

이러한 문제의 원인은 그들이 모성을 지나치게 단순하게 해석하는 데서 찾을 수 있다. 모성은 단순히 임신이나 출산, 수유 등으로 한정되는 생물학적 속성으로만 고정되지는 않는다. 어머니는 다른 사람과 마찬가지로 다양한 삶의 욕구를 가진 존재이며, 그로 인해 갈등하는 존재이기도 하다. 또한 어머니의 위치는 가정 내적으로만 한정되지 않고 사회·역사적으로 결정되는 것이기 때문에 모성은 필연적으로 사회적 함의를 갖게 된다. 이 점을 간과한 채 모성을 단순히 생물학적으로만 해석한다면, 모성이라는 여성의 경험적 특질의 긍정성과 그것이 가질 수 있는 더 큰 사회적 함의를 놓칠 수도 있다. 그것은 모성을 가부장적인 제도나 이데올로기를 옹호하는 것으로만 보는 일면적 시각의 오류와도 그리 멀지 않다. 중요한 것은, '어머니 노릇mothering'의 경험을 사회·역사적으로 맥락화함으로써 그것을 여성의 정체성 확립의 과정 속에 위치짓는 일이다.

그런데 최근 '모성'을 중심 테마로 다룬 소설들이 연이어 발표되어 눈길을 끈다. 전혜성의 『마요네즈』, 공지영의 『착한 여자』, 김연의 『나도 한때는 자작나무를 탔다』[1] 등이 바로 그것이다. 물론 모성(어머니/어머니되기)이 소설에서 다뤄진 경우가 이번이 처음은 아니지만, 앞에서 지적한 90년대 여성소설의 풍경 속에서 이 작품들의 의미는 이전의 소설들과는 분명 다르다. 이 글의 관심은 이 세 작품에서 모성의 여러 차원들이 어떠한 모습으로 드러나고 있는지 살펴보고, 모성성의 담론이 90년대 여성소설의 지형도 속에서 페미니즘의 새롭고도 의미있는 하위 담론이 될 수 있는지를 점검하는 데 있다.

---

1) 전혜성, 『마요네즈』, 문학동네, 1997; 김연, 『나도 한때는 자작나무를 탔다』, 한겨레신문사, 1997; 공지영, 『착한 여자』, 한겨레신문사, 1997. 이후로 이 책들을 인용할 경우는 각각 인용한 책의 면수만을 밝힌다.

2

　'어머니' 혹은 '모성'에 관해 말할 때, 우리는 긍정과 부정의 양극단을 오가는 이분법적 태도를 취하게 되는 경우가 많다. 특히 모성을 생명의 원천이나 여성들이 궁극적으로 지향해야 할 가치로 설정하여 찬양하거나, '모성＝여성성'의 공식을 적용하여 여성의 성장은 어머니가 됨으로써 완성된다고 보는 태도는 현실과 유리된 관념적이고 추상적인 개념으로 모성을 해석하는 것이다. 이 경우 여성의 임신, 출산, 수유라는 생물학적 조건은 여성에게 불가피한 것이라고 강조하는 정당화 기제로 사용된다. 이러한 맥락에서 어머니는 어머니되기의 현실적 어려움이나 어머니이자 여성으로서 가질 법한 욕망에 대한 고려는 전혀 없이 이상화되거나 향수의 대상이 된다. 그러나 현실적으로 취약한 위상을 가지는 어머니의 입장에서, 이렇게 추상화된 모성성은 이와 같은 사회적 이상에 따라 생활하라는 무언의 억압, 즉 이데올로기로 작용하게 될 것이라는 점을 간과할 수 없다.

　전혜성의 『마요네즈』가 문단의 주목을 받게 된 데는 아마도 기존의 관념적인 이분법적 어머니상 속에 갇히지 않은 새로운 어머니상을 제시했다는 점이 가장 크게 작용했을 것이다. 다음의 인터뷰에서 작가가 밝히고 있듯이, 이는 페미니즘에 대한 작가의 오랜 관심의 산물이다.

　모성애란 무엇인가. 그것은 혹시 여성의 맹목적인 희생과 굴종을 강요하는 이데올로기는 아닐 것인가. 나는 모성애의 억압적 측면을 까발리고 싶었다. '모성애의 해체'가 내가 생각하는 페미니즘이라고 할 수도 있다. 소설 속 어머니를 두둔하려는 것은 아니지만, '이런 어머니도 있을 수 있다'는 것을 보여주고 싶었다. 그렇다고 해서 '여성적 부드러움의 힘'을 부정하려는 것은 아니다. 그러나 자기를 억누르고 억압하여 마스크를 쓰는 식의 타율적·강압적 방식이

라면 곤란하다. (226)

『마요네즈』는 작가의 이러한 의도를 바탕에 깔고, 두 아이의 엄마가 된 딸이 어머니를 바라보는 양가감정이 묻어 있는 시선과, 그 시선 속에 포착된 혼란스러운 어머니의 모습을 다루고 있다. 이 소설은 젊어서 '엘리자베스 테일러' 뺨치게 예뻤지만 아버지의 폭력과 경제적 파산을 거치면서 정신적·육체적으로 파괴되어버린 어머니가 작중 화자인 딸의 집에 얹혀살게 되면서 시작된다. 어머니가 '나'의 집에 와 살게 되면서 그나마 안정적이었던 가정의 질서는 어수선해지고, 아르바이트로 맡은 자서전 대필 작업도 지지부진해진다. 그러니 딸의 입장에서 어머니의 존재는 귀찮은 짐일 수밖에 없다. 딸의 눈에 비친 어머니는 자식에게 헌신하는 존재라기보다는 자기 연민에 빠져 이기적인 욕망을 충족하기 위해서만 애쓰는 존재일 뿐이다. 딸에게 그러한 어머니는 당연히 경멸과 비난의 대상이 된다.

어머니에 대한 이러한 경멸과 비난은 어머니가 딸의 집에 얹혀살게 되면서부터 시작된 것은 아니다. 화자가 결혼 직후, 아버지가 쓰러지고 나서 친정집을 찾았을 때 겪은 이른바 '마요네즈 사건'은 어머니에 대한 그러한 시선이 뿌리 깊은 것이었다는 사실을 보여준다. 뇌졸중으로 쓰러져 폐인이 되다시피 한 아버지가 한 무더기의 똥을 내지르는 것을 보고 아버지에 대한 연민으로 눈물을 씻어내던 딸은, 남편이 빨리 죽어버리지 않는다고 억울해하며 신세 한탄을 하는 엄마의 머리에서 순간 '시큼하고 비릿한' 냄새를 맡게 된다.

이게 무슨 냄새지……? 호되게 코를 풀어내면서, 물끄러미 거울 속의 엄마를 바라보았다. 매끄럽게 기름이 도는 맨얼굴을 이마에서 턱으로 두어 번 맨손으로 비벼댄 뒤, 엄마는 아무렇지도 않게 머릿수건을 벗어던졌다.

그것은 마요네즈였다.

이따금 엄마가 머리에 영양을 주기 위해 통째 비워 바르는 물질이었다. 내

얼굴은 경악에 가까운 빛으로 일그러졌다.

그래, 마요네즈였단 말이지.

머릿속에서, 똥무더기에 짓이겨진 아버지의 곰팡이 핀 엉덩이와 마요네즈를 짓이겨 바른 엄마의 새치 돋은 검은 머리가 찰흙 반죽처럼 혼합되고 있었다.

토악질이 올라왔다.

물론, 그놈의 시큼한 마요네즈 냄새만 아니었어도, 변기통에 머리를 박고 맹물을 토해내진 않았을 것이다. (158)

이 대목에서 '마요네즈'는 어머니의 일그러진 이기적 욕망의 메타포로 드러난다. 머리에 마요네즈를 바른 어머니의 모습은 그 시큼한 냄새와 번들거림, 아버지의 똥 냄새, 나의 토악질 등이 뒤섞인 가운데 지나치게 부정적으로 묘사되고 있다. 대개의 어머니들에게 가족을 위한 먹을거리로 이용되는 마요네즈가 미용 재료로 사용되는 것을 본 딸은 이때부터 결정적으로 어머니를 경멸하기 시작한다. 그리고 그 후 자기 한 몸을 추스르기도 어렵게 된 노년의 어머니가 딸의 집에 얹혀살면서도, 머릿결을 가꾸기 위해 여전히 마요네즈를 바르는 것을 본 딸은 어머니와의 화해 가능성을 완전히 부정하게 된다.

물론 딸이 어머니에 대해 부정적인 감정으로만 일관하는 것은 아니지만, 현실의 어머니는 여전히 벗어던지고 싶은 짐이자 추악하게 늙은 노인일 뿐이다. 어머니가 자신에게 베풀어준 사랑에 대한 기억을 간직하고 있으면서도, 현실의 어머니는 자신의 늙고 병든 육체에만 이기적으로 집착할 뿐 손자를 돌보는 일이나 집안을 돌보는 일에는 전혀 관심이 없고 무책임한, '자식에게 해준 거 하나 없는' 존재로 비쳐지기도 한다. 그래서 어머니를 향한 딸의 시선은 이기적인 어머니에 대한 일방적인 비난의 감정이 묻어 있을 수밖에 없다.

이러한 어머니에 대한 딸의 경멸적인 시선과 비난에 무게중심을 두었던 작품은, 어머니의 역사에 대한 이해에 무게가 실림으로써 조금씩 균형을 찾게 된다. '나'의 시선은 어느 날 어머니와의 대화를 통해 어느 정도 변화를 겪게 된다. 더 이상 엄마와 살 수 없다는 딸의 울음 섞인 선언을 접한 어머니는, 그동안 감춰온 외할머니에 대한 얘기를 들려준다. 외할머니는 자식을 키우는 희생적인 어머니의 역할보다는 남의 집 씨받이, 바람난 과부, 다시 재취로 이어지는 과정 속에서 개인적인 삶의 평안만을 추구한 인물이었다. 외할머니의 거듭되는 출분으로 상처를 받은 어머니는 그렇게 살 수밖에 없었던 외할머니를 이해하기보다는 자식을 잘 돌보지 못한 부정한 여성으로 비난해왔다. 그러나 어머니는 결국 자신도 어머니로서 딸을 키우면서 불행했던 외할머니의 삶을 점차 이해하게 되었다고 고백한다. 딸을 사랑했지만 다른 한편으로는 자신의 인생을 포기하지 못한 외할머니를 평생 받아들이지 못했다는 어머니의 회한 어린 고백은, '나'에게 어떤 깨달음을 던져준다. 즉 '나'는 '여자이자 어머니'로서의 외할머니의 삶을 어머니의 삶 위에 포개놓음으로써, '할머니-어머니-나'로 이어지는 순환적인 여성의 삶을 이해하게 된다. 즉 아이를 낳아 기른 여성이라는 공통점뿐만 아니라, 어머니이자 여성이기도 하고 욕망의 희생자이자 주체이기도 한 이중적 존재라는 사실이 한순간 할머니와 어머니, 그리고 나를 묶어주고 있다는 사실을 깨닫는 것이다.

내 앞의 엄마가 엄마로 보이지 않았다. 엄마의 껍질을 찢고 나온 엄마는, 먼 훗날 홀로 노쇠해갈 내 얼굴처럼 보였다. 혹은 아주 늙어버린 내가, 해미를 앉혀놓고 부르는 외로운 만가 같았다. 삶은 끝없는 되갚음. 우리는 똑같이, 아주 평범한 사람들일 뿐이다. (191)

그러나 이러한 깨달음은 한순간일 뿐, 그 이상 나아가지 않으며, 어머니와 딸 사이의 갈등에 대한 궁극적인 해결책도 되지 않는다. 이는 작품의 구성에서도 엿볼 수 있다. 소설의 첫 장면은 온 가족이 모여 크리스마스 케이크를 자르는 모습으로 시작되는데, 사실 이 장면은 시간상으로 보면 소설의 맨 마지막에 위치해야 할 장면이다. 겉으로는 평온해 보이는 그 장면에서 어머니에 대한 딸의 착잡하고 혼란스런 시선에서 독자는 딸이 여전히 어머니에 대해 경멸과 비난의 감정을 벗어던지지 못했다는 사실을 알게 된다. 소설의 마지막 장에서 제시되고 있는 어머니와 '나'의 화해 가능성은 이러한 구성상의 효과로 인해 그것이 어쩌면 불가능할지도 모른다는 점이 암시되고 있는 것이다. 이는 여러 감정의 쌍곡선을 그리며 멀어졌다 가까워졌다를 반복하는 어머니와 딸의 애증 관계가 여전히 현재진행형이며, 어머니에 대한 딸의 연민과 경멸의 감정은 영원히 평행선으로 남아 있을지 모른다는 것을 은연중에 말하고 있다.

이처럼 이 소설은 어머니와 딸 사이의 갈등이 딸이 어머니를 이해하게 됨으로써 해결된다는 식의 상투적인 결론을 거부한다. 이는 작가가 손쉬운 화해의 가능성을 섣불리 긍정하지 않는다는 것을 보여주며, 이 점이야말로 이 소설의 미덕이라고 할 수 있다. 가부장제적 질서가 온존하는 한, 그리고 적어도 어머니의 삶이 거기에서 벗어나지 못하는 한, 어머니와 딸의 관계는 영원히 엇나가는 애증의 굴레를 벗어던질 수 없다는 사실이 어쩌면 우리 사회의 참모습일지도 모른다. 그 점에서 이 소설이 어머니와 딸의 관계를 통해 보여주고 있는 인식의 차원은 우리 사회의 진실에 육박하는 현실성을 획득한다. 또한 희생적이고 헌신적인 어머니상에 대한 요구에 묻혀 '여성'으로서의 삶을 거부당했던 어머니가 이 소설에서는 자신의 여성적 욕망에 충실한 인물로 그려짐으로써, 그동안 침묵해온 어머니가 자신의 목소리를 되찾게 된다는 점도 이 소설의 중요한 성과라고 할 수 있다. 이 점은 이 소설이 우리 사회에서 신비화된 어머니의 모습을 '탈마법화'함으로써 어머니의 삶에 대한 현실적인 이해에 한발 다가섰다는 긍정적인 평가와도 무관하지 않을 것이다.

그런데 문제는 손쉬운 화해를 거부하는 이면에 자리 잡고 있는 어머니에 대한 작가의 인식이 기존의 어머니상(자식에게 희생적이고 헌신적인 어머니)에 대한 집착에서 자유롭지 않다는 것이다. 작중 화자인 딸은 보험 세일즈

'여왕'의 자서전 대필을 맡게 되면서 '여왕'과 어머니를 끊임없이 비교한다. '여왕'은 남편이 불의의 사고로 죽은 다음에도 좌절하지 않고 보험 세일즈를 해서 자식 넷을 유학 보내고, 사회적으로도 성공한 인물이다. 딸은 사회적으로 성공한 어머니의 모습으로 재현되는 '여왕'의 모습에서 도리어 불쾌함과 메스꺼움을 느끼면서, 이 모든 것이 날조됐을지도 모른다는 생각을 한다. 그러면서도 딸은 '여왕'의 완벽한 모습 뒤에 숨어 있을지도 모르는 허위를 더 이상 찾아내려고 하지 않는다. 오히려 '여왕'처럼 사회적으로 성공해서 자식 뒷바라지를 확실하게 해주지 못한 어머니를 비난하는 데 무게를 싣고 있는 것이다. 문제는 딸이 어머니를 비난하는 근거로 이용하는 '여왕'이라는 강력한 무기'가 사실은 모성 이데올로기에 의해 끊임없이 생산되어온 허구적인 모성이라는 점이다. 이 때문에 생생하게 그려지고 있던 현실적인 어머니는 관습적으로 형성된 완벽한 어머니상을 통해 부정적으로 드러나게 되었다. 그 결과 작가 자신이 까발리고 싶어하는 가부장제의 억압적 측면인 헌신적인 어머니상을 역설적으로 긍정하는 모순을 빚게 되는 것이다.

사실 어머니가 이렇게 전락하게 된 것은 분명히 아버지의 폭력과 할머니 대부터 이어져 내려오는 가부장제적 전횡이 중요한 원인이라고 할 수 있다. 물론 작가 역시 이 점을 놓치지는 않지만, 상대적으로 그에 대한 천착은 한쪽으로 밀어놓고 있다. 그것은 한편으로 아버지에 대한 형상화가 미흡한 것과 관련이 있다. 이야기의 초점을 어머니와 딸 관계에만 맞추다 보니, 가부장제적 가족 관계 속에서 이를 바라보는 통찰이 부족하게 된 것이다. 예컨대 아버지의 폭력성이 그의 본원적인 인간성에서 기인하는 것이 아니라면, 아버지가 그처럼 어머니에게 폭력을 휘두를 수밖에 없었던 사회적인 맥락이 형상화되어야 했음에도 불구하고, 그 점에 대해서 작가는 침묵한다. 작가는 아버지의 폭력의 기원과 배경에 대한 설명 없이 아버지를 황폐한 가족 풍경의 밑그림으로만 제시함으로써, 오히려 아버지를 상처 입은('나'는 아버지가 사랑하는 가족을 북에 두고 왔을지도 모른다는 사실을 암시적으로 내비친다) 고독한 이미지로 형상화한다. 그 결과 습관적으로 폭음과 손찌검을 해대는 폭군인 아버지는 연민의 대상으로, 아버지의 폭력과 무관심으로 철저히 파괴된 어머니는 오히려 비난의 대상으로 역전되는 아이러니컬한 상황이 표출되는 것이다.

모든 딸은 잠재적으로 어머니이다. 그것은 『마요네즈』의 서술자도 마찬가지이다. 『마요네즈』에서 서술자는 딸이면서 동시에 두 아이의 어머니이다. 그러한 사실에서 우리는 모성에 관한 개인적 체험과 객관적 거리화를 통해 '두 겹이면서 하나인' 어머니/딸의 목소리를 드러낼 수 있을 것이라고 기대해볼 만하다. 그러나 이 소설에서 딸은 끝까지 딸로만 남을 뿐, 두 아이의 어머니로서의 또 다른 '나'의 정체성은 부각되지 않는다. 그 때문에 외할머니와의 관계에 대한 엄마의 회한 어린 고백에 이어지는 화자의 '여자이면서 어머니로서의 삶'에 대한 깨달음도, 전체 서사 속에서 유리되어 그다지 현실적인 힘을 얻지 못하게 되는 것이다. 결국 『마요네즈』에서 '어머니-딸'로 순환하는 '할머니-어머니-나'의 서사는 작가의 말처럼 '이런 엄마도 있다'는 정도의 폭로에만 그칠 뿐, 진정한 여성 연대의 형성에는 이르지 못하고 있다. 그것은 침묵에서 풀려난 '어머니의 목소리'가 여전히 '딸'의 체에 걸러져 굴절될 뿐, 어머니 스스로 어머니의 목소리를 회복하는 단계 앞에서 멈춰버린 것과도 무관하지 않다.

3

전혜성의 『마요네즈』가 딸의 입장에서 우리 사회의 모성의 모습을 그리고 있다면, 공지영의 『착한 여자』와 김연의 『나도 한때는 자작나무를 탔다』는 여주인공의 '어머니되기' 과정을 통해 모성을 하나의 길찾기 형식으로 제시하고 있다. 『착한 여자』와 『나도 한때는 자작나무를 탔다』에서 언뜻 눈에 띄는 공통점은 후일담, 연애담, 모성에 대한 고찰이 뒤섞여 나타나고 있다는 것이다. 그러나 이 소설들에서 특히 주목할 점은 '보살핌의 윤리'라는 모성의 속성이 가족 내 구성원에만 제한되지 않고 다른 여성들과의 연대로 확대되어, 모성의 확대로서의 '자매애'가 대안 가족의 형식으로 제시되고 있다는 사실이다.

공지영의 『착한 여자』는 '정인'이라는 인물이 자살을 시도하는 장면에서 시작된다. 이는 정인이 어떠한 과정을 거쳐 자살 기도에 이르게 되었는가에 대한 호기심을 독자에게 불러일으킨다. 소설 전반부는 오정인이라는 평범한, 그러나 아름답고 착하기 때문에 결코 평범하지 않은 한 여성이 여성 억압의 현실—성 차별 의식, 가부장제적 질서, 남성의 폭력—에 의해 어떻게 망가지게 되는가를, 그녀의 거듭되는 연애와 그 실패를 통해 그려낸다. 평생을 남자들에게서 상처만 받은 정인에게 자살은 평화로운 삶으로 가는 유일한 방법이었던 것이다. 소설의 후반부에는 자살 기도가 실패로 돌아간 후 정인이 효빈이라는 딸을 낳아 기르면서 자신의 상처를 치유하는 과정이 그려진다.

정인은 자살 실패 후 딸 효빈을 낳아 기르면서, 딸에게서 자기 상처를 치유할 수 있는 가능성을 본다. 그리고 이러한 가능성은 정인이 친구 미송, 인혜와 함께 '사람이 사는 집'이라는 여성 공동체를 만들면서, 또 다른 상처받은 여성들과의 연대 가능성으로까지 확대된다. 즉 정인의 '어머니되기'의 과정은 그녀가 사회적인 주체성을 획득하는 과정과 맞물리며, 어머니의 체험과 목소리를 회복하는 계기가 된다. 결국 그녀의 모성적 자질은 개인적 차원이 아니라 사회적 차원으로 확대되는 것이다. 이 소설의 미덕이 있다면, 그것은 바로 모성적 자질이 개인의 상처를 위무하는 차원을 넘어서 사회적인 힘을 얻을 수 있는 가능성을 제시한 데서 찾을 수 있을 것이다.

'착한 여자'라는 제목이 시사하듯이, 소설 속에서 그러한 전망을 가능케 하는 힘은 결국 정인의 '착함'이라는 성격적 자질에 있다. 정인이 갖는 '착한' 성격은 그녀가 남자들에게 상처받는 원인이기도 하지만, 다른 한편으로는 자살 기도 이후 아이를 낳아 기르는 경험을 통해 상처 입은 또 다른 여성들과 아이들에게 헌신할 수 있는 힘의 원천이기도 하다. 이런 의미에서 정인의 '착함'은 모순된 현실 속에서 진정한 여성성의 한 징표로, 사회의 상처를 치유할 수 있는 모성성의 자질과 맞닿게 되는 것이다.

그러나 소설의 대부분을 차지하고 있는 전반부에서 정인의 착함은 자신에게 닥쳐오는 현실을 무기력하게 수용하는 수동성을 의미할 뿐이었다는 점을 기억할 필요가 있다. 이는 어린 시절 무당의 "상처받지 마라. 너무 크게 상처받지는 마라"라는 주술적인 예언에서 한 치도 벗어나지 못하는 정인의 삶이나, 현우나 남호영과의 관계를 단순히 '운명의 힘'으로 치부하는 정인의 태도로 입증된다. 자신에게 주어진 현실과 손쉽게 타협하는 사람에게 착함은 제반 현실을 꿰뚫어보지 못하고 현실을 개척할 수 없는 무능력이 될 가능성이 크다. 따라서 '착한 여자' 정인이 모든 불행을 딛고 모성의 고귀함을 획득하여 착함을 사회적 힘으로 승화한다는 결말 부분의 논리는 소설 전개의 필연적인 결과라고 보기에는 너무 비약이 심해 매우 작위적으로 보인다. 처음부터 사회적인 관심은 접어두고 개인의 희로애락에만 매몰되어 있던 정인이, 단지 두 번의 연애 실패와 자살 기도라는 계기만으로 사회의 여성 문제로 발빠르게 관심을 돌렸다는 것도 뭔가 아귀가 맞지 않는다.

게다가 정인의 변신이 갖는 함의는 수상쩍게 느껴지기까지 한다. 어린 시절부터 정인의 연인으로서 정인 주위를 맴돌던 명수와의 재회 가능성을 소설의 결말 부분에서 넌지시 암시함으로써 남성에 의한 구원의 가능성을 슬쩍 내비치고 있기 때문이다. 작가는 정인과 명수의 결합을 바라는 독자의 기대 지평을 완전히 배반하지는 않는 것이다. 이는 이 작품의 줄거리 전개와 정서가 통속적 멜로물의 관습에 기대고 있다는 점과 무관하지 않은데, 그런 측면에서 소설 후반부의 모성의 기획이 전체적인 작품 논리와 동떨어져 겉돌게 된 것은 당연한 결과이다.

이러한 문제는 소설의 주조를 이루는 자기 연민의 정서에 의해 더욱 강화된다(작가 스스로 이러한 자기 연민에 함몰되는 경향은 『존재는 눈물을 흘린다』

같은 최근 소설에서도 쉽게 발견된다). 물론 작가는 자기 연민에 빠지지 않기 위한 소설적 장치로 객관적 서술자(기자)를 상정하고 있다. 하지만 서술자의 시점은 소설이 진행될수록 정인의 시점과 뒤섞여버림으로써 결국 자기 연민을 객관화하는 데 실패한다. 어린 시절부터 불행을 운명처럼 짊어진 '착하고 예쁜 정인의 눈물겨운 세상살이'에 대한 감정 이입과 무비판적인 동일시의 시선은 작품의 멜로드라마적인 성격을 더욱 강화한다. 그러한 자기 연민의 정서가 객관화되고 극복되지 않는 한, 정인의 착함이 모든 불행한 이를 껴안는 대모적 자질로 질적으로 변화한다는 후반부의 기획은 작품 논리상 사족에 불과할 뿐이다. 이러한 이유로 "정인은 결국, 그들 모두의 어머니가 되었던 것이다"라는 소설의 마지막 서술은 허망하기까지 하다.

이처럼 작품 후반부에 나타나는 모성의 기획이 설득력을 갖지 못하는 것은 작품 전체의 구조적 문제 때문이지만, 그 모성의 실제 내용성에도 문제가 있다. 정인이 연애 실패를 극복한 뒤 획득한 모성적 삶의 방식이란, 기실 아이 양육을 포함한 가사 노동을 사회 활동을 하는 다른 여성들을 돕는 사회적으로 가치 있는 일로 전환함으로써, '보살핌'이라는 모성적 자질을 대사회적으로 확대하는 것이다. 문제는 그러한 모성적 자질의 내용이 매우 추상적이라는 점이다. "아이 업고 궁둥이 두드리면서 노래 부르는 거, 내가 한 생명의 엄마라는 거"(『착한 여자』 하권, 273)와 같은 구절에서 나타나는 것처럼 모성을 단지 한 어린 생명의 보살핌이라는 막연하고도 즉자적인 차원에서만 이해하고 있을 뿐, '따뜻함과 부드러움'이라는 관습적인 모성 이미지에서 한 걸음도 더 나아가지 않는다. 이 소설에서 모성이 여성의 임신, 출산, 육아의 경험에 한정된 생물학적 개념으로만 해석되고 있다는 점은 그런 측면에서 분명해진다. 또한 그러한 모성 개념은 관습적으로 여성의 일로 규정된 '집안일'과 긴밀한 관련을 맺고 있다. 그 결과 모성적 자질의 사회적 확대의 내용은 시간에 쫓기는 여성들을 위해서 하는 가사일(밥, 국, 김치, 밑반찬 배달과 24시간 탁아)의 차원으로 이해되고 있다. 모성을 사회적 차원으로 확대한다는 기획의 실제 내용은 지난날 사소한 것으로만 치부되던 여성의 집안일을 여성들 간의 연대를 통해 공동으로 해나간다는 차원에만 갇혀 있는 것이다. 이러한 논리는 가사 노동을 철저히 여성적인 것으로 보는 성 역할에 대한 기존의 관습적인 시각을 은연중 밑바닥에 깔고 있는 것이어서, 여성 공동체를 통한 모성의 사회적 확산이라는 이 작품의 주제의식은 공허해질 수밖에 없다.

김연의 『나도 한때는 자작나무를 탔다』는 카페를 경영하는 수민이라는 인물과 그녀의 주변 인물 — 운동에 투신하고 있는 전 남편 철호, 남편의 활동비와 아이 양육비를 벌기 위해 과외로 생계를 유지하는 인실, 수민의 강하면서도 여린 면에 이끌려 그녀에게 청혼하는 규 — 을 통해 운동의 논리와 생활의 논리가 교차·병렬하는 현실을 그린다. 이 소설은 80년대의 운동권 경험을 공유하고 있는 수민, 철호, 인실의 시점을 번갈아 제시하면서, 이들의 운동 논리가 90년대에 어떻게 변화되었는가에 천착하고 있다는 점에서 후일담의 성격을 띤다. 다른 한편 이 소설은 수민의 시점에서 아이를 낳아 기르면서 상처 입은 자아를 치유하는 과정을 그리고 있다는 점에서 모성을 통한 자기 발견의 과정을 담고 있다고 볼 수 있다. 모성에 관한 고찰은 이야기가 후반부로 진행될수록 더욱 확대되어 소설의 구심점이 되고 있다.

수민은 80년대의 운동권 경험이 있는 인물로서, 더 나은 세상이 올 때까지 아이는 낳을 수 없다는 전 남편 철호의 운동 논리 때문에 몇 번 중절 수술을 한 후 아이를 낳아 기르기 위해 남편과 이혼한다. 그 과정에서 수민은 80년대식 운동 논리가 남성 중심의 이기적인 폭력이 될 수도 있다는 것을 깨닫는다. 수민에게 아이를 낳아 기르는 여성의 삶은 일방적인 남성 중심의 논리에 의해 거부되었던 것이다.

수민의 모성성이 운동의 논리에 의해 부정되었다면, 인실의 모성성은 생활의 논리와 여전히 강고한 가부장제적 논리에 의해 말살된다. 인실은 철호처럼 이상을 위해 평생을 헌신하다 죽을 그런 자유 의지를 소망했지만 관습적인 결혼의 굴레에 의해 이러한 바람은 무참히 깨어진 채 이른바 '딸딸이' 엄마가 된다. 게다가 무슨 수를 쓰더라도 아들 하나는 있어야 한다는 남편과 시어머니의 가부장제적 폭력성은 인실이 두 딸과도 마음 놓고 함께 살 수조차 없게 한다. 그런 그녀에게, 아이는 단지 그녀의 발목을 붙잡아 그녀를 현실의 생활로 끌어내리는 존재일 뿐이다. 여성의 모성 본능을 인정하면서도, '유교적 구습과 가부장제적 자본주의의 논리'가 장악하고 있는 현실에서 이를 거부할 수밖에 없는 인실이 정신의 균열을 일으키는 것은 어쩌면 너무나 당연한지도 모른다.

이처럼 수민과 인실은 각기 80년대식 남성 중심적 운동 논리가 갖는 억압성과 가부장제적 폭력성에 의해 희생된 인물로 그려진다. 그러나 '로자'처럼 이상을 꿈꾸며 살기를 바랐던 인실이 이제 아무 희망 없이 알코올의 힘에 의지하여 살아가게 된 반면, 수민은 90년대의 현실에 나름대로 적응함으로써 자신의 상처를 치유한다. 80년대와 결별하는 것을 의미하는 철호와의 이혼 후에 수민은 "물질적 소비의 자유" 외에도, 아이를 통해 "꼭꼭 걸어두었던 마음의 문빗장을 열고 세상의 아이들을 향해 맘껏 웃을 수 있게 된 자유"(117)를 얻게 된다. 그렇다고 이러한 자유가 낭만적인 연애 감정으로 이어지지도 않는다. 수민은 규를 통해 따뜻한 가정의 이미지를 얻고 싶어했지만, 아이로 인해 그것이 허구라는 사실을 알게 된다. 그녀는 이제 더 이상 "강한 자의 역사에 어떻게든 끼여보려고 몸부림치지 않으며"(330), "어린 새끼를 망망대해에 남겨놓고 수컷을 따라 짝짓기에 나서는 어미 하프물범"(117)처럼 또 다른 결혼의 관습에 빠져들지도 않기로 한다. 그녀는 이 모든 것이 그녀를 온전히 그녀로서 살 수 없게 만드는 굴레라는 사실을 깨닫고 나서야 비로소 '엄마라는 자신의 존재'를 통해 진정한 여성으로서의 정체성을 찾게 된다.

이러한 수민의 모성을 통한 길찾기는 수민 개인의 정체성 탐색에만 그치지 않는다. 수민은 작품의 결말 부분에서 가부장제적 폭력에 의해 정신적·육체적으로 파괴된 인실을 끌어안음으로써 모성의 사회적 확대 가능성을 열어놓는다. 작가는 수민과 그녀의 딸 희민, 그리고 친구인 인실을 결합시킴으로써 아버지-어머니-자식 관계가 아니라 어머니 중심의 모계 가족과 자매애적 관계가 결합된 새로운 형태의 가족 관계의 가능성을 내비친다. 이런 측면에서 수민이 가설 무대의 서커스 공연에서 본 '외줄을 타는 세 여자'는 바로 수민-희민-인실에 다름 아니다. 알코올 중독으로 황폐해질 대로 황폐해진 인실, 딸 희민과 함께 새롭게 길을 떠나는 수민에게 세 사람은 외줄에 위태롭게 서 있는 존재로 비유된다. 이들에게 '외줄'은 여전히 강고한 가부장제이거나 생활 논리를 내세워 꿈꿀 수 있는 자유마저도 박탈하는 자본주의, 아니면 '자연스런 인간의 일상'까지도 거부하는 완고한 이념일 수도 있다. 외줄은 이들이 기반을 두는 부박하고 가파른 현실인 만큼 외줄 위에서의 그들의 삶은 매우 위태롭다. 하지만 그렇기 때문에 이들은 더욱 서로의 어깨에 기댈 수밖에 없다.

이때 모성은 단순히 아이를 낳아서 기르는 개인적 차원의 본능적 욕구에서 나아가 역사적·성적으로 억압되어온 여성 모두를 새로운 관계 맺기의 맥락 속으로 끌어안는, 사회적 차원으로 확대된 새로운 길찾기의 방식이 된다. 어머니의 목소리는 이제 비로소 어머니 자신의 입을 통해 흘러나오기 시작했으며, 그 가운데 제시되는 어머니와 딸의 관계는 기존의 가부장제적 가족이라는 사적인 차원에만 한정되지 않고 새로운 차원으로 확장되어나간다. 이 소설이 지향하는 새로운 가족 구조 속에는 수민, 인실, 희민과 함께 수민의 카페일을 도와주고 있는 혜숙과 인실의 두 딸까지 모두 포함될 수 있는 가능성이 열려 있다는 점을 고려한다면, 이는 가히 새로운 여성 공동체의 형성이라 말할 수도 있을 것이다. 그리고 여기에는 수민이 '아리랑 고개의 여인들'이라고 부르는 이 땅의 수많은 억압받는 여성들과의 연대 가능성까지 열려 있다. 소설이 도달하고 있는 이러한 인식의 차원은 기존의 모성상을 벗어나 모성에 대한 새로운 해석을 가능케 한다는 측면에서 평가할 만하다. 더욱이 그것은 작품 전체의 논리와 긴밀하게 연결되고 있을 뿐만 아니라 인물들이 현실의 고난과 갈등을 거치면서 힘겹게 얻어낸 결론으로 나타나고 있다는 점에서, 『착한 여자』와 같은 종류의 공소한 관념으로 떨어질 위험은 일단 피하고 있다.

그러나 한편으로 이 작품의 모성의 기획 역시 그와 같은 관념성의 한계에서 크게 벗어나지는 못하고 있다. 모성의 사회적 차원으로의 확대가 실내용(實內容)을 확보하기 위해서는 가부장제의 억압적 측면이나 그 속에서의 여성의 경험적 삶에 대한 천착이 뒤따라야 함에도 불구하고, 작가는 이 점을 소홀히 하고 있다. 수민이 인실을 새로운 가족 관계의 틀 속으로 끌어들이는 과정이 가부장제 속에서 여성으로서 겪는 인실의 삶에 대한 충분한 이해가 전제되지 않은 채 이루어지고 있다는 점이 그 단적인 예이다. 가부장제에 대한 불충분한 이해는 수민과 인실의 시어머니에 대한 묘사에서도 잘 드러난다. 우리 사회에서 시어머니는 가부장제의 중간 감독자로서 가해자적인 성격을 띠면서도, 다른 한편으로는 가부장제의 또 다른 희생자이기도 하다. 그러나 작가는 현실의 가부장제 사회 속에서 여성이 갖는 그러한 모순적 지위에 대한 총체적인 시각을 작품 속에 담아내지 못하고 있다. 그 결과 시어머니들은 지나치게 부정적으로만 묘사되고, 일방적으로 타자화되고 있다. 이러한 사실로 미루어 볼 때 이 소설은 여성의 경험적 삶에 대한 면밀한 통찰보다는 모성의 기획과 관련된 작가의 의도를 앞세우고 있다는 혐의에서 자유롭지 못하다.

게다가 소설이 대안으로 제시하는 새로운 가족 구조가 지금까지의 가족 구조와는 명백히 질적으로 다르다는 점을 보여주기 위해서는, 이러한 자매애적 관계의 구심점으로 설정된 수민의 모성성이 갖는 남다름이 좀더 명확하게 제시되어야만 했을 것이다. 그러나 표층적인 텍스트 차원에서는 수민이 그토록 사랑하던 "철호 대신 또 다른 생명을," 즉 "정치적 생명 대신 엄마의 길을" 선택하게 된 계기가 분명하게 드러나지 않는다. "중절 수술을 한 번 할 때마다 아이를 가진 여자들에 대한 적대감이 비례"(178) 되었다는 사실은 아이 선택의 분명한 이유가 될 수 없을 뿐 아니라, 오히려 수민의 모성성을 본능적·생물학적인 것으로 해석할 수도 있다는 문제를 제기한다. 게다가 아이를

"우주" "세상과 나를 소통시켜주는 유일한 끈" 등으로 받아들이는 수민의 태도는 모성에 대한 해석을 추상적이고 신화적인 차원으로 끌고 갈 우려가 있다. 그렇기 때문에 현실 사회의 불합리성을 이유로 아이 낳기를 강요하는 결혼 제도를 부정하는 인실에게, "내가 사랑했던 사람도, 내가 믿었던 이상도 이 아이보다 중요하지 않아. 내게 아이는 내가 이룰 수 있는 유일한 우주일 거라고 믿고 싶어"(295)라고 말하는 수민의 대답은 인실의 논리를 반박하기에는 미약해 보인다.

이러한 이유로 모성성에 대한 과도한 가치 평가가 자칫 페미니즘을 생물학주의로 환원할 수도 있다는 경고가 이 소설에도 적용될 수 있다. 그리고 이러한 본질주의로의 접근은 모성을 다시 가부장제의 이념적 토대인 남성/여성, 이성/감정 등의 분리주의적인 도식 속에서 보게 할 우려도 있다. 『나도 한때는 자작나무를 탔다』는 모성성이 억압되는 현실을 사회·역사적 측면에서는 어느 정도 보여주고 있지만, 다른 한편 모성의 실체에 대한 견고한 탐색 없이 사실상 '생물학적 본성'에 가깝게 모성을 한정하고, 이를 현실 문제 해결의 실마리로 삼고 있다는 점에서는 이러한 비판에서 자유로울 수 없을 것으로 보인다.

4

90년대 여성소설은 대부분 딸의 시점만을 견지함으로써 소설 속에서 어머니의 목소리를 거세하거나 어머니의 형상을 왜곡하기도 하였다. 그 때문에 한편으로 딸들은 여성을 주변화하고 억압하는 남성 중심의 가부장제 이데올로기 타파를 소리 높여 주장하지만, 다른 한편 여전히 가부장제적 시선으로 어머니를 바라봄으로써 모성 이데올로기를 인정하는 모순에 빠지게 된다. 이는 어머니를 배제함으로써 여성들 간의 진정한 연대를 어렵게 할 뿐 아니라,

모든 여성은 잠재적으로 어머니라는 사실을 받아들인다면 종국에는 자기 정체성의 부정이 될 수도 있다. 지금까지 살펴본 세 편의 소설은 90년대 여성작가들의 소설에서 배제되어온 모성성 혹은 어머니 노릇을 다룬다는 점에서, 앞서 지적한 90년대 여성소설의 문제점을 넘어설 수 있는 가능성을 보여주고 있다.

세 편의 소설에서 보이는 모성성에 대한 묘사는 오늘날 의미있는 모성상은 어떤 것이어야 하는가를 숙고하게 한다. 비록 각각 한계와 모순이 있기는 하지만, 적어도 위의 소설들에는 90년대 한국 여성들의 삶의 한 방식으로서의 어머니 노릇하기에 진지하게 접근하는 미덕이 있다. 지금까지 소설 속에서 어머니는 대부분 욕망의 주체로서 성적 정체성이 거세된 채 침묵해온 것이 사실이라면, 『마요네즈』의 성과는 욕망의 주체로서 어머니의 입체적인 모습을 살려낸 데 있다. 이 소설은 여성의 욕망을 강하게 표현하는 어머니를 그려 보임으로써 말하고 움직이는 현실의 어머니—모성적인 동시에 여성적이고, 헌신적인 동시에 이기적인 어머니—의 모습을 보여준다. 침묵에서 풀려난 어머니의 목소리는 『착한 여자』와 『나도 한때는 자작나무를 탔다』에서 뚜렷하게 나타난다. 『착한 여자』와 『나도 한때는 자작나무를 탔다』에서 나타나는 모성의 기획은, 여타의 문제점을 접어둔다면 개인과 사회의 상처를 치유하는 모성의 포용적 성격을 곱씹어볼 수 있는 계기를 제공한다는 점에서 일단 긍정적으로 보인다. 이 작품들은 새로운 삶을 위한 출발의 단계에서 모성적 드라마를 선택하고 있거니와, 그 과정에서 어머니의 시선을 충분히 담보함으로써 이전에는 포착하지 못한 모성적 경험을 어머니의 입장에서 서술한다. 그리고 모성을 개인적이고 가정 내적인 것에만 한정하지 않고 공동체적이고 사회적인 것으로 확대하여 그려냄으로써, 모성을 통한 자아 찾기라는 방법을 새롭게 제시하고 있다. 이는 특히 서로 갈등하는 관계로 간주되던 모성과 자아 중 어느 하나만을 배타적으로 선택하는 대신, 이 두 가지 모두 버릴 수 없는 삶의 과제로 떠안는다는 점에서 모성성에 대한 새로운 접근법이라고 할 수 있다.

그러나 이 두 소설에서 모성은 새로운 여성 정체성의 한 방향으로 제시되고 있으면서도, 모성의 의미를 생물학적으로만 한정함으로써 모성이 갖는 사회적 함의를 놓치고 만다. 이는 이들이 어머니의 목소리를 복원하는 데만 초점을 둠으로써 결국은 모성을 신비화하는 데까지 이르게 되었음을 보여준다. 『마요네즈』의 성과가 돋보이는 것은 바로 이 지점이다. 『마요네즈』는 적어도 신비화된 모성상에 대해서는 의식적인 거리를 유지하고 있다. 이 작품은 딸의 균열된 시선을 통해 포착되는 어머니의 모습을 통해 어머니 혹은 모성이 단일하게 해석될 수 없는 복합성을 안고 있다는 사실을 보여주며, 그러한 복합성이 현실에서는 쉽게 해결될 수 없는 모순의 얽힘 속에 자리 잡고 있다는 것을 일깨워준다.

그러나 『마요네즈』가 보여준 성과가 상당 부분 여성의 삶을 규정하는 제반 사회적 관계에 대한 천착의 미흡함으로 인해 제한적일 수밖에 없다고 하면, 『착한 여자』와 『나도 한때는 자작나무를 탔다』에서 제시된 모성 기획이 안고 있는 문제점 역시 많은 부분 거기에서 비롯된다. 특히 이들 소설에서 모성에 관한 서사가 90년대의 어머니들이 처한 상황이나 의식의 변화를 얼마만큼 담아내고 있는가는 의문이다. 가령 『착한 여자』와 『나도 한때는 자작나무를 탔다』의 경우 '어머니되기'를 통한 진정한 자아 찾기가 주제가 되고 있는데, 90년대의 현실에서 여성들이 오히려 아이와 분리된 여성 자신의 정체성 획득에 좀더 많은 관심을 갖고 있다는 사실을 고려한다면,[2] 작품이 제시하는 모성의 기획은 이러한 보편적인 현실과 거리를 두고 있는 것이 사실이다. '어머니되기'를 통해 자신의 정체성을 찾는다는 기획에 현실을 넘어서는 의미있는 대안의 성격을 부여한다 하더라도, 그것이 아이와의 관계나 그를 둘러싼 여타의 문제들에서 비롯된 갈등을 현실적으로 담아내지 못한다면 현실

---

2) 신경아, 「한국 여성의 모성 갈등과 재구성에 관한 연구」, 서강대 사회학과 박사학위 논문, 1998 참조.

성이 결여된 공허한 유토피아로 그칠 공산이 크다.

90년대 여성소설이 여성성에 대한 새로운 담론으로 평가받을 수 있음에도 불구하고, 그것이 사적 영역으로 침잠함으로써 사회·역사적 공간에 대한 치밀한 탐색을 결여하고 있다는 사실은 새롭게 등장하기 시작한 모성 담론이 어떤 방법론을 취해야 하는가를 암시적으로 지적해준다. 즉 모성을 가족 구성원 간의 사적 관계 속에서만 해석하기보다는 모성이 위치한 다양한 사회적 맥락을 밝히는 동시에 그것이 여성 경험의 긍정적 자질로 받아들여지는 지점을 이해해야 한다는 것이다. 그러기 위해서는 이전의 여성 작가들의 모성 거부가 획득한 성과와 그 한계에 대한 반성적인 점검이 전제되어야 하며, 작가 자신이 처한 사회·역사적 조건 속에서 끊임없이 모성에 대한 '다시-보기 re-view'를 해야 한다. 다시 말해서 모성은 여성들 각각의 개별적인 경험에 따라 다르게 해석될 수 있는 개별적 차원과 사회·역사적으로 조건지어지는 담론적 차원에서 동시에 고려되어야 한다. 그래야만 모성이 가부장제적 가족 구조 속에서 여성을 억압하는 기제가 아닌, 진정한 여성 해방의 방법이 될 수 있을 것이다.

제4부
문학의 환영(幻影)

궁핍의 글쓰기, 궁핍의 상상력
── 백민석과 배수아의 경우[1]

> 굶주림이 남긴 자취/저리 투명하다니/한사코 굶주
> 림에/파먹히지 않았다면/저리 섬세한 망사가/드러
> 날 수 있었을까/마지막 갈 길까지/다 파먹은 벌레
> 는/다슬기 속살처럼 푸른/제 똥을 내려다본다
> ── 이성복, 「마지막 갈 길까지」

1. 궁핍의 환영(幻影)과 글쓰기

배수아의 『일요일 스키야키 식당』에는 '마'라는 인물이 나온다. 그는 국립 대학 교수였다가 아주 사소한 사건을 계기로 빈곤층으로 전락한 인물이다. 물론 '마'는 자신의 추락에 대한 자의식조차 상실한 까닭에 그러한 상황에 대해 두려워하지 않는다. 그러나 고귀한 정신적 가치를 추구하던 대학 교수가 그처럼 한순간 동물적인 존재로 전락할 수 있다는 사실을 확인하는 독자들은, 문득 '우리도 언제 가난해질지 모른다'는, 궁핍에 대한 공포를 경험한다. 이는 자본주의 사회에서 막대한 이윤에 대한 희망이 상대적으로 굶주림에 대한 공포를 동반할 수 있다는 사실의 확인에 다름 아니다. 이제는 중산층조차 그들 계층의 빈곤화를 걱정하며 두려운 마음으로 추락의 광경을 상상하곤 한

---

1) 이 글에서 분석한 책은 백민석의 『헤이, 우리 소풍 간다』(문학과지성사, 1995)와 『장원의 심부름꾼 소년』(문학동네, 2001), 배수아의 『철수』(작가정신, 1998)와 『일요일 스키야키 식당』(문학과지성사, 2003)이다. 이후로 이 책들을 인용할 경우는 제목의 약호(각각 『헤이』『장원』『철수』『일요일』)와 책의 면수만을 밝힌다.

다. 물론 오늘날의 빈곤층은 이전의 빈곤층보다 훨씬 덜 가난하다. 그럼에도 불구하고 훨씬 더 많은 사람들이 빈곤감을 경험한다. 그것은 가난이 더 이상 물질적 결핍이나 절대적 굶주림의 상태만이 아님을 의미한다. 오히려 가난이나 궁핍의 문제는 사회관계에서 비롯되는 상대적 박탈감이나 그로부터 야기되는 문화적 현상까지 두루 포괄하게 된다. 게다가 사람들의 행동과 사고방식을 지배하고 있는 자본과 시장의 논리에 힘입어, 절약과 내핍은 다른 한편 낭비나 소비와 더불어 우리 시대의 중요한 도덕적 가치가 되었다. 궁핍은 이제 더 이상 풍요의 반대어가 아니다. 그것은 번영에 투사되어 나타난 굴절된 이미지다.

풍요와 번영의 시대에 출몰하는 이 궁핍의 환영은 우리 문학의 강박관념으로 나타나기도 한다. 그것은 전쟁과 기아를 체험한 세대의 향수 상품으로 양식화되기도 하고, 소위 신세대 작가들에게는 반자본주의적 · 반체제적 저항의 표현 방식으로 전유되기도 한다. 물질적 조건의 변화와 무관하게 음험한 궁핍의 불안한 그림자는 언제나 우리 문학에 드리워져왔다. 특히 전업 작가라면, 궁핍에 대한 두려움은 상존하는 것일 수밖에 없다. 그것은 수사적이고 방법론적인 차원에서뿐만 아니라 실제적인 굶주림의 차원에서도 그러하다. 특히 욕망 발현의 최대치를 끊임없이 요구하는 후기 자본주의 사회에서 교환가치로 환원되지 않는 글쓰기란, 비록 상대적이긴 하나 욕망의 궁핍화를 전제해야만 하는 것이다. 게다가 글쓰기가 현실의 생활 조건과의 긴장과 대립 속에서 이루어지는 저간의 사정을 고려한다면, 작가에게 궁핍의 문제는 매우 구체적이고 실제적인 문제로 다가오지 않을 수 없다. 그러나 궁핍이 '가난하고 궁하다'는 본래 의미를 넘어서 궁핍 아닌 것들까지도 포괄하면서 그 스펙트럼을 확장하고 있는 상황에서, 궁핍의 문제는 그 구체성과 실감을 상실한 채 점점 더 추상화되고 상징화되고 있다. 궁핍의 글쓰기라는 맥락에서 백민석과 배수아의 소설이 자리하고 있는 지점은 바로 거기이다.

백민석과 배수아의 소설은 언뜻 궁핍의 문제와는 무관한 것처럼 보인다.

이들은 언제나 키치적 감수성을 당연시하는 '텔레비전 키드'나 어른 되기를 거부하는 아이들의 세계를 보여주는 신세대 작가로 분류되었다. 그러나 백민석의 저개발적 상상력과 폭력의 수사학의 기반에는 언제나 가난했던 유년에 대한 증오가 깔려 있으며, 배수아의 삶에 대한 불감증적 포즈를 만들어낸 것은 분명 궁핍에 대한 경험이다. 물론 이들이 체험하고 또 재현하는 궁핍은 기성세대가 넋두리처럼 되뇌는 '그때 그 시절'의 것과는 다르다. 기성세대의 궁핍이 파탄된 현재를 봉합하는 온정과 화합의 매개물이라면, 이들에게 궁핍은 문화적 열등감과 과잉된 자의식을 동반할 뿐만 아니라 모든 정상적(인 것으로 간주되는) 가치를 파괴하고 부정하는 폭력과 무관심의 언술을 낳게 한다. 그런 점에서 이들에게 궁핍은 기존의 문학적 내용이나 형식과는 다른 새로운 창조력과 상상력의 원천이 된다는 점에서 주목할 만하다. 그러면서도 이들의 궁핍은 단지 수사학에만 그치지 않는다. 그들은 말 그대로 '가난하고 궁한' 생활을 매우 구체적으로 그려내고 있다. 이들은 회고적인 그리움의 시선으로 궁핍의 현실을 흐리게 하는 대신, 그것이 여전히 현재진행형의 파괴력으로 작동되는 현실을 냉정하게 펼쳐 보인다.

그렇다면 '궁핍의 글쓰기'라고 부를 법한 이 새로운 글쓰기는 어떤 자세를 취하고 있는가, 그러한 글쓰기는 어디를 향하고 있으며 그 가능성과 한계는 무엇인가? 이 글은 그러한 물음으로부터 시작한다.

2. 자기 비하적 상상력과 폭력의 수사학, 궁핍의 폐쇄 회로

백민석의 자전소설인 「이 친구를 보라」는 그의 소설적 상상력이 어디에서 연원하고 있으며, 그러한 상상력을 전개하는 방법은 무엇인가를 짐작하게 한다. 이 소설에서 백민석은 『불쌍한 꼬마 한스』와 『내가 사랑한 캔디』를 잇는, 그 두 책 사이에 빠져 있는 시기"(『장원』, 148), 즉 "누구는 가난했고 누구는 가난하지 않던, 그런 시절의 가난"(『장원』, 124)에 대해 이야기한다. 소설에서, '나'라는 존재를 들여다보는 계기가 되는 것은 그 시기의 상대적 박탈감과 빈곤감의 체험이다. 그리고 그것은 "반장은 나 같은 아이가 하면 안 [된]"(『장원』, 127)다는 사실의 확인으로 나타난다. 태생적 한계를 갖고 태어난 '나 같은 아이'는 '반장'으로 상징되는 기득권 계층에 절대로 편입될 수 없다는 이러한 자기 확인은, 『장원의 심부름꾼 소년』에 실린 단편들에서 종종 사회적 성공과 무관하게 '개천' 태생의 흔적과 냄새는 지울 수 없다는 자조 어린 탄식으로 나타날 뿐만 아니라 스스로를 "장원의 심부름꾼 소년"으로 비하하는 계급적 상상력으로 비약한다. 그리고 이러한 자기 비하적 정체성에 대한 선언은 '나 같은 아이'에 대한 사회적 편견을 자발적으로 재연performance하는 방식을 통해, 그러한 편견을 조장하고 신화화하는 사회 체제와 규범을 파괴하는 방법론으로 전화된다. 그것은 '수치' '죄의식' '자존심'에 무감각해지는 일이며, "모든 가식을 뚫고 자신과 현실을 직시하는 추잡한 날엉덩이의 미학"(147)을 실현하는 일이다. 이처럼 궁핍 체험에서 비롯된 자신의 궁핍함에 대한 자각은 한편으로는 기성의 제도들을 가식으로 규정하고 이를 조롱하고 파괴하는 저항의 방법으로, 다른 한편으로는 고정되고 견고한 계급적 틀에 대한 좌절감으로 나타나기도 한다. 그의 첫 장편소설인 『헤이, 우리 소풍 간다』와 가장 최근의 소설집인 『장원의 심부름꾼 소년』은 궁핍에서 비롯된 이 두 가지 상반된 심리적·정서적 태도를 각각 보여주고 있다.

『헤이, 우리 소풍 간다』는 희곡 작가인 K가 여자 친구 희(喜)와 함께 어린 시절 자신의 기억이 묻어 있는 학교와 철거촌을 찾기도 하고 옛 친구들과 기억상실증에 걸린 옛 스승을 만나면서 어린 시절의 기억을 반추하는 하루 동안의 사건들을 서술하고 있다. 일반적으로 어린 시절의 기억을 찾아가는 순례는 산문적 현실에 의해 깨어지고 훼손된 현재에 대한 낭만적 거부와 맞닿아 있다. 그러나 백민석의 소설은 이러한 일반적인 문학적 관습을 통렬하게 뒤집는다. 이 소설에서 과거로의 순례는 그들의 삶을 피와 폭력으로 물들였던 두려운 현실을 의식적으로 맞대면함으로써 "어른이 되었다는 걸"(『헤이』, 268) 증명하기 위한 자기 확인 행위로 그려진다. 그러나 이러한 자기 확인은 거꾸로 안정된 현재에 불안과 동요를 불러일으키고, 급기야 망각의 세계로 밀쳐두었던 궁핍한 망령의 파괴력과 폭력성은 이들을 죽음으로 내몬다.

인상적인 장면은 소설의 앞부분에 K가 지금은 죽고 없는 그의 옛 친구인 '박스바니'의 봉인된 칼을 꺼내는 순간이다. 그때부터, 기억의 저편에 봉인해두었던 유년기의 악몽은 이제 산책길의 '흰 그림자'처럼 느닷없이 출몰해 그들에게, 아니 우리에게 두려움과 공포심을 불러일으킨다. 그것은 자기 안의 괴물에 대한 발견이기에 더욱 그러하다. 봉인된 칼이 상징하는 은폐된 죄의식과 폭력의 습성은 이제 죽음의 예식을 통해 음산하게 부활한다. 이렇게 부활한 죽음의 그림자는 모든 존재하는 것들에 깃들어 불안과 공포감을 불러일으킨다. 이제 안정되고 견고한 모든 것들은 흔들리고 균열되기 시작한다. 백민석 소설이 전해주는 이러한 불길한 세기말의 풍경들은 우리가 지나온 길을 의심의 눈으로 다시 보게 하고, 풍요로운 것처럼 보이는 표면 아래의 황폐하고 앙상한 내면을 들여다보게 한다. 백민석 소설에 자주 등장하는 '괴물'과 '유령'은 그런 점에서 우리의 황폐하고 궁핍한 내면이 만들어낸 '타자'라고 할 수 있을 것이다.

흥미로운 것은, 1980년대 초반 컬러텔레비전의 등장으로 더욱 화려해진 만화 주인공들이 이 소설에서는 살육과 폭력, 조롱을 일삼는 두려운 존재로 탈바꿈되고 있다는 점이다. 1980년대 초반 동심의 세계를 형성했고 2000년대에 와서는 과거에 대한 향수를 자극하는 일군의 만화 주인공들인 딱따구리, 손오공, 요술공주 새리, 뽀빠이, 마이티마우스, 집없는소년, 박스바니, 일곱난쟁이 등은 '빌어먹을 딱따구리들' '미친 새리년들' '미친 뽀빠이 새끼들'로 재명명되어 동심과 향수의 세계를 파괴한다. 이들은 '붉은 진흙 웅덩이와 돌밭,' 철거촌 등으로 상징되는 궁핍한 유년 시절에 만들어진 '광기와 소외의 괴물'들로, 끊임없이 현재로 소환됨으로써 희곡 작가인 K의 잠자는 의식을 일깨우고 그를 글쓰기의 '광기'로 몰고 간다. 그 광기는 K의 분신이라 할 만한 '미친 딱따구리들'이 "세련되고 품격 있는 편의점"(『헤이』, 33)과 "현대적이고 세련된 목조 놀이 기구들"(『헤이』, 115)로 가득한 놀이터를 공격하는 것과 마찬가지로 파괴와 폭력의 언술로 이루어져 있으며 반어와 역설, 전복의 상상력에 의존해 있다. 그처럼 의도적으로 역겨움을 불러일으키는 자기 혐오적 공격성에 대한 진술은 이 소설 곳곳에 지뢰처럼 포진해 있다.

> 1993년형 뷰익 리갈 차키를 흔들면서, 여유만만하던. 알겠어?
> 딱따구리 한 놈이 아주머니 머리끄덩이를 쥐고 지하 주차장 텅 빈 한가운데로 질질 끌고 왔다. 분홍 스커트를 찢고,
> 스타킹과 코르셋과 분홍 팬티를 찢고, 그러고는
> 그 중년의 비애로운 보지에 함부로 제 아랫도리의 송곳을 밀어넣었지. (『헤이』, 58)

> 그러곤, 그것들이 *새리*를 둘러싸고는 그 짓을 하기 시작했다, *일곱번째 그것*이 그 거대하고 음침하게 출렁이는 두 날개를 활짝 펼치며, *새리*를 덮쳐누르고 있었다, 히히덕, 훌쩍, 훌쩍,
> 그렇게 히히덕, 훌쩍, 훌쩍, 어린 *새리*의 어린 성기를 마구 덮쳐누르고 있었던 거야, 알아? 알겠어? 그 빌어먹을 *일곱번째 그것*, 그것들 대장의 미친 듯 떨어대던 거대한 두 날개, *너흰 이 빌어먹을 데서 평생 못 빠져나갈 거야.* 그리고 어린 *새리*의 희고 통통한 몸뚱이는 *그것들*의 발 아래서 마구 비틀리고 있었다, 탁, 탁, 튀고, 경련을 일으키고 있었다, 알겠어? 그리고 다시,
> *새리*는 몸을 움찔, 하더니 경련을 멈췄던 거야. (『헤이』, 304~05, 기울인 글자는 원 저자의 표기에 의함)

"딱따구리적 굶주림"에서 비롯되어 이제 "딱따구리적 삶의 기질"(『헤이』, 36)로 고착되기에 이른 "사납고 잔인한, 죽음에 이르는 울적함"과 같은 "병적 증후"(『헤이』, 60)는 이처럼 폭력적 언술로 폭발함으로써 독자에게 부정적이고 쾌락적인 카타르시스를 제공한다. 그것은 나아가 기성 제도에 대한 저항과 정상적인 가치에 대한 조롱이라는 일탈적 가치를 함축하기도 한다. 그것은 각 장 앞에 서술되는 '딱따구리들'의 공격이 주로 정돈되고 세련된 현대적 공간들, 편의점, 놀이터, 주차장 등을 향해 있다는 데에서 분명해진다.

백민석은 그렇게 세계의 폭력성을 습득하고 스스로 반복하는 방법을 통해 그러한 폭력의 세계를 조롱하고 그에 저항한다. 그러나 이러한 부정의 저항이 "영원 변주의 끝없는 순환 노선만이 존재"(『헤이』, 272)하는 폭력의 폐쇄 회로에 갇히고 말 위험을 피할 수 없다는 점은 백민석의 소설이라 해서 예외일 수 없다. 그것은 물론 부정적인 양식들을 습득하고 모방하는 부정의 방식이 갖는 한계일 터이다. 게다가 이러한 폭력의 양상이 주로 '가학적 남성성/피학적 여성성'이라는 우리 사회의 고질적이고 상투적인 젠더의 위계질서를 반복하고 있다는 점은, 궁핍의 망령에 사로잡힌 그의 글쓰기가 맞닥뜨릴 수밖에 없는 상상력의 관습화를 또 다른 측면에서 시사해준다.

『헤이, 우리 소풍 간다』에서 분노의 파괴성을 낳은 궁핍이 그토록 혐오해 마지않던 폭력적 세계를 역으로 강조하는 결과를 낳았다면, 「장원의 심부름꾼 소년」과 「이렇게 정원 딸린 저택」에서 궁핍은 계급적 위계질서의 견고함에 대한 강박관념으로 나타난다. 「장원의 심부름꾼 소년」은 어린 시절 '장원의 심부름꾼 소년'이었던 '나'가 장원을 다시 방문하여 장원의 도련님인 aw와 지내던 시절을 회상하는 내용이다. 장원, 도련님, 집사, 주인마님 등 중세 봉건 영주를 연상케 하는 계급적 명명과 '도련님/심부름꾼 소년'이라는 명확한 계급적 주종 관계의 설정으로 인해, 소설은 마치 중세 시대를 배경으로 한 한 편의 우화와 같은 인상을 준다. 그러나 도련님인 aw가 그 시절 "용산 어디에 있다는 외국인 초등학교"의 "졸업반 학생"(『장원』, 24)이었다는 사실만 보더라도, 이 소설의 배경은 봉건 영주와 농노로 출생 신분이 고정되어 있던 중세 시대가 아니다. 그럼에도 불구하고 소설에서 '나'는 스스로를 '장원의 심부름꾼 소년'으로, 주인집 아들을 '도련님'으로 명명한다. 그리고 급기야 '나'는 도련님을 베끼기 시작한다.

'나'의 과거 회상은 대개 내가 도련님의 걸음걸이, 목소리, 표정 등을 어떻게 베꼈는가에 관한 내용으로 채워져 있다. "나는 aw를 질투하고 있었다"(『장원』, 33). 질투란 부러움의 다른 말이다. 그것은 도련님처럼 되고 싶다는 표현인 것이다. 소설에서 그것은 도련님의 외양을 모방하는 것에서부터 점점 내면을 베끼는 것으로까지 나아간다. 그러나 베끼면 베낄수록, 나는 "알고 있었다, 걸음걸이든 표정이든 목소리든 어투든 내가 aw를 베낀다고 해서 그와 똑같이 될 순 없음을"(『장원』, 40). 이러한 좌절감과 절망감에도 불구하고 '나'의 aw 베끼기는 계속되는데, 이러한 베끼기의 정점은 글쓰기이다.

> aw의 일기를 읽으며 나의 질투는 정점에 달했다. 그의 일기 문장은 그가 가진 것 중에서 가장 탐나는 것이었다. 걸음걸이나 표정 따위는 아무것도 아니었다. 내가 진정 집착해야 할 것은 그의 행동거지가 아니라, 그의 일기 문장이었던 것이다. 그래서 나는 크기와 표지는 비슷하지만, 값은 비할 수 없이 싸구려인 푸른색 표지의 일기장을 하나 샀다. (『장원』, 44)

글쓰기로 상징되는 나의 지적 · 정신적 활동을 촉발한 것은 바로 다름 아닌 도련님의 "일기 문장"이었다는 고백은, 아무런 물질적 · 문화적 유산도 갖지 못한 존재의 내면이 어떻게 형성되는가를 알려준다. 즉 '나'와는 다른 물질적 · 문화적 조건을 갖춘 '너'를 도련님으로 규정한 뒤 그런 도련님으로 상징되는 계층의 문화와 일련의 규칙, 규범을 습득하는 방식에 의해, '나'는 자신의 '텅 빈 영혼'(『장원』, 48)을 채워나갈 수 있었던 것이다. 자신의 궁핍한 영혼과 내면에 대한 자각이 도련님이라는 존재에 의해 촉발되었다면, 그러한 결핍감을 메우기 위해 차용하는 것도 바로 도련님이다. 그리고 도련님에 대한 이러한 강박은 스스로를 심부름꾼 소년으로 호명하게 한다. 이렇게 볼 때, 도련님과 심부름꾼 소년이라는 계급적 구도는 실제 사실이 아니라 '나'의 궁핍이 만들어낸 허구일 수 있다. 이것이 허구일 수 있는 가능성은 소설의 결말 부분에서 '나'가 도련님의 일기장과 그가 출판한 소설이라고 생각했던 것이 사실은 '나'의 것이라는 xp의 진술에 의해 좀더 분명해진다. 이러한 사실에 의해 aw와 장원의 존재 자체는 의심스러워진다. 따라서 '도련님'의 일기장에 씌어진 다음과 같은 문장은 '도련님'의 언술이라기보다는 바로 작가인 '나'가 스스로에게 던지는 문제 제기이자 자신의 글쓰기에 대한 반성적 진술이라고 할 수 있다.

> 가르쳐주고 싶다, 심부름꾼 아이 너에게는 나만 한 영혼이 없다는 것을. 아무리 읽어도 나와 똑같은 언어를 구사할 순 없다는 것을. 너는 영혼이 텅 빈 아이라는 것을. (『장원』, 48)

이러한 비극적인 자기 비하적 상상력을 통해 작가는 자신의 글쓰기가 장원과 도련님으로 상징되는 세련된 교양의 세계를 베낀 것일 수도 있음을 고백한다. 아울러 그는 분노나 증오의 감정에서 시작된 자신의 글쓰기가 세련된 문명의 병약함에 의해 변질될지도 모른다는 두려움과 공포를 드러낸다. 작가 스스로 "끊임없이 나를 따라다니면서 얌전하게 쓰는, 그러니까 언어의 광기로 빠져들지 않도록 하는 장치들을 스스로 제거해버리는"[2] 방식을 추구하는 것도 이와 같은 맥락에서 이해되어야 할 것이다. 이렇게 본다면, 「장원의 심부름꾼 소년」은 현실에는 존재하지 않는 장원과 도련님의 세계를 우화적으로 설정하고 스스로를 비천한 존재로 호명하는 자기 비하와 부정의 방식을 통해

---

2) 백민석·장은수 대담, 「인공 현실과 비선형 서사의 출현」, 『문학과사회』, 1997년 가을호, p. 1136.

역설적이게도 자신의 글쓰기를 반성적으로 성찰하고 있는 소설이라고 할 수 있다.

그런데 이때 '나'가 자신의 '글쓰기'를 진짜인 척하는 가짜, 즉 모조품으로 간주하는 의식의 이면에는 스스로를 추하고 천박한 존재로 분류하게 하는 어떤 문화적 기제들이 작동한다. 그것은 바로 '진짜'라고 명명할 수 있는 어떤 것, 소설에서는 '도련님'이라는 존재로 구체화되고 있는 어떤 것이다. 비록 그러한 진짜는 허구적으로 설정된 가짜이며, '나' 또한 그것이 가짜라는 것을 충분히 이해하고 있긴 하지만, 그럼에도 불구하고 '나'의 가짜 의식은 진짜로 명명되는 것들에 기대어서야 비로소 이루어질 수 있다는 점에서 구별짓고 분류하는 기존의 사회문화적 기제들에서 자유롭지 않다. 부르디외에 따르면, 진짜와 모조, 진정한 문화와 통속적 문화 간의 대립과 같은 구별 의식은 오직 상대방이 존재해야만 비로소 존재한다. 그렇기 때문에 서로 상반된 것으로 보이는 존재의 대립 관계란 기실 공모 관계에 다름 아닌 것이다.

따라서 백민석이 그의 소설에서 "취향의 문제"(『장원』, 85)로 이야기하는 문화적 차이에 대한 인식은 기실 기존의 주인과 노예, 영주와 농노, 부르주아와 프롤레타리아 등으로 반복되어온 대치와 이분화의 논리와 다른 것이 아니다. 이는 「이렇게 정원 딸린 저택」에서 좀더 분명하게 나타난다. 그것은 표면적으로는 선행을 베푸는 재산가와 은혜를 입은 가난뱅이 혹은 주인과 손님의 관계로 나타나지만, 그 이면에는 탐욕스러운 자본가와 발가벗긴 희생자라는 자본주의 경제가 만들어낸 이분법적 도식이 자리 잡고 있다. 이는 소설에서 반복적으로 제시되는 '희고 가느다란 다섯 개의 손가락'을 통해 확인된다.

나는 저택 정문 쇠창살 바깥에서 정원을 훔쳐보고 있었다. 그 누군가는 뜨거운 한낮의 볕 아래서 뻣뻣한 직립 자세로 서 있었다. 진초록 잔디 정원 한가운데 마냥 서 있고, 하염없이 서 있었다. 그러다 어느 순간, 팔을 치켜올리고 손목을 꺾어 문득 아래로 늘어뜨렸다. 희고 가느다란 손가락 다섯 개가 활짝,

환하게 펼쳐졌다.

　나는 울고 있었다. 거웃이 형광등 불빛에 점점이 반짝였다. (『장원』, 99)

어린 시절 '나'는 "이런 정원 딸린 저택에" "누가, 무엇을 하며 사나"(『장원』, 99) 하는 호기심에 정원을 훔쳐본다. 그때 '나'의 시선에 포착된 것은 바로 정원 딸린 저택의 또 다른 주인인 wt의 것처럼 '희고 가느다란 다섯 개의 손가락'이다. 팔을 위로 들어올린 채 손목을 아래로 늘어뜨리고 희고 가느다란 다섯 개의 손가락을 쫙 펼치는 손동작은 마치 무언가를 움켜쥐려는 갈퀴의 모습을 연상케 한다. 실제로 소설에서 이것은 wt의 별명인 '갈고리'와 관련된다. 흔히 자본가의 무자비한 이윤 추구의 손을 '갈퀴손'이라고 부른다는 사실을 염두에 둔다면, wt의 손은 wt로 상징되는 자본가의 탐욕성과 비인간성에 대한 메타포로 해석될 수 있다. 그런데 문제는 그 갈퀴손이 희고 가느다랗다는 것이다. 즉 무자비한 이윤 추구의 손과 세련된 교양과 지성으로 무장된 백수(白手)는 결코 다른 손이 아니라는 것이다. 수제품의 오디오 시스템, 인공적인 우아함이 깃들어 있는 정장 차림새, 손님 맞는 법, 그리고 그림. wt를 둘러싸고 있는 이 교양과 예의의 세계는 기실 '갈고리'의 무자비함과 비정함을 숨기고 있었던 것이다. 이러한 사실은 wt가 그리는 그림 — 하얀 위생복과 누런 얼굴, 새빨간 손을 가진 그림 속 빵집 주인과 마을을 서성이는 '덜 익힌 고깃덩이 같은 빛깔'의 '핫도그를 닮은 주민들'이 유령처럼 떠다니는 기이한 그림 — 에서 좀더 직접적으로 나타난다. 처음에 정원 딸린 저택의 손님으로 주인에게 우호적인 대접을 받은 '나'는, wt의 그림 속에서 유령처럼 떠다니는 그림 속 마을 주민이 됨으로써, 주인인 그에게 종속된 노예로 전락한다.

　물론 백민석 소설에서 장원이나 정원 딸린 주택은 더 이상 견고하지 않다. 그것은 '폐허'나 '쇠락해가는 부조화'의 이미지로 그려지고 있으며, '우윳빛 막'에 의해 불투명한 어떤 것으로 제시된다. 따라서 그의 소설에서 그려지는 주인과 노예의 관계는 예전처럼 확고하거나 분명하지 않다. 모방과 흉내내기로 인해 나와 너, 주인과 노예의 구분선은 모호해진 것이다. 그러나 백민석의 소설에서 '나'가 늘 의식하고 견제하는 '너'의 세계는 현실적으로는 그리 투명하지 않은 어떤 것임에도 불구하고, '나'의 상상력 속에서 그것은 오히려 견고한 신분 질서의 세계로, 선악이 분명한 우화로 다시 태어난다. 물론 우리 사회에서 계급적 대립 관계는 실제로 존재한다. 그러나 문제는 백민석의 상상력이 그러한 이분법적 대치의 논리 안에 갇혀 있다는 점이다. 그럴 경우, '나'는 언제나 '너'를 우월한 존재로 상정하고 끊임없이 견제하지 않을 수 없고, '나'의 상상력이란 '나'에서 비롯되는 것이 아니라 늘 '너'로부터 비롯되고 끊임없이 '너'를 의식함으로써만 존재하는 이차적인 것이 될 수밖에 없다. 그것이 열등함과 궁핍함이라는 운명을 스스로 감수하게 되는 것은 따라서 당연하다. '나'의 궁핍함에 대한 지나친 자의식이 만들어낸 '너'의 부유함과 풍족함에 대한 환상은 결국 이분법적 도식과 대치의 논리를 만들어내고, 그것은 다시 스스로 자신의 상상력을 제한하는 결과를 빚어낸 것이다. 지금 백민석에게 요구되는 것은 이러한 이분법적 비극의 세계 속에서 토해내는 좌절감 섞인 분노가 아니라 그것을 뛰어넘는 새로운 미학적 모험이다.

3. 궁핍의 현상학, 궁핍의 무한궤도

백민석에게 궁핍이 자기 비하적 상상력과 폭력적 언술이라는 소설적 방법으로 전환됨으로써 글쓰기에 대한 반성과 현실 비판의 함의를 갖게 되었다면, 배수아에게 궁핍의 기억은 세계에 대한 불감증적 반응 및 '도식'과 '의무감'으로 상징되는 견고한 현실에 대한 딱딱한 무관심, 의도적이고 자발적인 소외 의식, 그리고 삶의 비애를 불러일으키는 원초적 트라우마로 나타난다. 그런 점에서 배수아의 『철수』는 그녀의 소설에 자주 등장하는, 세계에 대한

'감동도 전율도 없는' 포즈가 어떻게 궁핍에서 비롯되었는가를 보여주는 배수아 소설의 '전사(前史)'라고 할 만하다.

> 그런데 그때 조용하게 비를 맞으면서 무너져가는 빈집의 창가를 무생물의 풍경처럼 지나가고 있는 또 다른 나. 〔……〕 사실은, 나는 내가 아니었다. 짐승의 몸을 가지고 태어나 가난과 모욕의 노예가 되어 살아갔던 나는 잠시 악령에 유혹되어 나를 떠나온 허공이었을 뿐이다. 멀리 있는 나는 귀하고 아름답다. 그리하여 내 몸은 타락하고 또 타락해도 백 년에 한 번 꽃 피는 사막의 난초처럼 또 다른 나는 생에 대한 불감으로 너에게 다가간다. (『철수』, 42)

"나는 내가 아니었다"는 이러한 자기 부정은 백민석의 자기 부정과는 다르다. 백민석에게 그것은 역설적 자기 발견의 방식으로서 변화에 대한 어떤 기대감을 함축하는 것이다. 그러나 배수아의 자기 부정은 무정부주의적이고 허무주의적인 자기 삭제이자 삶에 대한 어떠한 기대감도 거부하는 것으로 나타난다. 그것은 지극히 탈욕망적이어서, 현실에 대한, 대상에 대한 어떠한 욕망도 소거한다. 그렇기 때문에 그녀의 소설 속 '나'들은 삶에 대한 아무런 감동과 전율도 느끼지 못하며, '스테디한 삶'에 "냉소 섞인 무관심"으로 대응한다. 그리고 배수아의 소설에서 이러한 불감증과 무관심은 현실의 '나'를 부정하는 방식의 일종으로 나타난다.

1988년의 궁핍한 풍경을 배경으로 "온갖 처절한 것들 위에서"(『철수』, 43) 형성된 "불감한 관계"를 '철수'와 '나'의 관계를 통해 비유적으로 그리고 있는 『철수』에서 그 점은 더욱 분명하게 제시된다. 박철화의 지적처럼, 여기서 '1988년'은 배수아의 데뷔작인 「천구백팔십팔 년의 어두운 방」에서 알 수 있듯이 모든 소설적 사건의 출발점이자 종착점이라는 점에서, 배수아 소설의 원형적 시간이다. 따라서 『철수』는 바로 이 원형적 시간대로 거슬러 올라가 현재의 '나'를 형성하는 내적 · 외적 궁핍과 맞대면하는 이야기라고 할 수 있다. 그 점에서 '나'가 철수를 면회하러 가는 도중에 만나게 되는 "불타버린 개활지" '수상한 술집' '을씨년스러운 거리' "영양실조 걸린 군인들"(『철수』, 66) 그리고 "벼랑 아래로 추락하듯이 날고 있는 까마귀"(『철수』, 67) 등은 궁핍의 현실과 그에서 비롯된 궁핍의 심리적 정황을 상징적으로 보여주는 것이다. 그리고 현실의 궁핍에 대한 이러한 깨달음은 자신은 물론 자신의 분신이라고 할 법한 '철수,' 가족, 그리고 그 밖의 모든 존재들과의 소통 불가능성에 대한 선언으로 이어진다. 그것은 "이 세상이라는 시간의 감옥. 둥지와 계급의 감옥. 결코 타인의 언어로 변환되지 않는 코드의 감옥. 육체의 감옥. 추락하는 순간에도 놓을 수 없는 땀이 밴 손의 감옥. 철수의 감옥"(『철수』, 82)에 대한 확인이기도 하다.

'나'는 그렇게 삶의 최후의 보루마저 무너뜨리며 스스로를 '수인(囚人)'으로 만듦으로써 새로운 관점을 획득하게 된다. 그것은 '수인'으로서의 고립성과 배타성을 유지하면서도 단순히 갇힌 자의 좁은 시야로 한정되지 않는 것이다. 이때 '수인'으로서 '나'는 모든 사회적 가치는 물론 한 개인이 "추락하는 순간에도 놓을 수 없는" 삶에 대한 마지막 애착마저도 초월한 '수인'이다. 그런 측면에서, 이러한 수인의 관점은 스스로를 외부 세계로부터 고립시키면서도 다른 한편으로는 그 외부 세계를 뛰어넘는 초월성을 확보하게 된다. 그것을 통해 '나'는 궁핍한 현실의 '나'를 부정하면서도 그와는 다른 자리에 있다고 상상하는, 아무것도 부정하지 않는 '또 다른 나'를 설정하고 재연한다("멀리 있는 나는 귀하고 아름답다"). 『철수』에서 '나'의 자기 부정을 고도의 자기 긍정으로 해석할 수 있는 것은 이 때문이다. 황량하고 궁핍한 현실에 환멸을 느끼면서도 역으로 그러한 궁핍을 모방하고 재연함으로써 초연하고자 하는 배수아식 불감에서 종종 나르시시즘적 포즈를 발견하는 것은 바로 이런 이유에서일 터이다.

이처럼 배수아의 『철수』에서 궁핍의 체험은 개인적이고 실존적인 차원에서 삶에 대한 '나'의 모종의 태도를 결정짓는 계기로 나타난다. 불감증적이고 자기 폐쇄적인 동시에 초월적인 태도가 바로 그것이다. 그로 인해 배수아의 소설에 대한 해석에는 언제나 궁핍을 연상케 하는 '무의미, 무감동, 무관심, 불감'과 같은 어휘들이 동반되곤 했다. 그러나 배수아는 최근 출판된 장편소설 『일요일 스키야키 식당』에서 '궁핍'이라는 테마를 전면적으로 확대하여 다룸으로써, 기존의 이러한 '무위 무욕'의 태도를 새롭게 재해석할 수 있는 여지를 열어놓고 있다.

『일요일 스키야키 식당』은 궁핍의 사회심리적 스펙트럼이라고 할 정도로, 계층, 성별, 학력, 나이, 직업 등을 가리지 않고 우리 사회에 폭넓게 퍼져 있는 빈곤의 양상을 마치 영화 「숏컷」이나 「매그놀리아」에서처럼 단편적이고 분절적으로 포착하고 있다. 배수아는 이 소설에서 인간 만사를 '빈곤(궁핍)' 이라는 렌즈로 바라본다. 소설은 총 17편의 에피소드로 이루어져 있는데, 각각은 별개의 단편으로 읽어도 좋을 정도의 독립성을 유지하고 있지만 '일요일 스키야키 식당'을 중심으로 아주 느슨하게 연결되어 있기도 하다. '일요일 스키야키 식당'은 다소 헐겁기는 하지만 서로 동떨어진 인물들을 하나로 묶는 '장소'다. 그곳은 한때는 국립대학 교수이자 신사였지만 이제는 무기력하고 게으른 하층 계급으로 전락한 '마'가 스키야키를 먹기 위해 가는 "노점상과 다를 바 없"는 식당인 동시에, 노용이 부자 친척과 함께 간 적이 있는 "오페라 극장처럼 터무니없이 크고 화려"한 식당이기도 하다. '일요일'이라는 비노동의 시간, 그리고 '스키야키'라는 적절히 이국적이고 고급스러운 느낌을 주는 음식의 조합어인 '일요일 스키야키'는 소설에서 그려지는 궁핍의 테마가 특히 문화적 차원에서 다루어질 것임을 예감하게 한다. '일요일 스키야키 식당'은 부유층에서 하층민으로 전락한 '마,' 미식가 부자들, 심지어 독특한 취향의 마니아(털 모델) 등이 추구하는 문화의 집합체의 상징이라고 할 수 있다. 즉 '일요일 스키야키 식당'은 계층과 사회적 지위, 취향에 관계없이 모든 인물을 포괄하는 잡탕 문화의 상징이자, 궁핍한 우리 문화의 현 주소를 보여주는 상징적 장소이다. '일요일 스키야키 식당'을 중심으로 이합집산하는 인물들은 따라서 모두 어떤 의미에서든 궁핍하다.

'마'는 궁핍에 시달리는 소설 속 인물들의 불균형성과 비대칭성을 극적이면서도 전형적으로 체현하는 인물이다. 「일요일 스키야키 식당」과 「만두, 소양 치즈」에서 그려지고 있는 국립대학 교수이자 교양이 넘치던 '마'의 몰락 과정은 그로테스크한 한 편의 우화처럼 제시되고 있다. 위에서 아래로 계층적 추락을 겪게 되는 이러한 '마'의 에피소드는 소설에서 제시되는 전체 궁핍의 지형도가 어떻게 그려질 것인가를 예시하는 기능을 한다. 그것은 사회 통념상 못사는 사람들만의 문제로만 여겨지는 궁핍을 상류 계층으로까지 확대하여 궁핍의 스펙트럼을 구조화하는 방식으로, 작가는 이를 통해 궁핍의 문제에 다층적으로 접근할 뿐만 아니라 궁핍의 외연을 무한 확장한다. 경제적 · 지적 · 정신적 · 도덕적 · 문화적 · 예술적 궁핍. 궁핍을 꾸며주는 수사 어구는 다양해졌다. 모든 것은 다 궁핍으로 환원되고, 우리의 존재 근거는 궁핍이 된다. 그 결과 궁핍 아닌 것들도 궁핍해지고, 궁핍한 것은 여전히 궁핍하다. 궁핍은 이제 풍요의 반대어가 아니다. 오히려 소설에서 궁핍과 풍요는 동의어로 기능한다.

풍요와 궁핍이 서로 대립되는 항목이 아니라 한배의 쌍생아와 같은 친연성을 가지고 있다는 사실은 소설의 이율배반적인 인물군에 의해 확인된다. 마치 에밀 졸라의 소설 『나나』의 여주인공인 창녀 나나가 불필요한 물건들을 끝없이 소비하고 자신의 과잉된 욕망을 탐욕스럽게 지출함으로써 결국 죽음에 이르게 되는 것처럼, 소설 속의 인물들은 욕망의 과잉과 소멸 사이를 왕복한다. 예컨대 소설에서 '마' '표현정' '음영애'의 메마른 몸은 음식 · 돈 · 성에 대한 과잉된 욕망과 공존하며, 표현정의 딸 부혜린의 비대한 몸은 애정 결핍의 결과이자 원인이 된다. 심지어 털 모델은 "도저히 어쩌지 못하는 선천적인 불균형"한 외모의 소유자로 그려지기도 한다. 이들은 모두 풍요와 궁핍, 과잉과 결핍, 탐욕과 금욕이라는 모순된 항목들을 한 몸에 체현하는 이율배반적 인물들이다. 이러한 이율배반성은 배수아의 이전 소설들에서 자발

적으로 궁핍을 선택하고 외부와의 소통을 거부하는 인물들에게도 나타나는
데, 음명애와 노용은 대표적으로 그러한 인물형에 속한다고 할 수 있다.

소설에서 음명애는 빈민가에 살지만 많은 돈을 모은 표현정과 마찬가지로
부유하면서도 겉으로는 궁핍한 생활을 하는 인물이다. 왜냐하면 그녀에게도
돈은 실질적인 가치보다는 상징적인 가치를 지니기 때문이다. 물론 음명애는
표현정과는 달리 타고난 부자에 지적이고 도덕적인 가치를 추구하는 인물이
기 때문에, 돈이 가지는 상징적 가치의 내용은 다르다. 표현정에게 돈이 '지
폐 다발'이라는 구체적 물질성을 지니며 "인생에서 모든 불가능했던 것들을
보상해주는 위안"(『일요일』, 53)이라면, 음명애에게 돈은 고귀한 정신적 가
치를 지속시키는 도덕적 의지에 다름 아니다. 즉 돈은 세상과 타협하지 않아
도 "정신의 독립성"을 지키고 "진리를 추구하는 삶"을 살 수 있게 하는 매개
물인 것이다. 따라서 음명애의 거친 손과 허름한 옷, 인스턴트 음식에 대한
선호 등은 그녀의 고귀한 정신과 비타협성, 비세속성의 역설적 표현이다. 그
런 점에서 결혼·명예·부 등의 세속적 가치를 자발적으로 거부한 채, "낡고
헐렁한 옷을 걸"치고 "머리를 길게 늘어뜨리고 복잡한 도심의 횡단보도를 유
유히 걸어"(『일요일』, 82)가는 그녀의 모습은 언뜻 '순례자'를 닮아 있다.
그러나 이러한 고귀한 순례자의 모습 이면에는 학교 우등생이지만 사회 열등
생인 우균 같은 감독 지망생이나 "무식하고 교양도 없고 교육도 못 받은 시
건방진 도시 쓰레기"(『일요일』, 98)인 세원과 같은 "다른 짐승"(『일요일』,
101)을 사육하고 소유하려는 변태적 욕망 또한 자리 잡고 있다. 이러한 표면
과 이면의 불일치와 불균질성으로 인해, 음명애가 주장하는 정신적·도덕적
고귀함의 진정성은 의심받게 된다. 왜냐하면 이러한 가치란 바로 그녀 스스
로가 '짐승'이라고 명명하는 궁핍한 존재들을 조롱하고 이용함으로써만 얻어
지는 기만적 우월감에 다름 아니기 때문이다.

'노용'이라는 인물 또한 배수아의 이전 소설에 자주 등장하는 인물형이다.
그는 자발적으로 무위도식을 선택한 인물로서, 이러한 자발적 궁핍은 성도라

는 인물에 의해 "관습에 구애받지 않는 삶의 형태"(『일요일』, 238)로 긍정되거나, 혹은 유노동 유임금을 강요하는 자본의 논리를 정면으로 거스르는 반자본주의적 반항으로 해석되기도 한다. 특히 노용의 독백으로 이루어진 다음 구절은 그의 무위도식이 게으름과 무능력에서 비롯된 것이 아니라, 궁핍을 강요하는 후기 자본주의 사회를 거스르기 위한 일종의 방법적 전략이라는 점을 드러낸다.

> 주체에 대한 자각은 그만큼 위험한 것이다. 사고의 중심이 사물이나 세계로부터 개인에게 옮겨오기 시작하면, 개인은 우주가 되려는 욕구에 불타게 된다. 개인이란 객관적으로는 대부분 빈약하므로 자기애를 유지하기 위해서는 (나는 특별하다는) 망상이 반드시 필요하다! 그리하여 르네상스 이후 세상은 침묵의 수도원에서 갑자기 약장수들로 넘쳐나는 시장터로 바뀌었다. 노용의 생각으로는 지금 너무 많은 '나'로 인해서 모든 것이 오염되어 있는 것이다. 세상은 일인칭의 공해다. (『일요일』, 219~20)

주체성에 대한 욕망과 자기애의 과시가 욕망의 과잉을 부추기고 이러한 욕망의 과잉이 이 세상을 "시장터"로 바꿔버리는 현실에 대한 노용의 비판은, 일차적으로 동생 준희의 '황금 요람'에 대한 상상이 자기애를 위한 망상에 불과하다는 사실을 지적하기 위한 것이다. 그러나 "침묵의 수도원"에서 "시장터"로 바뀐 현실에 대한 이러한 문명 비판적 시각은 그의 궁핍이 단순한 현실 도피가 아니라 현실 비판의 함의를 가질 수 있음을 시사한다. 게다가 노용처럼 가난한 존재의 극단적인 가난뱅이 역할은 허기로 인한 일정 정도의 육체적·물리적 고통을 전제한다는 점에서, 분명 음명애 같은 부자들의 가난뱅이 놀이보다 훨씬 더 절박하고 치열하다. 따라서 『철수』의 '나'처럼 이러한 자발적 가난뱅이 되기는 노용에게 누구도 범접하기 어려운 정신적 우월감과 독립성을 보장한다. 그러나 동시에 이러한 극단적인 자기 부정은 자기 초월적이기도 하다. 스스로를 궁핍에 가둠으로써 역설적으로 궁핍을 벗어나고자 하는 노용의 시도가 고도의 현실 도피로 해석될 수 있는 이유는 바로 이 때문이다. 그는 다만 "방마다 가득 찬 가구며 옷가지며 피아노와 콘트라베이스 그리고 책상을 가득 채운 건축가의 화집과 사진집에 둘러싸여서 허기를 잊기 위해 먹물을 한 모금 마시는 가난한 사람"(『일요일』, 245)인 것이다. 허기를 잊기 위해 먹물을 마신다는 이 '먹물적'인 발상! 그런 점에서 그의 자발적 가난 선택이란 "극단적인 가난뱅이 역할을 함으로써, 역설적으로 일반적인 타고난 가난뱅이처럼 행동하"(『일요일』, 230)지 않으려는 고도의 자기 위장과 기만술일 수도 있다. 즉 그의 극단적인 자기 모멸적 태도는 기실 현실에 적응하지 못하는 자신의 무능력과 결점을 감추려는 자기 기만적 포즈일 수도 있는 것이다.

이처럼 기존의 소설들에서부터 있어온, 작가 배수아의 페르소나persona로 분류될 수 있는 음명애와 노용은 표면적으로는 궁핍을 통해 사회문화적 현실을 비판하면서도 이면적으로는 궁핍을 자신의 지적·정신적 우월감을 과시하기 위한 고도의 위장술로 차용하는 이율배반적이고 모순적인 인물로 그려진다. 모든 가치로부터 초월한 듯한 존재라 할지라도 결코 궁핍에서 자유로울 수는 없는 것이다. 그렇게 배수아는 어떠한 내적·외적 가치들과도 연관되지 않는 것처럼 보이는 인물들 또한 궁핍의 영향력에서 벗어날 수 없다는 점을 보여준다. 그럼으로써 『일요일 스키야키 식당』이 보여주는 궁핍은 그 파괴적인 감염력과 전염력으로 우리의 존재를 근원에서부터 뒤흔든다. 우리 모두는 이제 궁핍의 혐의에서 자유롭지 않다. 중요한 것은 배수아가 이런 혐의를 자기 자신에게까지 돌리고 있다는 점이다. 작가는 그동안 자발적인 고독과 궁핍을 소설적 관점으로 채택한 자기 또한 궁핍의 혐의에서 벗어날 수 없다는 것을 스스로 의식하고 있는 것이다. 이는 궁핍을 테마로 본격적인 글쓰기를 시도하는 '성도'라는 인물의 다음과 같은 자기 반성적 진술에서 확인할 수 있다.

나는 예술가가 아니다. 나는 빈곤의 기억에서 이렇듯 자유롭지 못하며 내 예술적인 행위의 흉내는 모두 그 기억에 대한 직접, 간접 반응일 뿐이다. 결국 환경의 영향에 반응한 결과물은 아무리 근사한 문장으로 잘 포장되어 있어도, 댄디인 척하는 포즈를 취하고 있어도 수동태의 영역을 벗어나지 못한다. 내가 스스로 사고(思考)라고 믿고 있는 것이 열등감이든 피해의식이든 허세이든 간에 바로 내 인격적 가난에 뿌리를 두고 있으며 그것이 내 한계였다. (『일요일』, 264)

자신의 글쓰기를 궁핍의 기억에 대한 즉물적 반응이자 일종의 '포즈'로 간주하는 이러한 자기 모멸적 의식은 일차적으로는 성도라는 인물의 것이다. 그러나 그는 '빈곤'에 관한 책을 쓰는 작가이자 궁핍한 인물들을 관찰하고 탐구할 수 있는 전지적 작가의 조감적 시점을 부여받은 인물이라는 점에서, 작가의 분신 혹은 페르소나라고 할 수 있다. 이는 소설 속 인물인 성도가 쓴 「예비적 서문—슬픈 빈곤의 사회」의 내용 일부가 거의 그대로 이 소설의 「작가의 말」에서 반복되고 있다는 사실에서도 알 수 있다. 따라서 위의 진술을 그대로 작가의 목소리라고 해도 큰 무리는 없을 것이다. 이렇게 본다면, 자기 글쓰기의 한계를 실제적인 '빈곤의 기억'과 그로부터 파생된 '인격적 가난'에서 찾고 있는 위의 진술은 그대로 작가 배수아의 자기 반성으로 해석할 수도 있을 것이다. 따라서 『일요일 스키야키 식당』은 다소 산만하게 전개되는 다양한 궁핍의 양상을 통해, 궁극적으로는 자기 자신을 포함한 궁핍한 세대의 궁핍한 글쓰기를 비판적으로 되돌아보는 소설이라고 볼 수 있다.

그러나 솔직히 이러한 전언은 그리 매끄럽게 전달되지 않는다. 다차원적으로 우리의 삶을 지배하고 억압하는 궁핍의 메커니즘이 너무나 견고했던 것일까. 아니면 궁핍을 너무 부풀려 궁핍의 우주에서 길을 잃은 것일까. 소설은 그저 이러저러한 궁핍의 상황만을 나열하고 있다는 인상을 준다. 소설 초반부에 '마'와 '표현정'과 같이 독특한 캐릭터로 독자의 눈길을 사로잡았던 소설은, 이내 그녀의 소설에서 익숙히 보아왔던 인물들의 삶을 궁핍에 대한 설명적 진술과 더불어 반복함으로써 긴장감을 잃는다. 궁핍은 만연되어 더 이상 궁핍으로 다가오지 않는다. 이와 더불어 파편적인 에피소드의 나열 또한 서사적 긴장력을 떨어뜨리는 주된 요인으로 작용한다. 작가는 물론 「작가의 말」에서 『일요일 스키야키 식당』을 "비연속적인 이야기의 소설"로 규정함으로써, 이 소설이 이야기의 선조성과 인과성을 강조하고 구조적 완결성을 지향하는 전통적인 소설과는 다른 해체적이고 탈규범적인 형식을 전제한다는 점을 은연중 강조한다. 그러나 해체성의 의도를 보여주려는 작가의 의지가 과연 얼마나 미학적으로 작품 속에 실현되고 있는지는 자못 의심스럽다. 선언이 곧 예술적 형식은 아닐 것이다.

물론 이 소설이 물질적·경제적 궁핍만이 아닌, 문화적·심리적 궁핍을 다룸으로써 우리의 궁핍한 현실을 잘 보여주고 있는 것은 사실이다. 그러나 '궁핍'이라는 소재의 새로움이 곧 소설적 상상력의 새로움으로 이어지는 것은 아니다. 작가는 소설에서 궁핍의 외연을 확장하면서 다양한 궁핍의 양상을 전개하고 있지만, 이러한 궁핍의 현상학은 역설적으로 궁핍의 다층적인 함의를 부정성이라는 일면적인 방향으로 제한하고 있다는 인상을 준다. 궁핍은 지금 우리의 궁핍한 문화와 예술을 형성한 부정적인 계기이기도 하지만, 반대로 그에 대한 관습적인 통념을 거스르는 깊이 있는 천착이 이루어질 때 그것을 넘어서는 새로운 예술적 상상력의 원천이 될 수도 있기 때문이다. 문제는 『일요일 스키야키 식당』에서 작가가 우리 시대의 다양한 궁핍상을 통해 자신의 이전 소설들에 나타나는 모방된 궁핍과 포즈로서의 궁핍을 재검토하는 자기 반성적 태도를 보이면서도, 궁핍을 지나치게 나열하고 모든 것을 궁핍의 문제로 환원함으로써 궁핍의 블랙홀에 빠지고 말았다는 데 있다.

배수아의 소설에 나타나는 무감각, 무감동, 불감 등은 현실적 궁핍에 심리적 궁핍으로 맞서는 하나의 방법적 전략이라고 할 수 있다. 배수아 소설 특유의 냉정하고 초연한 어조는 거기에서 비롯되는 것이다. 이는 어떤 측면에서 궁핍을 지배하고 넘어서는 효과적인 방법일지도 모른다. 그러나『일요일 스키야키 식당』에서 드러나듯이, 현실과 일정하게 거리를 유지하면서 편재하는 궁핍의 문제를 조감하는 서술자의 냉정한 시선은 궁핍의 이면을 파고들어가는 깊이의 결여를 대가로 지불하고 있다. 한때 작가가 지배하고 넘어선 듯 보이는 궁핍은 상상력의 궁핍이라는 또 다른 모습으로 되돌아온 것이다.

4. 궁핍의 망령을 넘어서

백민석과 배수아를 사로잡고 있는 궁핍의 문제는 결국 글쓰기의 문제로 귀결된다. 백민석 소설의 인물이 궁핍의 망령에 사로잡혀 있는 순간 자기도 모르게 타자기 자판을 치고 있는 것처럼, 그리고 배수아가 다양한 궁핍상을 늘어놓다가 슬쩍 글쓰기의 궁핍에 대해 토로하는 것처럼, 이들에게 궁핍은 의식적·무의식적으로 글쓰기를 촉발하는 중요한 계기이다. 소설 속에서 그려지고 있는 상대적 박탈감과 문화적 열등감은 두 작가 모두에게 '자기 부정'의 근거가 된다. 물론 이러한 자기 부정이 글쓰기로 드러나는 방식은 같지 않다. 백민석에게 그것이 파괴적 상상력을 동원한 역설적 자기 비하의 글쓰기로 표출된다면, 배수아에게는 불감의 미학이라고 할 만한 낯선 초월적 태도를 형성한다. 새로운 소설 문법이라 할 만한 이러한 글쓰기 방식은 분명 기존의 문학적 관습과는 다르다. 그 점에서 궁핍의 문제는 이들에게 새로운 방식의 글쓰기에 대한 문제와 맞닿아 있다. 그러나 백민석이 궁핍에서 비롯된 열등감에서 벗어나지 못한 채 궁핍의 폐쇄 회로에 갇히고 말았다면, 배수아 또한 궁핍의 외연을 지나치게 확장하여 궁핍의 무한궤도에서 길을 잃고 만 듯하다.

궁핍의 문제는 한국 소설이 기대왔던 주된 토포스topos 중의 하나다. 일종의 결핍으로서의 궁핍은 식민지 시대 이래 우리 현대사를 가로지르는 하나의 절실한 문제였기에, 많은 우리 작가들은 어떤 형태로든 이 궁핍의 문제와 맞닥뜨려야 했다. 문제는 이 궁핍이 기존의 우리 소설에서 인간주의적·혈연주의적 온정과 감상주의, 안일한 화해의 제스처를 낳는 관습적 문법을 정당화하는 이데올로기적 표상으로 자리 잡아왔다는 데 있다. 백민석과 배수아의 소설은 그러한 한국 소설의 지배적인 경향과는 달리 궁핍의 문제를 기존의 관습적 상상력을 전복하는, 새로운 소설 문법을 만들어내는 원천으로 전환한다. 상상력이나 글쓰기 방식의 차원에서 볼 때 이들의 소설이 여전히 궁핍의 망령에서 자유로운 것은 아니지만, 그럼에도 불구하고 그에 주목해야 하는 것은 이런 이유에서다.

경계에 선 남성성
─ 김훈의 소설을 중심으로

1. 남성은 어떻게 만들어지는가

얼마 전 출간된 전인권의 『남자의 탄생』은 한국의 남성이 어떻게 만들어지는가에 대해 이야기한다. 이 책에서 저자는 지금껏 생득적이고 본래적인 것으로 받아들여졌던 '남성다움' 혹은 '남성성'이 우리 사회의 억압적이고 지배적인 젠더gender 구분의 코드에 의해 그럴듯하게 만들어진 이데올로기이며, 그러한 조작은 유년기의 가족 문화에서 비롯된 것임을 보여주고 있다. 남성 또한 만들어지는 존재라는 이러한 주장에서 짐작할 수 있는 것은, 바로 남성성 역시 여성성과 마찬가지로 하나의 가설에 불과한 대단히 유동적인 젠더 분류에 속한다는 사실이다. 사실 그동안 남성은 그 자체로 자명한 존재이자 독립적인 기준점으로 간주되었던 까닭에, 남성이 연구 대상이 된다는 것은 어색한 일이었다. 그러나 이제 남성은 연구 주체에서 대상으로, 독립적이고 고정된 존재에서 상대적이고 유동적인 존재로 재규정되기에 이르렀다. 이는 마치 "여성은 태어나는 것이 아니라 만들어지는 존재다"라는 시몬 드 보부아르의 가설을 연상케 한다. '여성다움'이라는 자질이 사회문화적 기제들, 가부장제와 같은 제도, 관습, 그리고 편견 등으로 인해 어떻게 선천적인 것인 양 받아들여지게 되었는가를 사회적·인류학적·문화적·생물학적 연구 방법 등을 총동원하여 설명하는 방식은, 이제 몇십 년이 지난 오늘날 한국의 남성 주체가 자신을 반성적으로 성찰하는 데 적용되고 있는 것이다.

　그러나 굳이 최근의 남성성 연구의 결과를 참조하지 않더라도, '남성성/여성성'의 젠더 구분은 그렇게 자명한 것이 아니다. 가령 흔히 여성성의 특징으로 규정되는 '허여성·수동성·감상성·피학성' 등의 자질이란 '독립성·능동성·지성·가학성'과 같이 남성성의 특징으로 규정되어온 항목들과의 관계 속에서 설정된 것이다. 그런 점에서 '남성성/여성성'으로 구분되는 젠더란 상대적 규정력에 의해 지배되며, 그 자체로 고정된 것이라기보다는 사회정치적·심리적·물리적 변수에 따라 변화하는 유동적인 것이라고 할 수 있다. 이는 이러한 젠더 구분이 사회역사적 관계 속에서 끊임없이 재정의되는 양상만 살펴보아도 알 수 있다. 주디스 버틀러Judith Butler가 주장하듯이, 젠더는 선험적으로 존재하는 것이 아니라 수행적 효과performative effect로서만 존재하는 것이다.

　이처럼 본질적이거나 본원적인 의미에서의 남성성/여성성의 젠더 구분은 의문스러운 것이다. 그동안 안정적이고 견고한 것으로 간주되었던 젠더 위계질서가 실은 숨길 수 없는 구조적 불안정성을 안고 있다고 하는 것은 그 때문이다. 그리하여 남성성은 여성성과 완전히 대립되거나 구별되는 고정되고 확정된 성별 표지가 아니라 여성성과 중층적으로 섞이고 한데 얽히는, 여성성에서 비롯되거나 다시 그로 환원되는 모호하고 불확정적인 것으로 남게 되었다. 이제 남성성은 더 이상 자명한 것이 아니다. 그런 점에서 최근 소설에서 남성다운 남성의 전형으로 간주되었던 '터프가이'나 '마초'보다는, 고독한 내면의 소유자로서의 남성이나 여성적 감수성을 지닌 남성을 자주 발견할 수 있게 된 것도 우연만은 아닐 것이다.

　그런 맥락에서 주목되는 것이 김훈의 소설이다. 그의 소설에 등장하는 남성 인물은 생사의 기로에 서서 불과 싸우는 소방관이나 투철한 국가 이념과 민족애로 무장한 장수와 같이 전형적인 남성성의 화신이다. 그러나 이들 '터프가이'는 전통적으로 남성성의 표지에 속하는 자질들을 지니면서도, 어느 순간 여성성으로 간주되어온 내면성·고립성·수동성에 은밀하게 사로잡힌다. 이는 여성 인물을 형상화하는 방식에서도 확인된다. 분명 김훈의 소설에서 여성 인물은 부차적이거나 희미한 존재로서 소설의 주변부에 위치하지만, 그럼에도 불구하고 어느 순간 남성 인물의 이면lining 혹은 무의식으로 작용하는 것이다. 김훈 소설에서 그토록 자명해 보였던 남성성의 자질들이 어느 순간 모호해지는 이유는 바로 이 때문이다.

따라서 '남성성'이라는 개념을 중심으로 김훈의 소설을 읽는 이 글의 관심은 당연히 '남성성이란 무엇인가'가 아니다. 그보다 이 글에서는 남성의 세계를 특유의 유려한 문체로 그리고 있는 김훈의 소설에서, 사회경제적 정황과 여성 인물과의 관계 속에서 '남성성이 어떻게 구성되며 재현되는가'에 초점을 맞출 것이다. 그리고 그러한 남성성이 기존의 정형화된 남성성과 어떻게 같으면서 다른가를 살펴보면서, 한국 문학에 등장하는 남성성의 운명을 가늠해볼 것이다.

2. '무사'와 '가부장'으로 산다는 것

김훈의 소설에서 언뜻 발견할 수 있는 것은 치열한 대결과 투쟁 의지다. 그것은 구체적인 삶의 현장을 배경으로 하기도 하고, 전쟁이라는 극한 상황 속에서 적나라하게 펼쳐지기도 한다. 그의 소설에서 유독 '맞서 싸우다' '대결하다' 등과 같은 동사가 자주 나타나는 것도 이 때문이다. 김훈의 데뷔작 『빗살무늬토기의 추억』은 불의 파괴력과 그 앞에서 속수무책으로 무너지는 존재들, 그럼에도 불구하고 대결할 수밖에 없는 현실의 비정함과 거기서 비롯되는 생활의 논리를 그린다. 이러한 대결과 투쟁의 논리는 『칼의 노래』에서도 생활 세계를 벗어난 전장(戰場)을 배경으로 그대로 반복된다.[1] 특히 두 소설의 주인공이 각각 집안을 지키는 '가부장'과 국가를 수호하는 '무사'라는 점, 그리고 이들을 에워싼 세계가 남성에 의한, 남성을 위한, 남성만의 원리로 작동되는 남성적 성격의 세계라는 점에서, 이 소설들을 전형적인 남성성의 원리가 작동되는 텍스트로 간주해도 큰 무리는 없을 것이다. 이 두 편의 소설에서 여성 인물이 거의 등장하지 않거나, 등장하더라도 매우 부차적이고 한정된 역할에만 머문다는 사실에서도 그 점은 더욱 분명해진다.

우선 소방수의 애환을 다루고 있는 『빗살무늬토기의 추억』에서 이러한 남성성의 원리는 불과의 한판 승부로 구체화된다. 소설은 '불'로 상징되는 '전쟁과도 같은 삶'과 이에 맞서는 남성이라는 대립 구도로 짜여 있어, 이 소설에서 남성성의 원리는 공격성과 투쟁성을 매개로 작동하는 것으로 볼 수 있다. 가령 소설에서 반복적으로 제시되는 화재 진압 장면에 매번 등장하는 '고가 사다리'와 '소방 호스'가 '세워서 벽에 붙이다'와 '물을 뿜어내다'라는 술어로 인해 남성의 성행위를 연상시키는 것에서도 알 수 있듯, 이 소설에서 남성성의 원리는 소설의 인물은 물론이고 재현 방법에서도 일관되게 관철된다. 특히 소설에서 소방관들의 화재 진압은 목숨을 건 싸움이라는 점에서, 불을 끄는 행위를 반복해야 하는 이들의 일상은 전쟁과 다를 바가 없다. 『칼의 노래』에서 이러한 전투적이고 투쟁적인 남성성의 원리는 좀더 선명하게 드러난다. 그것은 일차적으로 '칼'이라는 남근의 메타포 때문이기도 하지만, 무엇보다도 남성적 원리가 극단적으로 발휘되는 전쟁을 배경으로 하고 있다는 점에서 그러하다.

이처럼 김훈의 소설에서 비유적이건 혹은 실제적이건 간에 삶은 대결과 투쟁에 의해서만 유지된다는 의식은 자연스럽게 대결을 위한 장비, 즉 무기를 필요로 한다. 『칼의 노래』에서 그러한 무기가 '칼'이라면 『빗살무늬토기의 추억』에서는 소방 장비들이다. '전쟁 같은' 혹은 '전쟁의' 현실과 맞서 싸우

---

1) 이 글에서 분석한 김훈의 소설은 『빗살무늬토기의 추억』(문학동네, 1995)과 『칼의 노래』(1, 2권 합본, 생각의 나무, 2001), 그리고 「화장(火葬)」(『문학동네』, 2003년 여름호)이다. 이후에 작품을 인용할 때는 인용한 책의 면수만을 밝힌다.

기 위해서는 무기가 필요하다는 이러한 전투적 의식으로 인해, 김훈의 소설에는 시종일관 숨 막히는 긴장과 대결의 파노라마가 펼쳐진다.

특히 『칼의 노래』에서 '적'의 범위는 '나(이순신)'를 둘러싼 모든 존재와 세계로 확대되고 있어서, 이러한 대결 의식은 좀더 치열하면서도 직접적으로 나타난다. 김동식의 지적대로 『칼의 노래』는 단순히 조선과 일본의 전쟁이라는 집합적 단수의 전쟁이 아니라 이순신의 전쟁, 백성의 전쟁, 임금의 전쟁, 적의 전쟁이라는 다층적인 양상들이 공존하는 복수화(複數化)된 전쟁을 다룬다.[2] 각각의 명분과 실리에 의해 치러지는 이러한 전쟁들은 이순신의 전쟁을 중층화하는 구성 요소로 기능한다. 그 결과 이순신의 '적'은 도요토미 히데요시가 이끄는 왜군에 한정되지 않는다. 그의 적은 왜군을 비롯하여, 조선의 장수라는 자신의 공적 지위에서 볼 때 적이 아닌 존재들—백성, 임금, 명나라 장수들—까지도 아우른다. 이 소설에서 칼이 단순히 이순신의 칼만이 아니라 임금의 칼, 백성의 칼, 왜군의 칼 등으로 확장되는 것도 이러한 적 개념의 확대에서 비롯된 것이다.

그런데 이 '적'은 분명 '나'의 존재를 위협하는 대상이지만, 동시에 '나'의 존재 이유가 되기도 한다. 즉 '나'의 무사로서의 정체성은 반드시 '적'의 존재를 상정해야만 성립될 수 있는 상대적인 것이다. 결말 부분에서 도요토미 히데요시가 죽자 철수를 시도하는 왜군을 상대로 끝까지 싸움을 벌이는 '나'의 행위는 군사적 전략이라기보다는, 어떤 점에서 자신의 존재 근거를 상실할지도 모른다는 두려움을 상쇄하려는 노력이라고 할 수 있다. "오는 적보다 가는 적이 더 무서웠다"(305)든가, "적들이 모두 떠나버린 빈 광양만 바다의 적막을 감당할 수 없었다"(297)와 같은 구절은 그런 점에서, 칼로 베어버려야만 하는 '적'의 존재에 의해서만 유지될 수 있는 자기 존재의 역설에 대한 깨달음에 다름 아니다. 따라서 '칼로 베어질 수 있는 것'은 사실상 '칼로

---

2) 김동식, 「폭력의 언표들과 죽음의 위상학」, 『문학·판』, 2001년 겨울호, pp. 291~92.

베어질 수 없는 것'이다. 왜냐하면 '적'의 소멸은 곧 '나'의 소멸이기 때문이다. 적은 적이되 적일 수 없고, 칼로 베어야 하되 벨 수 없다는 이 모순적이고 역설적인 상황은 자기 운명에 대한 실존적인 질문을 불러일으킨다.

> 나는 내 무인된 운명을 깊이 시름하였다. 한 자루의 칼과 더불어 나는 포위되어 있었고 세상의 덫에 걸려 있었지만, 이 세상의 칼로 이 세상의 보이지 않는 덫을 칠 수는 없었다. 한산 통제영에서 그리고 그 후의 여러 포구와 수영에서 나는 자주 식은땀을 흘렸고, 때때로 가엾고 안쓰러워서 칼을 버리고 싶었다. (115)

자기를 둘러싼 세상을 적으로 규정하고 '적'으로서의 세상과 맞서기. 이러한 전투적인 대결 의지는 스스로를 '무인'으로 운명짓게 하지만, 그 '무인된 운명'은 어느 순간 '나'에게 깊은 시름을 안겨줄 수밖에 없다. 왜냐하면 "이 세상의 칼로 이 세상의 보이지 않는 덫을 칠 수는 없"기 때문이다. 이처럼 스스로가 쳐놓은 보이지 않는 덫(적)은 무사로서의 자기 정체성을 형성하게 하는 계기이자 동시에 자신의 무사로서의 정체성을 위협하는 근거가 된다. 다시 말해서 극단적인 대결 의식은 결국 극단적인 자기 소외와 고립을 자초하게 된 것이다. 그리고 이는 세상에 대한 환멸과 피곤을, 나아가 '칼을 버리고 싶은' 욕망을 불러일으킨다. 세상과 나의 관계를 대결과 투쟁의 관계로만 설정하는 이러한 남성적 전투성과 대결 의지는 오히려 그 치열함과 부단함으로 인해 자기 연민의 정서와 육체적 · 정신적 노곤함을 불러일으키는 것이다. 그런 점에서 소설에서 반복적으로 나타나는 "나는 자주 식은땀을 흘리며 기진맥진했다"는 구절은 이러한 세상살이에 대한 피곤함과 그로부터 빚어지는 자기 연민의 표현이다.

이처럼 스스로를 무인된 자의 운명에 종속시키면서도 그러한 운명을 버거워하는 남성의 모순적 의식은, 남성에게 공적이고 의무적인 역할을 요구하는 규범적 담론과 논리에 대한 부정 의식을 낳는다. 따라서 소설의 결말 부분에서 '나'가 죽는 순간에 보는 이 세상의 '고요'는 대결 의지에서 벗어난 남성이 처음으로 발견하게 된 평온함이라고 할 수 있다. 삶은 끝없는 대결이고 투쟁이라는 의식으로 인해 고요와 평안은 살아서는 도달할 수 없는, 모든 의무와 짐에서 벗어나는 죽음의 순간에만 이를 수 있는 불가능한 상태로 나타나는 것이다.

『칼의 노래』가 이처럼 전쟁이라는 극한적인 상황을 배경으로 '적'과의 대결 의지에 의해 결정되는 남성적 운명의 비극성에 대한 애가(哀歌)라면, 일상적인 생활 세계를 배경으로 하는『빗살무늬토기의 추억』은 '불'과 대결함으로써 '밥'을 벌어야 하는 가부장으로서의 남성이 느끼는 삶의 비애에 관한 이야기라고 할 수 있다.

> 밥과 불의 세월에 관하여 말하자면, 그것은 수락할 수 없는 것들이 생애 속으로 비집고 들어와, 수락이나 배척을 일체 떠나서, 비비적거리고 쓸리우면서 자리 잡는 과정이거나, 그 쓸리움에서 분비되는 진물 같은 것이어서, 그 진물에 질척거리는 시간 속에서 수락한다는 말이나 그 반대말로 사전에 등록되어 있는 배척한다는 말이 도대체 무슨 하나 마나 한 소리일 것인가. 밥과 불의 세월에 관하여 말하자면, 수락도 배척도 사실상 이루어지지 않았다. (129)

"밥과 불의 세월"이란 바로 불을 꺼서 밥을 먹은 세월을 말한다. 이는 일차적으로 불을 끄는 것이 '나'의 밥벌이이기도 하다는 사실의 확인이다. 소설에서 '밥을 먹다'라는 말은 '나'가 새벽까지 화재 현장에서 사투를 벌이다가 집에 돌아와 아내가 해준 '밥'을 먹는 상황을 의미하기도 하지만, 소방수로서 '밥벌이를 한다'는 의미를 갖기도 한다. 이렇게 '밥'의 의미는 목숨과 관련된 어떤 것으로까지 확장된다. 이는 '나'의 밥벌이가 목숨을 걸고 '불'과의 싸움으로써 이루어진다는 점에서 더욱 그러하다. 따라서 '밥과 불'은 나의 존재

이유가 된다. 위의 예문에서 '밥과 불'이 '나'에게 수락의 대상도 배척의 대상도 되지 않는 것은 그것이 '나'에게는 거부하고 싶어도 거부할 수 없는 어떤 '의무'와 관련되는 것이기 때문이다. 이때 '나'의 의무감이란 '가부장'으로서의 역할이자, 좀더 구체적으로 말하면 '밥벌이하는 자의 괴로움'인 것이다. "불을 꺼서 밥을 먹어왔고 자식을 길렀으며, 그리고 그것은 자랑일 리도 비애일 리도 없는, 필연일 수도 운명일 수도 없는 그저 그런 견딤의 세월이었다"(27)는 사십대 남성의 고백은 가부장제가 남성에게 부과한 '가장'으로서의 역할이 반드시 남성적 우월감이나 권위 의식으로 이어지는 것은 아니라는 것을 보여준다. 김훈의 소설에서, 오히려 남성의 가부장적 의식은 부양(扶養)에 대한 부담감과 그로부터 빚어지는 자기 연민의 형태로 나타난다. 소설에서 화재를 진압하는 소방관의 일상과 직접적으로 관련되지 않는 신석기 시대의 빗살무늬토기와 돌칼, 돌도끼 등에 관해 반복적으로 서술하는 것도 이와 무관하지 않다. 그것은 '밥벌이의 괴로움'이 지금 현재만의 문제가 아니라 이미 신석기 시대부터 남성들에게 대물림되어온 거부할 수 없는 남성적 운명이라는 자각과 관련된다.

인간이 이목구비뿐 아니라 어깨의 뒷모습까지도 아버지를 닮을 수 있다는 생물학적 사실에 나는 늘 빼도 박도 못할 답답함을 느꼈고, 내 피곤한 아침의 누린내 속에서 때때로 아이의 뒷모습이 안쓰러웠다. 그 어깨의 뒷모습은 어쩐지 세상을 힘겨워하거나 낯설어하고 있는 것 같았다. 혈통의 수만 년을 거슬러 올라가 신석기의 어느 눈 내리는 겨울날 돌도끼와 뼈화살을 들고 사냥감을 찾아 벌판을 헤매던 내 아비의 아비의 아비…… 그 아비의 여섯 살 무렵, 여섯 살 난 아비가 농경을 갓 배운 그 아비의 수확으로 빗살무늬토기에 더운밥을 담아 먹을 때도 어깨의 뒷모습은 저러했을까. (31)

'나'는 아들의 뒷모습이 자신과 닮았다는 사실에서 뿌듯함과 자랑스러움이 아니라 "빼도 박도 못할 답답함"을 느낀다. 그것은 자신의 노동으로 가족을 부양해야 한다는 '가부장'으로서의 괴로움과 그 벗어날 수 없는 숙명에 대한 압박감이다. 따라서 "내 아비의 아비의 아비"로 이어지는 남성적 계보는 이제 더 이상 남성에게 남근적 우월감이나 가부장제적 권위 의식을 안겨주지 않는다. 오히려 '나'는 이러한 남성적 계보에서 남자로 태어난 자의 괴로움과 안타까움을 느낀다. 물론 남성들에게는 이 세상과 맞서서 살아가기 위해 요구되는 "돌도끼와 뼈화살" 혹은 "고가사다리차의 흰 관절 마디들과 소방 호스와 관창, 그리고 갈고리 도끼 방독면 탐조등 들"(67) 같은 '무기'가 있다. 그러나 연장을 가진 존재의 우월감은 사냥감을 찾아 벌판을 헤매면서 혹은 불 속에서 죽음과 싸우면서 곧바로 삶에 대한 두려움으로 바뀐다. 소설에서 '나'가 진화(鎭火) 과정에서 "거꾸로 처박힐 것 같은 무서움"을 종종 느끼는 것도, 그리고 소방 작업이 끝난 뒤 귀환하는 대원들을 보면서 "직립이각보행을 처음 배우는 유인원들"을 연상하는 것도, 바로 완벽하지 못한 무기로 이 세상을 헤쳐나가야 하는 남성들의 서툰 몸짓에 대한 두려움과 연민에 다름 아니다.

소설에서 반복적으로 제시되는, "수직벽 위의 까마득한 고도를 향해 뻗어 올라가는 사다리가 기립 각도 구십을 돌파하면서 땅바닥으로 무너져내"(160)리는 '나'의 악몽은 수직으로 상징되는 남성적 힘과 질서의 원리가 나를 억압하는 강박관념이 되고 있음을 상징적으로 보여준다. 여기서 '나'가 유년기에 동경했던 수직의 '높은 소방대 망루'에 대한 최초의 기억과 그것이 '나'에게 준 위안은 이제 "내 몸속의 먼 오지를 떠도는 구역질이나 단내처럼 확실하고도 모호"(26)한 것이 되고 만다. 분명 어린 시절 '나'에게 세상과 대결할 수 있는 의지를 만들어주었던 수직의 망루는, 한 집안의 가부장이 된 지금에 이르러서는 그 '수직'이 언제 붕괴할지도 모른다는 두려움과 강박관념의 원인으로 작용하게 된 것이다. 김훈의 소설에서 '수직'은 더 이상 사회적 성공과 부에 대한 남성적 욕망의 메타포가 아니다. 그것은 이제 추락에 대한 공포로 역전된다.

『빗살무늬토기의 추억』과 『칼의 노래』에 등장하는 불과 싸우는 소방수, 적과의 전투에서 승리해야만 하는 무인과 같은 남성 인물들은 분명 카리스마적이고 영웅적인 면모를 지닌다는 점에서는 기존의 정형화된 남성성의 이미지를 반복한다. 그리고 이러한 대결과 투쟁이라는 남성성의 원리는 분명 이들 소설을 이끌어가는 중요한 동력이 되고 있다. 그러나 김훈의 소설에서 박진감 있게 그려지고 있는 남성적 고투와 투쟁의 세계에서, '나'는 승리에 대한 확신이나 남성적 우월감을 갖기보다는 오히려 삶에 대한 도저한 허무 의식과 세상에 대한 환멸을 경험한다. 대결 의식이 치열하면 할수록 이러한 허무감과 공허감은 상대적으로 커진다. 남성으로서의 존재감을 확인받기 위해 요구되는 대결 의지는 역설적이게도 남성으로 사는 일의 피곤함을 가중시키고, 급기야 그러한 대결과 투쟁을 넘어선 고요와 평화의 여성적 세계에 대한 열망을 불러일으킨다. 그의 소설에서 여성성의 표지가 줄곧 거부되면서도 반복되는 것은 바로 이 때문이다.

3. 여성에 대한 유혹과 공포

앞에서도 지적한 것처럼, 김훈의 소설이 '남성적'이라는 인상을 주는 이유는 우선 전쟁이나 화재와 같은 남성적이고 폭력적인 상황을 배경으로 한다는 점, 그리고 여성 인물이 거의 등장하지 않는 남성들만의 드라마라는 점이다. 『빗살무늬토기의 추억』에 등장하는 여성 인물이라고는 '나'의 아내와 맹인 안마사 김복희, 그리고 신석기 시대 유물 전시관에 놓여 있는 여자 마네킹이 전부이다. 『칼의 노래』에서도 사정은 마찬가지다. 소설 초반부에 '여진'이라는 관기가 잠깐 등장하지만, 얼마 지나지 않아 사라진다. 이처럼 그의 소설은 일관되게 여성을 배제하는 전략을 선택함으로써 남성성을 극대화한다.

특히 이 두 소설에서 여성의 육체는 일관되게 불결하고 더러운 것으로 혹은 벗겨지고 찢겨진 것으로 제시되고 있는데, 이는 여성적인 것을 불결하고 더러운 것으로 코드화함으로써 신성한 남성적 제의에 여성을 배제하는 것과 같은 방식을 연상케 한다. 『칼의 노래』에서 '나'는 자신을 찾아온 여진의 몸을 안으면서, "오랫동안 뒷물을 하지 않은 더러운 여자의 날비린내"(36)와 "다리 사이에서 지독한 젓국 냄새"(39)를 맡는다. "그 여자의 몸은 더러웠다"(36). 이러한 더러운 여성의 몸에 대한 묘사는 『빗살무늬토기의 추억』에서 좀더 파격적으로 이루어진다.

> 허벅지가 깊숙이 드러나 두 가랑이 사이가 들여다보였고, 쪼그리고 앉은 두 엉덩이 사이에 고랑이 패어져 있었다. 여자의 가죽치마를 걷어내면, 노동의 땀과 먼지와 오줌의 찌꺼기들이 그 고랑에 서식하면서 악취를 풍길 것이었다. 움막 뒤의 먼 강가를 이제 막 떠나는 그 마네킹의 사내가 마네킹의 여자에게로 돌아오려면 한동안의 시간이 걸릴 것이었다. 몸의 깊은 곳으로부터, 먼 북소리와도 같은 은은한 성욕이 퍼져왔다. 헤매던 먼 성욕은 여자의 고랑을 향하여 방향을 잡자 울음처럼 터져나오려 했다. 나는 여자를 오줌 누듯 쪼그린 자세 그대로 두고 뒤에서 들러붙고 싶었다. 신석기의 칠천 년과 그 후의 수만 년의 시간의 벌판을 건너, 내 울음과 내 성기는 그 여자의 오줌버캐 낀 고랑 속에 사무칠 수 있을까. (70)

아이들과 함께 신석기 시대의 유물을 전시해놓은 박물관을 방문한 '나'는, 그곳 한쪽에 마련된 모형 신석기 움막에서 불을 피우는 모습을 하고 있는 여자 마네킹을 관찰하게 된다. 그러다가 '나'는 갑자기 그 마네킹을 강간하고 싶은 욕망에 사로잡히는데, 마네킹을 상대로 한 이러한 '나'의 욕망은 갑작스럽고, 또 그런 만큼 낯설다. 게다가 '나'는 마네킹의 두 가랑이 사이에서 "오줌버캐 낀 고랑"을 엿보고, 또 그 고랑에서 "노동의 땀과 먼지와 오줌의 찌꺼기"로 인한 악취를 맡는다. 마네킹에서조차 이러한 악취를 맡는 '나'의 극단적인 상상은 분명 여성을 더럽고 불결한 존재의 상징으로 보는 시각에서 비롯된 것이다. 인류학적 보고에 따르면, 전통적으로 여성의 몸은 신성하고 정결한 남성적 질서 바깥에 놓인 오염되고 부정한 것이었다. 신성한 제사 의식에 여성이 배제된 것은 물론, 항해나 전투와 같은 남성적 원리가 지배적인 상황에서도 여성은 금기의 대상이었다. 왜냐하면 여성의 생리혈이나 배설물과 같은 오염 물질은 남성적 청결 지대를 위협하는 불순한 것으로 인식되었기 때문이다. 이렇게 볼 때 분명 남성적 원리를 중심으로 전개되는 김훈의 소설에서, 오염된 여성 육체는 신성하고 청결한 남성성을 위해 상징 질서 바깥으로 추방되어야 할 금기의 대상으로 해석될 수 있을 것이다.

원시 사회에서 이루어지는 종교적 정화 의식의 주된 기능은 더럽고 불결한 요소를 금기시하는 것을 통해 사회 내에서 특정 집단을 배타적으로 분리하는 것이었다. 특히 이러한 분리는 성별에 따라 이루어지는 경우가 대부분이었다. 그와 마찬가지로, 김훈의 소설에서 여성 육체는 부정하고 오염된 것으로 배제됨으로써 남성 중심적 드라마의 완성을 뒷받침해주는 배타적 금기의 역할을 하게 된다. 『빗살무늬토기의 추억』에서 이는 '불'을 피우는 존재는 여성으로, '물'로 그 불을 끄는 존재는 남성으로 성별화하고 남성들만으로 이루어진 소방수 집단에 일정한 가치를 부여하는 방식으로 나타난다. 이처럼 '순수/불순'의 대립 관계는 주체의 차별화를 약호화하는 하나의 방식이 된다. 즉 이러한 구분은 자기 자신을 주체로 세우기 위해 타자를 혐오의 대상으로 만드는 방식인 것이다. '순수/불순'의 대립 관계를 설정하는 것이 남성 정체성을 확립하려는, 나아가 성적 차이를 드러내고 젠더의 위계를 세우려는 노력이 되는 것은 바로 이 때문이다. 그러나 김훈의 소설에서, 여성을 부정하고 오염된 존재로 배제함으로써 구획되고 분류된 남성 중심의 상징 체계는 그렇게 견고한 것으로 자리 잡지 못한다. 아니, 여성을 더럽고 불결한 존재로 규정해야만 비로소 확립될 수 있는 남성성의 세계란 그 때문에 애초부터 허약할 수밖에 없는 것이다. 가령 『칼의 노래』에 나오는 다음 장면을 보자.

> 나는 내 몸을 그 여자의 몸속으로 밀어넣듯이, 그렇게 칼날을 여자의 몸속으로 밀어넣고 싶었다. 어둠 속에서 나는 생각했다. 이 여자를 안는 힘으로 세상의 적을 맞을 수는 없는 것일까. 나는 몸을 떨었다. 아마 그럴 수는 없을 것이었다. 그때 나는 무인이 아니었다. 아침 숲에서 새떼들이 깨어나 지껄였다. 아침에 나는 그 여자의 행선지를 **묻지 않았다.** 나는 다시 바다 쪽으로 나아갔다. 내가 먼저 떠났다. 나는 여진의 삶의 궤적을 알지 **못했다.** 함평에서도 나는 여진의 내력을 현감에게 **물어보지 않았었다.** (40, 강조는 인용자에 의함)

투쟁과 대결의 전쟁터에서, 여진의 존재는 전쟁에서 승리해야 한다는 '나'의 대결 의지를 약화하는 존재다. "그 여자의 입속은 달았고, 그 여자의 몸속은 평화로웠다"(39)와 같은 표현에서 알 수 있는 것처럼, 여진의 몸은 '나'에게 달고 평화로운 휴식을 주지만 바로 그 순간 세상의 적과 맞서 싸우는 '무인'으로서의 정체성은 사라진다("그때 나는 무인이 아니었다"). 여진은 칼로 베어질 수 없는, 즉 이 세상의 질서와 원리를 넘어서는 어떤 존재이기 때문에, 세상과 맞서 싸우는 '의무'가 있는 '무인'으로 규정된 이순신의 정체성은 여진으로 표상되는 여성 — 소설에서 여진은 줄곧 '여자'로 명명된다 — 에 의해 해체될 위기에 처하게 되는 것이다. 소설의 결말 부분에서 이순신이 죽음의 순간에 '어린 면의 젖냄새'와 함께 '여진의 몸냄새'(327)를 떠올리는 것은, 그런 점에서 의미심장하다. '고요'와 '평화'가 그렇듯이, 여성은 죽음과 관련된 표상이다.

소설에서 무인으로서 '나'의 남성성이 여진의 몸, 특히 여성 성기를 "날비린내"와 "지독한 젓국 냄새"가 나는 더러운 것으로 던져버림으로써ab-ject, 그리고 여성을 굳이 이름 붙이기가 필요하지 않은 존재로 규정함으로써,[3] 일시적이나마 회복되는 것은 그 때문이다. 이처럼 김훈의 소설에서 남성성이란 여성의 몸을 비천한 것abjection으로 규정하고 질서 밖으로 밀어내는 방식을 통해서만 간신히 유지될 수 있는 것이 된다. 김훈의 소설에 등장하는 남성 인물이 대개 남성성을 전형적으로 구현하고 있는 '터프가이'인 반면, 여성 인물은 생명력이 부재하거나('마네킹') 불구의 거세된('맹인 안마사') 존재라는 점은 이를 뒷받침해준다.

줄리아 크리스테바에 따르면, '더러움'은 질서의 경계, 가장자리와 관련된 요소이다. 따라서 '더러움'을 비천한 것으로 분류하고 금기시하는 것은 주체성의 경계를 확립하려는 시도라고 할 수 있다.[4] 『칼의 노래』에서 끊임없이 '나'의 의식에 떠올라 '나'를 매혹시키고 동요시키는 여진이라는 존재는 '나'를 고요와 평화라는 수동성의 상태, 즉 죽음으로 유인하는 위험한 대상이다. 이처럼 김훈의 소설에서 여성은 주체의 가장자리에서 주체를 동요시키는 매혹적인 존재인 동시에 영원히 삼켜버릴 수도 있는, 즉 주체의 경계를 허물어버릴 수도 있는 위험한 존재로 나타난다. 여성 인물에게 강하게 이끌리면서도 여성 육체를 더럽고 불결한 것으로 비하하는 남성 인물의 이중 심리는 바로 여기에서 비롯된다. 이는 동요하는 남성적 정체성에 대한 불안이자 균열되는 남성적 세계에 대한 절망감인 것이다. 최근에 발표된 「화장(火葬)」은 이러한 남성의 불안감과 절망감을 사회적·공적 의무를 짊어진 남성의 존재론적 위기와 결부하여 보여주고 있다.

「화장」에서 '나'는 전립선염을 앓는 무기력한 중년 남성이다. 소설에는 '나'가 오랜 투병 끝에 사망한 아내의 장례 절차를 준비하고 화장하기까지의 일련의 과정이 담담하게 서술되어 있는데, 그와 함께 추은주라는 회사 여직원에 대한 '나'의 성적 환상의 독백이 병치된다. '나'는 현실에서는 아내의

---

3) 앞의 인용문에서 볼 수 있듯이, '나'는 여진에 대해 '모른다'는 표현을 세 번이나 반복한다. 특히 "물어보지도 않았었다"는 표현에는 '알 필요조차 없다'는 의식이 개입되어 있는 것이다.

4) Julia Kristeva, trans. Leon S. Roudiez, *Powers of Horror: An Essay on Abjection*, Columbia University Press, 1984, pp. 56~68 참조.

장례를 치르면서, 상상 속에서는 추은주의 육체에 빠져든다. 이러한 일련의 심리적 분열은 아내의 시신을 화장하고 추은주의 사표를 수리하면서 일단락된다. 여기서 '나'는 두 개의 여성 육체와 마주한다. 하나는 오랜 투병으로 인해 악취를 풍기고 급기야 부패하게 된 아내의 육체, 그리고 다른 하나는 '나'의 은밀한 연정의 대상인 추은주의 깊고 어둡고 젖은 육체다. 두 육체는 언뜻 상반된 것처럼 보이지만, '나'의 결핍을 환기함으로써 '나'의 남성적 지위를 위협하는 존재라는 점에서 크게 다르지 않다. 따라서 현실의 악취 나고 마른 아내의 육체와, "아기의 입속"[5]처럼 부드럽고 축축한 상상 속 추은주의 육체는 두 개로 분리된 하나의 여성 육체라고 할 수 있다. 이 두 개의 육체 사이에서, 그리고 현실과 환상 사이에서, '나'는 "여자처럼, 좌변기에 앉아서 오줌을"(143) 누는 무기력하고 여성화된 존재로, 그리고 "결핍의 덩어리"(157)로 변해간다. 그래서 '나'는 "여자인 당신의 가슴"(171)에 안기기를 바라지만, 여성의 육체는 "깊은 오지처럼" 혹은 "매몰된 지층 밑의 유적이나 풍문처럼"(156) 아득하고 모호하기 때문에 쉽게 해독되지 않는다.

이러한 여성 육체의 해독 불가능성은 '나'의 심리적·육체적 동요를 야기할 뿐만 아니라, 사회적 지위를 위협하기도 한다. 여성의 육체를 상품 판매와 연결하는 화장품 회사의 중역으로서, '나'는 여성 육체의 신비를 해독해야 한다. 그러나 회사에서 개발한 질 세척제는 "여성의 질 내부 온도와 분비물의 산성 농도"의 다양성을 고려하지 못해 사용할 때 "악취 나는 침전물로 변질되어"(152) 생산이 중단될 위기에 처했으며, '나'는 당장 화장품 여름 광고 이미지를 확정해야 하는 어려움에 직면해 있다. 모호하고 애매한 여성의 육체와 마주한 남성의 곤혹스러움은 "질 내부의 여러 부위들을 보여주는 환등 화면"을 가리키면서 하는 사장의 다음과 같은 말에서도 잘 드러난다. "저

---

5) 추은주에 대한 '나'의 성적 상상은 다음과 같은 구절에서 볼 수 있는 것처럼 매우 병리적인 집착에 가깝다. "당신의 아기의 분홍빛 입속은 깊고 어둡고 젖어 있었는데, 당신의 산도는 당신의 아기의 입속 같은 것인지요"(169).

게 다 제가끔이란 말이지. 제가끔이라 하더라도 따로따로 맞게 만들어줄 수
는 없지 않은가. 시장은 무진장인데, 들어서기가 어렵구만"(153).

　이처럼 소설에서 모호한 여성 육체는, 남성의 육체는 물론 공적이고 사회
적인 남성적 지위를 무력화하는 유혹과 공포의 대상이 된다. 소설에서 '나'는
시종일관 이러한 여성적 육체에 사로잡힌 존재로 등장한다. 그러나 결국 아
내의 육체는 화장되고, 추은주는 사표를 내고 사라진다. '나'를 당황하게 했
던 여성의 육체가 사라진 뒤, '나'는 그동안 미루어두었던 제품의 여름 광고
이미지를 확정짓고 모처럼 깊이 잠든다. 그런 점에서, 소설의 결말 부분에서
다소 불필요한 것처럼 보일 법한 개의 안락사 장면은 여성화될지도 모른다는
두려움에 사로잡힌 남성의 자기 갱생 의지의 표현으로 읽을 수 있을 것이다.

4. 남성성의 이율배반

　전근대적인 농경 사회에서 남성의 지위는 견고하고 변화 불가능한 것이었
기 때문에 의심의 대상조차 되지 않았다. 그러나 현대 사회에서 남성은 페미
니즘 운동으로 인한 여권의 신장, 경제적 취약성, 그리고 사회적 지위의 하
락 등의 변수에 따라 상대적으로 변화 가능한 유동적인 존재가 되었다. 그에
따라 자명하고 자연스러운 것으로 받아들여졌던 남성성의 자질 또한 그 내포
적 의미의 변화를 겪게 된다. 1990년대 이후의 한국 소설에서 전통적인 남성
성의 세계가 더 이상 자명하지 않은 것으로 그려지고 있는 것은 이러한 현실
의 반영이다. 설혹 기존의 가부장적이고 남근적인 남성 인물이 등장한다고
하더라도, 대개는 농촌이나 섬과 같은 고립된 공간을 배경으로 회고적으로
다루어지거나 비현실적인 환상 속에서만 나타난다. 오히려 우리는 최근의 소
설들에서 윤대녕 소설의 남성 인물처럼 여성성의 자질로 간주되었던 수동성
과 감수성, 내면성, 고립성을 전경화한 '여성화된 남성 인물'을 더 자주 만나

게 된다. 이들은 대개 성인으로서의 책임감을 요구하는 복잡하고 위험한 세계 바깥의 전(前) 오이디푸스적인 융합의 세계로 후퇴하려는 열망을 공공연하게 드러낸다. 대다수 남성 작가들에게 이러한 나르시시즘적 퇴행은 모성적인 대상과 융합하려는 열망으로 나타나거나 위협적이고 불연속적인 세계에서 도피하고자 하는 욕망으로 이어진다. 따라서 이처럼 위협적이고 난해한 현실 세계와 단절된 남성의 이미지가 고독과 우울로 채색되는 것은 당연하다. 이제 한국 문학에서 많은 남성은 사회적으로 요구되어온 '남성'으로서의 책임감과 함께 권력에 대한 세속적인 욕망을 포기함으로써, 문화의 바다를 떠도는 댄디가 되거나 '남자 어른'이 되기를 거부하는 소년으로 남게 된 것이다.

김훈의 소설에 등장하는 남성 인물들은 이러한 '계집애 같은' 남자들과는 다르다. 이들에게 이 세계는 도피해서는 안 되는, 치열한 투쟁과 대결의 의지로 헤쳐나가야 하는 전장이다. 그래서 그의 소설은 전쟁을 치르는 것처럼 팽팽한 긴장으로 가득 차 있다. 위협적이고 숨 막히는 현실을 외면하지 않고 맞대면함으로써, 이들은 국가와 민족이 혹은 제도와 관습이 남성에게 부여한 공적·사적 지위를 얻는다. 그러나 이러한 남성성의 표상들에는 남성적 운명에 대한 자기 연민의 아우라가 있다. 정형화된 남성성의 틀에 자신을 맞추려고 노력할수록 그 틀은 이들에게 자기 연민을 유발하는 덫이 되어 돌아오기 때문이다. 김훈 소설의 남성 인물들이 느끼는 현실에 대한 불안감과 공포, 두려움은 이들의 적극적인 대결 의지에 비례해 커지는데, 모호하고 부정적인 감정의 소용돌이 속에서 발휘되는 이러한 남성적 영웅성은 그로 인해 일종의 감상적인 멜랑콜리와 결합한다. 전투성과 대결 의지를 노골적으로 드러내면 드러낼수록 여성적 고요와 평화에 대한 열망은 더욱 커지고, 가부장으로서의 의무감과 책임감을 느낄수록 자기 연민과 멜랑콜리는 깊어가는 것이다. 김훈 소설에서 가부장제 이데올로기가 남성에게 요구하는 남성성의 자질들이 자아 이상이자 덫이 되는 것은 바로 이 때문이다.

전통적으로 '남성성'이란 '여성성'에 속하지 않는 어떤 것들로 이루어진 여

집합(餘集合)으로 간주되었음에도 불구하고, 다른 한편으로는 여성성과의 관계 속에서 상대적으로 규정되어왔다. '남성성/여성성'의 젠더 구분이 수많은 이분화와 범주화— 예컨대 '이성/감성' '문명/자연' '공적/사적' '외적/내적' '능동성/수동성' 등등— 의 원형이자 이러한 구별짓기가 사회문화적 조건에 의해 바뀔 수 있는 유동적인 것이라는 사실은, 언제나 여성성을 견제함으로써만 성립되는 남성성의 이율배반을 시사한다. 아도르노에 따르면, 터프가이는 자신의 연약함을 인정하지 않기 위해 연약한 존재를 희생시키는 본래부터 여성화된 자들이다.[6] 다시 말한다면, 자신의 남성성을 끊임없이 의식하는 남성의 과장된 몸짓은 기실 자신의 여성성에 대한 두려움과 공포를 감추기 위한 자기 기만적 포즈라고 할 수 있을 것이다. 이러한 포즈가 균열된 허구적 남성성을 봉합하려는 성급한 시도가 될 수밖에 없는 것은, 어쩌면, 당연하다.

---

6) T. W. 아도르노, 최문규 옮김, 『한 줌의 도덕』, 솔, 1995, pp. 68~69.

나쁜 남자/여자(들)와 농담의 생태학
― 이만교와 정이현의 소설[1]

1

이만교와 정이현의 소설에 등장하는 인물들은 소위 '나쁜 사람들'이다. 그들은 물론 겉으로 보기에는 "집안일도 하고 회사도 열심히 다니고 신호등도 언제나 지키고 국회의원 선거도 꼬박꼬박 참여"(『나쁜 여자, 착한 남자』, 46)하는 '정직한' 시민이다. 그러나 그들은 겉으로만 정직하고 선량하다. 그들은 주로 뒷구멍으로 부적절한 관계를 맺으면서 자신의 이기적 욕망을 충족하기 위해 온갖 뒷거래를 하고 음모를 꾸민다. 그들에게 중요한 것은 '일단 내가 살고 보자'는 자본주의 사회의 생존 논리이며, 그들이 지향하는 것은 '내가 살아야 나라가 산다'는 이기주의적 자기 보존의 논리다. 그들은 이렇게 표리가 부동한 인물들이지만, 그럼에도 불구하고 우리는 그들을 쉽게 비난하지 못한다. 그들의 표리부동은 사실 부도덕하고 기만적이며 탐욕스러운 사회 탓이 크다. 나약한 개인의 도덕성과 선량함이 통할 만큼 이 사회는 도덕적이지 않기 때문이다. 따라서 그들의 부도덕함, 속물성, 이기심, 탐욕과 같은 악덕은 사회 속의 개인으로서 살아가기 위해 어쩔 수 없이 후천적으로 학습된 기

---

1) 이 글에서 분석한 소설집은 이만교의 『나쁜 여자, 착한 남자』(민음사, 2003)와 정이현의 『낭만적 사랑과 사회』(문학과지성사, 2003)이다. 이후 이 책들을 인용할 경우는 책의 면수만을 밝힌다.

"

질이라고 할 수 있다.

이처럼 이들 소설의 인물들은 거대한 사회 집단의 논리에 순응하면서 사회가 은연중 강요하는 욕망의 절차를 충실하게 밟아나간다. 그리고 이들은 결코 실패하지 않는다. 나약한 미덕자보다는 강인한 악덕자가 되겠다는 이들의 주장이 설득력을 얻는 것은 이 때문이다. 공식적으로는 미덕이 좋고 악덕이 나쁜 것으로 되어 있지만 비공식적인 욕망의 패러다임 속에서는 미덕이 나쁘고 악덕이 좋을 수도 있다는 이러한 반어적 인식은, 어느 순간 부조리한 삶의 한 단면을 들여다보게 한다. 그것은 분명 우리 삶의 농담이지만 씁쓸한 농담이다. 이만교와 정이현은 이 농담의 생태학에 몸을 싣고 자본주의 사회의 새로운 성공형 인간들에 대해 어떠한 도덕적 판단도 유보한 채, 이들의 자발적인 욕망 충족의 과정을 따라간다.

2

이만교 소설의 인물들은 대개 판단 정지 상태에 놓여 있다. 이들은 판단 정지의 주체가 되기도 하지만 대상이 되기도 한다. 그것은 단순히 관점의 차이에서 기인하는 것도 아니며, 인간이란 본래 선악을 겸비한 양가적 존재라는 인간론에서 오는 것도 아니다. 오히려 선/악, 호/불호의 판단 불가능성은 합리적이고 객관적인 기준이 부재한 '엉터리 세상' 탓이 크다. 이만교 소설에서 우리 사회는 "냉정하고 살벌한 전쟁터"이며 그러한 사회 속에 몸담고 사는 우리들의 삶이란 따라서 "부단한 경쟁이고 싸움"(11)이 될 수밖에 없다. 개인의 선의와 도덕성은 부도덕하고 탐욕스러운 사회 시스템 속에서 '어쩔 수 없이' 훼손되거나 왜곡될 수밖에 없는 운명에 처하게 된 것이다. 작가는 이처럼 비도덕적 사회 속에서 도덕적 인간이 처하게 된 딜레마와, 결국에는 기만적인 사회의 논리에 포섭되어 부도덕한 사회의 일부로 편입하게 되는 개인의 도덕적 파멸을 냉소적이면서도 유쾌하게 그려낸다.

예컨대「농담을, 이해하다」를 보자. 이 소설은 주변 사람들의 농담을 이해하지 못하는 '농치'인 '나'가 후배 애인과의 부적절한 관계를 통해, 기만적인 사회의 논리를 세상의 '이치'로 받아들이고 습득해가는 과정을 서술하고 있다. 이때 농담은 단순한 우스갯소리나 진담의 반대말이 아니다. 그것은 '표리(表裏)'의 차이를 전제로 하면서 그러한 차이가 만들어내는 간극을 유쾌하게 받아들이는 것이다. 농담의 습득은 어린 시절 교과서에서 배웠던 도덕적인 질서가 현실 세계에서는 더 이상 통용되지 않는다는 사실의 확인인 동시에, 그러한 현실 세계의 가치를 내면화하는 과정이기도 하다. 소설에서 그 내면화의 과정은 주위의 통념, 즉 누구나 꺼내놓으면 수치스러울 '비밀' 하나씩은 갖고 있을 것이라는, 그런 통념에 '나'가 스스로를 맞추어나가는 과정으로 나타난다. 그것은 바로 누구나 적당히 속고 속이며 산다는 것, "알고도 모른 척하고 모르면서도 아는 척하면서 넘어가"(129)는 '뻔한 거짓말'을 당연한 삶의 원리로 인정하는 것이다. "내게도 이제는 적절히 드러내면서 감춰야 하는 비밀이 생긴 것이다"(140). 농치인 '나'는 '뻔한 거짓말'이지만 그것을 비밀에 부침으로써 그럴듯한 비밀의 서사를 만들어내고, 그 비밀의 서사를 공유함으로써 "이제 누가 봐도 부팀장다운 말쑥한 면모를 갖추게"(136)된다. 여기서 '부팀장다운 면모'란 그 지위에 어울리는 처세술과 속물성의 습득에 다름 아니다.

진담보다는 농담이 통용되는 기만적이고 반어적인 세계의 논리, 그 부도덕한 세계 질서를 내면화하는 자의 내적 긴장과 갈등, 그리고 그 투항의 과정에서 사회의 타락과 비도덕성을 거부할 수 없는 삶의 일부로 받아들이게 되는 속물적이고 기만적인 개인의 탄생. 이만교 소설의 이러한 주제의식을 가장 적나라하게 보여주는 소설이 바로「나쁜 여자, 착한 남자」다. 이 소설의 주인공인 '나'는「농담을, 이해하다」의 주인공과 같은 농치는 결코 아니다. 오히려 '나'는 성실성, 도덕성, 진지함과 같은 삶의 덕목들이 사회라는 '정글' 속에서는 조롱과 비아냥의 대상이 될 뿐만 아니라, 나아가 '나쁜' 가치로 평가될 수도 있다는 삶의 아이러니를 체득하고 있는 인물이다. 그런 점에서 '나'는 "모르면서 속는 것과 알면서 속는 것, 진지한 의미와 가벼운 감각, 감사하는 마음과 따져보는 비판력 사이의 균형 감각"(78)을 지닌, 때에 따라 위선과 위악의 포즈를 적절하게 취할 수 있는 인물이다. 소설에서 '나'가 관계를 맺는 '그녀'와 '그 애'는 이러한 나의 이중성을 체현하는 인물들이다. 순진하고 세상 물정 모르는 '그녀'에 따르면 '나'는 「「인간시대」나 「칭찬합시다」 같은 데에 나오면 딱 어울릴 분"(34)이지만, 육체는 물론 "정신까지 발랑 까"(24)진 '그 애'에게는 "어떠한 짓도 거리끼지 않고 즐기"(69)는 부도덕한 인간의 전형으로 비춰진다. 이렇게 소설의 '나'는 상반된 성격의 두 여성에게 상반된 평가의 대상이 됨으로써, 양가적인 모습을 한 몸에 구현한 모순적이고 복합적인 인물로 그려진다. 그리고 '나'의 이러한 이중성은 앞서 지적한 것처럼 일종의 '균형 감각'으로 평가된다.

그런 점에서 '그녀'와 '그 애'는 '나'의 짝패들이라고 할 수 있다. 즉 이들은 '나'의 표면과 이면, 혹은 선한 면과 악한 면을 대변하는 존재인 것이다. 따라서 "그 애와 그녀를 보면 언제나 반씩 섞어놓고 싶"(80)었다는 '나'의 진술은, 도덕적 정언 명령에 의해 수행되는 절대적인 선/악의 구분법과 속물적이고 이기적인 현실적 논리를 따라 이루어지는 상대적인 선/악의 구분법 사이의 갈등이자, 그러한 극단적인 가치 기준을 해체하고 싶은 욕망의 표현이라고 할 수 있다. 그러나 이러한 상반된 두 가지 가치 기준 사이에서 갈등하던 '나'는 결국 '그 애'로 상징되는 속물적이고 가벼운 세속적 질서로 돌아섬으로써, 자신의 부도덕성을 전적으로 승인한다. 소설은 언뜻 서로 상반된 가치 기준을 구현하는 두 명의 여성 인물의 등장과 이 둘의 서로 다른 시각의 차이를 부각함으로써 '나쁜/착한'의 기준이 무화되는 현실을 비판하는 듯하다. 그러나 결말 부분에서 순정으로 상징되는 '그녀'는 자살하고, '나'는 비록 가정법의 형태이긴 하나, 자신이 아내의 살해를 사주했음을 고백한다.

'나'는 '나쁜' 세계에 완전히 투항한 것이다.

이처럼 이만교 소설에서 사회적 악덕이 개인적 미덕을 침식하고 개인을 가치의 부재 상황에 빠뜨리거나 사회적 악덕을 고스란히 반복함으로써 그러한 악덕의 일부를 이루는 존재로 전락시키는 과정은, 어쩔 수 없는 삶의 한 단계로 기술된다. 따라서 '농담을 이해'한다는 것은 농담으로 작동되는 삶의 질서를 수락하거나, 그러한 원리에 투항하는 것이기도 하다. 이만교 소설의 인물들이 보기에 기만적이고 속물적인 세계의 논리는 너무나 견고하고 변화 불가능한 것이기 때문에 각각의 개인들은 그러한 논리를 습득하고 내면화하지 않으면 안 되는 것이다. 문제는 이러한 기만적 질서의 수락이 너무나 손쉽게 이루어지고 있다는 것이다. 어떤 점에서 작가는 아무리 개인이 도덕적이고 모범적이라고 해도 이 세계의 속물적인 처세 논리를 뚫고 나아갈 수는 없다는 것을 있는 그대로 보여줌으로써, 부도덕한 사회의 논리를 비판하려고 시도하는 듯하다. 그러나 그의 소설 속 인물들은 농담을 이해하지 않으려는 개인의 도덕적 의지와 농담을 이해할 수밖에 없는 사회의 처세 논리 사이의 긴장을 끝까지 견뎌내지 못하는 듯하다. 이는 특히 서술자 층위에서 그러한 생활의 질서에 야합하는 개인의 속물성에 대한 비판적 거리가 부재하거나 너무 희미하기 때문이기도 하다.

그렇다고 이만교 소설의 인물들이 전적으로 이러한 부조리한 세상과 화해하는 것은 아니다. 「눈빛과 마주치다」는 '농담'을 이해함으로써 세상의 논리에 편승하게 된 존재의 돌연한 불안감과 삶에 대한 의문을 다루고 있다. 직장 생활이 어느 정도 궤도에 오르면서 나태와 안일의 삶에 익숙해진 '나'는 어느 날 문득 자신에게 '수치와 부끄러움'을 불러일으키는 과거의 인물들 혹은 그들을 연상케 하는 사람들의 눈빛들을 마주하게 된다. 그러한 눈빛은 "세상과 나 사이의 기분 좋지 않은 균열"을 일으키면서 나로 하여금 "내가 지금 어디를 가고 있는가 하는 의문"(155)에 빠지게 한다. '나'는 낯선 이에게 전혀 다른 존재로 오해받기도 하며, 처음 본 낯선 이를 매우 친숙한 존재로 오해하기도 한다. 때때로 낯선 존재의 눈빛은 '나'의 죄의식과 수치심을 무의식적으로 불러일으키기도 한다. 그것은 지난 시절 묵묵히 운동에 투신했다가 끝내 자살한 문석이라는 친구의 애인에게 "부끄러운 줄도 모르고" '구애'했던 자신에 대한 죄책감으로 상기된다. "그녀에게 무슨 짓을 했던가 안 했던가 못했던가. 내 필름은 그 어디쯤에서 끊어져 있었고, 그녀는 그 뒤로 내가 있으면 방 안으로 들어오지 않는 거였다"(152). 스스로를 아무것도 모르는 존재로 규정함으로써 그녀에게 했던 '나'의 부끄러운 '짓'은 '나'의 기억 속에서 삭제된다. 그러나 그를 닮은 혹은 그녀를 닮은 눈빛과 마주칠 때마다 '나'는 그때 자신이 느꼈던 수치심을 떠올리면서 이를 나태와 안일로 점철된 현재의 삶에 대한 뼈아픈 반성의 힘으로 전환한다.

그러나 소설은 이러한 '나'의 자각과 반성을 구체적으로 펼쳐놓지 못한 채, '나는 누구인가'라는 상투적인 문제 제기로 전환하여 "인생이란 아주 허망한 일순간이고 인연이란 너무나 작위적이며 모든 느낌 또한 다만 하나의 헛것에 지나지 않는"(185)다는 막연하고 모호한 통찰에 그치고 만다. 소설에서 끝내 '나'가 그녀에게 '저지른' 부끄러운 짓이 무엇인지 밝혀지지 않음으로써, 혹은 그것을 발설하지 않음으로써 '나'는 부끄러움에 대한 자의식만 드러낼 뿐 자신의 행동에 대한 반성과 성찰에는 이르지 못하게 된 것이다. 이는 삶의 상투성을 거부하면서도 어쩔 수 없이 몇 가지 패턴에 따라 반복되는 삶의 몰개성성을 보여주는 「투레질」이나 지루하고 틀에 박힌 일상에서 벗어나려는 시도가 오히려 상투적인 삶의 연장이나 관습화된 의례의 연속에 불과하다는 사실을 암시하는 「그녀, 번지점프 하러 가다」처럼, 삶의 일상성과 상투성을 거부하는 소설에서도 마찬가지다. 개인의 고유성과 개성조차 소비 자본주의 사회의 상품화 논리로 고착되는 현 상황에서, 개성과 탈일상성의 상투성에 대한 작가의 비판적 의식은 분명 유의미하다. 그러나 「투레질」의 경우, '나'는 동명이인인 두 명의 '미숙'과의 양다리 관계를 통해, 이러한 패턴화된 삶의 상투성을 어쩔 수 없는 삶의 한 방식으로 받아들이게 된다. 그런데 이

지점에서 문득 궁금해진다. 작가는 혹, 어쩌면 의도와 달리, "삶에 대한 결론은 죽은 뒤 무덤 속에서나 내릴 수 있는 거야"(248)라는 '나'의 자조적이고 체념적인 진술을, 자신의 삶에 대한 그 부적절한 합리화를, 은연중 승인하고 있는 것은 아닐까.

3

정이현 소설의 인물들은 언뜻 그동안 우리 사회가 여성에게 요구하는 덕목들과는 정반대되는 가치관의 소유자들인 것처럼 보인다. 이들은 가부장제 사회에서 여성의 미덕으로 내세우는 남성에 대한 순종이나 타인에 대한 배려, 이타심 등과는 거리가 먼 존재들이다. 비록 겉으로는 남성 중심적 사회에서 여성에게 부과한 가부장제적 가치, 예컨대 순결·순수·나약함·이타심 등을 추구하는 듯하지만, 실상 이들은 철저하게 속물적이며 이기적인 인물들로 그려진다. 이광호의 지적처럼, 정이현 소설의 여성 인물들은 가부장제가 "요구하는 여성적 페르소나를 연기(演技)함으로써 〔……〕 이 체제 안에서 자기 욕망을 실현할 전략을 짠다."[2] 표면적으로는 가부장제가 추구하는 이상적인 여성상—비성적asexual인 탈욕망의 존재—을 연기하면서 궁극적으로는 그러한 가장을 통해 자기 욕망의 최대치를 실현하려는 발칙하고 도발적인 여성들. 우선 이들의 겉 다르고 속 다른 사정을 살펴보자.

「낭만적 사랑과 사회」의 '그녀'는 "낡은 팬티"를 담보로 처녀성을 사수하지만, 그러한 순결에 대한 욕망은 사실 좀더 나은 조건의 "완벽한 남자"와 결혼하기 위해 치밀하게 계산된 이기적 욕망에서 비롯된 것이다. 「순수」의 '나'와 「트렁크」의 '그녀'는 표면적으로는 순수한 희생양 혹은 지적인 커리

---

2) 이광호, 해설 「그녀들의 위장술, 로맨스의 정치학」, 『낭만적 사랑과 사회』, 문학과지성사, 2003, p. 226.

어 우먼의 역할을 연기하지만 부와 권력을 얻기 위해 시체 유기와 살인까지 저지르는 요부형 인물이다. 「무궁화」가 이성애 중심적인 사회에서 배제된 동성애 여성의 성적 욕망을 다루었다면, 「신식 키친」의 여성은 남성적 시선에 의해 규정된 표준 몸매를 벗어난 비만 체형의 소유자로 그려진다. 「이십세기 모단 걸—신김연실전」은 신여성에 대한 편견과 근거 없는 비난으로 채워진 김동인의 「김연실전」을 다시 씀으로써 신여성의 지적 욕망과 그 좌절의 과정을 보여준다. 그리고 아버지 여자 친구의 중절 수술비를 마련하기 위해 자작 납치극까지 벌이는 「소녀 시대」의 발랑 까진 '소녀'는 어떠한가. 이처럼 정이현 소설의 여성 인물들은 표면적으로는 가부장제가 여성에게 요구하는 순결한 처녀, 무지하고 가련한 가정주부, 깔끔하고 지적인 커리어 우먼, 세련된 프리랜서, 발랄하고 순진한 소녀와 같은 역할을 충실히 해내지만, 이를 통해 역설적이게도 반여성적인 것으로 간주되었던 사회적·성적 욕망을 이기적으로 추구한다. 그리고 이러한 여성들의 욕망 추구는 대체로 성공한다. 겉으로는 가부장제에 봉사하면서도 기실 가부장제의 이상적 여성상을 마음껏 조롱하고 비웃는 이러한 방식은, 따라서 가부장제의 허위성과 허약성을 폭로하는 한 방법이 될 수 있다. 즉 어떤 면에서 이들은 자신들의 다양한 욕망을 전시함으로써, 그러한 욕망을 억압해왔던 체제의 모순을 드러내고 그 체제에 균열을 가할 수도 있는 것이다.

그러나 과연 이들 여성 인물의 욕망이 음험한 전복의 파괴력을 내장하고 있는 것인지는 의문이다. 왜냐하면 한편으로 이들이 추구하는 욕망의 라인이 분명 가부장제가 설정한 여성상을 뒤집는 것이기는 하지만, 다른 한편으로 이들 여성 인물은 소비 자본주의적 욕망의 라인을 아무런 반성 없이 그대로 따라가고 있기 때문이다. 즉 정이현 소설에서 펼쳐지는 여성 욕망이란 소비 자본주의 사회가 구축한 욕망의 메커니즘을 반복함으로써 소비 사회가 요구하는 소비적이고 물질적인 욕망에서 한 치도 벗어나지 않는 것이다. 예컨대 「낭만적 사랑과 사회」의 '그녀'를 보자. 그녀가 진짜로 욕망하는 것은 "완벽한 남자"를 만나서 겉만 그럴듯한 강남 여자의 삶이 아니라, '강남'이라는 서울 특별구에 어울릴 법한 진짜 풍요로운 생활을 누리며 사는 것이다. 소설에서 그녀의 이러한 욕망은 다양한 상품의 전시를 통해 현시되는데, 은색 투스카니, 뉴비틀, 샤넬 백, 루이뷔통 가방, 혹은 1980년산 메도크 포이약 등이 그것이다. 「트렁크」나 「순수」의 여성 인물들도 마찬가지다. 이들 소설에서 여성 인물이 추구하는 욕망의 내용 또한 소비 자본주의적 욕망의 그것과 조금도 다르지 않다. 「트렁크」에서 전시되고 있는 2002년형 진주색 EF 소나타 골드, 에르메스 가죽 백, 캐시미어 코트, 실평수 20평의 주거형 오피스텔 등이 성공한 커리어 우먼이 되기 위해 자본주의 사회에서 요구되는 것이라면, 「순수」에서 '그녀'가 주장하는 "마음의 순수한 소리"(120)란 결국 물질에 대한 탐욕스러운 욕망에 다름 아닌 것이다.

「소녀 시대」의 '나'는 또 어떤가. 이 소설은 '소녀'의 시선으로 강남 부유층의 라이프스타일을 따라가면서 그러한 삶 이면에 숨겨져 있을 법한 가식과 허위의식을 드러내지만 다른 한편으로는 그러한 삶이 누릴 수 있게 하는 풍요와 자유의 가능성 또한 펼쳐 보이고 있다. 소설에서 사용되는 다양한 속어와 비어는 '소녀 시대'의 자유로움을, "폴로 랄프 로렌의 니트 스웨터와 바바리 체크 스커트, 그리고 무릎양말과 진퉁 DKNY 스니커즈"(75)와 같은 상품은 강남 특유의 풍요로움을 상징하는 것이다. 언뜻 일탈과 비행을 일삼는 문제 청소년처럼 보이는 '나'는, 그러나 반에서 5등 이내의 성적을 유지하며 부모를 속여서 번 돈 백만 원을 고스란히 저금하는 '범생'이기도 하다.

어떻게 써야 뽀대가 날까 연구에 연구를 거듭하다가 나는 불쑥 저금통장을 만들었다. 열라 유치하다는 거, 나도 다 안다. 하지만 다음에 진짜로 집을 떠날 때는 절대 다시 돌아오지 않을 테니까 돈은 꼭 필요했다. (94)

그러나 '나'가 과연 진짜 가출을 할 수 있을 지는 미지수다. 왜냐하면 '나'

는 서울 특별구 강남이라는 삶의 배경을 포기할 만큼 어수룩하지 않기 때문
이다. 그런 점에서 소녀의 가짜 납치극은 소녀가 세상과 가족을 향해 꾸미는
음모라기보다는 오히려 비록 금방 깨질 것처럼 위태로운 가족일망정 지킬 수
밖에 없다는 보수적 이기주의의 발상으로 읽힌다. 따라서 어떤 면에서 가짜
납치극은 자신의 안정되고 풍요로운 삶을 위해 아버지의 애인을 제거하려는
계산된 욕망이 작동한 결과라고 할 수도 있다.

　정이현 소설의 여성 인물들은 분명 전통적인 한국 가부장제 사회가 요구하
는 여성적 덕목을 가볍게 위반한다. 그러면서도 그녀들은 소비 자본주의적
매커니즘에 순응함으로써 사회가 은연중에 강요하는 욕망의 절차를 충실하게
밟아나간다. 물론 정이현 소설에서 이러한 자본주의적 욕망의 추구는 분명
인물들의 자발적인 의지에 의해 이루어지고 있으며, 또 어떤 측면에서는 가
부장제적 사회 체제에서 배제된 여성적 욕망을 자본주의적 체제 내에서 발현
함으로써 이러한 체제가 갖는 모순을 역으로 드러내 보여주는 측면이 있다.
따라서 서술자의 비판적 시선이 표면적으로 드러나지 않음에도 불구하고 독
자의 입장에서 그러한 인물들에 대한 비판이 어렴풋하게나마 이루어지는 것
은, 아마도 이들의 자발적인 욕망 충족의 과정을 가감 없이 서술함으로써 그
러한 욕망의 왜곡된 모습이 그대로 재현되기 때문일 것이다. 즉 작가는 낭만
적 사회의 허위, 그것에 의해 지탱되는 사회의 허구성, 그리고 소비 자본주
의 사회의 왜곡된 욕망을 바로 거기에 충실한 인물을 통해 역으로 비판하는
것이다.

　그러나 문제는 그 발칙한 여성 욕망이 갖는 보수성이다. 그리고 소설을 구
조화하는 과정에서 인물들의 고정관념이나 사회적 통념을 은연중 당연한 것
으로 전제하며 비판적 시선에 노출시키지 않는 작가의 태도는 그와 정확히
조응한다. 그 고정관념이란 예컨대 다른 방식이기는 하지만 이만교 소설에서
도 드러나는 것처럼, 탐욕스럽고 이기적인 세상에 맞서기 위해서는 그러한
탐욕과 이기심을 습득해야 한다는 데서 발견된다. 즉 사회란 한 개인이 변화

시키기에는 너무나 거대하고 또 고정적이기 때문에 그러한 사회에 대응하기 위해서는 그 사회의 모순을 철저하게, 영악하게 내면화해야 한다는 것이다. 정이현 소설에서 이러한 고정관념은 특히, 서울 강남이라는 특정 지역의 계층성에 대한 인물들의 자의식으로 드러난다. 달리 말하면, 정이현 소설의 인물들에게서 강남이라는 카테고리는 일종의 사회적 고정성이자 모든 삶의 전제 조건이 되고 있다는 것이다.

그것은 단순히 정이현 소설의 인물들이 강남 출신이라는 사실에서 기인하는 것은 아니다. 이는 이인칭 시점으로 여성 동성애자들의 성적 태도와 정서, 관계를 다루고 있는 「무궁화」조차 서울 강남의 부유층인 '너'와 지방 소읍 출신의 '그녀'라는 계층적 이항 대립을 설정하고 있는 데서도 알 수 있다. 즉 중산층 의식이 드러나지 않아도 좋을 이런 소설에서조차 주인공은 "지하철 사호선, 한밤의 텅 빈 테헤란로, 비 오는 날의 국립현대미술관"(134)을 자신이 좋아하는 목록에 올려놓아야 하는 것이다. 「소녀 시대」에서 강남 주민인 '나'가 "깻잎 앞머리, 마법사 구두, 엉덩이 꼭 끼는 교복 치마들의 물결 속에서"(75) 느끼는 이방인 의식이란, 따라서 이러한 계층적 자의식에 다름 아니다. 정이현 소설에서 이러한 계층적 자의식은 물신화된 상품에 대한 욕망, 신분 상승에 대한 욕망, 혹은 「홈드라마」에서 지향하는 '평균적 삶'에 대한 욕망 등으로 표현된다는 점에서, 소비 자본주의 사회의 대중 의식에서 벗어나지 않는다.

정이현 소설의 현재성은 분명 이러한 자본주의적 대중 의식을 그대로 체현하는 인물들을 통해 자본주의적 욕망의 실체를 적나라하게 보여준다는 데 있을 것이다. 그러나 과연 그러한 욕망을 전시하는 것만으로 그 인물들에 대한 비판적 거리화가 가능한 것인가. 예컨대 「트렁크」에서 '그녀'의 범죄 행위를 따라가고 있는 서술자의 객관적인 시선은 분명 자신의 욕망을 최대치로 충족하기 위해 최소한의 윤리적 선마저 가볍게 뛰어넘는 팜므 파탈을 그대로 보여줌으로써, 그러한 여성 인물이 좇는 욕망의 문제를 드러낸다. 그러나 그 서술자의 객관적 시선이 '트렁크'로 상징되는 삶의 이면, 즉 화려하고 정돈된 도시 여성의 표면적 삶 뒤에 가려진 불길하고 음울한 내면 풍경에 대한 통찰에는 이르지 못하는 것 또한 사실이다. 그런 점에서 소설의 결말 부분에서 흔적도 없이 봉합되어 사라져버린 여자애의 시체는, 어쩌면 작가가 피하지 말고 대면해야 할 자본주의적 욕망의 그림자이자 '실재의 얼룩'일는지도 모른다.

환상의 기원, 기원의 환상

── 환상 문학에 대하여

1. 환상 문학 장르론을 넘어서

최근 우리 사회에서는 환상 문학에 대한 관심이 커지고 있다. 통신망에 올려져서 폭발적인 인기를 끌다가 책으로 출판되고 영화로도 만들어진 이우혁의 『퇴마록』을 비롯하여, 이영도의 『드래곤 라자』, 김예리의 『용의 신전』등의 '판타지 소설'들이 1990년대 말 불황에 허덕이던 출판계에 활력을 불어넣을 만큼 붐을 이루고 있다. 이렇게 대중 문학 진영에서 시작된 환상 문학에 대한 관심은 점차 본격 문학으로 옮겨오기 시작하였다. 그 결과 비평가들의 환상 문학론이 각종 문학 잡지의 특집란을 장식하기 시작하고, 서구의 다양한 환상 문학론이 번역, 소개되기도 하였다. 비평가들은 환상 문학을 마치 새천년의 화두처럼 논의하면서, 환상 문학이 주목받는 이유를 고정되고 닫힌 리얼리즘 양식에 대한 반발(김성곤, 임옥희)로 보거나, 아니면 현실 세계의 부조리함에 대한 비판(김욱동)으로 본다. 그러나 실제로 유행하는 판타지 소설은 현실 전복적이기보다는 오히려 현실 도피적이거나 흥미 유발적 성격이 강하기 때문에 최근 제시되고 있는 비평가들의 환상 문학론에는 잘 들어맞지 않는 경향이 있다. 이처럼 최근의 환상 문학론은 대중적인 판타지 소설의 붐에서 촉발되었지만, 오히려 대중적인 환상물을 "저질 문화 쓰레기"(김성곤) 혹은 "문학적 미래가 없는 신종 문화 상품"(하응백)으로 폄하하면서, '진정한 환상 문학'의 도래를 모색해야 한다는 식으로 논의가 전개되고 있다.

　그러나 도대체 '진정한 환상 문학'이란 무엇인가? 환상, 환상성, 환상 문학 등의 용어에 대한 개념 정의도 불분명한 상태에서 진정한 환상 문학을 찾아야 한다니…… 분명 지난한 작업이 될 것이 분명한 환상 문학론을 위해 논자들이 가장 쉽게 접근하는 방식이 바로 문학의 하위 장르로 환상 문학을 규정하는 것이다. 이는 환상 문학 장르의 구조를 밝히는 작업으로 이어지는데, 츠베탕 토도로프의 『환상성 — 문학 장르에 대한 구조적 접근』[1]은 거의 최초로 '환상'에 대한 장르론적 접근을 시도하고 있는 본격적인 환상 문학론이라고 할 수 있다. 토도로프는 환상성the fantasy을 구성하는 가장 기본적인 요소로 작중인물과 독자의 불안감 혹은 머뭇거림을 꼽고 있다. 즉 작품 속에서 서술되는 사건이 자연적인 사건인지 초자연적인 사건인지 판단 내리기를 주저하는 일이야말로 문학 작품의 환상성을 규정하는 요소가 된다는 것이다.

　토도로프는 이러한 요소를 바탕으로 순수 환상을 '경이the marvelous'와 '기이the uncanny' 사이에 위치짓는다. 그러나 실제로 토도로프가 순수 환상 문학으로 다루고 있는 작품은 테오필 고티에의 『죽은 여자의 사랑』과 빌리에 드 릴라당의 『베라』 정도뿐이다. 게다가 토도로프는 '시'나 '알레고리'는 환상 문학의 범주에 넣지 않고 있다. 이처럼 토도로프는 엄격한 구조주의적 접근 방식을 통해 환상성의 시학을 구축하려고 시도하지만, 실제로 이러한 엄격한 기준에 들어맞는 작품은 좀처럼 찾아보기 힘들다.

　토도로프가 이 책의 마지막 장에서 장르론적 관점이 아니라, 문학 일반의 혹은 사회적인 관점에서 환상 문학에 대해 고찰하려고 시도했던 것도 바로 이러한 딜레마를 스스로가 잘 인식했기 때문이다. 특히 그는 현대 환상 문학

---

1) 이 책은 1970년에 『환상 문학 입문』(Paris: Seuil)이라는 제목으로 프랑스에서 처음 출판되었는데, 1975년에 『환상성: 문학 장르에 대한 구조적 접근』이라는 제목의 영어판이 코넬 대학에서 번역되어 발간되었다. 이 번역판의 부제가 암시하는 것처럼 이 책은 구조주의적인 관점에서 환상 문학 장르를 확립하려고 시도하고 있다. 한국에서는 『환상 문학 서설』(이기우 역, 한국문화사)이라는 제목으로 1996년에 번역, 출판되었다.

이 현실 지시적인 언어 범주를 무너뜨림으로써 환상성의 효과를 추구했던 19세기 환상 문학과는 달리 기이한 사건에 대한 놀라움이 부재하는 특성을 보인다고 지적하면서, 이의 대표적인 예로 카프카의 『변신』을 들고 있다. 그에 따르면 『변신』은 서사 전개 과정에서 초자연적인 사건을 독자에게 점차 자연적인 사건으로 받아들이게 함으로써, 초자연적인 요소가 어떠한 망설임이나 놀라움도 독자나 작중인물에게 요구하지 않게 된다. 게다가 우의적 해석을 암시하는 표현들이 작품 속에 드러나지 않기 때문에 알레고리적으로 해석되지도 않는다는 것이다. 토도로프는 『변신』에 대한 자신의 해석과 블랑쇼와 카프카의 환상 세계에 대한 사르트르의 분석을 토대로, 20세기 환상 문학을 기이한 것이 당연한 것으로 여겨지는 '보편화된 환상'의 세계로 규정하기에 이른다. 그는 더 나아가 문학을 "언어적인 것과 초언어적인 것, 현실과 비현실의 이율배반을 한 몸에 떠맡는" 역설적인 것으로 규정함으로써 문학 그 자체에 환상성이 내재된 것으로, 즉 문학의 역설적인 존재 방식이 바로 환상인 것으로 결론을 짓게 된다.

이렇게 본다면 환상은 문학의 특수한 하위 장르라기보다는 그 자체가 문학의 내재적 속성이라고 해야 할 것이다. 결국 토도로프는 의도했건 그렇지 않건 간에 이 책 전체에 걸쳐서 역설적으로 환상 문학 장르의 성립 불가능성을 주장하고 있는 셈이다. 그렇지만 이러한 이율배반과 모호한 결론이 딱히 토도로프의 환상 문학론에서만 나타나는 것은 아니다. 환상 문학을 이론적으로 규명하려는 다른 많은 시도들 또한 그러한 문제점을 완전히 피하지는 못하는 것 같다. 이러한 난점을 해결하기 위한 몇몇 시도들이 제기되었는데, 에릭 래브킨Eric S. Rabkin과 캐스린 흄Kathryn Hume의 환상 문학론이 바로 그 것이다.

토도로프처럼 엄격하지는 않지만 나름대로 문학 내적인 구성 요소를 바탕으로 문학의 환상성을 밝히려고 했던 래브킨은 '환상성을 의미있게 사용하는' 작품과 '환상 문학'을 구별함으로써, 토도로프 식의 장르론적 접근에 의해 배제되었던 많은 환상적 작품들을 포괄적인 의미의 환상 문학으로 이해하려고 시도한다.[2] 그는 '환상'이라는 개념의 쓰임새를 크게 세 가지로 구별한다. 첫번째는 '환상성the fantastic'으로, 이는 작품에 설정된 기본 원칙들의 완전한 역전(래브킨은 그 예 중 하나로, 작품의 초반부에 죽었던 인물이 다시 살아나는 경우를 들고 있다) 및 이러한 역전으로 야기되는 정서적 감응 및 효과의 배열이라는 구조적 자질이 나타나는 경우이다. 두번째로, 소문자 '환상fantasy'은 작품에 '소망 충족'이라는 정신분석학적 사고가 나타나는 경우를 말한다. 마지막으로 대문자 '환상Fantasy'은 앞에서 말한 '환상성'이 텍스트의 중심 구조가 되는 작품들, 즉 환상성이 철저하게 중심에 자리 잡고 있는 '환상 문학' 장르다. 그는 환상성이 나타나는 모든 서사는 다양한 방식으로 환상소설의 특징을 지닌다고 보고, 도피 문학, 유토피아 문학, 탐정 문학, 포르노 문학 등도 암묵적으로 환상 문학에 포함시킨다. 결국 래브킨은 환상 문학 장르를 설정하면서도 그에 대해서는 별다른 설명 없이, '환상성'이 중심적으로 드러난 작품만을 환상 문학이라는 범주 속에서 유형화하여 설명하는 데 그치고 있다. 물론 래브킨은 토도로프처럼 구조적으로 엄격하게 환상 문학 장르를 구축하려고 하지는 않았지만, 이러한 결과는 환상 문학 장르를 설정하는 일이 얼마나 어려운 작업인가를 다시 한 번 깨닫게 한다.

반면 캐스린 흄은 모방과 더불어 환상을 문학의 본질적 요소로 간주함으로써, 환상 문학을 아주 포괄적으로 정의내리고 있다. 그녀에 따르면 "문학은 두 가지 충동의 산물이다. 그것에는 바로 모방하고 싶고, 사건들, 사람들, 상황, 그리고 대상을 묘사하고 싶은 욕망인 미메시스, 그리고 주어진 것을 바꾸고 현실을 변형하고 싶은 욕망인 환상이 있다." 이처럼 흄은 환상을 문학의 본질적인 한 측면으로 이해하기 때문에 문학의 하위 장르로서의 환상 문학이라는 개념 자체를 부정한다. 그 대신 그녀는 중세부터 현대에 이르기까

---

2) 이 글에서는 Eric S. Rabkin, *The Fantastic in Literature*(Princeton University Press, 1976) 중 주로 1장과 2장을 중심으로 래브킨의 논의를 정리하였다.

지의 수많은 작품을 통해 신화적 이야기나 도피 문학, 그리고 우리가 픽션이라고 부르는 것을 제외한 거의 모든 이야기들 속에서 환상이 일어나고 있다고 주장한다. 그러나 모든 이야기가 다 환상적 요소를 포함한다는 다소 막연하고 방만한 내용을 수습하기 위해 흄이 마지막 장에서 채택하고 있는 노스롭 프라이의 장르와 양식 개념은 오히려 앞에서 흄이 거부했던 장르론을 끌어들인다는 인상을 준다. 즉 흄은 프라이의 개념을 빌려서 어떤 장르와 양식에서 환상이 일어나며 일어나지 않는지를 도표를 그려가면서 설명하고 있는데, 이러한 시도는 거의 모든 이야기가 환상적이라는 자신의 주장을 뒷받침하는 것이기는 하지만, 반면에 환상 문학론이 기존의 장르적 관습에서 여전히 벗어나지 못한다는 인상을 주기도 한다.

이처럼 장르로서의 환상 문학에 대한 것이든 아니면 문학적 속성으로서의 환상성에 대한 논의이든 간에, '환상 문학은 무엇인가'에 대한 해답은 쉽게 주어지지 않는 것 같다. 토도로프처럼 엄격한 구조주의적 방식으로 환상 문학 장르를 정립하려는 시도가 역설적으로 환상을 문학적 패러독스로 인정하는 결과로 끝나거나, 흄처럼 문학적 속성으로 포괄적으로 정의하려는 시도가 오히려 기존의 관습적 장르로 다시 이끌리는 결과를 가져온 것에서 볼 수 있는 것처럼, 환상 문학은 그 자체로 문학의 역설적이고 모순적인 성격을 반영하는 듯하다. 그렇기 때문에 이러한 다양하고 이질적인 환상 문학론에 일방적으로 동조하게 되면 오히려 환상 문학에 혼란만 가중될 것이다.[3] 따라서 토도로프의 말처럼 우리에게 좀더 절박하게 필요한 질문은 '환상 문학은 무

---

3) 황병하의 경우, 서구 문학사에서 이루어졌던 환상 문학론을 아주 상세하고 정확하게 설명하고 있으면서도 속성으로서의 환상과 장르로서의 환상 문학을 구분해야 한다는 단순하고 모호한 결론에 이르고 있다. 그리고 기존 논의를 바탕으로 환상 문학의 원리를 열네 가지로 열거하고 있는데, 이는 필자 자신의 일관된 관점보다는 기존 연구자의 관점들에 휩쓸렸기 때문이라고 본다. 게다가 환상 문학이란 무엇인가에 대한 문제에만 집중했기 때문에, 한국 문학을 분석할 때에도 환상 문학과 비환상 문학을 구별하는 데에만 논의가 한정될 수밖에 없었다. 황병하, 「환상 문학과 한국 문학」, 『세계의 문학』, 1997년 여름호.

엇인가'보다는 오히려 '왜 환상 문학인가'일지도 모른다. 문학의 환상성 혹은 환상 문학을 탐색하려는 우리의 의도가 좀더 분명해야만 환상 문학론의 방향을 잡아나갈 수 있을 것이기 때문이다. 그래야만 '환상 문학은 무엇인가'라는 원론적인 문제에 대한 해결에도 좀더 근접할 수 있을 것이다.

환상은 단순한 공상이나 망상 혹은 상상력의 결과가 아니라, 우리의 무의식(의식이 억압된 형태까지도)의 발현 양상이라는 점에서 정신분석학적 관점을 필요로 한다. 따라서 이 글에서는 정신분석학적 관점을 토대로 각 개인의 환상의 기원이 어디에서 연원하는지를 먼저 살펴본 뒤, 이러한 개인적 차원의 환상이 문학 작품의 차원에서는 어떻게 드러나는지를 그 상동성에 근거하여 고찰할 것이다. 그리고 나서야 비로소 '억압된 것으로의 회귀'나 '위반에의 은밀한 초대'라는 환상에 대한 해석의 원천을 이해하게 될 것이다. 이처럼 중심을 전복하는 환상의 특성이야말로 다른 주변 장르, 예컨대 페미니즘 문학 등과의 연계를 가능하게 하는데, 최근 서구의 안젤라 카터의 페미니즘 SF 소설과 도나 해러웨이의 사이보그 이론이 환영을 받는 맥락도 이런 점에서 이해할 수 있을 것이다.

2. 환상의 기원, 기원의 환상

보통 우리는 서로 다른 두 개의 세계에서 존재한다고 여겨진다. 하나는 정신적 · 사적 · 내적인 세계이고, 다른 하나는 육체적 · 공적 · 외적인 세계이다. 그러나 우리의 통념 속에서 이분된 이러한 영역 외에 또 다른 영역이 존재한다는 사실은 흔히 간과된다. 그 영역은 "또 다른 현장, 또 다른 공간, 또 다른 장면, 인식과 의식 사이 지역의 개념"을 가정하는 곳으로, 정신분석학에서 무의식의 이론을 통하여 접근을 허용하는 곳이 바로 이러한 '신비스러운' 세계이다. 정신분석의 기본적인 대상인 환상은 바로 이러한 공간에 뿌리

를 두고 있다.[4]

 프로이트는 이와 같이 물질적 현실과 무의식적 소망의 중간쯤에서 존재하는 현실을 '심리적 현실psychical reality'이라고 하였다. 이 심리적 현실이라는 개념은 단순히 주관적인 사유 세계만을 의미하는 것이 아니라 실제적 현실과의 긴밀한 관련성을 바탕으로 한다. 이런 점에서 이 개념은 환상을 '현실-환각'이라는 대립의 틀을 넘어서 제3의 범주로 위치짓는 것을 가능하게 한다. 특히 이 '심리적 현실'이라는 개념은 프로이트가 히스테리 환자의 징후를 역추적하다가, 이들이 환상 속에서 트라우마의 장면을 허구적으로 창조한다는 사실을 발견하면서 성립된 것이다. 울프맨의 사례 분석에서 프로이트는 처음에 징후의 원인이 되는 원초적 장면을 부모의 성교 장면이라고 생각했지만, 나중에 그 장면이 울프맨의 환상 속에서 창조된 것임을 알게 된다. 그런데 프로이트는 아무리 그 원초적 장면이 환자의 상상 속에서 구성된 것이라고 해도 완전히 허구적이지는 않다고 보는데, 예컨대 말의 성교와 같은 실제 장면이 그러한 환상의 물질적 토대가 되었을 것으로 본다. 이때 심리적 현실은 바로 울프맨의 환상 속에서 구성된 세계로서, 실제적 현실과 더불어 설명될 필요가 있는 것이다. 이러한 심인성 현실 속에서 이루어진 원초적 장면은 라플랑슈와 퐁탈리스에 의해 개인의 기원을 보여주는 환상으로 제시되고 있다.

 「환상과 성적 욕망의 기원」[5]에서 개인의 심리 발달 과정에서 환상의 위상을 정립하는 데 논의의 초점을 맞추고 있는 라플랑슈와 퐁탈리스는, 이러한 심리적 현실을 논의의 출발점으로 삼아 환상의 기원을 주체, 성적 욕망, 그리고 억압과 관련지어 설명하고 있다. 정신분석학에서 유아의 환상은 성적 욕망이 구성되는 방식을 통해 이루어지고, 마찬가지로 사라진 능동성 혹은

---

4) 엘리자베스 라이트 편, 박찬부·정정호 외 역, 『페미니즘과 정신분석학 사전』, 한신문화사, 1997, p. 138.

5) Jean Laplanche and Jean-Bertrand Pontalis, "Fantasy and the Origins of Sexuality," *Formations of Fantasy*, Victor Burgin, James Donald and Cora Kaplan, eds., Methuen: London and New York, 1986, pp. 5~34 참조.

쾌락을 상상적으로 재현하는 능력은 주체성(사회적이고 정신적인 정체성)이 형성되는 과정을 통해서 성립된다고 본다. 다시 말해 주체 성립 과정이 곧 성적인 존재로서의 자기 확인 과정과 일치하는데, 바로 이 과정에 환상이 개입한다는 것이다. 예컨대 (엄마의 가슴과 같은) 실제 대상이 부재할 때 유아는 환각적인 형식으로 최초의 만족 경험을 재생산한다. 따라서 환상의 기원은 이처럼 욕망의 환각적인 충족에 있다고 볼 수 있다. 이러한 관점에서 볼 때, 가장 근본적인 환상은 욕망의 충동과 해소라는 최초의 경험과 관련된 대상을 환각적으로 회복하려는 경향이다. 프로이트는 『성욕에 관한 세 편의 에세이』에서 어떤 충동이 대상의 상실 후에야 비로소 자가 성애적이 된다는 사실을 제시한다. 이는 성적 욕망이 그 대상과 분리되어 환상의 영역으로 이동된 다음에야 비로소 성적 욕망이 될 수 있다는 것을 뜻한다. 원래 욕망이란 특정한 물건이나 사람에 대한 것이 아니라 환상, 즉 상실한 대상에 대한 기억의 흔적들을 목표로 한다. 따라서 성적 욕망과 환상은 같은 지점에서 기원한다고 볼 수 있다.

그런데 이러한 환상은 유아의 심리 발달 과정에서 초창기의 자가 성애적 행위를 은폐하고, 이를 고차적인 차원으로 끌어올리도록 의도된다. 따라서 이러한 환상의 이면에는 아이의 억압된 성적 욕망의 모습이 드러난다. 예컨대 프로이트가 소개하고 있는 '아이가 매 맞고 있다'는 환상과 '아버지가 나를 유혹한다'는 환상은 모두 근친상간적 욕망을 암묵적으로 드러내고 있지만, 주체는 금지된 성적 욕망을 억압하기 위해 환상 속에서 자신의 욕망을 재구성하고 가공한다. 그리하여 아이는 환상 속에서 많은 아이들 중의 한 아이가 되고, 딸은 아버지 혹은 유혹자의 모습으로 제시된다. 이처럼 환상은 일차적으로 자신의 성적 욕망을 은폐하려는 장치인 동시에, 역으로 주체는 그러한 환상을 통해 억압된 성적 욕망을 변형된 형태로 드러내기도 한다.

이때 주목해야 할 점은 이러한 환상 속에서 주체의 위치가 고정되지 않는다는 것이다. 라플랑슈와 퐁탈리스는 환상의 일차적 기능이 욕망을 위한 무대 장치를 제공하는 것이라고 본다. 즉 "환상 속에서 주체는 대상을 추구하지 않는다. 그는 일련의 이미지에 사로잡힌 것처럼 보인다. 그는 자신이 욕망하는 대상에 대한 어떠한 재현도 하지 않지만, 그 장면에 참여하는 것처럼 스스로를 재현한다. 그는 원초적 환상 속에서 어떤 고정된 위치도 할당받을 수 없다. 〔……〕 그 결과 주체는 항상 환상 속에 나타나면서도, 탈주체화된 형태로 존재한다."[6] 이처럼 원초적 환상 장면—최초의 장면, 유혹, 그리고 거세—의 탈주체화 경향은 주체의 위치가 분명하고 일정한 백일몽에서의 주체 위치(주로 일인칭 서술로 나타남)와는 상반된 것처럼 보인다. 프로이트는 처음에 환상이라는 개념을 사용하면서 서로 상반된 두 가지 환상 개념을 설정하였다. 무의식적 환상과 의식적 환상이 그것인데, 그에 따르면 환상은 꿈꾸는 과정에서 이 두 가지 극단적인 모습으로 존재한다고 본다. 하나는 무의식적 욕망과 관련되고, 다른 하나는 '우리의 의식적인 사고 작용과 동일시되는 이차적 가공'으로 존재한다. 특히 의식적 환상을 사후적 재작업이라고도 하는데, 이는 일단 깨어난 후에 비논리적인 꿈의 내용을 고정된 주체 위치에서 합리화하는 일종의 변형 작용이다. 프로이트는 이러한 이차적 가공을 방어나 위장으로 보아 폄하하였지만, 나중에는 의식적 환상이건 무의식적 환상이건 간에 같은 내용을 가질 수 있으며, 같은 동기에 의해 유발될 수 있다는 사실을 인정하게 된다.[7] 오히려 프로이트는 의식적 환상이라고 명명한 백일몽을 하나의 근원으로까지 다루게 되는데, 사실 억압되어 병리적으로 되는 것은 원초적 환상이라기보다는 의식적 환상이다. 이러한 사실을 바탕으로 프로이트는 환상을 하나의 체계에서 다른 체계, 즉 억압으로의 전이 과정, 혹은 억압된 실제로의 회귀가 이루어지는 특권화된 지점으로 간주하였다. 따라서 비록 원초적 환상 속에서 가변적인 주체가 이차적 과정을 겪으면서 안정

---

6) Jean Laplanche and Jean-Bertrand Pontalis, 앞의 글, p. 26.
7) "명백하게 의식적인 도착의 환상, 편집증의 망상적 공포, 히스테리 환자의 무의식적 환상의 내용들은 세부적인 사항들에서조차 서로 일치하는 면이 있다."

적이고 고정된 주체로 성립되지만, 이때의 주체 또한 지속적으로 고정되지는 못한다. 오히려 '매 맞는 아이의 환상'에서의 마지막 형태인 '어린아이가 매 맞고 있다'의 주체는 연출된 주체이므로 언제든지 새롭게 다시 연출될 수 있는 것이다. 바로 이러한 주체 위치의 가변성이야말로 환상의 이질적이고 모순적인 특성을 이해하는 데 핵심을 이룬다.[8]

앞에서 살펴본 것처럼 정신분석학은 환상을 실재에 대한 사소한 부가물로 보는 견해에 반대하면서, '실재/환상'의 이분법을 해체한다. 따라서 실재 세계는 우리에게 실재하는 것 이상을 의미한다. 프로이트가 '심리적 현실'이라는 개념을 통해서 강조하고자 했던 점도 바로 이것이다. 즉 환상의 영역은 단순히 상상적인 세계가 아니라 물질적인 현실을 바탕으로 한다는 것이다. 따라서 환상은 단지 주체가 실제 삶에서 자신에게 거부되는 대상을 획득하는 상상적이고 희망적인 시나리오에 불과한 것이 아니라, 주체의 무의식적인 욕망과 사회·정치적 현실이 복잡하면서도 정교하게 표현되는 곳이다. 아니, 주체의 무의식적인 욕망 그 자체는 현실적 힘의 논리에 의해 형성된 것이라고 볼 수도 있을 것이다. 따라서 주체의 위치가 가변화되는 환상이라는 무대 공간에서 연출된 주체(성)는 비현실적인 공상적 산물이라기보다는 현실과 긴밀한 상관성을 갖는다.

3. 정치적 텍스트로서의 환상 문학

앞에서 살펴본 것처럼 환상은 성적 욕망 등의 금기가 현실 원칙에 의해 조작되고 지배되는 상황에서 이에 대항하기(혹은 이를 방어하기) 위해 형성된 것이다. 마르쿠제는 "현실 원칙에 의하여 자유의 행복에 부과된 한계를 최종

---

8) 임옥희, 「환상, 그 위반의 시학」, 『여/성이론』 제2호, 여성이론연구소, 1998, p. 83.

적인 것으로 수락하기를 거부하고, '무엇이 가능한가' 하는 질문에 대하여 망각하는 것을 거부하는 데에 환상의 비판적 기능이 있다"[9]고 하였다. 이는 결국 환상이란 단순히 공상적인 초현실의 세계만을 지향하는 것이 아니라, 오히려 현실과 긴밀한 상관관계를 유지해야 하는 것임을 암시한다. 따라서 정신분석학적 관점에서 볼 때, 환상의 본질은 현실 초월적인 공상이나 망상이라기보다, 현실과 상상 사이의 어디쯤에서 찾아야 하는 것이다. 따라서 환상 문학을 단순히 현실에서 벗어난 신비한 세계에 대한 상상이나, 초월적이고 우월한 이차 세계의 구축으로 보는 견해는 환상의 본질을 정확하게 파악한 것이라고 보기 어렵다. 물론 환상적 충동에서 이야기가 시작되고 있다는 점에서 이러한 소설 또한 환상적이라고 할 수 있겠지만, 그렇다고 해서 이들 소설을 환상 문학의 본령에 위치짓는 것은 바람직하지 못하다. 왜냐하면 모든 문학은 이데올로기적이며, 특히 환상 문학은 문화적 억압이 야기하는 결핍을 보상하려는 욕망의 문학이기 때문이다.

현실과의 긴밀한 관계 속에서 환상 문학을 이해하려는 이러한 태도는 특히 환상 문학의 공간에 대한 논의에서 두드러지게 나타난다. 예컨대 환상물의 상상적 세계를 '실재적인 것'과 '비실재적인 것' 사이에서 비결정적으로 자리매김된 '틈새 공간'으로 보는 잭슨의 견해[10]나, '주체/반주체' '내적/외적' '과거/현재/미래' 사이의 경계적 영토frontier territory 혹은 사이 공간space between으로 보는 루시 아밋의 논의[11]는 모두 환상 문학이 실재와의 대화

---

9) 마르쿠제, 『에로스와 문명』, 나남, 1989, p. 129.
10) 로즈마리 잭슨은 상징계를 '의사소통과 합리성을 산출하는 의미론적이고 통사론적인 능력의 통일성'으로 보는 반면, 상상계를 환상 문학과 밀접한 관계가 있는 것으로, 즉 이성적인 담론 바깥에 있는 모든 것으로 본다. 즉 잭슨은 환상 문학을 상상계적 주체가 출몰하는 곳으로 본다. 그러나 이러한 잭슨의 논의는 다소 모호하다. 잭슨은 환상적인 영역을 현실의 부재이면서 동시에 하나의 틈이고, 무의미의 영역이면서 주체의 의식에 영향을 미치는 곳으로 규정하고 있다. 이는 분명히 실재하지만 규정되지 않는 라캉의 실재계의 의미와 매우 유사하다. 따라서 잭슨이 말하는 '틈새 공간'은 욕망의 상상적 충족이 가능한 상상계라기보다는 오히려 실재계에 더 가까운 개념이라고 볼 수 있다.

속에서 창조된다는 사실을 강조한다. 이처럼 환상 문학의 세계는 전적으로 '실재적인' 대상도 '비실재적인' 것도 아니며, 그 두 가지 사이 어디엔가에 자리한다. 죽은 것도 살아 있는 것도 아닌 유령처럼, 환상 문학은 실재적인 것을 취하면서 동시에 그것을 깨뜨린다. 다시 말해 환상 문학은 사실주의적 관습에 의존하여 현실적인 이야기를 하면서도, 그 다음에 비실재적인 것을 통해 이러한 사실적인 전제들을 부정한다.

1919년에 출판된 '기이함the uncanny'에 관한 프로이트의 논문은 이렇게 실재적이면서 비실재적이고, 가시적이면서도 비가시적인 환상 문학의 모순적 특성을 이해하기 위한 독법으로 받아들여지고 있다. 'uncanny'의 독일어인 'das Unheimliche'에는 두 가지 층위의 의미가 있다. 하나는 가정적인, 친숙한, 다정한, 쾌활한, 편안한, 친밀한이라는 의미, 다른 한편으로는 친숙하지 않은, 불편한, 낯선, 이질적인이라는 의미를 갖는다. 기이함은 이 두 의미론적 층위를 결합한다. 그것은 감추어진 것을 폭로하고, 그렇게 함으로써 낯익은 것을 교란하고 낯설게 변형시키는 효과를 갖는다. 프로이트에 따르면 "기이한 것은 현실 속에서의 전혀 새롭고 이질적인 것이 아니라, 마음속에 형성된 오래되고 친숙한 것이, 단지 억압 과정을 통해 마음으로부터 소외되는 어떤 것이다. 그것은 무의식의 투사에 다름 아니다."

프로이트가 지적하고 있듯이 기이함은 감추어진 것을 폭로하고 그렇게 함으로써 낯익은 것을 낯선 것으로 섬뜩하게 변형하는 효과가 있다. 따라서 환상 문학에서 이러한 기이함의 효과는 전혀 낯선 새로운 것에 대한 두려움이 아니라, 안전하고 자연적인 것 뒤에 감춰진 모호하고 폐쇄된 영역을 폭로하는 것이다. 이때 환상성의 공간은 초현실적인 것이 아니라, 현실 이면에 감춰진 틈새적 위치로 나타난다. 그곳에서 낯익은 것은 돌연 낯선 것으로 다가온다. 크리스테바는 『우리 스스로에 대한 이방인』에서 "이제부터 이방인은

---

11) Lucie Armit, *Theorising the Fantastic*, St. Martin's Press, 1996, p. 53.

종족도 국가도 아니다. 〔……〕 이질성은 우리 안에 있다. 우리는 우리 자신의 이방인이다"라고 하면서 환상, 특히 기이함을 친숙한 우리 자신의 몸과 관련짓고 있다. 크리스테바는 환상이 기호계라는 공간, 즉 어머니의 몸의 쾌락에 대한 우리의 인식이 억압된 곳, 바로 그곳에서 발생한다고 본다. 이 '이방인/어머니/타자'의 공간은 단순히 두려운 것이기도 하지만, 반면에 억압되어 있는 유쾌한 흥분과 자극의 심오한 원천이기도 하다. 진실로 그것은 우리가 강박적으로 되풀이해서 이끌릴 수밖에 없는 공간이다.[12]

이처럼 환상성은 낯익은 것을 낯선 것으로, 안전한 것을 불안한 것으로, 보이는 것을 보이지 않는 것으로 만든다. 환상 속에서 오래되고 친숙한, 그러나 불안한 욕망들은 다시 표면으로 떠오르는데, 프로이트는 이를 '억압된 것의 회귀'라고 부른다. 이처럼 사회 내에서 이름 없는 존재로 감추어졌던 타자가 표면으로 떠오름으로써, 사회 질서가 의존하고 있는 단일한 구조와 의미는 점차 분열되거나 해체되기도 한다. 따라서 환상성은 문화적 안정성을 전복하고 잠식하는 기능을 하며, 환상 문학은 이러한 위반에의 충동을 주제적 차원에서 다룬 것이라고 할 수 있다.

그러나 모든 환상 문학이 반드시 전복적인 것은 아니다. 반대로 환상 문학은 욕망의 대리 충족을 제공하고 위반을 향한 충동을 중화함으로써, 오히려 제도적 질서를 재확인하는 기능을 하기도 한다. 예컨대 환상 문학의 전형으로 간주되는 빅토리아 시대의 고딕소설[13]은 부르주아 문화의 가장자리에 있는 흑인, 광인, 원시인, 범죄자, 사회적으로 박탈당한 자, 일탈자, 절름발이 혹은 여성 등을 괴물, 뱀, 박쥐, 흡혈귀, 난쟁이, 잡종 맹수들, 악마, 팜므 파탈 등과 동일시함으로써, 이러한 주변부적 존재들을 악령을 내쫓는다는 미명 하에 제거하기도 한다.

---

12) Lucie Armit, 앞의 책, pp. 58~59 참조.
13) 많은 논자들이 고딕소설을 중심으로 환상 문학에 대해 논하는데, 특히 토도로프와 잭슨은 19세기 고딕소설을 환상 문학의 장르 혹은 양식의 전형으로 본다.

이처럼 많은 환상 문학은 외관상 자연스러운 삶의 질서를 강화하기 위해서 형태 없음, 부재, 죽음에 대한 자연스러운 공포심을 이용한다. 그러나 이들이 '자연스러운 삶의 질서'로 보는 것은 사실상 중산층의 일부일처제적이고 남성 중심적인 문화로서, 이러한 환상 문학은 비인간적인 것을 타파한다는 명목으로, 부르주아적 이데올로기에 대립되는 존재들을 제거한다. 예컨대 『드라큘라』는 '드라큘라'라는 절대적 타자를 통해 전복적인 욕망을 표출하면서도, 곧바로 이를 좌절시킴으로써 오히려 부르주아 이데올로기를 강화한다. 따라서 표면적으로 사회적 질서를 교란하는 (것처럼 보이는) 고딕적 상상력이 모두 현실 전복적인 것은 아니다. 오히려 고딕소설에서의 불온한 환상은 초현실적인 대안 세계를 구축하려는 휴머니즘적 환상과 마찬가지로 지배적인 이념을 유지하는 기능을 하기도 한다. 그런 점에서 '환상＝위반'이라는 잭슨의 공식에 문제를 제기하는 루시 아밋의 주장은 일면 타당하다.[14]

잭슨에 따르면 19세기 사실주의 소설 또한 고딕 시퀀스를 통해 현실 규범들에 대해 문제를 제기하지만, 『제인 에어』나 『빌렛』에서처럼 결국 타자화된 환상적 존재들은 희생되거나 폭력적으로 억압된다. 이처럼 환상적 요소들을 부분적으로 차용하는 리얼리즘 소설의 경우, 사악하고 불쾌하며 저속한 것으로 읽히는 환상적인 타자적 존재들은 사실주의적 담론의 주변부로 추방된다. 그러나 이러한 타자적 존재들은 진정한 정체성을 회복하려는 자아에 의해 서술되기 때문에, 주변부로 추방된 것들은 마치 현실적 자아의 틈새 사이로 비어져 나온 존재들로, 혹은 현실적 자아를 말하는 동안 잃어버린 존재

---

14) Lucie Armit, 앞의 책, pp. 34~35 참조. 그러나 이러한 잭슨에 대한 비판이 반드시 타당한 것은 아니다. 잭슨이 환상의 본질적 특성을 현실에의 위반으로 본 것은 사실이지만, 고딕소설에 대한 그녀의 분석을 보면 반드시 '환상＝위반'을 주장한 것은 아니다. 오히려 잭슨은 고딕소설이 프로노그래피처럼 욕망의 대상을 제공하여 소설 속에서 사회적 · 성적인 위반을 상상하게 함으로써(즉 욕망을 대리 충족케 함으로써), 지배적인 부르주아 이념을 지탱하게 하는 경향이 있다고 본다. 즉 잭슨은 '위반에의 욕망'을 자극하는 환상 문학도 어느 면에서는 욕망의 대리 만족이라는 측면을 갖는다고 보는 것이다.

들로 드러나기도 한다. 그런 점에서 이러한 사실주의 소설들은 문화적 형성 과정에서 상실한 것에 대한 불온하고도 전복적인 이야기로 독해되기도 한다. 이는 환상 문학이 사실주의 문학과 대립적인 관계에 있지 않음을 다시 한 번 입증하는 것이다. 예컨대 조세희의『난장이가 쏘아올린 작은 공』이나 최인석 의『나의 아름다운 귀신』에서처럼 환상적 요소들을 차용하는 사실주의 소설 들이 순수 환상 문학보다 더 위반적이고 현실 전복적이라는 사실은 환상 문 학에 대한 통념을 다시 생각하게 하는 대목이다. 그런 점에서 환상적 사실주 의 혹은 사실주의적 환상 문학이 순수 환상 문학보다 환상의 본질에 더 가까 운 환상 문학이라고 할 수 있을 것이다.

4. 환상 문학과 여성

남성 중심적인 가부장제 사회에서 흔히 여성은 타자화되고 주변화된다. 그 래서 여성은 다른 타자화된 존재들과 더불어 환상 예술에서 죽음을 환기하는 존재로 형상화되어왔다. 이처럼 여성은 현실 세계의 지배적인 문화 곁에서 침묵하고 있는 상상적 타자로 존재하기 때문에 현실 질서에 대한 불만과 좌 절감을 드러내기에 적합하다. 그런데 이러한 악마화된 여성은 우리의 문학 현실에서는 잘 다루어지지 않고 있다. 가부장제나 교육 제도 때문에 한을 품 게 된 여자 원귀(「월하의 공동묘지」「여고괴담」 등)나 자본주의 사회의 모순 을 그로테스크하게 재현하는 악녀(김기영의 영화들)는 대체로 민담이나 영화 에서만 자주 다루어질 뿐, 문학 작품 속에서 다루어진 예는 거의 드물다. 아 마도 악마화된 여성의 이미지가 대중 예술의 기호로 널리 받아들여지고 있기 때문에, 본격 문학에서는 이러한 대중화된 고딕적 요소를 적극적으로 차용하 기를 꺼려하는 것은 아닌가 싶다.

반면 환상적 요소를 첨가한 낭만적인 로맨스 소설은 자주 생산되는데, 특히 이들 소설은 대중적인 밀리언셀러로 확고하게 자리를 잡는 경우가 많다. 이러한 환상적 로맨스 소설에서 여성은 초현실적인 환상 세계에서 영웅적인 남성과의 사랑을 통해 전혀 다른 새로운 인물로 탈바꿈하기도 한다(예컨대 양귀자의 『천년의 사랑』). 이러한 환상 문학에서 여성 인물의 환골탈태적 변모는, 자신의 현재 상태에 만족하지 못하는 여성 독자로 하여금 일시적이나마 현실에서 벗어나 스스로를 전혀 다른 존재로 상상할 수 있도록 유도한다. '멜로드라마적 환상소설'이라고 할 법한 이들 소설은 일반적인 로맨스 소설에 환상적인 요소를 가미함으로써, 낭만적이고 감상적인 요소를 더욱 강화한다. 따라서 이를 읽는 여성 독자는 보상적이고 초월적인 세계로 쉽게 넘어가게 되는 것이다.

문화 비평의 시각에서, 이와 같이 여성의 일탈적이고 낭만적인 환상을 다루는 로맨스 소설은 대개 여성의 일탈적 욕망을 일시적이나마 충족해준다거나, 아니면 여성 독자들이 여주인공과 자신을 동일시함으로써 소설에 지배적인 이성애적 규범을 강화한다는 식으로 비판을 받는 경우가 대부분이다. 그러나 환상 속에 유토피아적 요소가 있는 것은 사실이며, 환상 없이 유토피아를 상상한다는 것 또한 불가능하다. 게다가 환상은 개인의 정체성 형성과 밀접한 관련을 맺으면서 인간의 성적 욕망과 주체성이 일시적이나마 고정되고 또 표현되기 위해 필요한 과정이기도 하다. 따라서 환상적 멜로물은 사실주의적 서사의 한정적인 제약에 저항하는 억압된 여성적 목소리[15]와 욕망을 표현하는 수단이 될 수도 있다. 그러나 여전히 위계화된 성별 구조가 그대로 재현되고 있으며 환상 속에서 새롭게 구성된 여성의 정체성이 현실 속에서는 아무런 힘도 발휘하지 못한다는 점은 환상적 멜로물의 한계로 지적할 수 있을 것이다.

여성은 그 존재 기반의 취약함 때문에, 한편으로는 사회에서 일어나는 온

---

15) 리타 펠스키, 김영찬 · 심진경 역, 『근대성과 페미니즘』, 거름, 1999, p. 199.

갖 악덕의 주범이자 처단해야 할 악으로 취급되거나(주로 공포물에서), 다른 한편으로는 현실을 벗어난 유토피아적 환상 세계에 거주하는 낭만적 여신과 같은 존재로 간주된다(환상적 멜로물). 이처럼 환상 문학(혹은 영화)에서 여성은 현실 질서를 위협하는 두려운 존재이거나, 반면에 현실에는 존재할 법하지 않은 고귀한 존재로 이분화되는 경향이 있다. 이들은 현실을 위협하다가 제거되거나, 아니면 비참한 현실을 초월한다. 그리하여 대부분의 환상 문학에서 여성은 절대적 타자로 주변화되어, 현실 속에서 쉽게 배제되고 제거된다. 이처럼 환상 문학에서 여성은 여전히 가부장제적·남성적 시각에 의해 나누어진 '악녀/성녀'의 이미지를 반복적으로 재현하고 있기 때문에, 오히려 환상 문학은 페미니즘적 시각에서 비판의 소지가 많다. 이는 페미니즘적 포스트모던 작가를 자처하는 해러웨이의 사이보그 이론이 오히려 페미니즘 진영 내에서 '여성의 현실을 고려하지 않은 환상적 유토피아는 오히려 모든 가능한 현실을 막아버린다'는 이유로 비판받는 데서도 알 수 있다.[16]

5. 환상 문학이란 무엇인가

　정신분석학적 관점에서 볼 때, 각 개인의 주체성 형성은 억압된 욕망(특히 성적 욕망)과 이에 대한 방어적 기제로서의 환상을 통해 이루어진다. 즉 개인의 심리 발달 과정에서 억압된 욕망은 무의식 속에서 환상을 통해 가공되고 재구성되는 것이다. 게다가 프로이트가 원초적 환상이라고 부르는 전형적인 환상들은 인간의 기원과 관련된 수수께끼를 해명하는 열쇠가 되기도 한다. 이처럼 환상은 집합적이고 개인적인 기억의 영구적이지만 억압되어 있는 이상이기 때문에, 무의식의 가장 깊은 층과 의식의 가장 높은 생산물(예술)을

---

16) Lucie Armit, 앞의 책, p. 82.

연결할 수 있는 것이다.[17] 그런 점에서 환상 문학에서 다루어지는 환상은 주체성, 욕망, 억압(혹은 금기)의 문제와 맞물리면서 이루어지는 개인의 기원으로서의 환상과 상동적이라고 할 수 있다.

이 글에서는 개인의 기원으로서의 환상과 문학적 차원에서의 환상이 매우 밀접하게 관련된다는 전제 하에, 환상 문학의 특성과 이데올로기적 한계에 주목하고자 하였다. 즉 개인에게 환상이 금기시된 성적 욕망을 주체의 가변화를 통해 변형된 형태로나마 드러낼 수 있게 하는 것처럼, 환상 문학 또한 문화 질서에서 배제된 어떤 것을 향한 욕망의 표현으로 보는 것이 가능하다는 것이다. 따라서 환상 문학의 세계는 현실 너머에나 있음직한 비인간적이고 초월적인 세계라기보다는 오히려 현실 세계의 찢긴 틈 혹은 현실 이면에 감추어진 세계라고 할 수 있다. 그래서 잭슨은 환상을 초월적이거나 신비한 세계에 대한 상상으로 규정하지 않고, 오히려 현실 세계 속에서 드러나는 낯설고 이질적인 것과의 충돌에 의해 야기되는 기이함으로 본다.

서구의 환상소설이 고딕소설을 기점으로 초자연적이고 경이로운 것에서 불가해한 것으로 점차적으로 변화하는 이유는 바로 과학의 발달로 인한 합리주의와 이성 중심주의적 사고로 인해 환상적인 것에 대한 태도와 인식이 변화하였기 때문이다. 악령에 대한 해석이 19세기를 기점으로 서서히 바뀌는 것은 좋은 예이다. 전근대적 사회에서 악마는 주체와 분리된 것, 초자연적인 힘, 저기 바깥에 존재하는 것으로 인식되었는데, 19세기를 기점으로 이제는 자아의 일부, 즉 무의식적 욕망이 형상화된 것으로 달리 해석되고 있다. 『프랑켄슈타인』이나 『드라큘라』 등의 고딕소설을 근대 과학과 산업 사회에 대한 우화로, 『지킬 박사와 하이드』를 '의식적/무의식적'인 이중 자아로 해석하는 것도 바로 이러한 맥락에서이다. 따라서 이제 환상 문학을 단순히 민담으로 전해 내려올 법한 신비한 초현실적인 이야기로만 보기보다는 작품이 생

---

17) 마르쿠제, 앞의 책, p. 146.

산된 사회·역사적인 맥락을 고려하여 해석해야 할 것이다.

이런 점에서 환상 문학은 탈역사적인 장르라고 보기 어렵다. 오히려 환상 문학은 다른 문학 작품처럼, 아니 더 교묘한 방식으로 이데올로기적이다. 킹 슬리나 톨킨 등의 작품처럼 종교적인 신화나 요정담, 공상과학소설(SF)은 무질서하고 불충분한 것으로 인식되는 현실 세계에 대한 불안을 해소하면서 결핍을 채워주는 보상적인 세계를 수립하기 위해 종교, 과학, 마술 등의 방법들을 사용한다. 그러한 세계는 궁극적으로 선이 승리하게 되는 자율적인 메커니즘의 세계이기 때문에, 독자들에게 현실에 근거한 사회역사적 시각을 요구하지 않는다. 톨킨이 지적한 것처럼, 이러한 세계의 기능은 '회복, 도피, 위안'을 제공하는 것뿐이다. 그렇다고 해서 일견 전복적인 것처럼 보이는 고딕적 공포물이 모두 '금기의 위반'이라고 일방적으로 옹호하는 것도 너무 지나친 단순화이다. 앞서 지적한 것처럼 고딕소설이나 고딕적인 현대 환상 문학은 어둠에 묻힌 주변적이고 타자화된 존재들을 가시화함으로써 지배 이데올로기에 대한 전복을 시도하는 것처럼 보이지만, 이들 타자화된 존재들을 무참하게 찢어버림으로써, 오히려 사회 질서의 안정이라는 지배 이데올로기의 모토를 더욱 강화하는 역할을 한다. 다른 한편으로 독자는 포르노그래피처럼 근친상간, 살인 등의 사회적 무질서 내지는 금기를 다룬 환상 문학을 통해 자신들의 억압된 욕망을 대리 충족함으로써, 역설적으로 지배 이념을 지탱하게 할 수도 있다.

그러나 이는 결국 모든 문학의 모순적인 성격이 아닐까? 문학 작품에서 위반에의 충동이란 것도 결국 금기가 없이는 존재하지 않는다고 본다면, 위반은 금기의 짝패로서만 존재할 수도 있다. 다시 말해서 금기의 한계점이 설정된 다음에라야 비로소 위반이라는 것도 가능할 수 있다는 것이다. 그리고 문학의 허구성을 염두에 둔다면, 문학의 현실 비판력이 미치는 영향력이란 과연 얼마쯤일까 하는 의구심이 들기도 한다. 특히 환상이라는 요소는 반드시 묘사된 현실을 미학적 기준에 예속시키고, 묘사된 현실에서 현실 자체의 공포를 제거[18]하는 기능을 한다는 마르쿠제의 지적을 떠올린다면, 환상 문학은 단순히 욕망의 대상을 제공하여 사회적이고 성적인 위반을 상상하게만 하는 문학 양식이라고 볼 수도 있을 것이다. 그러나 문학 그 자체가 언어적인 것과 초언어적인 것, 현실과 비현실이라는 이율배반을 한 몸에 떠맡는 것처럼, 환상 문학도 이러한 양가성을 본질로 떠맡지 않을 수 없다. 따라서 비록 환상 문학이 단지 현실의 부조리함과 억압성을 드러내기만 하고 다시 안정된 사회 질서로 돌아간다고 하더라도, 환상 문학이 '위반에의 불가사의한 초대'임은 분명하다. 다만 이렇게 해서 환기된 현실의 모순을 체제 전복적이고 해체적인 힘으로 전환하는 것은 우리 독자의 몫일 것이다. 환상은 다만 이러한 현실의 변화 가능성을 '활짝' 열어둘 뿐이다.

---

18) 마르쿠제, 앞의 책, p. 149.

제5부

2000년대
한국 문학의 풍경

망각, 소외, 죽음
— 김영하의『검은 꽃』과 백민석의『죽은 올빼미 농장』*

1. 농담과 죽음

어렵고 무거운 삶의 국면이라도 잽을 툭툭 던지면서 가벼운 풋워크로 접근하는 소설이 있다. 그런 소설들에서는 주로 농담이라는 장치가 동원된다. 이만교의『나쁜 여자, 착한 남자』(민음사, 2003)와 정이현의『낭만적 사랑과 사회』(문학과지성사, 2003)는 이러한 농담의 방법론을 통해 조롱과 반어가 삶의 진실이 되는 우리 시대의 조건들에 대해 숙고하게 한다. 아울러 이들 소설은 '기만당한 기만자에게 과연 진실이란 존재하는가'라는 질문을 던짐으로써 선과 악, 진실과 거짓, 순수와 타락의 경계선을 가로지르고 있다. 그래서 이들의 웃음에는 '악마적인 쓸쓸함'이 담겨 있다고 볼 수 있다. 그것이 천진난만한 웃음보다 오히려 삶의 진실에 가까울 수 있다는 반어적 인식은, 그러나 현실의 표면을 뚫고 들어가지 못한 채 현실 세태의 묘사에만 그치고 있는 듯하다. 가벼움이 소설덕 미덕으로 정착하기에는 우리 소설이 덜 가벼운 걸까, 아니면 너무 가벼운 걸까.

김영하의『검은 꽃』과 백민석의『죽은 올빼미 농장』은 언뜻 이런 웃음과 농담의 세계와는 대척점에 있는 것처럼 보인다. 그러나『검은 꽃』이 도달한

---

* 김영하,『검은 꽃』, 문학동네, 2003; 백민석,『죽은 올빼미 농장』, 작가정신, 2003. 이후 이 책들을 인용할 경우는 책의 면수만을 밝힌다.

허무주의와 삶의 짙은 파토스, 『죽은 올빼미 농장』에서 그려지는 유년기의 망령에 사로잡힌 존재는 어쩌면 삶 그 자체가 전해주는 쓸쓸하면서도 뼈 있는 농담이라고 할 수도 있을 것이다. 이들의 소설에서 망각과 소외로서의 죽음이 너무 무겁지 않은 이유는 아마도 농담과도 같은 삶의 아이러니와 우수가 죽음을 감싸고 있기 때문일 것이다. 죽음이 농담이 되고, 다시 농담이 죽음이 되는 농담과 죽음의 역설적 순환. 김영하와 백민석 소설에서 발견하게 되는 이러한 농담과 죽음의 관계는 농담이 결코 가볍지만은 않을 수도 있다는 전언을 우리에게 들려주는 듯하다.

2. 죽은 자의 시선에 포착된 구부러진 근대: 김영하 장편소설 『검은 꽃』

김영하의 『검은 꽃』은 1905년 4월 4일 멕시코라는 미지의 땅을 향해 떠난 1,033명의 조선인들의 행방을 추적한 장편소설이다. 이 소설에서 '몰락한 양반들' '농민들' '대한제국의 군인들' '도시 부랑자들'로 구성된 이들 멕시코 이민자들은 멕시코 에네켄 농장에서의 혹독한 노동과 죽음을 견딘 뒤 멕시코 전역으로 흩어져서 삶의 우연적 국면들을 거쳐가다가, 마침내 "그들이 떠나온 나라가 물에 떨어진 잉크 방울처럼 서서히 사라져가"(62)듯이 그렇게 역사와 기억의 저편으로 사라져간다. 그래서 이 소설은 대한제국을 둘러싼 열강들의 세력 쟁탈 및 멕시코 혁명사를 설명적으로 진술하면서도 그러한 격변의 역사를 무대의 중심에 놓는 대신, 그것과 유관하게 혹은 무관하게 전개되는 개인적 삶의 이력 '들'을 상세하게 펼쳐 보인다.

이처럼 표면적으로 멕시코 에네켄 농장으로 떠난 한인 이주민의 역사를 따라가고 있는 이 소설은 특이하게도 '김이정'이라는 인물이 죽기 직전의 상황에서 시작된다. 도시 부랑자로 떠돌던 그가 멕시코행 일포드 호에 승선한 것은 새로운 삶에 대한 충동과 갱신에의 욕망에 이끌린 것이었지만, 멕시코 농장에서 고된 노동에 시달리고 멕시코 혁명의 소용돌이에 휩쓸린 다음 그가 도달한 곳은 바로 죽음으로 가득한 늪지대다.

> 물풀들로 흐느적거리는 늪에 고개를 처박은 이정의 눈앞엔 너무나 많은 것들이 한꺼번에 몰려들었다. 오래전에 잊었다고 생각한 제물포의 풍경이었다. 사라진 것은 없었다. 피리 부는 내시와 도망 중인 신부, 옹니박이 박수무당, 노루 피 냄새의 소녀, 가난한 황족과 굶주린 제대 군인, 혁명가의 이발사까지, 모든 이들이 환한 얼굴로 제물포 언덕의 일본식 건물 앞에 모여 이정을 기다리고 있었다.
> 눈을 감았는데 어떻게 이 모든 것들이 이토록 선명할까. 이정은 의아해하며 눈을 떴다. 그러자 모든 것이 사라졌다. 그의 폐 속으로 더러운 물과 플랑크톤이 밀려들어왔다. 군홧발이 목덜미를 눌러 그의 머리를 늪 바닥 깊숙이 처박았다. (11)

아무런 상황 설명 없이 돌연 등장하는 이 죽음의 장면은 소설을 끝까지 읽은 뒤에야 비로소 그 의미가 파악된다. 작가는 이정이 과테말라 정부군에 의해 사살되는 결말 부분의 장면과 맞닿아 있는 이 죽음의 상황을 도입부에 배치해놓음으로써, 소설 전체를 죽음의 이미지로 감싼다. 그런데 그 죽음이란 단지 김이정을 비롯한 멕시코 이주민들의 물질적이고 생물학적인 죽음만을 의미하는 것은 아니다. 늪에 고개를 처박힌 이정은 눈을 감은 짧은 순간에 그동안 잊혀졌던 사람들, 멕시코라는 "먼 곳으로 떠나 종적 없이 사라져버린 사람들"(「작가의 말」, 353)을 떠올린다. 그러나 그토록 '선명'했던 그들의 모습은 이정이 눈을 뜨는 순간, 즉 죽음과 맞닥뜨리는 순간에 비로소 '사라'진다. 그렇게 죽음은 완전한 망각의 순간과 함께 찾아온다. 그런 점에서 앞의 인용문 바로 뒤에 이어지는 제1부 2장의 "그들은 아주 멀리에서 왔다"

(12)는 구절은 멀리 사라진, 그래서 망각된 존재들의 귀환을 알리는 것으로 볼 수 있다. 그리하여 죽은 자 혹은 잊혀진 자의 회고적 시점으로 그려진 소설『검은 꽃』은 우리의 삶 속에서 영원히 현재하지만 결코 기억된 적이 없었던 '망각'의 무의식, 그 일그러진 근대 격변기의 한 풍경이 된다.

이처럼 이 소설은 표면적으로는 멕시코 에네켄 농장으로 떠난 한인 이주민의 역사를 좇아가고 있지만 직선적인 근대의 시간을 횡단한 뒤 이들 이주민이 도달한 지점은 기실 새로운 삶에 대한 충동에 이끌려 버리고 떠나왔다고 생각한 그 원형질적 죽음의 시공간이다. 이정이 마지막 순간에 환상처럼 보게 되는 것이 바로 멕시코행 일포드 호가 출항을 기다리는 제물포항인 것처럼 말이다.『검은 꽃』은 언뜻 반상의 구분과 남녀의 차별이 잔존하는 중세적 질서에서 벗어나 새로운 근대적 질서를 습득하는 직선적인 발전의 서사를 따라가는 것처럼 보이지만; 이러한 단선적 서사는 어느 순간 휘어진다. 그 결과 전근대/근대, 주술적 세계/탈주술적 세계, 광기/이성이라는 이분법적 항목의 배치는 불필요할 뿐만 아니라 부적절한 것으로 판명된다. 예컨대 소설에서의 무속과 가톨릭의 세계가 그리 먼 것이 아니라는 사실이 암시되는데, 이런 관점에서 보면 그것은 의미심장하다.

최선길도 더 이상은 저항하지 않았다. 그는 눈을 꾹 감고 모든 것을 그의 뜻에 맡겼다. 그러자 갑자기 내부에서 믿을 수 없을 정도로 행복한 기분이, 마치 분수에서 물이 뿜어져나오듯 세차게 분출하기 시작했다. 놀라운 황홀경이, 극치의 만족감이 그를 흔들었다. 이대로라면 죽어도 좋다, 최선길은 생각했다. 게다가 이 쾌감은 마치 영원히 지속될 것처럼 느껴졌다. 아아아, 그는 소리를 질렀다. (144)

삽시간에 움막 마당은 국적을 초월한 카니발적 광란에 휩싸였다. 미친 듯이 울고 웃으며 여자들은 다섯 시간 내내 춤을 추었고 남자들은 술을 마셨다. 박광수는 정신을 잃었다. 그는 넋이 나간 사람처럼 박수무당이 시키는 대로 벗으라면 벗고 입으라면 입고 올라가라면 올라가고 내려가라면 내려갔다. 마지막으로 박광수를 찾아온 환상은 엉뚱하게도 백마였다. 〔……〕 그것은 곰소나루의 무당이 모시던 신이었다. (229)

첫번째 예문은 박광수 바오로 신부의 십자가를 훔쳤던 최선길이 가톨릭을 받아들이는 과정을, 두번째 예문은 신부 서품까지 받은 박광수가 결국 내림굿을 받고 박수무당이 되는 상황을 기술하고 있다. 신부 서품까지 받은 자가 무당이 되고, 도둑질을 일삼던 도시 부랑자가 독실한 가톨릭 신자가 되는 이 패러독스는 그대로 근대 그 자체의 패러독스를 드러낸다. 최선길의 종교적 귀의 과정이 '황홀경'과 '쾌감'으로 요약되는 샤먼적 엑스터시의 반복이며 박광수의 내림굿이 스스로 거부해서 도망쳤던 '금동이 삼촌과 곰소무당'으로 상징되는 폭력적이고 "불길한 주술적 세계"(150)로의 회귀라는 사실에서 확인할 수 있는 것은, 바로 근대로의 이동이 전근대적인 것의 청산이 아니라 역설적이게도 전근대적인 것으로 간주된 마술적이고 주술적인 세계로의 회귀일 수 있다는 점이다. 이는 일포드 호의 유일한 통역관이자 자기 경영에 대한 의지가 가장 분명했던 권용준의 행보에서 좀더 분명해진다. 멕시코를 거쳐 샌프란시스코까지 와서 그가 안착한 곳은 바로 그를 먼 곳으로 떠나게 했던 나른하고 안온한 아편의 세계였던 것이다. 멕시코에서 냉혹하고 계산적인 중간 관리의 면모를 보여주었던 그의 자기 관리의 의지는 "오래된 구두처럼 편안"(232~33)한 샌프란시스코 차이나타운 뒷골목에서 여지없이 무너지고만 것이다.

이는 다른 역사소설에서라면 근대적 주체로 거듭나는 데 성공한 사례로 기록될 법한 김이정이나 이연수와 같은 인물의 행보에서도 확인할 수 있다. 소설 초반부에 김이정은 "고아로 자라났으나 주눅 들지 않았고 비슷한 처지의 학생들 중에서 단연 도드라"진 "남달리 이해력이 좋은 영민한 아이"(15)로 그려지고 있으며, 이연수 또한 "타고난 귀티와 남다른 오만함"(58) 그리고 남성의 성적 욕망을 자극하는 "노루 피 냄새"라는 다양한 지표로 인해 특별한 존재로 부각된다. 그러나 이들 또한 자신들이 원했던 것과는 완전히 다른 삶의 길로 들어선다. 이정은 "멕시코 판 전국 시대"(255)에 혁명의 소용돌이에 휩싸이면서 익명의 무국적 아나키스트로서 생을 마감하고, 연수 또한 "남자처럼 공부하고 직업을 얻고 세상에 나가 뜻을 펼치는 꿈"(163)을 이루지 못한 채 멕시코 암흑가의 큰손으로 살다가 죽는다. 조장윤을 비롯한 대한제국 군인들 또한 새로운 국가 건설의 염원을 이루지 못한 채 개인적 안위만을 추구하다가 죽는다. 그들 중 어느 누구도 역사가 주목할 만한 업적을 남기거나 이름을 떨치지 못한다. 심지어 김이정을 비롯한 혁명군 용병들조차 과테말라 정부군과의 전투에서 비장한 최후를 맞이했으나 어느 누구도 이들의 흔적을 발견하지 못한다. 소설에서 이들은 모두 그렇게 지워진다.

이 소설에서 이처럼 먼 곳을 향해 떠난 사람들이 처음 품었던 새로운 삶에 대한 열망, 발전에 대한 기대는 어쩔 수 없는 우연한 계기로 흩어지고 구부러진다. 역사적 필연성도, 자신의 운명을 선택하고자 하는 개인의 의지도 이 구부러지는 시간을 되돌리지는 못한다. 그런 점에서 역사소설의 외피를 두르고 있는 이 소설은 삶에 대한 허무주의적 의식이 강하게 드러나는 소설이라고 할 수 있다. 각 개인은 분명 역사라는 거대한 물줄기에서 자유롭지 않지만 그렇다고 해서 역사가 개인의 삶에 결정적인 영향력을 미치는 것도 아니라는 것, 개개인의 삶이 다만 역사적 상황을 비경으로 우연의 굴곡을 따라 흘러갈 뿐이라는 것, 어쩌면 작가가 도달한 지점은 바로 이러한 삶의 우연성과 불가항력이 아니었을까. 김영하는 이 소설에서 그렇게 개인의 삶에 우연히 끼어든 역사와 더 나아가 역사와 무관하게 역사 바깥으로 사라진 존재에게 방점을 찍고 있다. 이렇게 본다면 제목 '검은 꽃'은 우연히 역사의 급류에 휘말렸지만 다시 역사 바깥으로 밀려나 죽은, 그리고 망각된 존재들에 대한 작가의 헌화를 상징한다고도 할 수 있을 것이다.

3. 죽음을 가로질러 리얼리스트 되기:
백민석 장편소설『죽은 올빼미 농장』

　백민석의『죽은 올빼미 농장』은 주인공 '나'에게 잘못 전달된 두 통의 편지의 발신지인 '죽은 올빼미 농장'을 찾는 일종의 미스터리 추리극 형식을 취하고 있는 장편소설이다. 3년 간격으로 '오세훈'이라는 낯선 존재에게 온 편지 두 통은 각각 그의 남동생과 어머니가 보낸 것이다. 처음엔 편지도 돌려줄 겸, 가벼운 여행 삼아 발송지를 추적하다가 '나'는 점점 "사람 사는 흔적은 아무것도 없는"(81) 황량한 벌판이 되어버린 '죽은 올빼미 농장'과 그 농장에서 살던 세 모자(母子)의 사연에 집착한다. 소설 결말 부분에서 '나'는 이들이 30년 전에 마을 사람들의 무관심 속에서 아사(餓死)했다는 사실을 확인하게 된다. 소설은 이 기이한 타자의 죽음에 관한 이야기를 다른 여러 죽음들과 겹쳐놓고 있다. 동성애자 '손자'의 죽음, 신인 가수 '해아리'가 키우던 개의 자살, 그리고 '인형'의 죽음이 그것이다. 이들 죽음은 언뜻 아무런 연관관계도 없어 보이는 사건들을 얽어매는 고리 역할을 하면서 이 소설 전체를 기이한 죽음의 향연(香煙)에 휩싸이게 한다. 이 죽음 '들'이 우리에게 던지는 낯설고도 섬뜩한 느낌은 그동안 백민석 소설에서 익히 보아온 죽음의 기표들, 즉 인형과 자장가로 상징되는 유년기, 그리고 유령에 의해 더욱 증폭된다.

　이 소설에서 '그녀'로 명명되는 인형은 나의 대화 상대자이기도 하고 집안을 청소하거나 내 일을 도와주는 존재이기도 하다. 그러나 인형은 살아 있는 존재는 아니다. 그녀는 분명 '손가락 하나로 들어올릴 수 있을 정도'로 "헝겊처럼 가벼운 몸"(183)의 소유자로 문자 그대로 '죽은' 인형이다. 그리고 '나'에게만 보이고 다른 사람에게는 보이지 않는, '나'의 유년기 분신과도 같은 존재다. 인형은 '나'와 "자장가에 대한 기억을 공유할 만큼"(177) 오래된 관계인 것이다. 그런 점에서 인형은 '나'가 아직까지 떨쳐버리지 못한 유년의 망령이라고 할 수 있다. 유년의 망령으로서의 인형이라는 테마는 이전에 발표된 백민석의 단편 「인형의 조건」에서도 잘 나타난다. 이 소설에서 '인형'은 아파트를 떠도는 어린 유령, 즉 '나'의 유년기 망령을 달래주는 일종의 제물(祭物)의 역할을 한다. 그러나 『죽은 올빼미 농장』에서 인형은 과거의 존재로만 머물지 않는다. 그것은 현재의 일상 속에 깊숙이 개입하여 '나'의 생활은 물론, 의식까지도 조종하는 또 다른 '나'가 된다.

이처럼 "있는 세상이란 나 자신밖에 없었을 때, 아직 나 이외에 다른 세상은 없었을 때"만 해도 "충분히 가까운 사이였"(75)던 인형과의 친밀한 관계는, 그러나 '나'가 인형에게 압도되기 시작하면서 서서히 삐걱거리기 시작한다. 이러한 분리의 징조는 소설 초반부터 마련되고 있는데, 그것은 맨 처음 '뭔가 타는 냄새'를 인형이 감지하면서부터 시작된다. 그 냄새는 곧 화재의 전조였음이 밝혀진다. 인형을 통해 감지되는 것은 바로 죽음이었던 것이다. 그리고 마침내 죽음의 전령사인 인형은 손자의 죽음을 사주하기에 이른다. 그러나 '나' 또한 손자의 죽음과 무관하지는 않다. 이는 앞서 지적한 것처럼, 인형이 '나'와 별개의 독립적인 개체가 아니라 '나'의 유년기의 망령이자 분신이라는 점에서 더욱 그러하다. 인형이 또 다른 '나,' 특히 '신경질적이고 우울한' 정신병적 존재일지도 모른다는 사실은 다음과 같은 구절을 통해 분명하게 확인된다.

천장에 목을 매달고 있는 앵무새들을 보고 있자니 기분이 묘해졌다. 홍겹지도 슬프지도 않은, 불안하지도 안정적이지도 않은, 포만스럽지도 공허하지도 않은, 이렇지도 저렇지도 않은 어떤 감정이 가슴을 메웠다. 나는 손가락 하나를 펴 거실 바닥을 한참이나 문질렀다. 틀림없이 무언가가 복받치고 있었지만, 나는 그 정체를 알 수가 없었다. 〔……〕 나는 더 견딜 수 없을 때까지 그렇게 앵무새들을 올려다보며 손가락으로 바닥을 문지르고 또 문질렀다. 그리고 마침내 한계에 이르렀을 때, 자리에서 일어나 손을 뻗어 오르골의 태엽을 감고 그것들이 소리를 내게 했다. 울게 했다. (137~38)

위의 예문은 자장가를 기억한 것을 기념하기 위해 인형이 인터넷에서 주문한 앵무새 오르골을 '나'가 쳐다보고 문득 "손가락 하나"로 거실 바닥을 문지르다가 참을 수 없는 어떤 감정에 휩싸여 오르골을 "울게" 하는 장면이다. 여기서 주목할 부분은 바로 '나'의 일련의 갑작스러운 행동들이다. 그리고 이는 까닭 없이 우울해질 때 인형이 베란다에 나가서 하는 행위와 정확하게 일치한다("그녀는 그 대신 손가락 끝이 새빨개지도록 창문에 낙서 같은 것을 했다," 63). 스스로 주체할 수 없는 감정에 휩싸이는 '나'의 태도는 인형의 통제 불가능한 광기 어린 행동을 연상케 하는 것이다. 이렇게 본다면, 손자의 죽음은 '나'의 "정체를 알 수" 없는 "무언가 복받치"는 어떤 감정에서 비롯된 것으로 볼 수 있다. 소설에서 그 원인은 정확히 무엇인지 드러나지 않고 있지만, "내 기억엔 거의 모든 게 저 황혼처럼 핏빛이었어"(13)와 같은 구절에서 알 수 있듯이, 그것은 분명 '핏빛'으로 얼룩진 유년기와 관련된다. 사람들에게 영원한 잠을 불러오는 앵무새에 관한 자장가 내용에서 짐작할 수 있는 것처럼, 자장가는 악몽과도 같은 유년기, 그 시절의 절망과 우울을 상징하는 '비명'이자 '울음'이다.

그런 점에서 자장가는 인형과 같은 존재다. 달콤하지만 한번 빠져들면 절대로 깨어나지 못하는 '영원한 잠'처럼, 친숙하지만 두려운 것, 낯익으면서도 낯선 기괴한 것the uncanny의 세계, 바로 그 세계가 인형과 자장가로 상징되는 유년기인 것이다. 물론 소설에서 '나'의 유년기에 대한 부정적인 진술은 드러나지 않는다. 오히려 '나'는 지극히 정상적인 가정에서 큰 무리 없이 성장한 인물로 그려진다. 그럼에도 불구하고 현재의 '나'를 사로잡고 있는 죽음과 고아기가 유년기의 상징물인 인형과 자장가로 표현된다는 점에서 그것은 분명 '나'의 어린 시절과 관련된다. 그 시절에 대한 기억이 현실적이든 상상적이든 간에 말이다. 어찌 됐든 유년의 악몽은 이제 현실로 귀환하여 끊임없이 '나'를 죽음, 폭력, 정신병적 우울의 세계로 밀어넣는다. 그러나 '나'는 절대로 죽지도 미치지도 않는다. 대신 손자가 죽고 인형이 미친다. 좀더 정확히 말하면 미친 인형이 손자를 죽음으로 몰고 간다. 마치 해아리네 개가 해아리 대신 자살하듯이 말이다. 따라서 머리카락들을 일제히 곤두세우고 "퍼런 증오의 스파크를 뿜"으면서 "손자가 자는 사이 쥐도 새도 모르게 죽여 버리겠다고 공언"(165)하는 인형의 모습은 다름 아닌 '나'다.

유년의 악몽에서 비롯된 죽음의 광기에 사로잡힌 존재에 관한 이야기는 첫 번째 소설집 『헤이, 우리 소풍 간다』부터 백민석 소설에서 반복되는 테마다. 『죽은 올빼미 농장』 또한 이 테마에서 크게 벗어나지 않는다. 아직도 '나'는 "욕실 욕조에 더운물을 받아놓고 들어가"(46)야 잠이 드는 덩치 큰 어린아이이며 인형이나 자장가로 상징되는 유년 또한 여전히 '나'의 현실에 음험한 죽음의 그림자를 드리운다. 아울러 '나'가 '죽은 올빼미 농장'에서 마주친 30년 전에 굶어죽은 '유령들' 또한 '나'의 삶 속에 죽음을 환기하는 존재라는 점에서 유년기의 망령과 같은 존재라고 할 수 있다. 그렇게 본다면, 죽은 자에게서 온 두 통의 편지는 '나'가 '나'에게 보내는 죽음의 메시지로 볼 수도 있을 것이다.

그러나 지금까지 백민석 소설에 등장한 유령들이 뒤틀린 자아의 일그러진 내면을 외화하는 나르시시즘적 도플갱어에 가까웠다면, '죽은 올빼미 농장'의 유령들은 이러한 '나'의 분신들과는 다르다. 그것은 "다른 어떤 무엇, 다른 어떤 세계, 그 세계의 풀 길 없는 어떤 난센스들"(107)이자, "세계가 보이지 않는 어떤 고리 같은 것에 의해 줄줄이 꿰어져 있"(107~08)다는 사실을 확인시켜주는 타자들이다. 이 '다른 세계'의 '다른 존재'들에 대한 인식, 그들과 '나'가 서로 다르지 않다는 깨달음. 『죽은 올빼미 농장』은 유령을 통해 이러한 타자를 발견한다는 점에서 백민석의 다른 유령담과 구별된다. 나아가 그것은 현실에 대한 새로운 발견이기도 하다.

　　만질 수 있고 볼 수 있고 맘에 따라선 변형도 시킬 수 있는 실체인 이 빈 땅은, 정작 무엇도 가르쳐주고 있지 않았다. 먼 길을 온 내게 정작 가르쳐주고 있는 건, 지금 보고 있는 것이 다라는 사실뿐이었다. 지금 보고 있는 것 외의 다른 것은 볼 수도 만질 수도, 존재하지도 않는다는 사실뿐이었다. 빈 땅 외의 다른 실체는 존재하지 않는다는. (179)

　　폐허가 된 농장의 '빈 땅'에서 '나'는 분명히 존재하는 '실체'를 본다. 그것은 "지금 보고 있는 것이 다라는 사실"의 확인이다. 인형이라는 허상이 실제적인 죽음을 불러올 수도 있다는 사실을 목격한 후, "나는 내가 무엇을 어찌해야 하는지 알"게 된다. 그것은 유년기의 허상과 망령에서 벗어나는 것이다. 이제 '나'는 "서른이 넘은 사내에게 자장가"(183)란 아무 소용이 없다는 사실을 깨닫게 된다. 그런 점에서 '나'가 신인 가수 해아리에게 자신의 자장가를 부르게 하고 인형을 새로 파낸 '죽은 올빼미 농장'의 들샘에 버린 후 죽은 자에게 온 두 통의 편지를 태워버리는 일련의 행위는 지긋지긋한 유년의 망령을 보내는 제의적 절차라고 할 수 있다. "가버려야 할 것들은 이제 다 가버렸다"(184). 그리고 나서 '나'가 보게 되는 것은 "드러난 정체 외에 다른 정체는 없"(185)는 '뼛조각'이다. 그것이 '사람의 뼈'인지, 아니면 '들개나 송아지 뼈'인지, 그것도 아니라면 '플라스틱 조각'인지는 알 수 없다. 다만 그 뼛조각은 분명한 '실체'라는 것이다.

　　'나'가 목격한 '실체'가 구체적으로 인지 대상으로서의 사물을 가리키는 것인지 아니면 죽음이라는 허상 너머에 있는 현실을 가리키는 것인지는 알 수 없다. 다만 분명한 것은 '나'가 더 이상 상대방의 시선 너머, 그 허방에 눈길을 주지 않을 것이라는 점이다. 나아가 '나'는 '죽은 올빼미 농장'과 같은 곳이 현실에 얼마든지 있다는 것 또한 알게 된다. 이제 더 이상 죽음은 상상적이거나 비유적인 문제가 아니다. 그것은 폐허가 된 아파트에도, "투신 자살 사건 하나 없"(66)을 것 같은 우리의 이웃에도 편재해 있다. 그러나 죽음의 편재성에 대한 확인은 가공할 죽음의 위력을 확인하는 것과는 다르다. 그것은 "눈이 멀었거나 부주의해서 보지 못"(131)했던 우리 이웃의 죽음을 발견하는 것이기 때문이다.

『죽은 올빼미 농장』은 언뜻 기존의 백민석 소설에서 익숙하게 보아왔던 죽음의 테마를 반복하고 있는 듯하다. 인형, 자장가, 유령, 그리고 '나'는 바로 이러한 죽음의 테마를 위해 동원된 소재들이라고 할 수 있다. 그러나 이전의 백민석 소설이 죽음을 다룰 때 '나'의 과거와 망상을 문제삼았다면, 이 소설에서는 타자의 과거와 현실이 더 문제시되고 있다는 점에서 기존의 소설들과 다르다고 할 수 있다. 물론 이 소설에서도 여전히 '죽음'이 문제되고 있기는 하지만, 이때의 죽음은 '나'의 죽음을 가로질러 도달한 현실의 죽음들이다. 이것이 바로『죽은 올빼미 농장』에 주목해야 하는 이유다.

4. 고독하지 않은 자의 죽음

노베르트 엘리아스는『죽어가는 자의 고독』에서, 현대 사회에서 죽음이 배제되는 방식과 그 과정에서 죽어가는 자가 경험하는 소외와 고독에 대해 이야기한다. 여기서 유추할 수 있는 것은, 바로 죽음이 배제, 소외, 고독의 원인이자 결과일 수 있다는 것이다. 이럴 때 죽음은 삶의 타자이며 바깥일 수밖에 없다. 고도로 원자화되고 개체화된 현대 사회에서 이러한 타자나 바깥은 개인의 독립성과 개별성을 강조하는 과정에서 자연스럽게 별도의 외부 세계로 규정됨으로써 배제된다. 현대 사회에서 죽음이 생물학적 차원의 문제로만 국한될 수 없는 이유도 바로 이러한 죽음의 사회적·철학적 국면 때문이다. 그런 점에서 죽음은 가장 철저하고 완벽한 소외의 방식이며, 이러한 소외의 가장 극단적인 표현은 망각이다. 그래서 밀란 쿤데라는 망각을 "삶 속에 영원히 현재하는 죽음의 한 형태"라고 했는지도 모른다.

　김영하의 『검은 꽃』과 백민석의 『죽은 올빼미 농장』은 각각 망각과 소외로 현현하는 죽음에 대해 다루고 있다. 잊혀지는 것은 언제나 과거의 것이다. 우리가 망각할까 봐 두려워하는 것은 과거이지 미래나 현재가 아니다. 김영하가 『검은 꽃』에서 한국 근대 국민국가가 형성되던 초기의 멕시코 이민사에 눈길을 준 것은 그때가 과거, 그것도 잊혀진 과거이기 때문이다. 급변하는 역로(歷路)를 따라 그들이 도달한 죽음의 자리는, 따라서 망각의 지점이기도 하다. 역사는 기억되었지만 개인들은 모두 잊혀지고 역사 바깥으로 던져진 것이다. 『검은 꽃』이 이처럼 망각으로서 죽음을 다루고 있다면, 백민석의 『죽은 올빼미 농장』은 소외된 죽음, 죽음의 소외에 주목한다. 이전의 백민석 소설에서 죽음이 주로 사회정치적으로 소외된 개인의 고립을 확인하는 것에 머물렀던 반면, 이 소설에서 죽음은 타자의 존재를 발견하는 계기로 작동한다. 단정할 수는 없지만 이제 그도 한 개인이 다른 개인 '들'과 더불어 살아간다는 사실을 받아들이게 된 것인지도 모른다. 이들의 소설이 눈길을 끄는 것은 아마도 자칫 센티멘털리즘에 빠질 수 있는 죽음이라는 테마를 통해 그렇게 잊혀지고 소외된 존재들을 발견하고 그들의 자리를 마련해주었기 때문일 것이다. 그래서 이들의 소설에서, 죽음은 더 이상 고독하지 않다.

소설의 매혹

─ 최윤, 전경린, 김경욱의 소설[1]

1. 사로잡힘에 대하여

간혹 주기적으로 반복되는 일상생활의 궤도에서 벗어나고 싶을 때가 있다. 일상은 우리의 삶을 지탱해주기도 하지만, 그 반복과 순환의 굴레로 우리를 고정된 삶의 영역 안에 가두기도 한다. 누구는 궤도를 따라가는 별을 보며 그 질서의 아름다움과 불변성을 좇아가고 싶다고 했다지만, 대부분의 사람들은 지겨울 정도로 반복되는 일상에 권태와 무의미함을 느낀다. 꿈은 그래서 꾸는 것인지도 모른다. 하나의 가닥으로 표현될 수 없는 풍부한 내면을 해독 불가능한 다양한 기호로 펼쳐놓는 꿈이 우리를 사로잡는 것은 이 때문이다. 그 꿈은 어쩌면 또 하나의 현실이기도 할 것이다. 내가 지나쳐버린 것, 기억의 저편으로 사라져버린 것, 갑자기 발견하게 되는 존재의 연약함 등이 우리 꿈의 질료가 되고, 그 꿈속에서 궤도를 이탈한 다른 세계를 발견하기도 하는 것이다. 그 세계는 분명 의식적으로 혹은 의도적으로 만들어낸 것이라기보다는 현실적 논리를 넘어서는 곳에 존재하는, 어느 순간 우연히 우리에게 던져지는 세계다. 그곳이 영속성과 불변성보다는 순간성과 가변성, 우연성의 세

---

1) 최윤, 『마네킹』, 열림원, 2003; 전경린, 『물의 정거장』, 문학동네, 2003; 김경욱, 『누가 커트 코베인을 죽였는가』, 문학과지성사, 2003. 이후 이 책들을 인용할 경우는 책의 면수만을 밝힌다.

계임은 당연하다. 따라서 그 세계와의 만남은 순간적이고 우연적일 수밖에 없다. 우연한 만남은 늘 우리에게 충격과 매혹과 일탈의 쾌감을 안겨준다.

최윤의 『마네킹』, 전경린의 『물의 정거장』, 김경욱의 『누가 커트 코베인을 죽였는가』는 바로 이러한 일상적 영역의 테두리를 벗어난 또 다른 세계에 대한 매혹을 우리에게 선사해준다. 그것은 우연히 맞닥뜨린 절대적 아름다움에 대한 사로잡힘이기도 하고, 현실의 도덕적 · 제도적 · 관습적 질서를 벗어나고자 하는 일탈에 대한 열망이기도 하다. 혹은 그것은 지루하고 답답한 현실을 잊게 해주는 '게임'의 유희에 빠지는 것이기도 하다. 이러한 것들과의 우연한 만남이 어쩌면 현재 우리의 삶을 밑동에서부터 뒤흔들어놓고 지금까지와는 전혀 다른 세계로 우리를 끌고 갈지도 모른다. 그 때문에 이런 세계에 대한 사로잡힘은 매혹적이지만 두려운 것이기도 하다. 그럼에도 불구하고, 이 소설의 매혹을 쉽게 떨쳐버릴 수 있을 것인가?

2. 순간과 찰나의 아름다움: 최윤, 『마네킹』

순간과 찰나로서만 존재하는 아름다움이 있다. 그것은 '말로 표현할 수 없는,' 순간적인 '빛의 소멸'과도 같은 것이다. 마치 보들레르가 산책길에서 스쳐 지나가듯 언뜻 마주친 여인에게서 결코 잊혀지지 않는 특별한 인상을 발견하고 영혼마저 사로잡히는 것처럼, 그와 같이 뜻밖에 발견되는 아름다움이 있는 것이다. 최윤의 장편소설 『마네킹』은 그렇게 우연히 마주친 아름다운 존재에게 영혼과 시선이 사로잡히는 강렬한 경험을 독자에게 선사한다.

어린 시절부터 타고난 미모로 광고 모델이 되어 집안의 경제를 책임져온 지니는 어느 날 집을 떠난다. 소설은 지니의 가출 이후의 여정과 함께, 남겨진 가족들의 반응을 한 사람 한 사람의 독백을 통해 전달하고 있다. 어머니 '우뭇가사리'가 산정에서의 통성 기도를 통해 지니에 대한 죄책감을 풀어낸

다면, 오빠 '상어'는 지니의 몸으로 번 돈으로 익명의 섬을 산 뒤 떠나고, 언니 '불가사리'는 지니를 모방하여 새로운 광고 모델로 데뷔한다. 또 지니의 매니저인 '소라'는 스쿠버 다이빙 도중 우연히 지니를 만난 뒤 그녀의 아름다움에 매혹된 '쏠배감펭'과 함께 지니를 찾아 떠난다. 이처럼 소설은 지니를 중심으로 선회하는 인물들이 지니의 아름다움을 해석하고 그에 감응하는 방식의 다양성을 제시함으로써, 아름다움의 존재 방식과 의미에 관해 사유한다. 소설에서 이 아름다움은 '바람의 악보'와도 같은 자유분방한 형식과 상상력으로 포착되고 있다. 아니, 포착되자마자 사라지고 있다. 소설 초반부에서부터 제시되는 이 '바람의 악보'는, 형식과 내용 면에서 소설 『마네킹』의 테마인 '아름다움이 무엇인가'를 상징적으로 보여주는 장치다.

우선 '바람.' 소설에서 바람은 "흐르는 모든 것들, 투명한 모든 것들"(76)이자, "묘사될 수 없는 아름다움"(94)의 상징이다. 구체적으로 감지되지만 결코 포착할 수 없을 뿐만 아니라 나뭇가지의 떨림이나 바다 물결에 의탁해서만 스스로를 드러낸다는 점에서, 바람은 '아름다움'이 존재하는 방식을 비유적으로 보여준다. 그것은 다양한 강도와 리듬을 지니면서 순간적으로 현현한다. 이러한 바람의 존재와 재현 방식은 소설의 주인공 '지니'에게도 그대로 적용된다. 소설에서 지니의 아름다움은 자세하게 묘사되지 않는다. 즉 대개의 소설에서 아름다운 여인을 묘사할 때 동원되는 방식들, 예컨대 비유법, 신체의 세목 열거, 관능성이나 여성미에 대한 예찬 등이 지니의 아름다움을 표현할 때는 사용되지 않는다는 것이다. 지니는 분명 한때는 광고 모델로 많은 사람들에게 세속적이고 시각적인 쾌감을 전달해주는 존재였지만, 소설에서 지니의 아름다움은 대개 '맑고 투명하다'는 식의 추상적인 묘사에 그치거나 혹은 '그녀의 모습에 매혹되었다'와 같이 그녀의 아름다움에 대한 사람들의 반응을 중심으로 서술되고 있다. 또한 지니의 존재는 소설이 전개될수록 바람처럼, "단단한 세계에서 유연한 세계로, 형체에서 추상으로, 유채색에서 무채색으로 그렇게 멀리, 마침내 액체나 기체 혹은 그 어느 것도 아닌 무형"(279)

으로 변모한다. 이처럼 소설에서 지니의 아름다움은 그 유동성 · 추상성 · 탈
색성 · 무형성에 의해 바람과 깊이 연관되지 않을 수 없다.

　그리고 '악보.'『마네킹』의 서술 방식과 구조는 매우 독특하다. 소설은 지
니에 관한 이야기를 삼인칭 시점으로 시작하다가, 나머지 등장인물들의 일인
칭 독백을 일정한 순서 없이 제시한다. 상어, 불가사리, 우뭇가사리, 소라,
쏠배감펭 등과 같이 바다 생물로 명명되는 소설의 등장인물들은 자신만의 목
소리로 각자의 이야기를 한다. 예컨대 어린 시절 '세상의 손들'에 의해 목이
졸린 다음부터 말을 잃어버린 지니의 경우 그녀의 침묵의 목소리는 주로 바
깥에서 서술자에 의해 관찰되고 묘사되는 데 반해, 우뭇가사리의 경우 온갖
것이 뒤섞여 안에서 끓어오르는 소리들은 끊임없이 통성 기도를 통해 풀려
나온다. 그리하여 소설에서 상어 · 불가사리 · 소라 · 쏠배감펭의 목소리는 우
뭇가사리에게서 나타나는 언어의 폭발, 혼종적인 목소리들의 뒤섞임을 거쳐,
지니의 앞에 이르러 서서히 가라앉는다. 그러다가 다시 다투듯이 이어지는
일인칭의 목소리들, 뒤섞임, 침묵. 이러한 패턴으로 전개되어가는 이야기는
어느 순간 지니의 침묵을 중심으로 수렴되고, 일인칭의 목소리들은 소설의
저편으로 점차 사라지면서 희미해진다. 이처럼 이 소설은 의도적으로 총체적
인 구조적 완벽성을 거부한다. 오히려 소설은 단편적인 목소리들의 경합과
충돌을 있는 그대로 보여주면서도 비가시적인 어떤 조화의 헐거운 상태를 지
향한다. 소설의 수미상관 구조가 꽉 짜인 듯한 완결성보다는 개방성과 유동
성을 연상시키는 것도 바로 이 때문이다. 따라서 소설은 마치 바람의 강도와
리듬에 따라 그려지는 '바람의 악보'처럼 서로 다른 목소리들로 연주되는 악
보라는 인상을 준다. 그와 같은 방식으로, 최윤의『마네킹』은 "단 한 번 연주
되기 위해 씌어진 악보이자 또 다른 바람이 한 번 불어치고 나면 소멸"(11)
되는 '바람의 악보'를 지향하는 소설이다.

　일시적이고 순간적인 것과의 우연한 만남을 통해 절대적인 아름다움과 조
응하고자 하는 이러한 작가의 시도는 독자에게 말로 표현할 수 없는 방식으

로 감동을 전달한다는 점에서, 자연스럽게 푼크툼punctum을 떠올리게 한다. 사진 이미지에 대한 롤랑 바르트의 설명에 따르면, 푼크툼은 이성적인 분석이나 판단과 관련되어 있는 스투디움studium과는 달리 우연한 만남처럼 예기치 못하고 순간적으로 지나가버리는 사건이지만 어느 순간 주체를 꿰뚫고 흔적을 남기는 상처와 같은 이미지다. 이 푼크툼의 우연성, 돌발성, 순간성은 시종일관 소설『마네킹』을 감싼다. 예컨대 지니를 즐겁게 하는 장면들 중 하나이자 그녀가 가출할 때 사로잡힌 이미지이기도 한 '숲 속으로 걸어들어가던 한 소년의 뒷모습'이라든가, 쏠배감펭이 약혼녀인 핑크 아네몬과 함께 스쿠버 다이빙을 하다가 만난 "투명한 수초에 휩싸인 신비한 여신" 같은 지니의 모습은 이들에게 그대로 하나의 푼크툼이 된다. 그것은 합리적으로 설명하기 어려운, 순간적인 사로잡힘이자 떠오름이다. 그리고 그것은 동시에 급격한 생의 전환을 불러올 만큼 강렬한 충격이기도 하다. 지니와의 우연한 만남 이후 핑크 아네몬이 자살하고 쏠배감펭이 '경계를 넘어' 지니를 찾는 지난한 여행을 시작하게 되는 것은 바로 이 때문이다.

　최윤의『마네킹』은 그런 방식으로 영원성이나 불멸성보다는 순간성과 유동성을 지향하고, 이성과 합리성보다는 우리의 감성과 직관에 호소한다. 우연하게 포착되는 순간과 찰나에 대한 매혹을 숨기지 않는 이 소설은, 그러면서도 우리에게 어떤 영원한 것, 아름다움의 본질을 떠올리게 한다. 그렇게 이 소설은 아름다움에 대한 기존의 고정관념뿐만 아니라 소설에 대한 고정관념까지도 문제삼는다. 물론 그것은 단지 형식 실험에만 한정되는 것이 아니다. 마치 지니의 춤이 "바람 같은 공기, 바다 같은 물, 그녀의 머릿속에 나타났다 스러지는 영상"(190)을 질료로 하는 것과 마찬가지로, 작가는 도저히 언어로 표현할 수 없는, 순간적으로 의식의 표면에 떠올랐다 이내 사라지는 아름다움을 마치 드로잉처럼 그려낸다. 그래서 작가는 「작가 후기」에서 "우물을 향해 달리는 마음으로, 이 작품은 단번에 씌어졌다"(296)고 고백한다. 비록 이러한 순간적 포착이 복잡하고 남루한 현실을 지나치게 단순하고 순수하게만 요약하는 것이라 할지라도, 이러한 단순과 순수로 요약되는 아름다움은 우리에게 단순하고 순수한 위안을 준다. 왜냐하면 그것은 현실과는 또 다른 차원의 '현재'이기 때문이다. "전혀 예기치 않은 순간, 넋을 놓고 걷는 길모퉁이, 혹은 잠시 눈을 감았다 떴을 때"(70) 만나게 되는 존재의 아름다움에 사로잡히기. 최윤의 『마네킹』은 바로 이러한 '순간' 속에서 우리를 꿰뚫고 사로잡는 아름다움을, 또 그런 방식으로 이야기하는 소설이다.

3. 순응과 일탈, 여성의 두 가지 운명: 전경린, 『물의 정거장』

전경린의 여성 인물들은 언제나 일탈을 꿈꾸는 광기의 소유자로 그려져왔다. 최근에 출간된 소설집 『물의 정거장』에서도 그 점은 마찬가지다. 그러나 이전의 소설들에서는 온전한 '나'로 살기 위해 타율적이고 강제적인 사회적 관계의 망에서 벗어나 새로운 여성적 자아를 발견하는 과정에 초점이 맞추어지고 있다면, 『물의 정거장』에서는 그 초점이 좀더 견고하고 규격화된 일상의 틀과 그 안에 갇힐 수밖에 없는 여성적 존재의 운명으로 이동한다. 이 소설집에 실린 소설들에서, 광기와 탈일상의 욕구에 충만한 여성 심리가 강렬하게 드러나면서도 그와 함께 단단한 사회적 제도와 금기의 벽에 대한 긴장된 의식이 느껴지는 것은 아마도 이러한 여성적 운명의 문제에 대한 관심에서 기인하는 듯하다. 아니 오히려 일상에 강하게 견인되면 될수록 일상적 자아를 한순간에 사로잡는 낭만적 도피에의 충동은 더욱 커지는 듯하다. 그런 측면에서 전경린 소설에 나타나는 일상과 탈일상, 순응과 광기, 금기와 위반은 대립적이라기보다는 상보적인 관계에 놓여 있다. 그 때문에 사회적·제도적 금기의 테두리 속에서 순응하는 태도, 그리고 다른 한편으로는 광기에 이끌려 그러한 금기를 위반하려는 욕망은 둘 다 여성적 운명의 이름으로 전경린 소설을 이끌어가는 중요한 동력이 되고 있다.

「달의 신부」는 늑대의 광기와 야생성을 타고난 여성이 인간 남자의 아내라는 순응과 종속의 삶을 선택하는 과정을 우화적으로 그림으로써, 자유와 야성의 기질을 타고났으면서도 가부장제적 틀 안에서 순치될 수밖에 없는 여성적 운명의 기원을 살피고 있다. 이 소설에서 늑대의 무리에서 이탈한 늑대여인은 늑대로서의 정체성을 상실한 채 정이라는 남자의 아내로 살고 있지만 "마음속엔 늘 섬광처럼 순간에서 순간으로 비약하는 바람이 갇혀 꿈틀대"(150)는 야성의 열정을 지닌 존재다. 어느 날 달의 음성을 통해 자신이 늑대의 후예라는 것을 알게 되지만, 그동안 자신의 삶을 속박해온 가족에 대한 연민과 애증을 끊어버리지 못해 결국 늑대로서의 삶을 포기한다. 그러나 자신을 팔아서 따뜻한 가정을 지킨 늑대여인은 한 달에 한 번 보름달이 뜰 때마다 "자신도 알 수 없는 기운에 휘말려 깊은 산속 묘지들과 계곡과 폭포 사이를 헤매"(155)게 된다.

박혜경의 지적처럼, 이 소설은 여러모로 전경린 소설에서 발견되는 소설적 상상력의 어떤 특징적인 패러다임을 압축적으로 보여주는 전형적 텍스트다.[2] 그런 점에서 이 소설은 그의 소설을 지탱하는 일상과 탈일상의 긴장과 그 속에서 비극적 운명에 대한 예감으로 열정과 불안에 휩싸이는 여성 인물이 어떻게 만들어지게 되었는지 짐작할 수 있게 해주는 전경린 소설의 원형이라고 할 수 있다. 소설에서 늑대로 상징되는 여성적 광기와 야생성은 생득적인 것이기 때문에 마치 운명과 같은 것이지만, 다른 한편 이러한 여성적 운명은 가부장제가 여성에게 부과한 아내와 어머니, 며느리와 같은 역할로 인해 현실적으로 실현 불가능한 것으로 규정된다. 소설에서는 이러한 가부장제적 의무 또한 여성이 감당할 수밖에 없는 운명적인 것으로 코드화된다. 이 두 개의 여성적 운명은 전경린의 소설에서 충돌하면서도 겹쳐질 수밖에 없는 동전의 양면으로 기능한다. 그래서 언뜻 상반된 것처럼 보이는 이 두 개의 운명

---

2) 박혜경, 해설 「재와 불꽃의 시간 사이에서 떠도는 여자들」, 『물의 정거장』, p. 349 참조.

은 기실 상보적 관계로 얽혀 있다. 왜냐하면 일탈과 광기에 대한 욕망은 그 실현 불가능성으로 인해 더욱 강렬하고 낭만적인 것으로 채색되기 때문이다. 아울러 그것은 운명, 그것도 벗어던질 수 없는 운명이기 때문에 비극적일 수밖에 없다.

「메리고라운드 서커스 여인」은 ‘메리고라운드 서커스’라는 이국적 공간을 배경으로 이러한 상반된 두 가지 운명을 한 몸에 지니고 태어난 여성 존재의 비극을 매혹적으로 그리고 있다. 이 소설의 ‘여자’는 “생의 어느 시기에 블랙홀로 빠져들어 중력을 상실해버린”(73) 존재다. 그래서 ‘공중에 뜨는’ 능력을 타고난 여자는 “허공에 유폐된 자아를 지닌 자이며 세상으로부터 중절된 자”(74)로 운명지어진다. 고립된 섬에 자발적으로 유폐된 채 서커스 단장인 최모의 사랑을 수동적이고 체념적으로 받아들이는 여자의 태도 또한 그 운명의 연장선상에 있다. 이처럼 소설에서 여자는 언제나 유폐되고 고립된 존재로 그려진다. 그녀는 계속해서 일탈을 시도하지만 이러한 유폐와 고립, 단절이라는 수동성의 상태에서 결코 벗어나지 못한다. 사진관 남자의 아내로 10년을 살다가 집을 떠난 뒤에도 여자는 결코 자유롭지 못하다. 왜냐하면 그녀는 다시 서커스 단장인 최모의 여자가 되기 때문이다. 그러다가 여자는 류와의 사랑을 통해 자신의 수동성과 체념성의 운명을 거스르려고 시도하지만, 최모에게 버림받고 결국 문자 그대로 ‘새장에 갇히는’ 존재가 된다.

그러나 소설의 결말 부분에서 거미줄과 먼지로 뒤덮인 여자가 “커다란 새장 속에 갇힌 채 아주 먼 나라, 동유럽의 어느 나라에 있는 서커스단으로”(93) 팔려가는 장면은 전혀 낯설거나 어색하지 않다. 오히려 그 모습은 매혹적으로 다가온다. 왜냐하면 ‘허공으로의 유폐와 세상으로부터의 중절’은 한편으로는 가부장제에 종속된 여성의 상황에 대한 메타포가 되지만, 다른 한편으로는 여자가 감금 상태에서 벗어나 온전히 ‘나’로서만 존재하는 계기가 될 수도 있기 때문이다. 이처럼 유폐와 고립이 ‘감금’과 ‘해방’이라는 모순적이고 이중적인 의미를 갖는다는 사실을 염두에 둔다면, 「부인 내실의 철학」에서의

'내실' 또한 단순히 여성을 일상에 얽어매는 공간으로만 이해해서는 안 될 것이다. 그 점은 그동안 여성을 가두는 감옥으로 해석되어온 '내실'이 전경린의 소설에서는 오히려 역설적이게도 안정되고 안락한 일상을 균열시키는 탈일상의 거점이 되고 있다는 데서도 드러난다.

「부인 내실의 철학」의 주인공인 희우는 고급 공무원인 남편의 상습적인 구타와 폭언, 강압적인 성관계의 요구로 인해 피폐해질 대로 피폐해지지만, 기윤이라는 남자와의 주기적인 관계를 통해 자기 상실의 위기를 극복한다. 여기서 '내실'은 "자신을 확인하고 싶은 은밀한 강박증"(274)이 만들어낸 상상적 공간이다. 게다가 이 '내실'은 가족과 기윤이 모두 떠나간 뒤에 희우가 '홀로 죽을' 곳이라는 점에서, 진정한 자기 발견의 욕망이 실현될 수 있는 내적 공간이기도 하다. 그렇게 본다면, 이 소설의 제목이기도 한 '부인 내실의 철학'은 가부장제의 한계 내에서 여성의 실존적 자아 탐색을 가능하게 하는 새로운 여성적 삶의 원리라고 할 수도 있을 것이다. 가부장제적 질서 바깥이 아니라 바로 그 안에 마련된 이러한 도발적인 부인 내실은, 그러나 어느 순간 전복될 위기에 처한 가부장제적 질서를 가까스로 유지하기 위한 안전판 역할을 하는 타협의 공간이 될 수도 있다.

오른편에 있던 점자체 상태의 불안전한 남편은, 기윤이 왼편에 점자체로 나타나 중앙에서 안정되게 겹쳐지면서 드디어 희우의 생을 온전하게 잡아주는 의미있고 안정된 존재가 된다. 그것은 흡사 옛날의 대가족 형태와도 비슷하다. 그러니까 현대의 이 이상한 겹가족은 삶의 단순한 구조와 외로움과 공허를 메우는 완충 장치로서 일종의 대가족 형태인 셈이다. (292)

여기서 서술자는 내실을 중심으로 새롭게 형성된 일처다부제적 '겹가족'이 오히려 삶의 "단순한 구조와 외로움과 공허를 메우는 완충 장치"가 될 수 있다고 말한다. '부인 내실의 철학'이 갖는 진정한, 그러나 숨겨진 기능은 이곳에서 은연중 드러난다. '내실'에서 이루어지는 불륜은 언뜻 가정 파괴의 원인인 것처럼 보이지만, 기실 소설에서 불륜의 방법론으로 요약되는 내실 철학은 "불안전한 남편"에 의해 파탄 위기에 처한 가부장제적 가정을 "온전하게 잡아주는" 역할을 하는 것이다.

이처럼 생의 근원적 비밀과 은밀한 열정의 이름으로 이야기되는 전경린의 불륜 철학은 그 일탈의 충동 아래에서 은연중 파탄에 처한 가부장제의 균열을 봉합하는 데 가담하고 있다는 점에서, 어느 순간 보수주의적인 자기 기만의 논리가 될 수도 있는 위험성을 안고 있다. 이는 「바다엔 젖은 가방들이 떠다닌다」에서 "일반적으로 이삼 년마다 한 번 꼴로"(14) 가방을 버리러 가는 행위나, 「다섯번째 질서와 여섯번째 질서 사이에 세워진 목조 마네킹 헥토르와 안드로마케」에서 여주인공 '금주'가 주기적으로 가지도 않을 여행 상담을 받는 것과 같은 것이다. 특히 이러한 여행 상담이 주기적이고 반복적으로 이루어지는 "강박적인 취미 활동"(44)이 된다는 점에서, 가방 버리기나 여행과 같은 탈일상적 행위는 열정이 사라진 권태로운 삶을 그나마 유지하기 위한 일종의 속화된 의례라는 인상을 준다. 따라서 설혹 "바다엔 젖은 가방들이 떠다닌다"와 같은 표현이 독자들에게 일시적이고 낭만적인 '달콤한' 도피의 환각을 불러일으킨다고 하더라도, 그 본질에서는 결코 일탈적이거나 도발적이지 않다.

예컨대 「다섯번째 질서와 여섯번째 질서 사이에 세워진 목조 마네킹 헥토르와 안드로마케」라는 긴 제목의 소설에서, 동성애자들의 삶을 통해 간접적으로 목격한 "다섯번째 세계와 여섯번째 세계 사이의 틈 속"(64)이 더 이상 탐색되지 않은 채 방치되는 것은 그 때문이다. 오히려 그녀의 여성 인물들은 가부장제적 질서 바깥에서 발견한 탈일상적이고 전복적인 욕망을 익숙하고 안락한 '내실'로 되돌림으로써 일상적이고 세속적인 것으로 무력화한다. 그들은 여성에게 부과된 가부장제적 운명을 뒤쫓을 뿐, '정말로' 자신의 타고난 운명을 거스르지는 않는 것이다. 그럼에도 불구하고, 일탈의 야성과 광기를 아름답게 포착하는 전경린의 소설은, 여전히 매혹적이다.

4. 게임과 유희로서의 소설, 그리고 소설적 진실:
김경욱, 『누가 커트 코베인을 죽였는가』

김경욱의 소설집 『누가 커트 코베인을 죽였는가』에 실린 소설들에서 반복적으로 강조되는 것은 바로 소설이 '게임'이라는 사실이다. 이 '게임으로서의 소설'에 대한 자의식은 여러 측면에서 김경욱의 이번 소설집을 특징짓는 중요한 토대가 되고 있다. 소설의 서사 전개에 게임의 룰이 차용되거나 소설이 게임 그 자체가 되기도 한다. 김경욱의 소설에서 유난히 소설의 허구성이 강조되는 것도, 그리고 독자를 '게임'에 참여시키겠다는 서술자의 발언이 자주 눈에 띄는 것도 이 때문이다. "나는 기꺼이 게임에 동참하기로 했다"(130)와 같은 진술에서, 작가는 이야기 듣기 혹은 소설읽기는 곧 게임이라는 사실을 확인한다. 이는 「누가 커트 코베인을 죽였는가」에서 '장미'라는 예명의 여배우를 살해한 '나'가 형사에게 고백하는 다음 진술에서도 확인할 수 있다.

> 나는 순순히 모든 것을 털어놓을 준비가 되어 있었다. 어차피 인생의 궁극적인 승리자는 인생일 뿐이니까. 이 글을 읽는 당신을 게임에 참여시킬 수만 있다면 나는 기꺼이 패배자가 되어줄 용의가 있다. (37)

'나'는 자신이 앞으로 할 이야기의 주인공이 자신이 아니라는 점을 강조한다. 그에 따르면 이야기의 주인공은 이야기 그 자체라는 것이다. 마치 실패도 승리도 이미 프로그래밍된 게임의 궁극적인 주인공이 바로 게임 그 자체인 것처럼 말이다. 그런 측면에서 위의 예문에서 '인생'이라는 말은 '소설'로 바꾸어놓아도 상관없다. 따라서 '나'가 자기 인생의 승패에 관심이 없는 것은 당연하다. 왜냐하면 이 인생, 혹은 이러한 인생을 다루는 소설은 한낱 게임에 불과하며 그 게임에서 '패배자'가 되더라도 그것은 언제라도 다시 '스타트'할 수 있기 때문이다. 이 소설은 이처럼 액자형 구조를 통해 이 소설이 게임이자 허구임을 강하게 암시한다. 소설의 액자형 구조가 대개 소설의 사실성, 그럴듯함을 강조하기 위해 동원되는 장치인 데 반해, 이 소설의 서술자는 이러한 서술 구조를 역으로 소설의 허구성을 강조하는 데 사용하고 있다.

　이러한 게임으로서의 소설에 대한 자의식이 소설 전체에 걸쳐 좀더 노골적으로 나타나는 소설은 「고양이의 사생활」이다. 이 소설은 전직 학원 강사인 '나'가 우연히 만난 '고양이'라는 아이디를 쓰는 여자아이가 사는 '고양이의 방'을 찾아가는 이야기다. '나'는 고양이의 방을 찾기 위해 다소 복잡하게 얽혀 있는 골목길을 헤매기도 하는 등 몇 가지 난관을 극복한 뒤, 방을 거의 다 찾을 무렵 갑작스런 아내의 등장으로 프로그램을 종료한다. 결말 부분의 종료 사인에 의해 이 소설의 스토리는 게이머가 로리타처럼 남자의 성적 환상을 자극하는 '고양이'에게 미션을 받아서 고양이의 방을 찾는 'Cat's Privacy'라는 게임 프로그램의 그것으로 밝혀진다. 따라서 소설에 등장하는 '고양이'는 가상 세계에나 존재하는 허구적 인물인 셈이다. 이 소설은 사이버 세계의 비현실성과 허구성을 매개로 "가상의 이야기꾼이 들려주는 거짓말"이라는 소설의 허구적 성격을 극대화하고 있다. 그와 함께, 마찬가지로 게임에서 모티프를 가져온 「토니와 사이다」 또한 그러한 게임으로서의 소설의 성격을 특징적으로 보여준다.

　김경욱의 『누가 커트 코베인을 죽였는가』에는 이처럼 게임의 구조나 내용을 차용하는 소설이 많이 실려 있고, 그 안에서 게임의 규칙을 연상시키는 소설적 기법이 다양하게 펼쳐진다. 이는 특히 「만리장성 너머 붉은여인숙」에서 노골적으로 드러난다. "만리장성 너머에 대체 무엇이 있었기에……"(66)로 시작되는 이야기에서, '만리장성'은 중국의 만리장성이 아니라 어디서나 흔하게 볼 수 있는 중국집이라는 사실이 밝혀진다. 그런데 소설은 곧이어 이

만리장성이 소설의 중심 무대가 아니라 바로 이 중국집 뒤에 은밀하게 감춰져 있는 '붉은여인숙'을 배경으로 한다는 것을 강조한다. 이러한 말장난과 정보 지연을 통한 깜짝쇼는 이 소설 내내 반복되는데, 예컨대 103호 사내가 '진정 완전한 것'의 존재를 고민하다가 '완전 범죄'를 저질렀다는 식의 황당한 이야기를 하거나 '갈고리'에 대한 궁금증을 불러일으킨 후 그것이 한강에 유기된 태아를 건져올리는 데 사용되는 도구라는 사실을 나중에 밝히는 식이다. 게다가 작가는 그 유기된 "붉은 살덩이"가 어디에 쓰이는지 알게 된다면 "자장면 한 가닥도 유쾌하게 삼키지 못할 것"(84)이라는 말을 통해 자장면과 붉은 살덩이를 슬쩍 관련지어놓은 다음, "만리장성의 자장면은 인근에서 맛있기로 유명했다"(86)고 서술하는 등, 독자의 호기심을 자극하기 위해 말놀이, 지연, 배치 등의 서술 방식을 동원하여 엽기적인 이야기를 펼쳐놓고 있다.

그뿐만이 아니다. 작가는 '김경욱'이라는 이름을 여관의 숙박부에 버젓이 기재하고 여관에서 노름을 하던 사내들에게 주기적으로 강간을 당한 소녀가 '금빛 잉어'로 변신하는 환상담을 덧붙이는가 하면, 마지막에 가서는 이 모든 이야기가 어떤 '놈'이 작가 자신에게 이메일로 보낸 이야기라고 서술한다. '만리장성'에 대한 말장난에서 시작된 소설은 '붉은여인숙'이 전해주는 퇴폐적이고 엽기적인, 그러면서도 환상적인 이야기로 전개되다가 급기야 '모두 거짓'이라는 선언으로 끝난다. 이처럼 이 소설은 데카메론의 『보카치오』를 연상시키는 구성에, 지라르의 '낭만적 거짓'이라는 개념, 환상담, 언어유희, 액자 구성 등이 더해져서 온갖 소설 기법의 실험장이 되고 있다.

「거미의 계략」 또한 추리소설적 전략을 바닥에 깔아놓은 일종의 한판 두뇌 게임 같은 소설이다. 변사체 발견에 관한 짤막한 기사로 시작되는 이 소설은, 이 죽음이 자살인가 타살인가라는 의문을 중심으로 점차 죽은 김주은의 사생활에 관한 정보를 드러내는 방식으로 진행된다. 그리하여 소설가로 데뷔한 전직 학원 강사 김주은은 "명의 도용당한 휴대 전화, 카드 빚, 억지로 매달리는 약혼녀, 배반한 첫사랑"(117) 등의 문제에 시달려온 것으로 밝혀진다. 그러나 소설은 배반한 첫사랑이 김주은에게 들은 이야기 — "인간이 일생 동안 밤중에 실수로 먹게 되는 거미의 수가 여덟 마리나 된다"(117) — 와 당선된 그의 소설 제목이 「거미의 계략」이라는 사실을 겹쳐놓으면서 그의 죽음의 미스터리에 대한 단서를 제공하며 종결된다. 결국 그의 죽음은 '거미의 계략'일 가능성이 크지만 그것 또한 확실하지 않다. 이러한 추리소설적 전략에 힘입어 이 소설은 퍼즐을 풀듯이 이야기를 풀어나가는 흥미를 독자들에게 선사한다.

그러나 문제는 이 소설이 이러한 기법과 전략에만 고착되어 있다는 점이다. 그 결과 "마스크로 코와 입을 가린 채 말라비틀어져 누워 있던 시체"(118)에서 연상할 법한 삶의 아이러니와 비극의 의미는 더 이상 깊이 있게 천착되지 않은 채, 그의 소설은 단순히 독자의 호기심을 자극하는 이야기 한판에 머문다. 이러한 주제의식의 한계는 "제법 잘나가는" 시에프 감독에서 홈리스로 전락한 사내가 어떻게 '틈'에 집착하게 되었는가를 이야기하는 「Insert Coin」에서도 나타난다. 이 소설에서 사내는 '틈'에 대한 강박에 시달리는데, 이러한 '틈'에 대한 사유는 언뜻 존재의 심연 혹은 그 심연을 통해 비추어진 현실의 황량함을 연상시킨다. 텔레비전 뉴스 보도로 소설을 시작하는 식의 대중문화적 요소의 도입이나 자신의 다른 소설 「누가 커트 코베인을 죽였는가」에 등장하는 '장미'라는 여배우의 이야기를 삽입하는 상호 텍스트성의 유희는 이 소설을 더욱 흥미롭게 만든다. 그러나 정작 "무(無)를 향해 벌어진, 불길하게 째진 틈"(134)에 대한 사유는 이 유희적인 전략에 묻혀 깊이를 얻지 못하고 있다. 이는 김경욱의 소설을 읽으면서 우리가 갖게 되는 아쉬움이다. 「거미의 계략」에서 주인공 김주은이 죽은 후 방에서 그가 쓴 소설에 대한 작품평이 발견되는데, 그것은 작가 자신이 간접적으로 이러한 자신의 글쓰기의 한계를 비판적으로 객관화하는 장치로 볼 수 있을 것이다.

〔……〕씨가 예의 작품에서 보여준, 일상의 각질에 새겨진 삶의 아이러니를 포착하고 그것을 개성 있는 언어로써 돋을새김해내는 발랄한 재능에도 불구하고 다층적인 삶의 의미를 그 기저에까지 파고드는 통찰력과 항용 우리가 본질이라고 부를 수 있는 것에 대한 깊이 있는 해석이라는 측면에서는 아쉬움을 지울 수 없다. 삶의 아이러니는 결코 레토릭이나 스타일의 문제가 아니라 해석의 문제이거니와 바흐친의 표현을 빌리자면 삶이란 독백이 아니라 대화적인 것이며 단성적인 것이 아니라 다성적인 무엇이기 때문이다. (98)

당선된 김주은의 소설 제목이 이 소설의 제목과 일치한다는 점을 고려하면, 소설에서 제시되는 이러한 김주은의 소설에 대한 평가는 곧바로 작가 자신의 소설에 대한 자평(自評)으로 읽힐 수 있을 터이다. "다층적인 삶의 의미를 그 기저에까지 파고드는 통찰력"과 본질에 대한 깊이 있는 해석의 부족, 레토릭이나 스타일에 대한 지나친 경사(傾斜) 등, 평가는 혹독하다. 그러나 여기에는 또한 자기 비판적인 성찰로 읽히기도 하는 이러한 평가조차 작가 자신의 말처럼 단순한 "레토릭이나 스타일"에 그치고 만다는 문제가 있다. 물론 다른 측면에서 보면 이러한 유희적인 '게임'의 형식은 오히려 진실을 더 잘 드러내는 장치일 수도 있을 것이다. 왜냐하면 소설을 일단 '게임'이라고 말해놓고, 그 허구적 틀 안에서 소설적 진실에 다가가고자 하는 작가의 진심을 보여줄 수도 있기 때문이다. 그러나 이 작가의 게임에 대한 강박은 어쩔 수 없이 존재의 틈, 그 허방에 빠진 인물들을 통해 독자들이 기대할 법한 삶의 다층성과 다면성에 대한 인식을 희석해버린다. 그런 측면에서 그의 소설이 보여주는 가벼움의 유희는 작가의 진심에도 불구하고, 오히려 작가가 의도하는 소설적 진실을 가려버릴 위험에서 결코 자유롭다고 할 수 없을 것이다.

지금, 소설은 무엇으로 살아가는가
—정영문, 정찬, 정정희의 소설*

1. '이야기성'의 약화와 소설적 육체의 소멸

흔히 '이야기'를 하고 싶고 듣고 싶어하는 욕구는 인간의 본능적인 욕망으로까지 얘기된다. '서사 충동'이라고 할 법한 이러한 이야기에 대한 욕구는 일차적으로 자신을 비롯한 세계에 대한 호기심에서 연원한다. 그래서 우리는 이야기를 통해 자신의 경험 시간과 공간을 넘어 세계를 무한히 확장할 뿐만 아니라, 그러한 확장된 시선을 통해 자신의 시대를 새롭게 바라보기도 한다. 그래서 이야기를 본질로 하는 소설은 이야기를 통해 현실을 점검할 뿐만 아니라, 삶의 방향성과 지향점을 설정하기도 한다. 따라서 소설은 그것이 이야기인 만큼 구체적인 시간과 공간, 인물과 시점을 확보하게 된다. 언제나 그런 것은 아니지만, 이러한 구체성은 소설이 우리의 사회적 · 경제적 · 심리적 삶의 다양성을 드러낼 수 있게 하는 중요한 근거가 될 수 있다.

그러나 1990년대 이후부터 최근까지 소설적 경향을 짚어볼 때, 눈에 띄는 것은 이야기성의 약화이다. 최근에 주목할 만한 신작 중에서 정영문 소설집 『꿈』, 정찬 소설집 『베니스에서 죽다』, 정정희 소설집 『널 사랑하게 해봐』

---

* 이 글에서 분석한 소설집은 정영문의 『꿈』(민음사, 2003), 정찬의 『베니스에서 죽다』(문학과 지성사, 2003), 정정희의 『널 사랑하게 해봐』(문학동네, 2003)이다. 이후 이 책들을 인용할 경우는 책의 면수만을 밝힌다.

는 그런 의미에서의 소설적 육체가 소멸되는 문학적 경향의 일단을 대표적으로 보여주고 있다. 예컨대 정영문의 『꿈』에서 소설은 언어로써 언어를 소멸시키는 무의미화의 방법을 통해 현실의 무의미함을 텍스트적으로 반복하는 장소가 되고 있다. 반면 정찬의 『베니스에서 죽다』는 작가의 전작들과 마찬가지로 여전히 관념적 지평에 속박되어 이야기가 아닌 관념적 진술을 반복하고 있을 뿐만 아니라, 희귀하게도 대부분 '소설' 그 자체가 주인공이 되고 있다. 정정희의 『널 사랑하게 해봐』는 표면적으로는 엇갈린 애정 관계와 그로부터 비롯된 인물의 이상 심리를 보여주는 정신병리학지로서 구체적인 이야기들을 나열하고 있지만, 인물과 상황만 조금씩 다른 똑같은 이야기들의 병렬 때문에 이야기의 구체성은 소멸되고 결과적으로 도식적 틀만 남게 된다. 물론 이러한 경향을 아직 섣불리 평가하기는 이르다. 어찌 됐든 이렇듯 소설적 육화(肉化)를 통한 인물의 형상화보다는 관념의 나열, 구조의 해체, 틀의 반복에 몰두하는 이들의 소설을 하나의 경향으로 묶을 수 있을지는 두고 볼 일이다.

2. 무의미한 현실에 대한 실험적 위트와 냉소: 정영문의 소설집 『꿈』

정영문은 현재 가장 주목할 만한 작가 중의 하나로 이야기되지만 또 가장 기이하고도 낯선 작가이기도 하다. 그는 1996년 장편 『겨우 존재하는 인간』으로 등단한 뒤, 현재까지 네 권의 작품집과 두 권의 장편소설을 펴내면서 활발하게 활동하고 있다. 그러나 정영문의 소설은 그 독특한 실험적인 성격 때문에 독자에게 친근하게 다가가지 않는다. 그의 소설은 사건의 부재 내지는 최소화를 통한 이야기성의 축소, 인물의 탈인격화·관념화 방식 등 전통적인 소설 문법과는 사뭇 다른 새로운 소설적 전략으로 인해 해독하기가 쉽지 않은, 아니 '의미의 잔재'조차 발견하기 어려운 것으로 받아들여지고 있다.

　이번 소설집 『꿈』에 실린 일곱 편의 소설 또한 "완결된 구조와 형식을 지연시키거나 훼손하려는" 작가의 욕망을 유감없이 보여주고 있다. 이 소설집에서도 역시 소설이라는 구조물을 해체하는 작가의 시도는 무의미를 지향하는 특유의 언술 방식을 통해 이루어진다. 특히 앞의 진술 내용을 바로 다음 문장에서 부정하는 진술 번복, 같은 내용을 조금씩 다른 방식으로 표현하는 반복 진술, 동음이의어나 인접 발음의 어휘들을 이용한 언어유희, 심지어 거짓말 등에 의해 그의 소설은 어떤 고정된 의미도 획득하지 못한 채 무의미의 심연 속으로 가라앉는다. 「물오리 사냥」에서 보이듯이 처음에 의식의 소산이던 말이 점점 '아무런 생각의 제약도 받지 않고 터져나오는 말'로, 그러다가 급기야 '소리' 즉 무의미한 음향으로 산포되는 과정에서도 이 점은 확인된다. 「아늑한 궁지」의 다음 구절은 이러한 말장난이 어떻게 대상을 삭제하고 무의미에 도달하는가를 잘 보여주고 있다.

　나는 징그럽다거나 가련하다는 생각 없이, 여기에 뭔가 꿈틀거리는 것이 있군, 하고 생각했는데 그것은 벌레라는 단어로 일컬어지는 뭔가가 여기에 있군, 이라는 문장으로 이어졌고, 또한 그 문장은 내가 말하고 있는 벌레라는 단어가 지시하는 대상이 여기에 있군, 하는 문장으로 대체될 수 있는 것이었으며, 결국 나는 실제 벌레보다는 벌레라는 단어와 그것이 들어가는 문장을 상대하고 있었다. (89)

　그런 다음 냉동실에 있던 사과를 꺼내 그 사과 속에 있는, 그 속을 들여다보는 나의 마음속의, 사과의 벌레 구멍 속의 벌레를, 다시 말해 나의 마음속의, 그 속에 들어 있는 벌레를 사과 구멍 속의 벌레를 통해 들여다보았다. 그러자 나 자신이 그 사과의 속의 벌레처럼 느껴졌다. (122)

첫번째 예문에서 "꿈틀거리는" 감각적 대상으로서의 벌레는 "벌레라는 단어로 일컬어지는 뭔가"로, 그리고 "벌레라는 단어가 지시하는 대상"으로 점점 대상화·관념화·추상화된다. '벌레가 있다'는 동일한 상황에 대한 반복 진술을 통해 점점 '벌레'는 꿈틀거리는 대상에서 하나의 개념으로 탈색된다. 그 결과 벌레는 없어지고 '벌레가 있다'는 말 또한 어떠한 현실 재현적 의미를 갖지 못하게 된다. 두번째 예문에서는 사과 '속'과 나의 마음 '속'을 겹쳐서 제시하고 그 사이사이에 '벌레'를 반복적으로 끼워넣음으로써, 벌레는 벌레를 가리키는 지시적 기호인 동시에 벌레 같은 '나' 자신을 빗대는 비유적 표현으로 이중화된다. 이렇게 현실의 대상과 내면의 관념 사이의 경계가 흐물흐물해지는 과정에서 "나 자신이 그 사과의 속의 벌레처럼 느껴졌다"고 이야기하는, 할 수밖에 없는 '나'의 현실적인 조건과 상황의 맥락은 소거되어 언어유희의 반복에 의해 밀려나가고 텍스트적 효과를 통해 환기되는 기호로 대체된다. 작가는 그 밖에도 상이한 어휘를 반복적으로 병치하여 기존의 관습적인 의미 체계를 파괴하고 낯설게 하는 방식 또한 즐겨 사용한다. 이러한 이질적인 언술 방식으로 인해, 그의 소설은 진행될수록 한 편의 완결된 텍스트로 구성되는 것이 아니라, 무의미하고 해석 불가능한 조각들로 해체된다.

사실 이러한 사례는 이 소설집에서 매우 빈번하게 발견되는 것으로, 일일이 열거하기가 어려울 정도다. 그런데 이러한 서술 방식은 환원적인 말장난에만 그치는 것이 아니라, 인물의 형상화나 소설 구성의 차원에까지 확대되고 있다. 아내(혹은 어머니)의 자살 사건이 서로 다른 세 명의 가족—남편, 아들, 딸—의 진술에 의해 재구성되고 있는 「습기」는 말장난이 삶의 비극적 아이러니를 냉소적으로 보여주는 방법이 되는 한 사례로 기록될 만하다. 이 소설은 언뜻 어머니의 자살을 계기로, 표면적으로는 화목했던 한 가족이 사실은 지독한 단절감으로 서로에게 무관심했었음을 반성적으로 회고하는 것처럼 보인다. 그러나 이러한 반성적 성찰은 곧 자살할 당시 어머니가 입었던 '호피무늬 원피스'로 인해 우스꽝스러운 것으로 반전된다. 이 호피무늬 원피스는 "비극 또는 비극에 가까"운 어머니의 죽음을 "희극 또는 희극의 모습"(225)으로 표현하기 때문이다. 이제 어머니는 호피무늬 원피스, 즉 '호랑이 가죽'을 통해서만 떠올릴 수 있는 존재로 규정된다. 그리고 호랑이 가죽무늬 옷을 입은 어머니의 죽음은 "왜 많은 동물들 가운데서도 거의 유일하게 호랑이 가죽무늬를 모방한 옷만 있는 걸까요?"(226)라는 딸의 마지막 진술에 의해 "호랑이는 죽어서 가죽을 남기지만 사람은 죽어서 이름을 남긴다"는 속담에 대한 패러디로 희화화되기에 이른다. 여기서 언어유희는 풍자나 해학을 유발하기보다는 삶의 무의미함과 그에 대한 냉소를 불러일으키는 것이다.

이처럼 정영문의 소설은 어떠한 의미 생산도 거부하고 어떠한 의도도 개입시키지 않으려고 노력하면서, 어떻게 끝없는 중얼거림만으로 전통적인 서사와는 다른 방식으로 텍스트를 생산할 수 있는가를 잘 보여주고 있다. 이러한 정영문의 소설 전략은 그의 소설이 단순히 의식이라는 창을 통해 객관적 외부 세계를 주관화하는 기존의 내면성의 소설과 확연히 구분되는 지점을 만들어간다. 기존의 내면적 독백소설이 의식에 특권을 부여함으로써 내면을 세속적인 외부 세계와 구별되는 매우 조밀하고 풍부한 자족적 소우주 내지는 성소(聖所)로 구별짓는 데 반해, 정영문 소설에서 의식은 언어적 과잉을 통해 오히려 외부 세계와 마찬가지로 모호하고 희미하면서도 메마르고 균열된 내면을 냉정하게 드러내주고 있는 것이다. 그에 따라 외부 세계 역시 의식이 투사된 확장된 내면이라기보다는 오히려 의식과 구별되기 어려운, 그래서 의식만큼이나 모호한 어떤 것으로 나타난다. 물론 어떤 면에서 그의 소설세계는 의식 내에서만 실존하는 어떤 것이지만, 그럼에도 불구하고 소설에서 그려지는 외부 세계는 의식적 투사가 불가능한, 혹은 불가능한 것처럼 간주되는 무의미한 현존일 뿐이다. 그 결과 정영문의 소설에서 내면과 외부를 구분하는 것은 어렵기도 하거니와 무의미하다. 그의 소설에서 환상과 현실, 허구와 사실의 경계 또한 모호해지는 것도 이러한 경계 지우기가 가져온 효과로 볼 수 있겠다. 환몽 구조를 통해 의식의 심연에서 끌어올려진 끔찍한 상상력을 현실로 반전시키는「꿈」이나, 삶과 죽음, 과거와 현재를 포갬으로써 죽음이 삶의 모습으로 표현되는「죽은 자의 외투」같은 소설에서, 의식은 안과 밖, 꿈과 현실, 삶과 죽음의 경계를 배회한다. 그리고 이분법의 경계는 그렇게 무너진다.

그러나 지금까지 정영문의 소설이 그러했듯, 『꿈』에서 외부 세계와 내면 의식 사이에 일어나는 경계의 혼란과 상호 침투를 상호 소통의 일종으로 간주하기는 어렵다. 물론 그의 소설에서 나타나는 이 둘 사이의 관계는 의식에 외부 세계가 수렴되거나 반대로 외부 세계를 통해 의식을 재현하는 그러한 일방향적인 성격에서 벗어난 것이기는 하다. 그러나 양자 사이에서 어떠한 적극적 영향과 상호간의 변형은 일어나지 않으며 이를 통해 새로운 관계나 인식이 형성되는 것도 아니다. 다만 두 세계는 고유의 형태와 특정한 윤곽을 상실하면서 서로의 경계에서 부유하다가 뒤섞일 뿐이다. 그 결과 독립적이고 견고한 현실로서의 외부 세계는 탈대상화되고, 내적 삶은 사물화된다. 정영문 소설이 다른 내면성의 자기 독백적 소설들과 구별되는 지점이 바로 여기이다. 그의 소설은 언뜻 의식을 전면에 내세우는 내성소설인 것처럼 보이지만, 실제로 소설에서 의식은 하나의 관념으로 절대화되거나 내적 리얼리티의 탐색 수단으로 특권화되지 않는다. 반대로 그의 소설에서 의식은 '대상화' 내지는 '소멸화'(김윤식) 된다.

이처럼 정영문의 소설은 무의미한 현존으로서의 세계, 그리고 외부 세계의 어떤 계기로 인해 호출되는, 그보다 결코 우월하지도 않은 균열되고 삭막한 내면이 교차하는 곳에 서식한다. 그런 의미에서 그의 소설은 그의 소설적 전략이 지향하는 텍스트적 무의미만큼이나 무의미한 현실적 삶에 대한 냉정한 위트와 냉소로 가득 차 있는 셈이다. 이러한 냉정한 태도와 실험적 전략이 앞으로 한국 소설의 영역에 무언가 새로운 경지를 개척할 수 있을지는, 물론 지켜볼 일이다.

3. 신성과 물신의 경계: 정찬 소설집 『베니스에서 죽다』

　정찬의 새 소설집 『베니스에서 죽다』에서 핵심적인 키워드가 되는 것은 '시간'이다. 정찬은 현재의 시간이 파괴적인 시간이며, 이것을 극복할 수 있는 것은 기억의 힘이라고 이야기한다. 정찬은 기억을 거슬러 올라가 닿게 되는 유년을 단순히 뒤에 남겨두고 온 추억의 시간으로 생각하는 데서 그치지 않고 더 나아가 현대의 불모의 시간을 치유할 수 있는 '황금기'로 보편화한다. 그래서 가령 「은빛 동전」에서 어린 '나'가 잃어버린 '은빛 동전'은 단순히 지나간 시절의 어머니를 회고하는 매개물에 그치는 것이 아니라 시간의 풍랑과 중력에도 훼손되지 않는 존재의 '진실'로 의미화되고, 자본과 속도에 의해 파괴되고 훼손된 존재를 보듬어주는 치유책으로까지 그려진다. 『베니스에서 죽다』에서 반복적으로 제시되는 '물'과 '강'의 이미지 — 이는 「깊은 강」 「물의 길」 「섬진강」과 같은 제목에서도 분명하게 드러난다 — 는 태초를 향해 천천히 거슬러 올라가는 시간을 실체화한다. 빠르고 직선적인 현대의 시간이 아니라 구부러지는 '둥근 시간'이야말로 작가에게 단절이 아닌 융합, 파괴가 아닌 생명을 발견할 수 있게 하는 본질적인 실체가 된다.

　그리고 그 '둥근 시간'이 갖는 힘은 소설의 권능과 결합되어 나타난다. 가령 「깊은 강」에서 소설은 '유년에 이르는 황금빛 길'을 보여줄 수 있는 것으로 생각되고, 「죽음의 질문」에서 작가가 창조한 허구적 인물의 생명력 또한 '기억의 힘'에 의해 '영원히' 유지되는 것으로 제시되고 있다. 그런 관점에서 볼 때, 표제작 「베니스에서 죽다」에서 언급하고 있는 토마스 만 원작의 동명 소설에서 주인공 아셴바흐가 죽음 직전에 만나게 되는 아름다운 '신성한 소년'의 모습 또한 시간을 거슬러 올라가서야 만나게 되는 완전한 예술의 원형을 상징한다. 소설은 '황금빛 길'을 보여주어야 한다는 이러한 작가의 생각은 데뷔작인 「말의 탑」에서부터 『베니스에서 죽다』에 이르기까지 지속되고 있다. 세속적인 현실의 의미있는 현존에 대한 부정과 그 너머에 있는 어떤 본질적이고 영원한 것에 대한 지향, 이것은 바로 소설이라는 코드를 중심으로 재번역된 플라톤주의다. 정찬은 소설에서 줄곧 '불멸의 언어,' '완전한 소설'에 대한 꿈을 끊임없이 환기한다. 「숨겨진 존재」의 다음 구절은 이러한 작가적 욕망을 설명하고 있다.

> 소설이 생명이라면 작가는 생명의 어머니다. 달리 표현하면 작가는 소설이라는 생명을 창조하는 신이다. 이 사실이야말로 오랜 세월 동안 작가를 현혹하게 한 원천이었다. 한갓 유한자일 뿐인 인간에게 신은 욕망의 궁극이었다. 〔……〕 작가가 창조하는 허구의 세계는 악과 운명의 고통에 신음하는 불완전한 현실 세계에 대한 부정이며 비판이며 조롱이다. 이 부정과 비판과 조롱이야말로 현실 세계에 대한 사랑의 실천임을 작가들은 믿고 있다.
> 〔……〕 소설가에게 궁극의 존재는 무엇일까? 소설이다. 더 구체적으로 말하면 누구에 의해서도 씌어진 적이 없는 완전한 소설이다. 달마가 벽을 응시하듯 나는 완전한 소설을 응시한다. (266~67)

위의 구절과 같이, 자신의 소설관과 창작 원리에 대해 장황하게 설명하는 내용은 정찬의 소설에서 빈번하게 만나는 대목이다. 작가의 창조력을 신의 그것과 대응하는 어떤 것으로 설정하고자 하는 욕망, 즉 신성에 대한 몰입은 그의 소설에서 자주 환기되는 테마이다. 그래서 그에게 소설은 '무상성의 극치'가, 작가는 '영원을 응시하는 존재'가 되는 것이다. 그러나 현실 세계의 불완전성을 극복하기 위해 작가가 끊임없이 몰두하는 "완전한 소설"이란 현실적으로 불가능한 것이다. '완전성'과 '신성'에 대한 지향으로 요약되는 그의 소설이 구체성을 획득하지 못하고 설명적인 언술에 지배되는 이유도 바로 거기에 있다. 그럼에도 불구하고 정찬은 "우주적 언어, 불멸의 언어로 이루어진 소설"(268)에 대한 지향을 끊임없이 드러낸다. 그것이야말로 세속적인 시간의 파괴성을 넘어 영원한 본질에 이를 수 있는 길이라는 것이다. 그리고 그것은 한편으로는 작가 자신의 소설에 대한 성찰로까지 이어지기도 한다.

이번 작품집에서 역시 소설쓰기에 대한 자의식적 성찰을 보여주는 소설들은 어렵지 않게 발견할 수 있다. 「숨겨진 존재」가 '달마 그리는 남자'와 소설가의 유비를 통해 득도의 세계, 불립문자의 세계에 대한 지향성을 완전한 소설에 대한 '나'의 경배와 상통하는 것으로 제시하고 있다면, 「죽음의 질문」은 소설이라는 '숨겨진 존재'에 도달하는 순교와 고행의 길을 포기한 작가에 대한 비판적 성찰을 담고 있다. 특히 「죽음의 질문」은 허구적으로 창조된 인물과 작가의 대면을 통해 소설이란 무엇이며 소설가란 어떤 존재여야 하는가에 대한 진지한 고민을 보여주고 있다. 이 소설에서도 여전히 작가는 영원을 견디는 유일한 신적 존재이며, 소설은 단절되고 토막난 시간 속에서 죽어갈 수밖에 없는 존재에게 기억을 길어올려 영원의 시간을 보여주는 존재로 언급되고 있다. 따라서 더 이상 영원을 견디지 못하는 작가는 신의 자리에서 추락한 존재가 될 수밖에 없다.

> "선생님은 지금 작가가 아닙니다."
> "내가 작가가 아닌 이유는 뭔가?"
> "무상성을 버리셨기 때문입니다. 무상성을 버리는 순간 작가는 신의 자리에서 추락합니다."
> "맞아. 난 신이 아닐세. 그저 작가일 따름이지."
> "작가는 신이어야 합니다."
> "그건 하나의 관념일 뿐이네."
> "「죽음의 질문」은 신의 작품이었습니다." (177)

허구적 존재를 통해 작가로서의 자격을 검증하는 이러한 자의식적이고 자기 반성적인 질문은 정찬의 작가적 치열성의 일단을 엿보게 한다. 신적 존재로 작가를 규정하는 태도는 「가면의 영혼」이나 「물의 길」처럼 변신을 주제로 한 소설에서도 나타난다. 불완전한 인간이 완전한 세계로서의 예술을 지향하기 위해 필요한 것이 '변신'이기 때문이다. 즉 변신을 통해서 작가는 완전한 허구의 세계로 비약하게 되고 비록 순간적이나마 인간 존재의 불완전성을 벗어날 수 있다는 것이다. 그러나 작가는 신이어야 한다는 당위적 명제가 설정된 이후에, 반복되는 위의 진술들은 결국 순환론적 동어반복에 그칠 수밖에 없다. 게다가 비록 「죽음의 질문」을 소설 속 소설로 제시하고 있기는 하지만, 동명의 소설을 '신의 작품'으로까지 추어올리는 태도는 나르시시즘적이라는 혐의를 벗어나기 어렵다.

물론 정찬의 소설이 갖는 우직할 정도의 진지함은 가벼움이 팽배해 있는 이 시대에 중요한 미덕이 될 수 있다. 그러나 그것은 그야말로 미덕 그 자체에 그칠 뿐이다. 현실과는 분리된 어떤 영원한 본질을 상정하고 소설을 통해 그 본질에 가 닿으려고 하는 그의 소설적 시도, 그리고 그 과정 자체를 주제화하는 그의 소설은 이제 어떤 육체성과 물체성도 획득하지 못한 채 부유하는 반복적인 상투 어구가 되고 있다. 소설은 그저 이 세상과는 분리된, 이 세상의 가치에서 고고히 떨어져 나앉아 영원한 본질을 길어올릴 수 있는 어떤 것으로 신비화되고 탈속화된다. 그의 소설에서 자기 해설적이고 설명적인 진술이 많은 것도 이와 무관하지 않을 것이다. 그래서 다소 모호하기는 하지만, 죽음과의 대면을 통해 완전한 아름다움으로서의 예술을 발견하고 거기에 관능성까지 살짝 덧붙여진 「베니스에서 죽다」의 다음 마지막 구절이야말로 그가 소설이라고 하는 어떤 것에 육박하는 것은 아닐까. 그에게 필요한 것은 비록 아셴바흐의 죽음을 재촉하기는 했지만 완전한 예술이 아닌, '아름다운' 예술을 발견하게 한 '신선한 딸기의 탐스러움'일지도 모르겠다.

어슴푸레한 램프등 아래서 자신의 죽음을 읽고 있는 아셴바흐의 입가에 미소가 번지고 있었다. 슬픔과 기쁨이 뒤섞인 미소였다. 누군가 그에게로 다가

왔다. 오래된 책의 주인이었다. 긴 머리를 뒤로 묶은 그녀는 하얀 쟁반을 탁자 위에 놓은 후 그의 곁에 살며시 앉았다. 쟁반에는 신선한 딸기가 탐스럽게 담겨 있었다. (230)

4. 자기 학대와 자기 찾기의 정신병리학: 정정희 소설집『널 사랑하게 해봐』

『오렌지』『토마토』등의 장편소설로 우리에게 알려진 정정희의 첫 소설집 『널 사랑하게 해봐』에서 '널 사랑하게 해봐'라는 말은, 이 작품집에 실린 「공룡」의 차갑고 이기적인 그가 '나'에게 던지는 도발적인 사랑에의 주문이다. 이때 이 구절의 주어는 '내가'가 되는데, 그럴 경우 이 말은 애정을 구걸하는 존재와 그 애정을 비웃는 존재의 양립 불가능한 애증의 아이러니로 해석된다. 그러나 '네가'를 주어로 할 경우에는 이 말은 다른 사람에게 사랑받지 못하는 존재에게 자기 존중감의 회복을 독려하는 충고로 읽히기도 한다. 여기에서도 분명히 드러나듯이, 결국 타인을 사랑하면서 동시에 자신을 사랑하는 일이 불가능하다는, 즉 누군가를 사랑하면 자신은 유기(遺棄)하게 되는 이러한 관계의 모순이 바로 이 소설집이 반복적으로 전해주는 전언이다. 그래서 이 소설집은 어찌 보면 통속적이고 뻔한 엇갈린 애정 관계를 다루는 듯하지만, 지나친 감정 과잉과 감정 결핍 사이에서 적절한 애정의 수위를 찾지 못하는 현대인의 불안정한 정서를 보여준다는 점에서 우리 사회의 정신병리학지로 기록될 만하다.

실제로『널 사랑하게 해봐』에 등장하는 인물의 상당수는 애정 과잉과 결핍으로 비정상적인 심리 상태에 빠져 있다. 「공룡」「곧 잊혀질 어느 오후」의 '나'와 '그' 혹은 '그녀'와 '나'가 각각 애정 과잉과 결핍에 빠져 이러한 정서의 불균형 때문에 소통하지 못한다면, 「만일에 그런 일이 일어난다면」의

'나'와 '아내'는 서로의 부재를 원하면서도 정작 '사라지는 것'을 두려워하는 양가감정에 빠져 있다. 「곧 잊혀질 어느 오후」의 다음 구절은 이러한 양가감정의 모순을 적나라하게 보여주고 있다.

> 나로 말하자면 단 음식이나 달콤한 음악에 대한 식욕, 취향 등을 모두 잃어버렸듯이 소소한 상징이나 상징의 가능성들을 느끼지 않은 지 오래되었다. 절실히 필요한 게 없는 만큼 잃어도 크게 상심할 것도 없었다. 미국에 오기 전 몇 년간 내 삶을 "버틴다"고 즐겨 표현했다. 술을 마시면서 영화를 보면서 사람들을 만나면서 어디서도 아무런 연고를 느낄 수 없어서 절망하곤 했다. 그녀와 헤어질 무렵 내가 가장 무서워한 것은 그녀가 나에게 쏘아대는 그 감정의 연고였다. (115~16)

낯선 이국 생활에서 "아무런 연고를 느낄 수 없어서 절망하곤 했"던 '나'는 이제 어떤 상실에 대해서도 크게 상심하지 않는 무심함을 가장할 수 있게 되었을 뿐만 아니라, 심지어 이전에는 절실하게 필요로 했던 "감정의 연고"를 두려워하고 거부하게 된다. 인용문에서 알 수 있듯이, 감정의 연루와 분리라는 양극단에서 동요하는 '나'의 모순적 심리는 기실 이질감과 고독의 체험에서 비롯된 것이다. 대상의 현존이 부재에 대한 불안감을 불러일으키는 반면, 부재하는 대상은 '얼굴 없는 그리움' 혹은 '구체가 없는 꿈같은 기다림'을 촉발하는 향수의 대상이 되는 이유 또한 바로 여기에 있다. 이처럼 『널 사랑하게 해봐』의 인물들은 지나친 담백함을 가장하거나 '끈끈이주걱'의 신파에 빠진다. 게다가 애정은 일방향적이거나 그 대상을 결여하고 있기 때문에 성립되지 않는다.

다소 상투적으로 반복되는 이러한 관계의 어긋남은 특히 사랑하는 대상의 상실에 직면했을 때 병리화(病理化)되기에 이른다. 「자두잼」의 크리스틴은 남편에게 헌신적이었지만 계속되는 유산과 남편의 이혼 요구로 심한 정신적 충격을 받고 그의 애인인 수잔의 목을 잘라 남편 생일날 선물로 보내는 엽기적인 사건을 저지른다. 이러한 엽기적인 사건의 원인을 작가는 "자폐증과 우울증"에서 찾고 있는데, 「전화의 저편」의 '인자' 또한 이러한 정신병리적 징후를 뚜렷하게 보여주는 인물이다. 애인의 갑작스런 태도 변화와 회사 생활에 대한 압박감 때문에 괴로워하는 민수를 위로하다가 어느 날 문득 그를 사랑하게 된 인자는, 그가 애인과 여름 휴가를 떠나는 길에 사고로 죽은 후에도 그에 대한 애정을 철회하지 않는다. 그녀는 잘못 걸려온 장난 전화인 줄 알면서도 '전화기 저편'의 미지의 대상을 '그'로 설정하여 '상상의 세계'에 빠져들거나 그가 했던 행동을 반복적으로 모방한다. 자신을 버린 존재에게 사디즘적 폭력을 행사하는 것이 「자두잼」의 크리스틴이 사랑하는 사람과의 이별을 애도하는 방식이라면(「호텔 마릴린」의 엽기적인 살인 행각 또한 이와 같은 애도의 방식으로 해석될 수 있다), 사랑하는 대상이 이제는 존재하지 않는다는 사실이 가져다주는 공포를 견디기보다 그의 현존을 가장하는 것, 이것은 바로 「전화의 저편」의 인자가 선택한 애도의 방식이다.

이처럼 상실한 대상에 대한 깊은 애도는 자기 소멸과 자기 방기를 유도한다. 「누나」의 '누나'와 「스카이 블루 핑크」의 '아내'와 '그'는 각각 아버지와 아들이 죽은 후 정상적인 생활을 포기하고 스스로를 파괴하고 학대하는 자기 징벌의 행위를 반복한다. 떠나보낸 대상에 대한 죄책감에서 기인한 듯한 이러한 자기 파괴적 행동은, 그러나 언뜻 이해하기 어렵다. 평론가 김형중은 이러한 자기 비하의 심리를 프로이트의 애도와 우울증에 대한 설명에서 끌어오고 있다. 즉 사랑하는 존재에 대한 애정을 철회하지 못하고 자기 안으로 가지고 들어옴으로써 상실한 애정의 대상과 자신을 동일시하는 애도 행위는, 자신을 상실한 애도의 대상으로 대체하기 때문에 자기 존중감을 상실하게 한다는 것이다(『널 사랑하게 해봐』 해설). 그러나 문제는 그리 단순하지 않다. 일단 「누나」의 다음 구절은 자존심의 격하가 어떤 양상으로 나타나는지를 잘 보여주고 있다.

착한 누나의 곁에는 무슨 영문인지 늘 악머구리 같은 인간들이 들끓었다. 택시 운전사도 잊을 만하면 다시 나타나서 누나를 괴롭혔다. 연락이 와서 뛰어 가보면 누군가한테 맞아서 깨져 있는 누나를 발견하곤 했다. 교회에 다니고 나서도 누나는 꽤 여러 명의 못된 남자들을 만났다. 연애 감정이 없으면서도 누나는 그들의 접근을 거절하지 않았다. 그들이 모두 형제자매였기 때문이다. 하느님 아래 똑같이 고통받는 형제자매들. 끊임없이 당하면서도 누나는 그들을 원망할 줄을 몰랐다. (199)

소설에서 '아름답고 재능이 넘치던' 누나가 사랑하는 아버지를 잃은 뒤 자기를 망가뜨리는 방식으로 선택한 것은, 바로 '거지 같은 인간'들과의 사도/마조히즘적 애정 관계를 맺는 것이다. "못된 남자들"에게 끊임없이 매 맞고 빼앗기면서도 그들을 원망하지 않는 이러한 기이한 심리 상태는 사실 '누나' 때문에 이혼하고 자신의 모든 것을 빼앗겼으면서도 누나에 대한 애정을 거두지 않는 '나'의 이상 심리와 맞닿아 있다. 이러한 도착적인 심리는 제목인 '누나'가 암시하는 근친상간적 코드에 의해 더욱 강조된다. 타인에 대한 사랑이 자기 파괴와 상실로 이어지는 도착적인 심리는 「누나」의 영주, 「봄밤의 일」의 '그녀'와 같은 매 맞는 아내들은 물론, '벤'이라는 남자에 대한 무조건적인 집착 때문에 하버드대 학생으로서의 모든 특권을 포기한 채 지하 방에 스스로를 유기하는 「벤자민」의 '옥'과 같은 인물에게서도 발견된다. 이들은 어떠한 현실의 요구와도 타협하지 않고 비정상적인 애정 관계라는 폐쇄 회로에 스스로를 가둔다.

문제는 욕망의 대상과 욕망 주체의 완전한 합일이 불가능한 것처럼, 애도자가 사랑했던 대상과 자신을 완전히 동일시할 수는 없다는 사실이다. 프로이트에 따르면 우울증은 이처럼 대상과의 완전한 동일시가 실패할 때 나타난다. 이렇게 본다면, 정정희 소설의 애도자들은 비록 자기 파괴와 학대를 일

삼고 있기는 하지만 '자아'를 완전히 포기했다고 볼 수는 없다. 이는 「누나」의 '누나'가 결국 자신이 만든 '지옥'에서 벗어나 동화책 삽화가로서의 삶을 선택한다거나, 「스카이 블루 핑크」에서 남편이 알코올 중독으로 완전히 망가진 이후에야 비로소 "길고 고통스런 터널에서 빠져나"오게 된다는 사실에서도 확인할 수 있다. 따라서 상실한 애정에 대한 애도는 자기 존중감의 회복을 위한 일종의 제의적 퍼포먼스로 보아야 할 것이다. 자기 학대라는 고통의 시간은 자아 찾기를 위한 유예된 시간일 수도 있는 것이다. 정정희 소설의 인물들이 상실한 애정의 대상 때문에 몸부림치면 칠수록 '나'에게 돌아가고자 하는 욕구 또한 정비례하여 커질 수밖에 없는 것은 그 때문이다. 그런 점에서 '널 사랑하게 해봐'라는 말은 혼자 남겨지는 것에 대한 두려움 때문에 나를 지우면서도 매달리게 되는 사랑에 대한 마법의 주문에서, 이제는 긴 우회로를 거쳐 나를 사랑하고 되찾게 하는 탈마법의 주문으로 바뀌게 된다.

그러나 정정희 소설의 인물들은 여전히 "희망을 느끼는 것"을 "절망에 빠지는 것만큼 괴로운 일"(302)로 느낀다. 지독한 고통을 내장한 무심한 얼굴, 상실감 때문에 자기를 학대하는 일그러진 얼굴이 그 무심함과 찡그림을 벗어버리는 것은 여전히 요원해 보인다. 왜냐하면 희망조차 절망으로 느끼는 인물들의 태도가 한편으로는 손쉬운 타협을 거부하는 치열함으로 받아들여지기도 하지만, 다른 한편으로는 도식적으로 반복되는 클리셰cliché로 읽히기도 하기 때문이다. 그런 만큼, 포즈는 완고하다.

상처의 결을 따라가는 소설의 탐색
─ 조경란, 배수아, 이해경의 소설

1. 소설, 상처를 덧내는 혹은 탐닉하는

흔히 글쓰기는 삶에서 받은 상처를 발견하고 치유하게 하는 한 방법으로 이야기된다. 육체적으로 입은 상해가 아닌 다음에야, 그 상처는 대개 정신적 외상, 즉 트라우마라고 할 수 있는 것으로서, 그처럼 무의식적으로 각인된 상처는 끊임없이 현실로 소환되어 작가에 의해 재구성된다. 그런 의미에서 글쓰기는 어찌 보면 상처 덧내기 혹은 상처에의 탐닉이라고 할 수 있을 것이다. 그러나 이러한 상처에의 탐닉이 곧바로 즉자적인 자기 연민으로 직결되지 않는 것은, '허구'라는 장치에 의해 그러한 상처가 텍스트화되기 때문이다. 그처럼 소설이 상처에서 출발하여 다양한 방식으로 그 상처를 변주한다고 하더라도, 소설은 자기 연민을 발산하거나 개인적 원한을 해결하는 장이 될 수 없고, 또 되어서도 안 된다는 것은 자명한 이치다. 그런 맥락에서 이해경의 소설 『그녀는 조용히 살고 있다』의 다음과 같은 구절, 즉 "소설은 아픔으로부터 오는가…… 적어도 아픔의 공감 없이 소설은 씌어지지 않을 것 같"다는 오래된 잠언을 닮은 구절은, 소설이 자신은 물론 타인의 의식적·무의식적 상처에 대한 고고학적 발굴이자, 그러한 고통을 치료하는 방법일 수 있다는 인식의 한 단면으로 읽힌다.

조경란, 배수아, 이해경의 소설은 겉으로 드러나든 그렇지 않든 각기 다른 방식으로 그 같은 상처와 소설의 관계 형식에 맞닿아 있다. 조경란은 다른 어떤 작가보다도 존재론적이고 내적인 차원에서 상처에 접근한다. 그동안 작가는 외적 관계에서 비롯된 상처로 인한 자아의 자폐화, 이러한 자아의 고립감이 유발하는 관계 맺기의 어려움이라는 상처의 악순환을 자주 다루어왔는데, 그러한 테마는 최근 소설집 『코끼리를 찾아서』(문학과지성사, 2002)에서도 반복되고 있다. 그러나 이번 소설집은 상처를 통한 소통 가능성 또한 확인하고 있다는 점에서 기존의 소설적 궤도에서 '약간' 이탈하려는 시도를 감행하는 것으로 볼 수 있을 듯하다. 반면 배수아의 소설에서 상처의 문제는 소설의 표면에 드러나지는 않는다. 하지만 후기 자본주의 사회에서의 고립된 자아의 조건을 출발점으로 삼고 있는 배수아 소설의 심층에는 (작가가 그것을 외면하든 아니면 그와 더불어 유희하든) 규격화된 사회 논리가 개인에게 가하는 상처의 흔적이 징후로 자리 잡고 있는 것만은 틀림없다. 그에 비해 이해경의 소설에서 상처는 사건을 통해 직접적으로 그 모습을 드러내는데, 그 상처는 소설 속에서 인물의 의도적인 망각을 통해, 그리고 작가의 서술 전략에 의해 감추어졌다가 폭로되고 있다.

이처럼 이들 세 작가의 소설에서, 비록 그 모양이 다 다르고 그것이 텍스트 속에서 드러나는 방식 또한 다르지만, 상처는 이들 소설을 나아가게 하는 숨어 있는 원동력이다. 비록 이 소설들이 상처의 문제를 정면으로 응시하기보다는 슬그머니 비껴 보거나 짐짓 에둘러 돌아가고 있기는 하지만 말이다. 그러니 이제 상처받는 것을 두려워하지 말고 이들 소설에 나 있는 상처의 결을 따라가보아야 할 것이다.

2. 응축과 초월, '마음'의 두 가지 존재 방식

조경란의 『코끼리를 찾아서』에서 눈에 띄는 테마는 조경란 소설의 특징이라 할 수 있는, 외부와 차단된 개인의 고립과 자폐에 대한 다양한 사유의 전개이다. 가족과의 불화, 사랑하는 사람과의 이별 등과 같은 외적 시련과 고통에서 벗어나기 위해 마련된 '마음'이라는 도피처는 필연적으로 관계의 어긋남과 부조화를 야기하는데,「우린 모두 천사」「김영희가 흘린 눈물 한 방울」「마리의 집」등 이 소설집에 실린 대개의 소설들은 크든 작든 어느 정도 이러한 유폐 의식 및 이에서 비롯된 관계 맺기의 어려움이라는 문제를 다루고 있다.「마리의 집」에서 여주인공인 '나'가 쇼케이스 유리상자 속에 들어가 숨을 참는다거나 폐관된 미술관에서 아프리카 주술사의 가면을 쓰고 죽은 자의 영혼을 기리는 의례를 거행하는 장면은 고립된 자아에 대한 미메시스mime-sis이자 애도라고 할 수 있을 것이다.

팔월미술학원을 중심으로 원장 김요옥과 그녀의 수강생들 사이의 어긋난 관계와 비극적 결말을 그린「우린 모두 천사」는 소통에의 열망이 어떻게 개인의 고립감에 의해 왜곡되고 일탈된 방식으로 드러나는가 하는 조경란식 주제의식을 가장 잘 보여주고 있다. 총 열한 부분으로 이루어진 이 소설의 절반은 등장인물 소개에 할애되고 있는데, 여기서 원장 김요옥은 가출한 언니 김다옥을 연상케 하는 이미란을, 이미란은 유상진을, 유상진은 박순례를, 박순례는 이미란의 남편 장이혁을, 장이혁은 김요옥을 향한 관음증적 시선과 일그러진 갈망을 드러내고 있다. 이러한 엇갈린 관계의 아이러니는 서로 교차되지 못하는 시선의 일방성에 대한 잦은 묘사를 통해 나타난다. 다음은 서로의 옆 혹은 뒤만을 훔쳐보는 이들의 불구적 관계의 일면을 보여주는 한 장면이다.

유상진은 이미란이 건넨 술을 단숨에 비우고는 슬그머니 자리에서 일어난다. 장이혁은 자꾸만 붉어지고 있는 김요옥의 왼쪽 뺨을 보며 맥주 한 모금을 넘긴다. 박순례는 고개를 왼쪽으로 돌리고 맥주 한 모금을 마시고 있는 장이혁의 젖은 입술을 쳐다본다. 김요옥은 먹기 편하도록 훈제 치킨을 조각조각 찢느라 기름 범벅이 된 이미란의 손가락에 눈을 두고 있다. 다시 자리로 돌아온 유상진은 담뱃갑을 박순례 앞으로 내민다. 유상진이 피우던 담배는 테이블 위에 남아 있다. 그가 사온 건 박순례가 피우는 켄트 붉은 갑이다. (『코끼리를 찾아서』, pp. 89~90)

이들은 모두 나름의 고독한 내면과 심리적 결핍감에 시달리는 존재들이다. 이들의 내적 결핍감은 대개 언니의 가출, 아들의 도벽, 부모의 이혼, 부부 사이의 불화 등과 같은 가족 구성원들 사이의 갈등과 상실감에서 비롯되는 것처럼 보인다. 그리고 이러한 불구적 관계에 집착하는 이들의 비정상적인 심리 상태와 행위는 '도벽'이라는 일탈 행위를 통해 구체화된다. 소설에서 도벽은 대부분의 인물을 설명하는 심리적 코드로 기능한다. 도벽이 단순히 물건을 훔치는 행위에만 국한되지 않고 "설명할 도리 없는 깊은 결핍 때문"에 "공허감을 떨쳐내는 하나의 수단"으로 이루어진다는 유상진의 진술은, 이 소설에서 도벽이 내포하는 좀더 심층적인 의미를 짐작할 수 있게 한다. 물건 혹은 마음을 훔치고 싶어하는 도착적 욕망은 단순히 거부되거나 비난받기보다는 오히려 서로의 마음을 이해하는 수단으로 나타나는 것이다. 이처럼 일탈적이고 비정상적인 관계 맺음의 왜곡된 방식을 상징적으로 드러내 보여주고 있는 도벽은 사이비 관계 맺음의 방식이자 관계 맺을 수 없는 존재를 향한 도착적인 애정의 포즈라고 할 수 있다.

「김영희가 흘린 눈물 한 방울」에서도 이러한 관계 맺음의 어려움이 잘 나타나는데, 여기에서는 '도벽'과 같은 병적 의식의 한 표현으로서 '건망증'이 소개된다. 서술자는 건망증을 "때로 너무 많은 것을 기억하려 애쓸 때 돌연히 찾아오는 것"이거나 "어쩌면 한꺼번에 너무 많은 것을 잊어버리려고 할 때 찾아오는 것"(『코끼리를 찾아서』, p. 123)으로 규정하는데, 이렇게 볼 때 건망증이란 기억에 대한 저항감에서 비롯된 것이다. 이 소설에서 제목의 '김영희'임이 분명한 '나'는 예전에 알던 화가가 살았던 집에 우연히 기거하게 되면서 그와 있었던 과거의 일들에 대해 기억해내지만, 그에 대한 과거 회상은 '나'의 의도된 망각에 의해 더 이상 앞으로 나아가지 못한 채 지연된다. 그러나 '밤의 그들'로 명명되는 '나'의 무의식, 즉 그를 사랑하면서도 그의 장애 때문에 그러한 사랑을 떨쳐버린 나의 죄의식은 그와의 일을 기억해내도록 끊임없이 나를 괴롭힌다.

그에 대한 기억과 망각 사이에서 동요하는 '나'의 심리는 급기야 환각을 동반하게 된다. 처음에 그 환각은 집 안의 물건들이 이리저리 자리를 옮겨다니는 것에서 시작되는데, 징후나 낌새로만 존재하는 환각 속의 '그들'에 의해 '나'는 급기야 목욕탕에 갇혀 익사할 위기에 처한다. 이때 '나'는 그와의 마지막 날―자신의 의족을 풀고 '나'에게 사랑을 표현했던 그를 밀쳐내고 도망치듯 그의 집에서 나온 날―을 기억하게 되는데, 바로 그 순간 '나'는 익사에 대한 환각에서 벗어나게 된다. 여기서 환각은 '그'를 '나'의 기억 속으로 소환하기까지 겪어야 했던 '나'의 내적 갈등이 표면화된 것임을 알 수 있다. 그만큼 '그'에 대한 기억은 '나'가 스스로를 죽음으로 몰고 갈 정도로 고통스러운 것이다. 왜 나는 이처럼 스스로를 죽음으로 몰아넣을 만큼 '그'에 대한 기억을 지워버리고 싶어했는가. 그것은 일차적으로는 장애인인 '그'에 대한 죄의식이겠지만, 좀더 심층적인 차원에서 살펴보면 '그'의 사랑을 거부한 것에 대한 뒤늦은 후회와 그로 인한 자기 연민이라고 할 수 있다. 따라서 '그'가 살던 집을 나온 뒤 내가 흘리는 눈물 한 방울은 이러한 '나'의 감정을 대변하는 것이다. 뒤늦은 사랑에 대한 후회라는 이 소설의 주제는 어찌 보면 매우 상투적인 것이다. 그러나 사랑의 발견이 상대방에 대한 환멸과 자기 모멸, 그리고 후회라는 부정적 감정의 전이 과정을 거친 후에야 비로소 이루어진다는 사실은 사랑과 환멸이 '동시에' 존재할 수밖에 없는 사랑의 아이러니를 보여준다.

이처럼 조경란의 소설에서 '사랑'은 평범하고 하찮은 것들을 순간적이나마 비범하고 특별한 것으로 만들기도 하지만, 반면 그 사랑이 일방적이거나 성립 불가능할 때는 오히려 일상적인 것을 왜곡하고 심지어 파괴하기까지 하는 이상하고 낯선 괴물과 같은 것으로 다가오게 된다. 사랑의 이러한 양면성은 삶의 양면성이자 아이러니다. 「나는 마을의 이발사」에서 '그'와 가오리의 애정 관계가 '그'에게 삶의 활력과 기쁨을 준 동시에 그를 자살로 이끈 원인이기도 하다는 사실은 이러한 사랑과 삶의 아이러니를 대변해준다. 이는 「동시에」에서 윤슬과 병하의 사랑이 결국 윤슬의 자살 시도로 이어진다는 데서도 알 수 있다. 조경란의 소설에서, 이렇게 사랑은 어느 순간 삶의 '함정'이 되는 것이다.

그러나 사랑은 반드시 고통을 수반하며 그러한 고통을 통해서만 확인될 수 있다는 역설은 「동시에」에 이르러서는 삶에 대한 무한한 긍정과 사랑의 영원성에 대한 확신과 함께 강조된다. 「동시에」는 서술자 '나'가 애인의 죽음 때문에 자살을 시도한 조카 윤슬에게 고통 속에서 피어나는 생명의 신비를 독백적 어조를 통해 이야기하는 소설이다. 특히 벌목꾼의 모진 도끼질이 가해질 때라야 비로소 수신 나무와 송신 나무의 교신을 확인할 수 있다는 소설의 한 에피소드는, 서로에게 상처를 입힐 때라야 비로소 그 관계의 정체가 드러날 수 있음을 역설적으로 나타낸다. 즉 나무들이 죽을 때 유난히 탐스러운 꽃과 열매와 씨앗들을 맺는 것처럼 죽음을 통해서만 삶은 더욱 화사하게 빛날 수 있다는 것이다. 이러한 삶과 죽음의 동시성은 윤슬의 탄생을 "숲이 무너지기 시작하고 남아 있는 숲마저 한밤의 벌목꾼들의 도끼질에 난도당하고 있을 때, 저 먼 곳의 구름과 바람과 태양을 거쳐 이곳에 날아온 한 점 작고 흰 씨앗"으로 규정하는 이모의 고백을 통해서도 확인할 수 있다. 이는 상처, 죽음, 고립과 같은 부정어를 통해서만 비로소 이해, 삶, 소통에 대해 말할 수 있다는 역설적 진리에 다름 아니다. 따라서 「동시에」의 '동시에'는 이질적이고 모순적인 것의 동시성, 즉 A와 비(非)A가 '동시에' 존재하는 삶의 모순성과 이러한 모순성으로부터 다소 모호하지만 어떤 삶의 진실성을 이끌어낼 수 있다는 발견을 함축하고 있는 단어인 것이다.

이러한 '동시에'의 역설적 진리는, 서로 속고 속이는 기만적인 관계와 위선적 포즈를 통해서 오히려 어떤 내적 진실에 다가갈 수 있게 되는 과정을 그린 「마리의 집」이나, 벗어던지고 싶은 짐이면서도 '나'를 존재하게 하는 기반이 되는 가족을 담담하게 바라보는 「코끼리를 찾아서」에서도 확인된다. 그런데 특징적인 것은, 조경란의 소설에서 한 개인을 자폐적 상황으로 몰고 가는 것이나 그러한 상황을 자기 긍정이라는 초월의 논리로 극복하는 것이 모두 결국에는 '마음'의 문제로만 한정되고 있다는 점이다. 즉 문제 제기나 문제 해결의 과정이 모두 마음이라는 범주 안에서 순환하고 있는 것이다. 그러나 물적 기반이 마련되지 않은 '마음'속 해결이란 얼마나 허약한 것인가. 그런 점에서 조경란 소설에서 내적 성소인 마음으로의 도피나 모순의 진실성에 대한 초월적 깨달음은 마음 또한 외적 현실이 빚어낸 또 다른 현실이라는 자각과 병행되지 않는다면 공허한 울림에만 그칠지도 모른다.

3. 자발적 유폐와 유희적 고립의 퍼포먼스

배수아의 『동물원 킨트』(이가서, 2002)는 제목에서 알 수 있는 것처럼, 여러 점에서 배수아 소설의 출발점이자 지향점을 향해 있는 소설이다. 이야기는 어느 낯선 곳에 체류하고 있는 한 이방인의 일상적이면서도 낯선 생활에 대한 기록이다. 사실 이야기의 줄거리는 중요하지 않다. '동물원'이라는 하나의 메타포를 중심으로, 동물원을 갖고 싶다는 비현실적인 욕망 외에 아무런 현실적인 욕망도 없고 어떠한 희망도 기대하지 않는 자발적 고립을 선택한 인물이 '동물원 킨트'적인 인물들을 만나서 이야기하고 또 우연히 만난 '하마'라는 별칭을 가진 한 인물을 찾으려고(그 여자를 왜 찾아야 하는지는 중요하지 않다. 말 그대로 '그냥'이다) 하는 무의미한 과정을 나열한 소설이다. 그런 점에서 이 소설은 현실의 상징 질서에 편입되기를 거부하는 조숙한 아이들의 세계를 무언가 삐딱하고 어긋난 형식과 문체로 그려왔던 배수아적 지향의, 그러나 한때 말랑말랑해지는 것이 아닌가 여겨졌던 그녀의 소설의 의식적인 귀착점이라고 할 수 있을 것이다.

이러한 자발적 고립의 유희라는 테마는 '동물원 킨트'라는 제목에서부터 분명하게 드러난다. 우선 '동물원 킨트'라는 어휘의 조합부터가 예사롭지 않다. '동물원 아이'가 아니라 굳이 '동물원 킨트'인 이유는 무엇인가? 가령 서문에서 작가는 이 소설을 일종의 '이방인 놀이'로 명명하고 있는데, 여기서 이방인이란 단지 '다른 나라 사람'을 의미하는 것이 아니다. 작가는 이 놀이의 핵심을 "자신의 모국어를 외국어처럼 새롭게 받아들이는 것"으로 규정하고 있다. 그런 점에서 '동물원 킨트'에서 외국어는 '킨트'가 아니라 '동물원'일 수도 있는 것이다. 혹은 '동물원 킨트'라는 단어의 낯선 조합 그 자체가 '외국어로 서툴게 말하는 이방인 놀이'일 수도 있는 것이다. 이러한 놀이는 낯익은 공간에서 더 재미있을 수 있는데, 왜냐하면 익숙한 장소에서 길을 잃고 모국어를 외국어처럼 서툴게 말하는 것이 좀더 놀이답기 때문이다. 배수아 소설에서 이러한 이방인 놀이는 현실의 기준과 관습을 거스름으로써 스스로를 자발적으로 타자화하는 나름대로 새로운 유희적 글쓰기 방식일 수 있을 것이다.

한편 '킨트,' 즉 아이라는 단어는 초기작부터 일관되게 지속되어온 배수아 소설의 어떤 특성과 맞닿아 있다. 미성년을 벗어난 이십대 이상의 인물들을 '아이'로 명명하는 방식이 갖는 의미는 이미 신승엽에 의해 지적된 바 있다. 배수아 소설의 '아이들'은 단순히 십대의 세대 감각을 참조하거나 '아이 때에 성장을 멈춘' 존재라는 식의 설명 방식으로는 해명되지 않는데, 그에 따르면 '아이'라는 명칭은 배수아의 아이들이 아이의 단계에 머물러 있기 때문이 아니라 현실의 속악함을 어른이 되기 전에 이미 다 깨달은, 그래서 더 이상 어른이 되고 싶지 않은 인물의 심리적 정황을 나타내는 것이다. '아이'라는 명명은 이처럼 어떠한 사회적 책임도 떠맡지 않고 민족이니 이데올로기니 하는 거대 담론도 모르는 척할 수 있는 자기 방어적 기제이다. 그것이 무시하는 대상으로는 물론 기존의 성 정체성 규범의 테두리도 포함된다. 즉 ‘아이’라는 명명은 ‘성 정체성의 의도적인 거세’이자 현실적 기준과 모든 공공적 삶을 무시하고 경멸할 수 있는 하나의 장치인 것이다. 『동물원 킨트』의 주인공인 ‘나’는 비록 아이로 명명되고 있지는 않지만 아르바이트를 하면서 최소한의 생계를 유지하고 그 나머지 시간에는 빈둥거림으로써 ‘아이’다운 면모를 보이고 있다.

마지막으로 ‘동물원’은 무엇인가. 『동물원 킨트』에서 ‘나’는 동물원을 “존재하는 세상의 모든 동물원”이자 “그 자체로 내가 지도에서 발견한 모든 첫 번째 장소”라고 말한다. 아도르노에 따르면, 동물원은 도시와 문명의 상징이다. 왜냐하면 동물원은 본래의 자연이 아니라 가두어지고 통제된 자연이자 사람들에 의해 볼거리로 전락한 자연이기 때문이다. 그러나 배수아의 동물원은 아도르노가 의도했던 문명 비판의 맥락과는 전혀 다른 곳에 있다. 배수아에게 동물원은 “버섯으로 만든 구역질 나는 건강식보다는 훨씬 더 인스턴트 식품에 가까운 것”이기 때문에, 즉 문명의 상징이기 때문에 오히려 끌리는 ‘장소’가 된다. 동물원이 ‘장소,’ 특히 지루한 장소라는 점은 매우 중요하다. 그것은 정지된 풍경이자 하나의 정물로서, ‘나’는 이러한 정물이 되고 싶어하다가 “마침내 풍경의 일부가” 된다. 그런 점에서 볼 때, ‘장소’란 사회역사적 그물망이 펼쳐지고 엇갈리는 의미있는 공간이라기보다는 그저 고정된, 무의미한, 권태로운, 마치 사물과도 같은 어떤 것이다. 소설에서 ‘나’에게 처음으로 말을 걸고 자신의 방 하나를 빌려준 ‘그’가 “알디 비닐백”을 자신의 아이덴티티로 삼는다거나, 그 거리의 사람들이 “페니 마트, 혹은 레알의 비닐백”으로 규정되는 방식은 ‘나’가 스스로를 ‘동물원’과 동일시하는 방식과 크게 다르지 않다. 동물원은 사물의 다른 이름인 것이다. 그러나 배수아의 이러한 ‘동물원 되기’를 단순히 물신화에 대한 유혹으로 해석해서는 안 된다. 오히려 ‘나’는 스스로를 사물화함으로써 지루하고 일상적인 현대 자본주의적 삶 속으로 무의미하게 걸어 들어가 그 속에서 냉정하게 유희한다. 배수아에게 동물원은 철저하게 문명화된 도시적 사물성의 세계이자, 고향이나 기원을 거부하는 이방인의 안식처가 되는 것이다.

존 버거는 그의 에세이 「왜 동물들을 구경하는가?」에서 동물원은 사람들에게 고립의 감정을 불러일으키는 장소라고 이야기한다. 그에 따르면, "사람들이 동물을 만나고, 관찰하고, 구경하기 위해 찾아가는 동물원은, 사실 그러한 만남의 불가능성에 대한 하나의 경계가 되는 표시"이자 "오래된 하나의 관계에 대한 묘비명"이다. 즉 동물원에서 동물을 구경하는 행위는 친밀감을 전제로 하기보다는 오히려 그러한 친밀한 만남 자체의 불가능성을 상징한다는 것이다. 그는 또한 "강제에 의해 주류에서 밀려나는 행위가 이루어지는 모든 장소들— 빈민가, 판자촌, 감옥, 정신병원, 강제 노동 수용소—은 동물원과 어떤 공통점이 있다"고 지적하기도 한다. 다음 구절에서 우리는 배수아의 소설이 그 같은 '소외된 존재의 거주지로서의 동물원'이라는 발상과 맞닿아 있다는 것을 확인할 수 있다: "눈이 보이지 않는다면 어디서 살아가는 것이 가장 좋을까? 나는 계속 생각해. 병원, 감옥, 그리고 혹은 동물원." 주변적인 존재로 밀려나버릴 운명을 타고난 존재의 궁극적인 모습, 그것이 바로 동물원인 것이다. 소설에서 '나'가 끊임없이 동물원을 찾아가 종별로 분리되어 격리된 동물을 바라보는 행위는 결국 고립을 흉내내는 과정이자 나아가 스스로를 폐쇄된 감금 상태에 처하게 하는 일종의 퍼포먼스인 것이다.

이러한 극단적인 고립화는 모든 친구에게 쓰는 절교 편지, 지하 벙커 순례, 그리고 '나'의 '실명(失明)'을 통해서 반복적으로 강조된다. 특히 소설에서 실명은, 자신의 의지를 넘어 무의지나 무의식의 차원에서도 고립을 가능하게 만드는, 즉 고립을 육체적인 흔적으로 각인하는 하나의 방식으로 제시된다. 굳이 프로이트를 끌어들이지 않더라도, 본다는 것은 대상에 대한 지배력과 통제력을 상징한다. 관음증은 이러한 힘(視力)의 과시가 쾌락과 결합된 극단적 형태라고 할 수 있다. 또한 본다는 것은 보는 자의 위치, 예컨대 계급적·이데올로기적·제도적 지위와 그러한 사회적 가치 체계에 의해 걸러진 특정 대상에 대한 선택 행위를 전제한다는 점에서, 사회적 도덕 가치와 규범에 합의하게 한다. 따라서 시력의 상실이란 합의된 사회 계약에서 도피하는 정당한(?) 수단이자 탈주체적 욕망의 무의식적 표현이다. 소설에서 시력을 상실한 '나'가 자신의 눈과 분리되어 여섯 마리의 흰 늑대와 함께 달리는 환상적 백일몽은 스스로를 탈주체화함으로써 '존재의 소멸'과 죽음에 다가가려는 시도라고 할 수 있다. 이처럼 소설에서 '나'는 실명을 통해서 비로소 '동물원의 일부'가 된다. 그러므로 실명은 '동물원 되기' 놀이의 연장선상에 있는 것이다. 그러나 놀이가 끝나 감았던 눈을 뜨면 "모든 것은 다시 제자리"에 존재한다. 변한 것은 없는 것이다. 그래서 "나는 풀밭에 얼굴을 묻고 울었"던 걸까?

4. 소설의 블랙홀, 혹은 소설의 존재 방식

제8회 문학동네소설상 수상작인 이해경의 『그녀는 조용히 살고 있다』(문학동네, 2002)는 소설쓰기를 주제로 하고 있는 소설이다. 소설을 쓴다는 것에 대한 자의식을 작가는 이런 종류의 소설에서는 보기 드문 재치와 발랄한 언어 감각을 동원해 이끌어가고 있다. 이 소설의 주인공이 언뜻 소설쓰기와는 거리가 있어 보이는, 소설이나 글쓰기와는 처음부터 담을 쌓고 살았던 것처럼 보이는 인물이라는 점도 그와 관계가 있다. 작가는 소설 공간에 그런 인물을 부려놓고, 아내의 기대에 못 이겨 소설을 쓰겠다고 선언하고도 소설은 쓰지 못하고 계속 소설쓰기에서 도망치는 인물과 씨름한다. 그러던 '그'가 소설쓰기란 무엇인가, 또 어떻게 해야 하는가에 대한 나름의 깨달음을 얻어가는 과정을 그리는 것, 거기에 이 소설의 개성이 있다. 이처럼 이 소설은 기존의 예술가소설들에서 보이는 관념성, 과도한 진지함, 난해함에서 벗어나 있으면서도, 소설 때문에 위기에 빠진 한 인물이 긴 우회로를 거쳐 소설로써 그 위기를 극복하는 과정을 통해 '소설이란 무엇인가' 그리고 '나는 누구인가'라는 만만치 않은 고전적 테마에 접근하는 미덕을 발휘하고 있다. 그러나 이 두 가지 질문이 그리 멀리 떨어진 것이 아니라는 것, 아니 오히려 서로 긴밀하게 맞물린 문제라는 사실 때문에 소설에 관한 질문은 자기 정체성에 대한 탐색 과정을 촉발한다.

맨 처음 '그'에게 소설쓰기는 자신의 지난날을 돌이켜보게 하는 계기가 된다. 그 결과 짐짓 진지함과는 거리가 먼 것처럼 보였던 '그'가 사실은 "우정이나 사랑 따위는 실체도 없는 세상"에 놀라 "혼자만의 어둠에 싸여, 세상과 무관한 듯 딴청 피우며, 허위와 무책임으로 얼룩진 자기 기만의 세상"을 만들어왔음을 알게 된다. 즉 '그'의 불성실하고 장난스러운 태도는 너무 진지하고 예민한 자신을 이 '리얼한 세상'으로부터 방어하기 위한 일종의 보호벽이었던 것이다. '그'가 처음 뛰어난 기억력에 기대 쓰려고 했던 소설의 실패는 이러한 '그'의 실체를 까발리고 확인시켜주는 계기가 된다: "문제는 돈이 아니었다. 소설은 더더욱 아니었다. 돈은 벌면 되고 소설은 쓰면 되는 것. 〔……〕 문제는…… 그 자신이었다. 언제부턴가 자신의 삶을 팽개친 오류." 상처받는 것에 대한 두려움 때문에 한 번도 진지하게 삶에 대해 고민해보지 않았던 '그'의 지난날에 대한 뼈아픈 각성은 단순히 '개연성 있는 허구' 정도로만 알아왔던 소설을 통해서 비로소 이루어질 수 있었던 것이다. 따라서 '그'가 처한 위기란 기만적이고 허위에 찬 이전의 자기 정체성의 위기이며, 그 정체성의 위기란 소설이라는 "변화무쌍한 기회들의 우연한 선택chance"에 의해 이루어진 '변화change'에 다름 아닌 것이다.

작가는 소설의 마지막에 소설을 쓰겠다고 해놓고 끊임없이 소설쓰기를 망설이는 엉뚱한 '그'의 의식 이면에 숨어 있는, 글쓰기와 관련된 죄의식을 '그'의 기억을 통해 드러내놓는다. 그것은 "그의 기억에서 가장 빨리 사라졌"지만, "늘 그의 곁을 맴돌"던 국어 시간의 독후감 발표 때 일어난 사건이다.

친구가 읽어 친구의 글이 된 바로 그 글을 자신이 지명되자 그대로 읽어버린, 상황적 배려를 인정 욕망이 무참히 뭉개버리고 끝내 친구의 죽음까지 초래했던 바로 그 사건은 이리저리 뺀질대며 엉뚱한 소리만 지껄이던 이 한심한 인물의 무의식적 행동 동기가 사실은 죄책감과 수치심에서 비롯된 것이었음을 짐작하게 한다. 소설에서 한편으로는 억압해왔고 다른 한편으로는 서술 전략으로 감추어왔던 '그'의 트라우마를 드러내 보여주는 과정은 바로 소설쓰기의 시작이 되고 있다. '그'는 그러한 트라우마를 회피하지 않고 되살림으로써 비로소 글쓰기의 욕망을 회복하게 되는데, 그런 점에서 상처는 '그'와 소설을 맺어주는 연결 고리로 작용한다고 할 수 있겠다. 소설가인 '그녀' 'L' '그'가 모두 상처받은 존재들이며 그러한 상처를 자기 글쓰기의 원천으로 삼고 있다는 사실은 이와 관련하여 시사적이다.

소설을 매개로 한 이러한 자기 발견의 여정은 필연적으로 '소설이란 무엇인가'라는 질문을 동반한다. 그리고 이러한 질문은 사실과 허구의 경계에 대한 질문으로 이어진다. 이는 우연으로 만남을 이어오던 '그녀'와의 거듭되는 우연으로 '그녀'가 쓰는 「어떤 우연」이라는 소설에 '그'가 개입하기 시작하면서 분명해진다. 소설가와 독자/비평가의 관계를 연상시키는 '그녀' '그' '아내'와의 삼각관계는 한 편의 소설이 어떤 경로를 거쳐 완성되는가에 대한 일종의 알레고리이자, 사실과 허구의 중간쯤에 놓인 소설의 위치에 대한 비유이기도 하다. 특히 이 소설에서 사실과 허구의 관계는 중요하게 다루어지고 있다. 이는 단순히 '그'가 현실의 '그녀'와 소설의 '그녀'를 혼동하거나 심지어 '그녀'의 소설을 현실과 구분하지 못하는 문제에만 국한되지 않는다. 오히려 작가는 사실과 허구의 구분 자체가 무의미할 수 있다고 본다. 이는 '그'가 소설가이자 고교 선배인 L에게 '완전한 허구'에 관해 질문하는 장면에서 분명해진다.

"완전한 허구라는 건 어떤 거야?"

L은 잠시 생각하더니 짧게 대답했다.

"쓰는 나에게 허구로 느껴지는 소설. 그래야 남들도 봐줄 만하지 않겠니."

그는 어쩐지 선생의 소설이 친구의 죽음과는 상관없는 이야기를 담고 있을 거라는 생각이 들었다. 어쩌면 선생의 소설에 그 과거가 고스란히 나온다 해도 그는 이제 그 이야기를 완전한 허구로 읽을 수 있을 것 같다는 느낌도 들었다. (『그녀는 조용히 살고 있다』, p. 360)

사실조차 완전한 허구로 재창조될 수 있어야 한다는 이러한 발언은 언뜻 소설의 허구성을 강조하는 듯싶다. 그러나 소설의 허구성이란 소설이 사실과 무관한 어떤 것이어야 한다는 뜻은 아니다. 오히려 소설은 사실과 허구의 구분이 용이하지 않은, 혹은 필요치 않은 영역이기 때문에, 소설이 사실을 고스란히 담고 있다고 하더라도 그것은 소설이라는 형식에 의해 허구화되며, 거꾸로 소설적 허구는 사실처럼 작용하고 또 확신을 통해 사실로 굳어질 수 있다는 것이다. 사실이 허구가 되고 허구가 사실이 되는 이러한 사실-허구의 순환적 관계는 '그녀는 조용히 살고 있다'라는 이 소설의 제목에서도 잘 드러난다. "그녀는 남쪽 어느 아름다운 도시에서 책을 읽으며 살고 있다"는, 이 소설의 마지막 구절에서 알 수 있듯이, 『그녀는 조용히 살고 있다』는 소설 속 인물인 '그'가 처음으로 쓰기 시작한 소설임이 분명하다. 그러나 소설 속의 허구적 사건으로 처리된 이 소설은 현실 세계에서 실존 인물인 작가 이해경이 쓴 소설과 겹쳐진다. 그렇다면 '그'는 이해경인가? 그 소설은 앞으로 작가가 쓸 소설을 예고한 것인가? 사실과 허구가 서로 꼬리를 물며 맴도는 이러한 다람쥐 쳇바퀴, 혹은 소설의 블랙홀이야말로 작가가 의도한 것인지도 모른다. 그래서 작가는 "소설은 두 눈 크게 뜨고 꾸는 꿈"이라고 했던가.

이처럼 사실과 허구가 부딪치고 현실과 꿈이 접속하는 경계에서 소설을 빚어내는 작가의 재기에도 불구하고, '그녀'를 처리하는 방식은 끝내 아쉽다. 우연한 만남, 아름다운 외모와 타고난 능력, 모호한 신원 등에 의해 '그녀'는 베일에 싸인 신비의 여인으로 그려지고 있다. 그러나 소설의 말미에 '그녀'는 자신이 쓴 소설을 '그'에게 주고 '책 읽는 여자'로 정물화될 뿐만 아니라, '그'가 쓰기 시작한 소설 속 인물로 허구화된다. '그녀'는 단지 '그'의 뮤즈였던 것이다. '그'의 글쓰기 욕망을 불러일으켜준 '그녀'의 재능이 이제는 부담스러워진 걸까? 아니면 여성을 창조의 원천으로 비유하는 방식이 더 이상 오랜 문학적 전통이 아니라 다만 하나의 상투 어구에 불과할 뿐이라는 사실을 잊은 걸까?

변한 것과 변하지 않은 것
─ 전혜성, 공선옥, 은희경의 소설*

1. 차이와 반복

『문학사상』 2002년 4월호의 기획 특집은 「문단의 '여성 시대' 오고 있다」
이다. 이 글에서는 다양한 종류의 도표를 제시하면서 여성 취업률의 증가와
더불어 여성 문인들의 증가가 눈에 띄게 두드러지고 있다고 주장한다. 이 기
획에서 실제로 서술된 내용을 주로 헤드라인을 중심으로 살펴보면, "최근 주
요 신문의 신춘문예 당선율은 여성이 남성을 바짝 추격 중" "현역 여성 문인
양과 질 양면에서 남성을 추격 중" "문단의 여성 시대를 도래케 하는 원인과
문제점" 등이다. 여기서도 대강 짐작할 수 있듯이, 이 기획의 이면에는 의식
적이든 무의식적이든 은연중 남성과 여성을 철저히 경쟁과 대립의 관계로 설
정하고 여성이 남성의 지위를 넘보는 현상을 우려의 시각에서 바라보는 시각
이 작동하고 있다. 물론 1990년대 이후 여성 작가의 작품이 질적·양적으로
풍성해진 것도 사실이고 또 문단의 주목을 받은 것도 사실이다. 그럼에도 불
구하고 표면적으로는 여성 작가의 선전을 축하하는 듯한 이러한 떠들썩한 기
획이 씁쓸하게 다가오는 것은, 이 기획에서 아직도 남성/여성을 이분법적으
로 분리하고 남성이 여성보다 우월해야 한다는 은밀한 성별적 무의식이 발견

---

* 전혜성, 『트루스의 젖가슴』, 문이당, 2002; 공선옥, 『멋진 한세상』, 창작과비평사, 2002; 은희
경, 『상속』, 문학과지성사, 2002. 이후 이 책들을 인용할 경우는 책의 면수만을 밝힌다.

되기 때문이다. 게다가 문단은 물론 정치 · 경제 · 사회 · 문화 전반의 영역에서 "여성 상위 시대가 펼쳐지고 있다"는 도발적이고 단정적인 진술은, 아직도 우리 사회에서 소외받고 타자화되는 여성 현실을 외면하게 할 우려조차 있다. 90년대 계간지와 월간지를 장식하던 여성 특집이 많이 사라진 요즈음 이러한 여성 관련 기획 특집이 오히려 반갑지 않은 이유는 그래서인지도 모르겠다.

2002년도 하반기에 출간된 전혜성, 공선옥, 은희경 등의 작품에서는 오히려 이러한 남성/여성의 이분법적 시선은 많이 사라졌다. 물론 언뜻 보기에 이들의 작품은 전작과 그리 달라 보이지 않는다. 사실 전혜성의 『트루스의 젖가슴』은 『마요네즈』에서 다룬 탈관습적 모성 혹은 모성 이데올로기의 파괴에 초점을 맞추고 있고, 공선옥은 여전히 '억척 어미'를 다루고 있으며, 은희경은 아직도 냉소적이다. 그러나 이러한 반복 그 자체가 문제일 수는 없다. 문제는 이들의 최근작이 전작과 어떻게 같으면서 달라지는가일 것이다. 단순한 동어반복과 다양한 변주는 분명 다르다. 예컨대 공선옥의 신작은 하층 계급 여성들뿐만 아니라, 하층 계급 남성들의 곤경에 대해서도 다루고 있으며, 또한 집 나간 아버지들의 입장에서 그들이 가출할 수밖에 없는 사회 구조적 모순을 지적한다는 점에서 분명 전작과는 다른 서사적 양상을 보여주고 있다. 이는 여성 작가의 최근작에서 같음과 다름이 단순히 대조적 자질이 아닐 뿐만 아니라, 오히려 '다르게 같음'이라는 모순 어구가 가능함을 확인하는 것에 다름 아니다. 그리고 다소 과장되게 확대 해석한다면, 이는 해묵은 남성/여성의 이분법을 해체하는 한 방식이 될 수도 있을 것이다.

2. 세 개의 젖가슴: 전혜성의 『트루스의 젖가슴』

『트루스의 젖가슴』이라는 이 낯선 제목의 장편소설은 몇 년 전 『마요네즈』

를 통해 희생적이고 숭고한 어머니에 대한 상투적 이미지를 뒤집고 자기 욕망의 주체로서의 '나쁜 어머니'를 그려 보였던 전혜성의 신작이다. 이 소설 또한 모성의 문제를 다룬다는 점에서는 전작에서 제기했던 문제의식의 연장선상에서 이해될 수 있지만, 다른 한편으로 한 편의 연극이 만들어지는 과정을 그대로 서사의 내용으로 삼으면서 넓은 의미의 자기 반영적 예술의 형식적 장치를 도입하고 있다는 점에서 이전과는 다른 새로운 시도이다. 흑인 인권운동가인 소저너 트루스라는 실존 인물의 일대기를 모노드라마 형식으로 각색한 「트루스의 젖가슴」이라는, 소설과 동명의 연극을 무대에 올리는 과정에서 일어나는 세 여성, 즉 연출가 이실, 기획자 예국희, 배우 오데레사 사이의 갈등과 그 해결 과정을 담고 있다는 점에서, 이 소설은 일단 예술가의 예술적 형상화 과정 그 자체를 소설적 소재로 삼는 자기 반영적 색채를 띠고 있다. 소설 중간중간에 자본주의적 경제 논리에 의해 폐업 선언을 하게 된 극단 '고도'에 관한 에피소드라든가, 극단 '만선'의 기획자인 예국희가 겪는 경제적 어려움 등은 소설 장르가 연극이라는 또 다른 장르의 존재 조건과 공명하는 지점을 드러내고 있다. 게다가 이실과 오데레사 사이에서 벌어지는 '사실성'의 재현 문제에 관한 논쟁은 예술 작품이 상호 모순적인 상업적·미학적 장치에 의해 전달되는 생산품이라는 사실을 일깨워준다는 점에서 이 소설의 자기 반영적 텍스트로서의 특성을 잘 드러내준다.

소설적 장치의 차원에서 지적될 수 있는 이러한 자기 반영적 특성은 주제의 차원에서 중요하게 다뤄지는 모성의 문제와 그리 매끈하게 결합되어 있지는 않다. 그러나 한 편의 연극을 만들어가는 과정이 곧 모성의 다양성과 복합성을 이해하는 과정과 일치한다는 점에서, 이러한 자기 반영적 서사 구조는 등장인물은 물론 독자들에게까지도 모성의 인식 지평을 확장하는 역할을 한다. 이는 구체적으로 서로 다른 세 개의 젖가슴인 "트루스의 젖가슴. 데레사의 젖가슴. 1981년 4월의, 클리타임네스트라의 젖가슴"(228)이 소설 속에서 서로 상충하면서도 종국에는 경계가 모호한 하나의 젖가슴으로 수렴되는 과정으로 나타난다.

'트루스의 젖가슴'은 극중 인물인 소저너 트루스가 한 순회 집회에서 그녀가 여자가 아닐 거라는 악선전을 퍼뜨리는 반대자들의 입을 다물게 하기 위해 젖가슴을 보여주는 장면에서 따온 극의 제목이자, 이러한 극의 주제의식을 어느 정도 반영하고 있는 소설의 제목이기도 하다. 게다가 이 젖가슴의 노출은 연출가 이실과 기획자 예국희가 여성의 영성과 파워, 무한한 포용력을 보여주기 위해 심혈을 기울인 마지막 8장의 하이라이트다. 그러나 연습 초반부터 이실의 연출 능력을 의심하면서 사사건건 불편한 심기를 드러냈던 오데레사에게, 사실 갈등의 원천은 바로 이 트루스의 젖가슴이었다. 왜냐하면 그녀는 2년 전 유방암 수술을 받은 까닭에 보여줄 젖가슴이 없었기 때문이다. 따라서 '데레사의 젖가슴'은 부재하는 젖가슴이자 상실된 젖가슴이다. 그것은 이미 여성적 섹슈얼리티를 상실하고 아울러 모성적 역할까지도 거부당한 한 여성의 쓸쓸한 말년을 상징한다. 젊은 시절 남편의 구타와 외도를 견디지 못하고 이혼한 뒤, 예국희의 아버지 예진호와 내연의 관계를 지속해 온 데레사는 주변 사람들에 의해 "남편도 자식도 버린 음탕하고 집안 말아먹은 여자"(153)로 규정된다. '클리타임네스트라의 젖가슴'은 그러한 데레사의 젊은 날의 부도덕함과 무절제한 욕망을 상징하는 또 다른 젖가슴이다. 남편 아가멤논이 제물로 바치기 위해 딸 이피게네이아를 죽였다는 사실을 안 뒤, 남편의 조카와 간통하고 남편을 죽인 클리타임네스트라는 신화 속에서 간부(奸婦)의 전형으로 형상화된다. 따라서 클리타임네스트라는 자신의 배우적 기질 때문에 "섹슈얼리티가 거세된 모성 따위완 생리적으로 불화했"(147)던 데레사의 분신이라고 할 만하다.

대지의 어머니와 같은 풍요로운 포용력을 상징하는 '트루스의 젖가슴,' 깊은 상처만 남긴 채 사라져버린 '데레사의 젖가슴,' 그리고 어머니의 분노와 욕망을 드러내는 '클리타임네스트라의 젖가슴'은 모두 오데레사의 젖가슴이라는 점에서 서로 다른 것으로 분류될 수 없다. 소설에서 이실, 오데레사, 예국회가 벌이는 갈등의 상황이 이 세 개의 젖가슴을 서로 다른 것으로 오해한 데서 벌어졌다면, 갈등의 해결은 표면적으로 서로 상충하는 세 개의 젖가슴을 동일한 것으로 인식하는 데서 마련되었다는 점에서도 이를 확인할 수 있다. 소설 속에서 데레사가 계속 소저너 트루스 역을 맡을 것인가 하는 독자의 의문에 대해 명확한 답을 제시하지 않는 것도 바로 이 때문이다. 즉 작가가 생각하는 이 작품의 문제의식은 데레사의 부재하는 젖가슴 속에서 "잘라낸 나뭇가지에 맺히는 젖빛 수액처럼, 떼어낸 여자의 자리에 엉기는 젖빛 생명의 질료를"(284) 발견하는 것, 혹은 모성성 속에는 허여성(許與性), 욕망, 부재라는 이질적이고 모순적인 자질들이 혼재해 있다는 것을 이해하는 것, 더 나아가 모성성을 어느 한 가지 요소로 규정할 수 없다는 것을 인식하는 것이다.

그러나 이러한 문제의식을 작가의 주제의식으로 고스란히 받아들인다 해도 여전히 문제는 남는다. 왜 작가는 이러한 모성의 문제를 '연극'이라는 틀을 통해 말하려 했을까? 연극 창작의 과정을 서사의 내용으로 삼는 자기 반영적 장치의 사용, 극의 대본으로 각색된 「소저너 트루스의 이야기」라는 내부 이야기의 삽입, 1999년 9월 1일이라는 현재적 시점에서 다시 9월 1일로 회귀하는 순환적 시간 구성 등의 형식이 모성의 다양성 발견이라는 주제와 결합되지 못한 채, 소설은 전체적으로 서로 이질적인 이야기들이 짜깁기된 듯한 인상을 준다. 어떠한 주제의식을 보여주느냐도 중요하지만 그것을 얼마나 잘 드러내느냐도 중요하지 않을까?

3. 멋진 한(寒)세상, 한(恨)세상: 공선옥의 『멋진 한세상』

공선옥의 『멋진 한세상』은 제목과는 달리 전혀 멋지지 않은 이 세상의 사람살이에 대해 작가 특유의 입담으로 풀어낸 소설집이다. 흔히 가난과 사회적 소외를 여성의 생존 방식과 결합하는 작가로 평가받는 공선옥은 이 소설집에서도 궁핍함과 무관심 속에 버려진 사람들과 그 속에서 생존 문제의 해결을 위해 고투하는 어미들에 관해 다루고 있다. 특히「홀로어멈」은 예외 없이 공선옥 소설답다는 찬사를 들어온 '억척 어미'에 관한 내용이다. 남편과 이혼하고 시골의 폐교에서 세 아이를 데리고 힘겹게 홀로 살아가는「홀로어멈」의 정옥은 이전의 공선옥 소설에서 자주 나타나는 '술 마시고 담배 피우는 엄마'와 새끼들 건사하기 위해 무슨 일이든 마다하지 않는 억척스러운 엄마의 모습이 결합된 인물이다. 그녀는「서세원의 좋은 세상 만들기」를 보면서 집 나간 엄마를 무조건 '나쁜 년'으로 만드는 프로에 짜증을 낸다거나 다른 남자의 시선을 의식해서 화장을 하는 욕망하는 젊은 여자이면서도 아이들 교통비를 받아내기 위해 교육청에 가서 항의하는 억척스러운 엄마이기도 한 것이다. 일탈에 대한 욕구와 생활의 설계에 대한 바람 사이에서의 갈등으로 인해 정옥은 자신에게 주어진 현실을 정확하게 파악하지 못하고 갈팡질팡하는 모습을 보이기도 한다. "일상이 뒤숭숭하니 정신도 갈피가 없"(122)다는 정옥 자신의 고백이 아니더라도, 술에 취해 혼자 횡설수설하는 정옥의 모습과 '크윽' 하는 술추렴 소리의 반복은 그녀가 정신 파탄의 징조를 보일 정도로 생존 자체가 위협받는 막막한 현실에 적응하지 못하고 있는 인물이라는 것을 짐작하게 한다. '억척 어미'를 다룬 이전의 소설들이 다소 작위적이긴 해도 생활의 어려움 속에서 생명 지향적인 모성의 길을 찾아나가는 하층 계급 여성의 어미 노릇을 잘 보여주는 데 비해,「홀로어멈」은 푸념과 한탄의 독백적 어조를 통해 불안정한 심리를 단편적인 에피소드의 나열로 제시하는 데 그치고 있다.

「이유는 없다」의 '나' 또한 딸아이와 친정어머니를 건사해야 하는 생활에 대한 두려움과 글쓰기 과외를 하는 집의 아이 아버지이자 대학 동창인 '그'와의 관계 사이에서 방황한다. 남편과 이혼한 뒤 글쓰기 과외로 생계를 유지하는 '나'는 끊임없이 생활비를 요구하는 딸과 친정어머니에게 두려움과 연민을 느낀다. 소설은 갑작스러운 '그'의 증발로 '그'와의 애정 관계는 물론 과외비까지 끊어진 '나'가 '그'를 찾아 벌교 마을까지 갔다가 다시 딸과 어머니가 있는 집으로 돌아오는 출분과 귀환의 과정을 담고 있다. 소설에서 '나'는 이러한 여로의 과정에서 누군가에 대한 애정은 그에 대한 경제적 보살핌을 자처하게 하지만 경제적인 어려움과 부양에 대한 지나친 의무감은 결국 가족에 대한 애정을 말살할 수밖에 없다는 하강의 순환적 인과 관계에 대해 깨닫게 된다. 이처럼 소설은 모성적 보살핌의 자발적 선택이 압도적인 가난의 무게감 때문에 압박당하는 현실을 다소 냉정하고 체념적인 어조로 그려내고 있다.

모성적 보살핌의 덕목마저도 무화하는 이러한 가난에 대한 안타까움은 그대로 가난한 삶(들)에 대한 사실적 기록물이라고 할 만한 「그것은 인생」, 「정처 없는 이 발길」로 이어진다. 「그것은 인생」은 부모의 가출로 버려진 남매가 전기, 물, 가스가 모두 끊긴 영구 임대 아파트에서 최소한의 기본적인 생활도 영위하지 못한 채, 결국 여동생은 가스버너를 잘못 켜서 불에 타 죽고 오빠는 골목길에서 취객의 돈을 훔치면서 "속고 속이는 것, 뺏고 뺏는 것, 그것이 인생"(20)이라는 환멸의 생존 방식을 습득하게 되는 과정을 사실적으로 그려내고 있다. 용담댐 수몰 지구에서 이주비로 지급된 보상금을 농협에 진 빚을 갚는 데 고스란히 뺏긴 후 철거 마지막 날까지도 갈 곳을 정하지 못한 갑생 부부의 어려운 처지를 사실적으로 재현하고 있는 「정처 없는 이 발길」 또한 서민의 애환을 잘 보여주고 있다. 가난하고 보호받지 못하는 사람들에 대한 이러한 연민의 시선은 「이 한 장의 흑백사진」 「나비」 「멋진 한 세상」과 같은 소설에서는 어린 시절 가난 때문에 부모에게 사랑받지 못한 자신에게로 돌려지기도 한다.

이런 점에서 『멋진 한세상』의 인물들이 맞닥뜨린 현실은 '한(寒)'세상이며, 이러한 '한데'에 대한 체험은 그들에게 "설은 설워서 설"(200)이라는 가난에 대한 체념적 수용을 가능케 하기도 한다. 그리하여 그들에게 세상은 서러움으로 가득한 '한(恨)'세상일 뿐이다. 그것은 소설의 주인공이 어렸을 때

나 성인이 된 지금에나 가난이 여전히 상존하며 끊임없이 삶과 정신을 황폐
하게, 그리고 서럽게 만든다는 사실에 대한 확인에 다름 아니다. 그 결과 공
선옥 소설의 중심 테마였던 '억척 어멈'이라는 모순적이고 균열적인 모성의
문제가 이번 소설집에서는 가난이라는 가장 시급하고 절박한 생존의 문제에
압도당하고 있다는 인상을 준다. 가난을 해결하는 것보다 더 시급한 일은 없
다는 가난에 대한 새로운 자각 때문인지, 작가는 당당하게 "나는 생존을 위
하여 소설을 썼을 뿐 소설을 쓰기 위해 살았던 것은 아니다. 내게 소설은 삶
보다 우선하지 않는다"(298)고 말한다. 물론 누구처럼 "문학이라는 나무에
목을 매달아야" 할 이유는 없다. 그러나 가난을, 생존의 절박함을 안다고 해
서 그것이 소설의 완성도나 미학을 무시해도 되는 이유가 되지는 않을 것이
다. 어쩌면 아무도 가난하지 않을 것 같지만 여전히 가난한 사람들이 존재한
다는 사실에 대해 얘기하는 그 자체만으로도 공선옥이라는 작가는 평가받을
수 있을지도 모른다. 그러나 그녀의 가난이 단지 사실적인 보고나 신세 한탄
에 그치지 않고 어떤 울림이나 현실에 대한 예리한 비판으로 받아들여지기
위해서는 소설 미학 그 자체에 대한 깊은 천착이 필요하다.

4. 상속된 것과 상속되지 않은 것: 은희경의 『상속』

『상속』에서 은희경 소설의 인물들은 여전히 현실을 냉소하면서도 다소 조
롱하는 듯한 인상을 준다. 표제작 「상속」에서 암이라는 질병조차 성실하고
끈질긴 노력으로 극복하고자 했던 아버지가 결국에는 인생의 복병처럼 만난
뇌졸중으로 사망하게 되는 과정을 조감적(鳥瞰的) 시선으로 바라보는 딸 N
의 냉정함, 「누가 꽃피는 봄날 리기다소나무 숲에 덫을 놓았을까」(이후 「누
가」로 줄여 씀)라는 긴 제목의 소설에서 분홍신의 도착적 기호라고 할 수 있
는 메리제인 슈즈에 대한 환상을 여지없이 무너뜨리는 무심함, 열렬하게 사

랑했던 사람의 아이를 낙태하면서 그와의 관계를 다만 "위안 없는 생으로부터 잠깐씩 벗어나게 해주었던 꿈"으로 요약 정리하는「내가 살았던 집」의 탈낭만성 등. 이러한 삶의 포즈는 은희경 소설의 정수라 할 수 있는 표면과 이면의 상충, 농담과 순정 사이의 모호한 경계, 보는 나와 보이는 나의 문제와 같은 일련의 주제의식과 맞닿아 있다.

그러나 다른 한편으로 한 인간이 세상의 낯섦과 불구적 인간관계에 눈떠가는 과정을 다룬「내 고향에는 이제 눈이 내리지 않는다」, 눈부신 태양빛이 깊은 그림자를 동반할 수밖에 없는 세상 이치와 그 속에서 "딸기 도둑"으로 호명된 한 여자아이가 그림자로 규정되는 과정을 아이러니한 방식으로 그려낸「딸기 도둑」, 크리스마스 날 구석진 술집에 모여 불가능한 꿈처럼 "태양의 서커스"를 상상하는 소외된 존재들이 등장하는「태양의 서커스」와 같은 소설들에서, 사회적 차원으로 확대된 농담과 냉소는 역설적으로 열등한 타자들의 삶에 대해 연민과 우수를 불러일으킨다. 특히「딸기 도둑」에서 "선과 악이란 건 참으로 불합리하게 얽혀 있는 것"(158)이며 세상에서 "옳은 것과 옳지 않은 것," "좋은 역할과 나쁜 역할"(175)은 정반대로 해석될 수도 있다는 전도된 인식은, 부르주아 집안의 아름답고 선량한 '은혜(恩惠)'가 오히려 위선일 수도, 그래서 한 인간의 무의식 속에 감춰져 있던 악마성과 파괴성을 불러일으키는 환멸의 매개물이 될 수도 있음을 시사한다. "세상에는 선과 악이 섞여 있듯 은혜에도 온갖 종류가 있"(191)다는 '나'의 진술은 은혜가 위선이 되는 세상 이치에 대한 통찰의 결과다. 그 결과 가치 있는 것으로 받아들여졌던 덕목들, 예컨대 아름다움, 화목함, 선량함, 순수함은 은연중에 그 자명함을 의심받게 된다. 따라서 자신은 절대로 착한 사람이 못 된다는 '나'의 고백은 독자로 하여금 그녀를 "딸기 도둑"으로 만든 착한 사람들을 비판하게 할 뿐만 아니라, 열등할 수밖에 없었던 '나'를 옹호하게 한다.

은희경 소설은 여전히 차갑다. 그러나 열등함과 타자성이 우월한 것들에 의해 상대적으로 규정되는 것일 수 있다는 인식은 다소 우회적인 방식이긴 하지만 삶에 대한 따뜻한 연민의 시선을 느끼게 한다. 이러한 특징은 앞에서 지적한 것처럼, 은희경 전작들의 계보 속에 위치지을 수 있는 「누가」와 「상속」에서도 발견할 수 있다. 「누가」는 '왕따'라는 사회적 현상 속에서 이루어지는 개인의 소외와 배제 과정을 냉정한 시선으로 그리고 있는데, 이는 '보는 나'와 '보이는 나' 사이의 괴리와 그로 인한 오해라는 은희경 소설의 오랜 테마를 반복한 것이다. 소라는 "국어책의 삽화에 나오는 소녀처럼"(42) 옷을 입고, "마치 텔레비전 드라마에서처럼"(49) 행동하는, 늘 타인의 시선을 의식하고 그래서 부자연스럽게 행동할 수밖에 없는 인물이다. 보이는 자신의 모습에 대한 병적인 집착으로 인해 어떤 완벽한 이미지를 모방하지만 항상 어긋나는 소라는 분명 자의식이 부족한 공주병 환자이다. 그러나 소라가 타인들로부터 배제되는 이유가 세상 사람들이 요구하는 '착한 사람'의 모든 조건을 갖추었을 뿐만 아니라 지나칠 정도로 남을 배려하고 자기를 희생하기 때문이라는 사실은 소라의 공주병을 다른 시각에서 보게 한다. 예컨대 기만적이고 악랄하기까지 한 "전학생 소년"이 오히려 타인의 공감과 관심을 받는 것에서 알 수 있는 것처럼, 세상은 어쩌면 교과서나 텔레비전에서 강조하는 배려와 자기 희생, 노력을 암암리에 무가치한 것으로 배제해버렸는지도 모른다. 그렇게 본다면 소라의 공주병은 우월한 가치를 열등한 가치로 전도(轉倒)하는 이 세상의 논리에 의해 조작된 것일 수도 있는 것이다. 이는 어린 시절 소라의 "분홍색 에나멜 구두"가 소라 자신에게는 무서운 동화 『분홍신』을 연상케 하는 것이었지만, 타인들(특히 소라를 짝사랑했던 김영재)에게는 그녀에 대한 착각 내지는 환상을 불러일으키는 것이었다는 사실에서도 알 수 있다. 이 소설은 언뜻 '보는 나'와 '보이는 나'의 문제 및 그로 인한 '나'의 오해를 다룬 것처럼 보이지만, 실은 타인들의 오해로 인해 배제되고 소외된 존재의 고통에 찬 내면을 왕따라는 집단 의식의 문제와 관련하여 형상화하고 있다. 그리하여 독자들은 소연의 "괜찮아. 불행한 사람에 비하면 이런 건 아무 고통도 아닐 테니까. 그저 따돌림당한 것뿐이잖아"(91)라는 독백에 연민을 느끼지 않을 수 없는 것이다.

「상속」의 초점 화자인 딸 N이 아버지의 죽음을 얘기하는 목소리나 바라보는 시선 또한 여전히 위악적이다. 조그만 사업체의 대표이자 온갖 협회와 동창회 모임을 주도했던 아버지는 "주어진 용적 이상의 것을 담기 위해서" "한 순간도 쉬지 않"(141)고 열심히 노력한 전형적인 근대인이다. N은 발전과 진보를 외치며 근대 경제 개발의 선두 주자이자 한 가정의 성실한 가장으로 살아온 이러한 아버지의 인생이 죽음에의 공포로 한순간 무너지는 과정을 다소 건조하고 냉정하게 관찰하는데, 이는 N이 자신의 모니터를 통해 간접적으로 아버지의 병의 진행 상황을 알려주는 방식에서도 잘 드러난다. 게다가 N은 아버지를 죽음으로까지 몰고 간 질병의 근본 원인이 동업자의 배신 때문이었다는 사실을 환기함으로써 근대 한국 남성의 표층적인 인간관계와 그로 인해 형성된 아버지 세대의 고립된 내면에 대해 비판적인 시선을 보내기까지 한다. 그렇게 본다면 「상속」에서 '상속'은 오히려 '비상속'의 형태를 취한다고 말할 수도 있다. 그러나 아버지의 죽음을 좀더 구체적으로 다가온 현실로 받아들이게 된 N은 비로소 "아버지의 죽음이라는 사실의 엄혹함"(116)을 처음으로 깨닫게 된다. 이러한 깨달음은 육체를 통해 이루어진다. 위경련을 앓던 N이 수면 내시경 검사를 받은 직후 느끼는 자괴감은 바로 아버지의 죽음을 맞닥뜨리면서 느끼는 당혹감에 다름 아니다. 소설에서 질병은 자신에게 일어나는 낯선 징후로서, 스스로 타자화하고 억압한 것들이 육체를 통해 소환되는 것으로 그려진다. 그것은 다름 아닌 자신이 삶의 저편, 혹은 어둠으로 밀쳐놓았던 것들이 귀환하여 육체에 깃드는 형상인 것이다. 그런데 이러한 육체와 질병은 그동안 자기 삶의 테두리 바깥으로 쫓아냈던 아버지에 대한 이해를 찰나적이나마 가능하게 한다는 점에서 진정 아버지다운 혹은 육친다운 것으로 다가온다. 죽음 직전에 바라본 아버지의 "검고 시들고 지쳐 보였으며 주름투성이"(140~41)인 성기에서 자신의 기원을 발견하고 그것을 존엄하다고 표현하는 N의 진술에서도 이러한 사실은 확인된다. 따라서 이 소설에서 딸이 상속받은 것은 아버지답지 않은 것들, 예컨대 시든 성기와 질병, 그리고 허약하고 내성적인 어린 시절의 아버지, 혹은 죽음인 것이다. 이는 한편으로는 근대 주체로서의 아버지의 죽음을 의미하는 것이면서, 다른 한편으로는 타자로서의 아버지를 발견 혹은 창안하는 것이기도 하다. 따라서 「상속」에서 아버지의 죽음을 바라보는 N의 시선은 냉혹하고 비판적인 동시에 따뜻하고 긍정적이다.

지금까지 살펴본 전혜성, 공선옥, 은희경의 작품 경향은 하나로 묶을 수 없을 정도로 다양하면서도 중층적이다. 전혜성은 젖가슴을 모성적 기표로 한정하는 사회문화적 관습의 한계를 뛰어넘어 '젖가슴이 부재하는 모성'의 가능성을 제시함으로써 모성의 외연을 확장하고 있다. 공선옥의 경우 모성은 다른 무엇보다도 생명을 먹이고 기르는 일이기에 생활의 절박함 속에서 동요하고 훼손될 수도 있는 일상적 삶의 일부로 다루어지고 있다. 따라서 그녀에게 모성은 생존의 문제와 결합될 수밖에 없다. 은희경이 이번 소설집에서 발견한 육체와 질병, 그리고 죽음은 소외되고 배제된 존재에 대한 시선의 변화를 가져왔다는 점에서 매우 중요하다. 물론 이러한 발견의 포즈는 여전히 위악적이지만, 그럼에도 불구하고 선이 악을 규정하고 선택이 배제를 결정한다는 사실의 확인을 통해 우리 사회에서 배제된 악(나쁜 것들)이 기실 '선택과 배제'라는 사회적 메커니즘의 결과라는 점을 뚜렷하게 드러내 보이고 있다. 이처럼 표면적으로 다루어지는 여성적 주제들과는 달리, 이들은 공통적으로 이러한 주제를 형식적·사회적 틀 속에서 좀더 복합적으로 다루고 있다. 그런 점에서 이제는 여성 작가의 약진 운운하면서 '여성'을 유표화하기보다는 여성 작가가 가진 이러한 복합성을 발견하는 일이 필요한 때다.